벌거벗은 생명과 —— 몸의 정치

이재복(李在福, Lee Jae Bok)

한양대학교 국어국문학과를 졸업하고 동 대학원에서 「이상 소설의 몸과 근대성에 관한 연구」(2001)로 박사학위를 받았다. 1996년 『소설과 사상』 겨울호에 평론이 당선되어 등단했다.

『쿨투라』, 『본질과 현상』, 『시와 사상』, 『시로 여는 세상』, 『오늘의 소설』, 『오늘의 영화』 편집·기획위원을 역임했다. 고석규비평문학상, 젊은평론가상, 애지문학상(비평), 편운문학상, 시와표현평론상을 수상했다.

현재 한양대학교 한국언어문학과 교수 겸 한양대 미래문화연구소장으로 재직하고 있다. 저서로 『몸』, 『비만한 이성』, 『한국문학과 몸의 시학』, 『현대문학의 흐름과 전망』, 『한국 현대시의 미와 숭고』, 『우리 시대 43인의 시인에 대한 헌사』, 『몸과 그늘의 미학』, 『내면의 주름과 상징의 질감』, 『벌거벗은 생명과 몸의 정치』 등이 있다.

벌거벗은 생명과 몸의 정치

초판 인쇄 2019년 8월 21일 **초판 발행** 2019년 8월 26일

지은이 이재복 **펴낸이** 박성모 **펴낸곳** 소명출판 **출판등록** 제13-522호

주소 서울시 서초구 서초중앙로6길 15, 1층

전화 02-585-7840 **팩스** 02-585-7848 **전자우편** somyungbooks@daum.net **홈페이지** www.somyong.co.kr

값 20,000원 ⓒ 이재복, 2019
ISBN 979-11-5905-406-8 03810

이재복 비평집

벌거벗은 생명과 ─── 몸의 정치

Homo Sacer and
Body Politics

소명출판

　내 비평의 화두가 '몸'이라고 선언한 것은 이미 오래 전의 일이다. 그당시(1990년대)만 하더라도 몸이 이렇게 빠른 속도로 우리의 존재 전반을 아우르는 담론과 해석의 주체로 부상할 줄 미처 예견하지 못했다. 바야흐로 몸의 시대가 도래한 것이다. 여기에는 디지털 테크놀로지의 발달로 인한 몸 개념의 확장과 현실을 넘어 가상 현실이라는 새로운 실존의 장의 탄생이 자리하고 있다. 우리의 몸이 기氣의 흐름을 통해 자연 혹은 우주와 연결되어 있는 차원과는 다른 비트bit의 조합으로 이루어진 거대한 네트Net의 차원 내에 그 몸이 존재하게 되면서 기존의 관점으로는 해명하기 어려운 새로운 존재론을 잉태하기에 이른다. 그동안 세계 이해의 한 방식으로 제기된 몸을 통한 지각과 현상 자체가 더욱 복잡해지고 혼돈스러운 양상을 드러내게 된 것이다.

　몸의 사이보그화 내지는 몸의 사이버네틱스화로 인해 인간은 점점 멀티적이고 초연결적인 존재로 바뀌게 된다. 이러한 거대한 네트의 세계에서의 정체성이란 어딘가에 내 자신이 연결되어 있다는 사실에 기반할 수밖에 없다. 자신의 정체성을 연결의 차원에 두고 있다는 것은 곧 그것을 벗어났을 경우에는 일정한 강박과 불안이 뒤따른다는 것을 의미한다. 가령 최근 전 세계적인 현상으로 불리고 있는 '노모포비아'

(노 모바일폰 포비아No mobile-phone phobia의 줄임말)가 대표적인 예이다. 이 모바일폰을 통해 연결된 세계, 좀 더 정확히 말하면 모바일폰으로 구축된 네트의 세계는 비록 그것이 컴퓨터 알고리즘에 의해 탄생한 것이긴 하지만 우리가 이전에 경험하지 못한 광활하고 무한한 신세계를 내장하고 있다. 현실의 재현이 아닌 가상의 이미지들을 몸으로 지각할 때 드러나는 현상은 '온갖 매끄럽고 낯선 감각의 요지경'이라고 해도 과언이 아닐 것이다.

어쩌면 완벽할 것 같은 이 견고한 매트릭스 내에서의 지각은 알고리즘의 조합이 주는 가상적 리얼함으로 인해 자기 탐닉과 자기애적인 환상에 빠질 위험성이 있다. 이렇게 되면 이 매트릭스가 가상 세계라는 사실을 망각하게 될 뿐만 아니라 타자나 타자의 시간에 대한 존재 자체를 망각하게 될 것이다. 만일 매트릭스가 가상 세계라는 사실을 망각한 채 그것이 주는 가상적 리얼함에 탐닉할 경우 우리는 매트릭스의 거대한 체제 내에서 그것이 짜놓은 알고리즘대로 인지하고 이해하며 판단하는 과정을 살게 될 것이다. 매트릭스의 밖이 배제될 경우 인간은 자신이 거대한 시스템에 의해 통제되고 조절되고 있다는 사실을 인식하지 못할 수 있다. 매트릭스와 같은 시스템 내에서 인지·이해·판단이 이루어진다는 것은 인간 주체의 자율성을 담보할 수 없다는 것을 의미한다. 인간 주체의 자율성은 시스템 바깥에서의 사유가 가능할 때 온전히 이루어질 수 있다.

주체의 자율성은 곧 몸의 자유에 다름 아니다. 몸은 구조화된 체계와 인식 내에서는 자유로울 수 없다. 구조 혹은 구조적 인식은 그 속성상 통제와 억압을 낳을 수밖에 없다. 몸의 자유는 이 구조적 한계를 넘어서야 한다. 마치 몸이 나비가 되는 것(장자)처럼 어떤 구조적 한계를 넘어선 질적 도약이 있을 때 진정한 자유가 도래한다. 몸의 자유를 방해하는 억압의 기제는 언제 어디서나 다양한 방식으로 작동하며, 이 과정에서 몸은 그 고유한 권리를 훼손당하거나 박탈당하게 된다. 이때 그것의 가해자는 타자일 수도 있고 또 자기 자신일 수도 있다. 전자의 경우 그 극점에 '벌거벗은 생명' 호모 사케르^{Homo Sacer}가 있다. 호모 사케르의 몸은 신체적으로는 사형을 당하지 않았지만 시민으로서의 모든 법적 권리를 박탈당한 그런 존재로서의 의미를 지닌다. 모든 법적인 권리를 박탈당한 몸이기 때문에 그 몸을 훼손하거나 죽여도 처벌받지 않는다는 호모 사케르에게 내려진 이 규정은 고대 로마시대 이래로 지금까지 계속되고 있는 몸의 한 존재 방식이다. 지금도 이러한 몸적 존재들은 '난민', '노숙자', '불법 체류자', '수용소 수감자(포로, 정치범)', '탈북자', '동성애자', '장애인', '실업자'라는 이름으로 현현하면서 우리 사회의 주권 권력의 문제를 첨예하게 드러내고 있다. 이들에 대한 주권 권력의 배제와 포함의 문제는 한 국가의 생명 가치에 대한 인식과 정치 감각을 넘어 전 지구적 혹은 전 인류적 차원으로 확산되고 있다는 점에서 주목에 값한다.

그러나 이 문제에 대한 인식과 실천의 정도는 사람에 따라 또 국가에 따라 다르기는 하지만 분명한 것은 공공의 선^善이나 보편적 인간애 내지 인류애가 생각처럼 잘 먹혀들지 않는다는 점이다. 가령 보편적 인류애의 차원에서 보면 전쟁이나 인종, 종교, 민족, 정치적 박해로 인해 떠도는 난민의 경우 그들을 받아들이고 보호하는 것이 지극히 당연함에도 불구하고 현실은 그 당연함을 배반하고 있다. 여기에는 여러 원인이 있을 수 있지만 그중에서도 먼저 고려할 수 있는 것은 난민을 자신의 생명과 안전을 위협하는 적으로 인식하는 배타성 같은 것이다. 이 배타성은 인간 본능의 한 형태로 오랜 역사성을 지니고 있으며, 이것이 극에 달해 발생한 끔찍한 인종, 종교, 민족 분쟁을 우리는 수없이 지켜본 바 있다. 인간 본능의 한 형태인 이 배타성은 인간의 다양한 욕망을 자극하고 추동하는 결과를 낳을 수 있다. 만일 인간의 욕망이 과도하거나 지극히 개인주의적이고 자기애적이라면 그것은 배타성에서처럼 '타자'의 존재를 배제하거나 소외시킬 위험성이 있다.

우리 인간이 타자나 타자의 시간에 머물기 위해서는 먼저 타자에 대한 의식이 요구되지만 그 타자를 감옥, 재앙, 저주 등으로 인식할 수도 있고(사르트르) 또 그것을 새로운 시간을 가능하게 하는 설렘과 축복의 대상으로 인식할 수도 있다(레비나스). 난민, 노숙자, 불법 체류자, 수용소 수감자(포로, 정치범), 탈북자, 동성애자, 장애인, 실업자라는 낯선 타자가 우리의 미래에 함께 한다는 것을 전제한다면 우리는 그들의 고통스러운 얼굴을 외면할 수 없을 것이다. 이들은 스스로 연대하거나 주체성을 강화하기가 쉽지 않다. 최근 우리 사회에 젠더 혁명을 몰고 온 여성들처럼 서로 연대하고 주체성의 회복을 통해 새로운 삶의 지평을 열어 보이는 데에는 아직 현실적으로 일정한 한계가 있는 것이 사실이다. 하지만 이들의 연대란 이들을 하나의 타자로 인정하고 함께 삶의 지평을 열어 갈 존재로 인정하고 받아들이는 '타자성'에 대한 인식을 통해 이루어질 수 있다. 벌거벗은 생명으로서의 이들의 몸을 자신과 차별이 아닌 차이로 인정한다거나 이것을 통해 나 자신의 존재성을 뒤흔들어 일정한 자각에 이르는 미래의 시간을 갖는다는 것은 몸의 정치의 또 다른 중요한 덕목이라고 할 수 있다.

타자의 몸 혹은 타자의 시간에 우리는 얼마나 머무르는지 스스로에게 물어야 한다. 타자의 시간에 대한 머무름 없이 벌거벗은 생명을 위한 몸의 연대는 이루어질 수 없다. 타자, 다시 말하면 난민, 노숙자, 불법 체류자, 수용소 수감자(포로, 정치범), 탈북자, 동성애자, 장애인, 실업자 같은 벌거벗은 생명의 시간에 머무르기 위해서는 적지 않은 고통과 인내가 요구된다. 영화 〈무산일기〉에서 음악 없이 묵묵히 흘러가는 시간을 견디는 것처럼 그것은 환상과 낭만이 제거된 벌거벗은 생명의 리얼한 생의 현실과 마주해야 하는 과정을 견뎌야 할 뿐만 아니라 그것을 나 자신의 몸으로 끌고 들어와 서로 갈등하고 대립하는 것을 풀어 삭힘의 과정에까지 이르게 해야 한다. 이 영화가 지금, 여기에서 유행하는 영화와 달리 우리를 처음부터 끝까지 불편하게 하고 힘들게 하는 이유는 감독이 탈북자의 벌거벗은 삶을 어떤 트릭이나 기교 없이 있는 그대로 적나라하게 보여주고 있기 때문이다. 우리는 모두가 암암리에 상처나 갈등이 없는 '매끄러움'(한병철, 『아름다움의 구원』) 혹은 천의무봉함 같은 거짓 화해와 얕고 의례적인 장식(꾸밈)에 익숙해 있다. 어쩌면 이것은 신산고초의 과정을 통한 삶의 아날로그적인 고통이 제거되고 0과 1의 비트적인 조합으로 이루어진 디지털적인 매끄러움에 더 익숙한 세대의 일반화된 모습인지 모른다. 이 매끄러움이란 몸이 사라진 혹은 그늘이 없는 시대의 산물이라고 할 수 있다. 온갖 상처와 갈등을 온몸으로 삭이고 얻는 이 '그늘'은 이 시대에 우리가 진정으로 회복해야 할 세계이다. 그늘이 없는 천의무봉함이란 거짓 화해와 의례적인 장식을 통해 이루어진 가짜에 다름 아니다.

이런 문화에 익숙해 있는 사람들에게 벌거벗은 생명의 시간에 머무르라고 하는 것이 공허한 외침으로 들릴 수 있다. 하지만 이들의 시간에 머무름 없이 삶이나 사회에 대해 이야기하는 것 역시 공허하거나 맹목일 수 있다. 거대하고 무한한 네트의 시대, 이 네트에 접속하는 순간 우리는 자동화된 나르시시즘의 흐름 속에 놓이게 되고, 이것은 자칫 타자와 타자의 시간에 대한 머무름의 망각으로 이어질 수 있다. 타자에 대한 망각이 나의 자유로움을 담보한다고 이야기하는 사람이 있다. 하지만 우리는 알게 모르게 타자와 관계되어 있고, 그 타자와의 관계 내에서 우리 자신을 증명할 수 있다. 나의 시간 속에 이미 타자가 들어와 있고 또 타자의 시간 속에 내가 들어와 있다. 이런 점에서 나는 타자와 과거는 물론 지금 더 나아가 미래의 시간을 함께 만들고 열어가는 존재라고 할 수 있다. 나의 몸의 자유, 그 몸이 나비가 되는 그런 자유로움이란 기실 몸의 연대 혹은 몸의 관계망 속에서 이루어지는 것이다. 벌거벗은 생명의 몸 역시 이 관계망 내에 있다. 신체적으로는 사형을 당하지 않았지만 시민으로서의 모든 법적 권리를 박탈당한 그런 존재로서의 몸은 회복되어야 한다. 이 벌거벗은 생명에 대한 망각으로부터 깨어나 여기에 대한 반성과 연대의 모색이야말로 몸을 화두로 글을 써온 나의 비평이 열어가야 할 또 다른 지평이라고 할 수 있다.

어려운 상황에서도 소중한 인연이 되어준 소명출판의 박성모 대표와 식구들께 감사하며, 꼼꼼하게 선생의 글을 읽어준 제자 김세아, 양진호, 이민주, 이중원에게 고마움을 전한다.

2019년 8월
서울숲 胥山齋에서 저자 씀

차례

제1부
벌거벗은 생명의 서序

소설 사회학과 생명의 정치학

박민규의 『삼미 슈퍼스타즈의 마지막 팬클럽』

생명 정치와 서사의 발견

문학의 범주 안에서 각 장르마다 그것을 읽어내는 다양한 방법이 있다. 그것은 각 장르의 형식과 내용이 다르기 때문이다. 서정성과 자기 고백성이 강한 시와 서사성과 대화주의적인 특성이 강한 소설 그리고 극성이 강한 희곡 사이에는 일정한 차이가 있을 수밖에 없다. 장르마다 형식과 내용이 다르고, 그것의 성격에 차이가 있다는 것은 곧 그것을 읽어내고 해석하는 방법론이 다를 수 있다는 것을 의미한다. 가령 시를 해석할 때 우리가 방법론으로 하이데거^{Martin Heidegger}나 바슐라르^{Gaston Bachelard}를 즐겨 인용하는 데 반해 소설의 경우에는 루카치^{Gyorgy Lukacs}나 골드만^{Lucien Goldman}, 바흐찐^{Mikhail Bakhtin}을 즐겨 인용하는 것만 보아도 그 차이를 충분히 인식할 수 있다. 시는 언어, 존재, 이미지, 상징 등의 미학적 질료들로 구성된 장르의 성격을 강하게 드러내며, 소설은 이야기, 구성, 인물, 갈등, 사회, 역사 등으로 이루어진 장르의 성격을 강하게 드러낸다. 이로 인해 소설은 순수 미학보다는 사회학적인 이론이나 방법론에 많이 의존해 온 것이 사실이다.

우리 소설의 해석에 절대적인 영향력을 행사해 온 루카치, 골드만, 바흐찐 같은 이론가들의 사상의 기저에 작용하고 있는 것은 사회학적인 방법론이다. 루카치의 문제적 개인이나 총체성 이론, 골드만의 상동성 이론, 바흐찐의 대화성 이론이나 카니발 이론 등은 모두 사회·역사 내에서의 인간의 의식이나 구조적인 관계성을 기반으로 하고 있다. 소설의 해석에 이들의 이론이 기반이 되어 온 데에는 근대의 모순과 부조리 그리고 그것의 회복을 겨냥하고 있기 때문이다. 우리의 근대가 식민지, 분단, 개발 독재, 민주화로 이어지면서 온갖 역사적이고 사회적인 모순과 부조리를 첨예하게 드러내고 있다는 점에서 이 이론들은 그것을 분석하고 해석하는 데 더없이 좋은 방법론으로 작용해 왔던 것이다. 우리 소설사 전반을 놓고 볼 때 1960년대부터 1980년대까지는 이러한 사회학적인 상상력과 방법론이 만개한 시기였다고 할 수 있다. 이들 이론이 가지는 영향력은 1990년대 이후 약화되기는 했지만 그것이 사라진 것은 아니다.

1990년대 이후 사회가 점점 다원화되고 분기하면서 기존의 소설 형식과 내용과는 그 궤를 달리하는 작품들이 등장하기에 이른다. 사회가 바뀌고 그것을 반영한 소설이 새롭게 쓰인다는 것은 그것을 해석하는 방법론 역시 바뀌어야 한다는 것을 말해 준다. 1990년대 이후 소설 해석에 많이 등장한 페미니즘이나 정신분석학적인 방법론은 이러한 사회의 변화를 반영한 것으로 볼 수 있으며, 이 방법론으로 인해 우리 소설 사회학은 좀 더 다양한 영역을 확보할 수 있게 되었다. 하지만 1990년대 이후 우리 소설의 다양한 형식과 내용으로의 변주는 기존의 방법론은 물론 새롭게 등장한 방법론으로 온전히 해명할 수 없는 소설이 있을 수 있다는 것을 의미한다. 가령 1990년대 이후 우리 문단의 중심으로 새롭게 진입한 윤대녕, 배수아, 김영하, 박민규, 박형서, 편혜영, 김애란 같은 작가들의 소설을 온전히 해명할 수는 없을 것이다. 윤대녕이 들고 나온 존재의 시원始原을 향한 상상력이라든가 배수아 소설에 등장하는 소비 사회를 살아가는 불안한 아이들의 세계, 김영하의 만화적인 상상력과 사이버 시대의 일상성, 박민규의 삐딱하게 보기를 통한 사회의 은폐된 정치성에 대한 탐색 등이 그렇다. 또한 박형서의 픽션으로서의 소설의 정체성에 대한 실험적인 탐색이라든가 편혜영의 문명의 불안에 내재한 그로테스크한 상상력, 김애란의 진정한 소통이 어려운 데서 오는 우리 시대의 우울과 소외의 문제에 대한 웅숭깊은 응시 등이 그렇다.

이들은 모두 소설 사회학의 관점에서 문제적인 작가들이다. 이들이 문제적이라는 것은 먼저 소설 사회학과 관련하여 이들의 소설 세계가 그렇다는 것일 수도 있고 또 이들의 소설 혹은 소설 세계에 대한 해석이 그렇다는 것일 수도 있다. 만일 전자라면 그것은 사실 그대로 받아들이면 된다. 하지만 후자라면 그것은 왜곡이나 진실의 차원과 맞물려 있다는 점에서 복잡한 문제를 제기한다. 이들의 소설이 문제적이라는 데에 공감하면서도 그 이유에 대해 분명하고도 온전한 해석이 없다면 그 소설은 제대로 의미화되지 않은 채 유령처럼 떠돌게 될 것이다. 더욱이 그 소설의 의미를 왜곡하고 진실을 은폐하고 있다는 사실을 모른 채 그것이 분명하고 온전하다고 믿는다면 사태는 심각해질 수밖에 없다. 방법론이 다양한 관점을 반영하는 것이기는 하지만 어떤 방법론으로 하나의 소설을 해석할 때 그것이 지나치게 단선적이라든가 소박한 일반론의 차원을 넘어서지 못한다면 반드시 여기에는 차액이 남을 수밖에 없다. 그 차액은 일종의 찜찜함이나 허전함으로 남으면서 끊임없이 결핍에 대한 충족의 욕망을 작동하게 될 것이다. 우리는 그러한 예를 박민규의 『삼미 슈퍼스타즈의 마지막 팬클럽』(2003)에서 찾아볼 수 있다.

이 소설은 그의 등단작이면서 평단의 주목을 가장 많이 받은 작품 중의 하나이다. 이 소설을 포함하여 그의 소설 전반에 대한 평가는 주로 '스포츠라는 소재의 특이성'과 '감각적이고 리드미컬한 문체',[1] '다양한 문화적 코드의 활용',[2] '루저의 탄생과 대중적 글쓰기',[3] '소시민적 개인주의'와 '평면적이고 도식적인 알레고리 및 지나친 낙관주의',[4] '저항이 곧 타협이고, 냉소는 있지만 반성적 의지는 실종된 소설',[5] '펌질, 리플, 짤방의 글쓰기 방식'과 '문화를 통해 정치를 보게 하는 서사의 복합성'[6] 등의 차원에서 이루어졌다. 그의 소설에 대한 이러한 평가는 그것이 긍정적이든 아니면 부정적이든 모두 그의 소설에 대한 해석의 방향을 의식 주체와 대상 사이의 '정치적인 역학 관계'에 초점을 두지 않고 있

1   임헌영, 「제8회 한겨레문학상 심사평」, 『한겨레신문』, 2003.6.2.
2   박범신, 「제8회 한겨레문학상 심사평」, 『한겨레신문』, 2003.6.2.
3   전철희, 「87년 체제의 문학적 돌파─박민규론」, 『창작과비평』, 2010.봄, 551쪽.
4   강동호, 「문학에 대한, 타자를 위한 변론─박민규론」, 『창작과비평』, 2007.봄, 522~527쪽 참조.
5   권유리아, 「지구촌 실향민─박민규론」, 『오늘의문예비평』, 2009.봄, 312~361쪽 참조.
6   서영인, 「슈퍼한 세상을 향해 날리는 적막한 유머─박민규론」, 『실천문학』, 2005.봄, 388쪽.

다는 점이다. 그의 소설에 대해 소시민적 개인주의와 낙관주의라고 비판하고 있는 경우라든지 아니면 저항과 반성적 의지가 부재하다고 비판하는 경우 모두 그것은 의식 주체를 문제 삼았을 뿐 그와 대응 관계에 놓여 있는 대상에 대해서는 깊이 문제 삼지 않고 있다. 또한 '문화를 통해 정치를 보게 하는 서사의 복합성을 보여 준다'는 서영인의 평가는 일단 정치를 문제 삼고 있기는 하지만 그것이 의식 주체와 대상 사이의 역학 관계를 통한 깊이 있는 탐색에서 이루어진 것이라기보다는 문화가 소속과 계급을 반영하고 있다는 소박한 일반론에서 이루어진 것이라고 할 수 있다.

그렇다면 의식 주체와 대상 사이의 정치적인 역학 관계란 무엇을 말하는 것인가? 이 물음에 대한 답을 위해서는 근대의 새로운 정치 논리로 자리하고 있는 '생명의 정치' 혹은 '생명의 정치화'를 이해해야만 한다. 미셸 푸코Michel Foucault의 '생명정치'로부터 조르조 아감벤Giorgio Agamben의 '신성한 생명(호모 사케르Home Sacer)'에 이르는 이론적인 계보를 살펴보고, '근대 정치는 일단 벌거벗은 생명과 내밀한 공생 관계에 접어들었다'[7]는 사실을 인식할 때 비로소 『삼미 슈퍼스타즈의 마지막 팬클럽』을 포함해 그의 소설의 정치성을 좀 더 분명하고 깊이 있게 해명할 수 있을 것이다. 현대인들은 모두 잠재적인 호모 사케르라는 인식이 결코 과장된 것이 아니라는 것을 '지금, 여기'에서의 사회·문화 현상은 잘 말해주고 있다. 벌거벗은 생명의 정치가 어떤 특수한 곳에서만 일어나는 현상이라기보다는 우리의 일상 내에서 일어나는 하나의 현상이라는 것을 인식하는 순간 세계에 대한 해석은 얼마든지 달라질 수 있다.

---

7   조르조 아감벤, 박진우 역, 『호모 사케르』, 새물결, 2008, 237쪽.

주권 권력과 신성한 생명의 탄생

　박민규의 『삼미 슈퍼스타즈의 마지막 팬클럽』에 대한 생명 정치적인 독법은 아주 단순한 질문으로부터 시작할 수 있다. 우리가 한 사회나 공동체를 이루기 위해서는 어떤 정치성이 요구될까? 하는 것으로부터 출발해 보자. 여기에서 우리가 주목해야 할 것은 그것이 '정치성'이라는 데에 있다. 무엇이 정치성이냐 하는 것이다. 일반적으로 정치성이란 정치적인 성향이나 성격을 말하지만 엄밀하게 따져보면 그것은 통치 방식이나 방법에 가까운 것이라고 할 수 있다. 어떤 방식으로 한 사회나 공동체를 통치하느냐 하는 것이 정치성의 중요한 토대를 이룬다고 해도 과언이 아니다. 이 통치 방식이 한 사회나 공동체 내에서 어떻게 작동하고 있느냐에 따라 정치적인 성향은 물론 그 사회와 공동체의 존재 지평이 결정된다고 볼 수 있다. 한 사회나 공동체가 유지되기 위해서는 이러한 통치 방식이나 방법이 효과적으로 작동해야 하며, 이것을 위해 주권자는 자신의 권력을 집중하고 또 그것을 최대한 활용하려고 한다.

　그런데 이 과정에서 통치의 중요한 방식으로 작동해 온 것이 있다. 그것은 오랜 역사적인 흐름 속에서 작동해 왔을 뿐만 아니라 근대 이후 고도의 세련성과 내밀함을 갖추고 사회와 공동체의 정치성을 표상하는 중요한 방식으로 작동해 왔다. 이 통치 방식의 요체는 한 사회와 공동체를 유지하기 위해 누군가를 추방해야 하며, 이렇게 해서 추방된 자가 바로 '벌거벗은 생명' 곧 '호모 사케르'[8]인 것이다. 하지만 이 생명은 단순한 희생 제의적인 희생물과는 다른 존재이다. 이 존재는 희생물로 바쳐질 수 없는, 좀 더 정확히 말하면 희생물로 바쳐져서는 안 되는 그런 존재이다. 만일 이 생명이 희생 제물로 바쳐진다면 이 생명은 자연적인 생명인 조에^{zoe}의 차원에 머물 뿐 법적·정치적 생명인 비오스^{bios}의 차원으로 나아가지 못하게 된다. 이런 맥락에서 볼 때 한 사회와 공동체의 정치성은 자연 생명인 조에를 어떻게 법적·정치적 생명인 비오스화 하느냐에 있음을 알 수 있다. 근대 정치 혹은 근대 민주주의는 처음부터 '조에의 권리 주장과 해방으로서 등장했으며, 끊임없이 벌거벗은 생명 그 자체를 하나의 삶의 방식으로 변형시키려 한다는, 즉 조에의 비오스를 찾아내려고 한다'[9]는 점일 것이다.

벌거벗은 생명이 겨냥하고 있는 것이 조에의 비오스화라면 그것은 '추방령이 바로 벌거벗은 생명과 주권 권력을 하나로 결합시키고 있다'[10]는 것을 의미한다. '추방된 자는 자신의 분리된 상태 그 자체로 넘겨지는 동시에, 자신을 내버린 자의 자비에 위탁되'는데 이것은 곧 '배제되는 동시에 포함되며, 해방되는 동시에 포획당한다'[11]는 것을 말해준다. 벌거벗은 생명의 이와 같은 존재성은 그것이 얼마나 정치적으로 주권 권력이나 주권자에게 구속되어 있는지 하는 것과 함께 '추방령의 관계가 애초부터 주권 권력 고유의 구조를 이루고 있었다'[12]는 것을 드러낸다. 벌거벗은 생명이 그 양 극단에 존재하는 주권 권력과 동일한

8 　위의 책, 45쪽.
9 　위의 책, 47쪽.
10 　위의 책, 222쪽.
11 　위의 책, 223쪽.
12 　위의 책, 226쪽.

구조를 드러낸다는 것은 이것이 양가적인 존재라는 사실을 말해 준다. 그것은 벌거벗은 생명이 주권 권력에 예속되어 있으면서 동시에 그 자체로 자유로운 존재로 명명될 수 있기 때문이다. 추방이라는 말이 주권 권력의 의지에 의해 작동됨과 동시에 추방된 자를 자유롭게 도망가게 내버려 두라는 의미를 내포하고 있다는 점에서도 우리는 그것의 양가성을 확인할 수 있다.

이처럼 벌거벗은 생명은 언제든지 정치적인 필요에 따라 주권 권력 안에 놓일 수도 있고 또 밖에 놓일 수도 있다. 주권 권력과 분리되어 있는 것이 아니라 하나로 연결되어 있으면서 그것, 다시 말하면 벌거벗은 생명에 어떤 형식을 부여하느냐에 따라 정치 혹은 정치성은 그 모습을 달리하게 된다. 근대 정치는 바로 이러한 양가적인 정치성을 드러내는 것으로 이것은 '근대 민주주의의 강점이면서 동시에 그것의 내적 모순'이다. 근대 정치는 '성스러운 생명을 제거한 것이 아니라 그것을 산산조각 내어 모든 개인들의 신체 속으로 산포시키고, 그것을 정치적 갈등의 쟁점으로 만들었다'[13]고 볼 수 있다. 이렇게 하지 않으면 정치는 불가능하다. 이 말은 정치가 가능하기 위해서는 벌거벗은 생명의 신체가 필요하다는 것이고, 그런 이유 때문에 신체를 보호하고 보살피려는 태도를 보인다. 하지만 그것은 또한 통제와 관리 혹은 구속의 차원을 드러내는 것에 다름 아니다.

벌거벗은 생명의 신체와 정치성의 관점에서 보면 박민규의 『삼미 슈퍼스타즈의 마지막 팬클럽』은 주목에 값한다. 현대 사회를 구성하는 시민이 어떻게 잠재적인 호모 사케르가 되어 가는지를 이 소설은 잘 보

---

13 위의 책, 244쪽.

여주고 있다. 정치가 자연 생명 상태인 신체에 형식을 부여하는 것이라면 이 소설의 배경이 된 1980년대는 그러한 기제가 감각, 욕망, 문화라는 차원에서 보다 세련되고 은밀하게 작동한 시기라고 할 수 있다. 주권 권력이 내세운 3S(Screen, Sports, Sex)정책의 실행은 잠재적인 호모 사케르를 전면으로 부상하게 하는 계기를 제공하기에 이른다. 그중에서도 스포츠 특히 프로 야구의 출범은 자연 생명으로서의 신체에 프로라는 형식을 부여한 '생명 정치'의 중요한 기점으로 볼 수 있다. 주권 권력이 프로라는 정치 이념을 내세움으로써 개인들의 신체 속으로 산포되어 있던 성스러운 생명이 전면으로 부상하게 되어 그것이 정치적 갈등의 쟁점으로 자리하게 되는 상황이 벌어진 것이다. 자연 생명으로서의 신체는 프로라는 형식을 부여받아 주권 권력 내로 진입하기 위해 자신의 신체를 여기에 적합한 구조로 만들기 위해 노력한다.

자연 생명 상태의 조에적인 신체가 법적·정치적 상태의 비오스적인 신체로 진입하기 위한 '조에의 비오스화'가 발생하는 것이다. 자연 생명 상태에 놓인 신체의 소유자는 비오스적인 신체 내로 진입하지 못할 때 겪게 될 추방에 대한 공포와 불안에 시달리고 주권자는 그것을 교묘하게 정치적으로 이용한다. 프로 야구의 출범은 단순한 스포츠 차원의 이벤트로 그치는 것이 아니라 프로라는 법과 제도를 생산하여 그것을 준거로 하여 시민을 통제하고 관리하려는 정치적인 욕망의 장이 마련된 것으로 볼 수 있다. 프로라는 법과 제도를 통제하고 관리하는 주권자(국가)는 시민 전체를 잠재적인 호모 사케르로 간주하여 그들의 '생사여탈권'을 행사하게 된다. 주권자는 그들을 살해할 수도 있지만 여기에 대해 어떤 처벌도 받지 않는다. 그것은 주권자가 법이나 제도로부터 예외적인 존재이기 때문이다. 주권자는 상황에 따라 이들을 죽이기도 하고 또 살리기도 하면서 자신의 정치적인 의도를 구현하려고 한다.

프로라는 하나의 법과 제도 내로 진입하려는 시민들의 욕망은 곧 정치적인 삶에의 참여를 의미한다. 하지만 이 참여에는 반드시 대가가 따른다. 시민이 정치의 장으로 들어서기 위해서는 자신의 생사를 주권자에게 맡겨야 한다. 이것은 자신의 신체가 누군가에 의해 죽임을 당할 수도 있는 자연 생명의 상태에 놓임과 동시에 프로라는 법과 제도에 의해 보호받게 된다는 것을 말한다. 자신의 신체가 자연 생명인 조에와 법적·정치적 생명인 비오스가 서로 교차하는 상태에 놓임으로써 생명 정치는 하나의 가능성으로 존재하게 된다. 주권자의 권력의 장에서 자신의 신체를 그에게 봉헌했기 때문에 그는 살아 있지만 더 이상 살아 있는 자의 세상에 속하지 않는 존재가 된다. 프로라는 정치적인 삶에의 참여는 이렇게 자신을 죽이면서 사는 역설적인 상태와 구조를 드러낸다. 프로의 세계로의 진입은 자연 생명인 자신의 신체가 프로라는 법적·정치적 생명의 신체로 바뀌는 것을 뜻한다.

아닌 게 아니라 세상에는 속속 '땅 끝까지 전하라'의 성격을 띤 프로의 복음들이 출몰하기 시작했다. 예컨대 이런 것들이고, 한결같이 방송인과 지식인, 광고인과 경영인들의 슬기를 모은 것들이었으며, 과연 줄기찬 것이었다.

① 이젠 프로만이 살아 남는다 : 당시 가장 많이 회자되던 프로복음 1호 되겠다. 프로가 안 되면 아마 죽을 거라는, 최후의 통첩이 실린 무게

있는 복음이다.

② 난, 프로라구요 : 과거의 삶을 회개하고, 앞으로는 잔업이든 휴가 반납이든—아무튼 불꽃 같은 프로의 삶을 살겠다는 자신의 의지를 뚜렷이 공고한 프로복음 2호 되겠다. (…중략…)

③ 프로의 세계는 약육강식의 세계 아닙니까? : 주로 비열한 방법으로 목적을 이룬 자들이 내뱉던 프로복음 3호 되겠다. (…중략…)

④ 하루빨리 프로가 되게 : (…중략…)

⑤ 허허, 이 친구 아마추어구먼 : (…중략…)

⑥ 맛에도 프로가 있습니다 : (…중략…)

⑦ 이러고도 프로라고 말할 수 있나? : (…중략…)

⑧ 프로의 정식 명칭은 '프로페셔널'이다 : (…중략…)

⑨ 프로는 끝까지 책임을 진다 : (…중략…)

⑩ 그녀는 프로다. 프로는 아름답다 : (…중략…)

⑪ 프로주부 9단 : (…중략…)

그랬다. 불과 4개월 만에, 세상은 프로들로 넘쳐나고 있었다.[14]

'4개월 만에 프로들로 넘쳐나는 세상'이란 세상이 프로에서 정한 기준이 법이 되고 또 그것이 하나의 제도나 구조로 이루어진 삶의 세계를 말한다. 시민 모두의 프로되기 욕망은 자연 생명에 형식을 부여하는 정치화의 과정을 통해 구현된다. 프로되기라는 생명 정치화 과정에서 주권 권력에 의해 행사되는 법은 절대성을 띤다는 점에서 그것은 폭력이 될 수 있다. 작가가 프로되기의 과정을 '복음'이라고 명명하고 있는

14 박민규, 『삼미 슈퍼스타즈의 마지막 팬클럽』, 한겨레출판, 2003, 77~79쪽.

것으로 보아 그 폭력은 '신적神的 폭력'[15]이 될 수 있다. 프로되기의 과정이 신적 폭력이 될 수 있는 것은 무엇보다도 그것이 '인간의 지각 능력을 벗어나는 메시아적 개입을 통해 모든 권력을 부정하고 해체'[16]하기 때문이다. 비록 프로되기의 과정이 어떤 프로의 준거를 제시하기는 하지만 그것이 새로운 법을 제정하는 것이라고 볼 수 없다. '프로의 복음을 땅 끝까지 전하라'라는 말은 그야말로 복음이지 그것을 법이라고 할 수는 없다. 복음은 법 위에 있거나 아니면 법과는 무관한 어떤 신적 진리를 가리킨다.

신적 차원의 권력을 행사하는 주권자는 인간이 정한 법으로부터 예외적인 존재이다. 그는 이 법을 따르지 않을 뿐만 아니라 따를 필요가 없다. 그는 법의 예외 상태에 놓여 있기 때문에 그것을 '보존하거나 제정하는 것이 아니라 그것을 정지시킬 뿐'[17]이다. 일반 시민의 프로되기 욕망이 위험한 것은 그 프로가 단순히 자본의 메커니즘하에 놓여 있기 때문이 아니라 그것이 주권자의 신적 폭력하에 놓여 있기 때문이다. 법의 제정과 보존이란 기본적으로 법을 인정한다는 것을 전제하며, 만일 자신이 그 법을 어겼을 때에는 벌을 받을 수 있다는 것을 의미한다. 하지만 법의 정지로 드러나는 신적 폭력에서는 그러한 경계나 제한을 두지 않을 뿐만 아니라 심지어 지은 죄와 그로 인한 벌을 면하게 하는 권한까지 주어진다. 이것은 법을 파괴하거나 해체하는 것으로 신만을

---

15 발터 벤야민, 최성만 역, 『역사의 개념에 대하여/폭력비판을 위하여/초현실주의 외』, 길, 2008, 77쪽.
16 표광민, 「주권 해체를 향한 아감벤의 예외상태론」, 『사회과학연구』 37, 경희대 사회과학연구원, 2011, 13쪽.
17 조르조 아감벤, 박진우 역, 앞의 책, 147쪽.

주권자로 인정하는 데서 오는 어떤 도그마에 빠질 위험성이 존재한다.

프로라는 주권 권력이 행사하는 폭력의 전일적이고 전면적인 속성은 신체라는 구체적인 대상을 통해 드러난다. 주권 권력이 벌거벗은 생명의 신체에 신적 폭력을 행사함으로써 그것을 카스트 제도에 견줄 만한 계급적이고 계층적인 착취 구조로 만들어 버린다. 개인의 자유 의지가 억압당하고 이러한 거대한 착취 구조 내에 신체가 놓이면 그 구조에 적합한 생명이 만들어질 수밖에 없다. 이 구조는 생명을 '살게 만들고 죽게 내버려 두는 권력'[18]의 상태를 드러낸다. 이 구조 내에서는 생명이 주권 권력인 자본(프로)과 연결되어 있지 않으면 살아갈 수 없으며, 이 권력은 프로답지 못한 혹은 자본의 생산성이 떨어지는 생명을 추방하거나 제거하기 위해 작동한다.

　　6위 삼미 슈퍼스타즈 : 평범한 삶

　　5위 롯데 자이언츠 : 꽤 노력한 삶

　　4위 해태 타이거즈 : 무진장 노력한 삶

　　3위 MBC 청룡 : 눈코 뜰 새 없이 노력한 삶

　　2위 삼성 라이온즈 : 지랄에 가까울 정도로 노력한 삶

　　1위 OB 베어스 : 결국 허리가 부러져 못 일어날 만큼 노력한 삶[19]

프로의 세계에서는 생명이 생산성의 정도를 준거로 하여 계급화되고 계층화되기 때문에 반드시 이 구조에서 배제되거나 제거되는 팀이

18　미셸 푸코, 난장 편, 『사회를 보호해야 한다』, 난장, 2015.

19　박민규, 앞의 책, 126쪽.

나올 수밖에 없다. 프로의 무한 경쟁의 구조란 생명으로 하여금 살게 만들고 죽게 내버려 두는 그런 권력의 논리에 다름 아니다. 프로처럼 살아야 한다고 훈육하면서도 열등하거나 잉여적인 생명은 늘 나올 수밖에 없는 구조 내에서의 삶이란 어떤 사회나 집단을 유지하기 위한 생명 정치의 속성을 드러내는 것이라고 할 수 있다. 살게 만들고 죽게 내버려 두는 생명 권력 혹은 생명 정치의 맥락에서 보면 삶의 최종적인 목표는 죽음에 있는 것이다. 주권 권력은 생명을 죽일 수 있는 권리를 가지고 있고, 그것을 기반으로 생명에 형식을 부여하는 생명 정치를 실현하고 있다. 근대 이후 현대 사회에 들어와서도 주권 권력에 의한 생명 정치가 중요한 삶의 원리로 작동하고 있는 데에는 신체를 주권 권력에 예속화하고 그것을 벌거벗은 생명으로 만드는 권력에 의한 법적 절차와 장치에 대한 깊이 있는 통찰과 반성적인 인식의 부재가 중요한 원인으로 작용하고 있다고 할 수 있다. 우리는 프로의 주권 권력이 만들어 놓은 구조 내에서 살면서 그것이 얼마나 우리의 신체를 벌거벗은 생명으로 만들어 놓고 있는지, 또 그것이 얼마나 우리의 인간 존재로서의 권리와 특권을 박탈하고 있는지, 또 그것이 순수와 예외를 통해 불법과 폭력을 저지르고 있는지에 대한 성찰과 발견의 대상으로 박민규의 『삼미 슈퍼스타즈의 마지막 팬클럽』을 주목할 필요가 있다.

예외 상태로서의 무질서와 생명의 지평

주권 권력에 의한 생명 정치가 근대 정치 혹은 근대 민주주의의 중요한 통치 원리로 자리 잡은 사실은 이제 더 이상 새삼스러울 것도 없다. 이 과정에서 '생명 권력'이라든가 '주권 권력과 벌거벗은 생명'(호모 사케르) 같은 개념이 담론화되면서 새로운 정치학에 대한 모색이 활발하게 이루어지고 있다. 정치와 권력 관계의 불가분성은 어제 오늘 이야기된 것이 아니지만 그것의 생명 정치적인 논의는 그렇게 오랜 역사를 가지고 있지 않다. 이 논의에서 우리가 특히 주목해야 할 것은 생명 정치를 실질적으로 가능하게 하는 '예외 상태'라고 할 수 있다. 생명 정치가 가능하기 위해서는 이 예외 상태가 지속되어야 한다. 주권자는 예외 상태를 결정하거나 지속시키려 한다. 주권자가 법을 정지시켜 예외 상태를 만들어야 권력이 제대로 발휘될 수 있다.

주권자에 의한 법의 효력이 정지되는 대표적인 공간은 '수용소'이다. 예외 상태에 기초한 수용소에서는 '법으로부터 법의 힘을 분리할 수 있는 권력' 혹은 '법이 없는 법의 힘'[20]만이 작동한다. 이런 점에서 이곳은 절대적이고 순수하며 어떤 초월도 불가능한 공간이라고 할 수 있다. 만일 수용소에서처럼 이러한 예외 상태가 계속된다면 벌거벗은 생명으로서의 삶 역시 계속될 수밖에 없을 것이다. 여기에 대해서는 그것을 일시적인 법의 중단으로 이해하는 경우(칼 슈미트Carl Schmitt)도 있고, 그것을 영구적, 곧 예외 상태가 규칙이 되는 경우(조르조 아감벤)로 이해

---

20   G, Agamnben, trans. K, *State of Exception*, Attell(University of Chicago Press), 2005, pp.38~39.

하는 경우도 있다. 아감벤의 견해처럼 예외 상태가 규칙이 되고 일상화되어 나타난다는 것은 벌거벗은 생명의 출현이라는 점에서 그것은 분명 비극적인 전망을 거느린다고 볼 수 있다. 예외 상태가 생명 권력 혹은 생명 정치를 가능하게 하는 조건이며, 여기에서는 모든 정치적인 지위가 박탈되어 삶을 헐벗게 한다는 것은 그 누구도 부정할 수 없는 사실이다.

그러나 현대 사회의 모든 수용소에서 그런 끔찍한 비극이 벌어지고 있는 것일까? 예외 상태에 기초한 수용소가 잠재적으로 모든 것을 가능하게 하는 공간이라는 점을 부정하고 싶지는 않지만 그곳이 어떤 전망도 내재하지 않는 비극적인 공간이라는 점에 대해서는 의문의 여지가 없다. 이것은 예외 상태에 대한 아감벤의 전망과도 궤를 같이하는 것으로, 그는 예외 상태의 비극적인 전망을 넘어서는 계기를 '사드^{Sade}의 『규방철학』을 사도마조히즘과 호모 사케르와의 관련성'²¹ 속에서 읽어내는 과정에서 또 예외 상태를 '홉스나 루소 등의 사회계약론과 같은 서구의 전통적인 사회 성립 이론'²²에 연결해 읽어내는 과정에서 드러내고 있다. 전자의 경우는 주권 권력과 호모 사케르 사이의 자리바꿈이 가능함을 밝히고 있고, 후자의 경우는 예외 상태의 무질서를 통해 생명 권력을 극복할 수 있는 가능성을 밝히고 있다. 주권 권력과 호모 사케르의 자리바꿈은 그것이 '비식별성'으로 인해 가능하다고 할 때 이 비식별성은 예외 상태의 '무질서'와 다른 것이 아니다. 비식별성이든

---

21 고지현, 「조르조 아감벤의 '호모 사케르' 읽기」, 『인문과학』 93, 연세대 인문학연구원, 2011, 234쪽.
22 표광민, 앞의 글, 7쪽.

무질서든 이 세계에서는 '어떠한 규칙도 적용되지 않으므로 기존의 법체계는 무용지물이 될'[23] 수밖에 없다.

　예외 상태의 변주 가능성에 대한 논의는 조에와 비오스, 자연 생명과 법적·정치적 생명, 주권 권력과 벌거벗은 생명 사이의 경계가 모호해지거나 해체된다는 것이 핵심 골자이기 때문에 그것은 생명 정치에 대한 어떤 전망을 드러낸다고 할 수 있다. 생명 정치에 대한 논의에서 중심은 주권 권력에 놓여 있었던 것이 사실이며, 이로 인해 그와 대칭점에 놓여 있는 벌거벗은 생명의 주체성에 대해서는 이렇다 할 만큼 깊이 있는 논의가 이루어지지 않았다. 이런 점에서 비식별성과 예외 상태의 무질서에 대한 관심과 통찰은 벌거벗은 생명의 주체성에 대한 논의에 일정한 계기와 전망을 제공하리라고 본다. 정치의 장에서 벌거벗은 생명의 주체성 문제는 정치 권력이 어떻게 행사되고 또 그것을 누가 실행하느냐에 대한 다양한 관점과 방법을 제시해 줄 것이다. 주권 권력과 그 권력에 대응하고 맞서는 벌거벗은 생명의 정치적인 전략과 그것의 작동 방식은 사회 변화라든가 정치 체제의 변화와 관련해 우리에게 새로운 해석을 요구하고 있다.

　박민규의 『삼미 슈퍼스타즈의 마지막 팬클럽』은 예외 상태와 관련해 주목할 만한 대상을 제시한다. 이 소설에는 프로라는 구조를 가능하게 하는 주권 권력으로부터 추방된 존재들이 등장한다. 주인공인 '나'와 '조성훈' 그리고 '브론토사우루스', '조르바' 등이 바로 그들이다. 주권 권력으로부터 추방된 이들의 영토는 '삼천포'라는 공간으로 표상된다. '삼천포로 **빠지다**'라는 말이 환기하듯이 이 공간은 중심이나 핵

23　위의 글, 8쪽.

심에서 빗나가거나 벗어난 곳을 일컫는다. 이 공간이 권력의 중심에서 벗어나 있다는 것은 곧 예외 상태로 존재할 가능성이 있다는 것을 의미한다. 하지만 예외 상태란 주권 권력과 분리되거나 단절된 상태를 말하는 것이 아니다. 예외 상태는 늘 주권 권력과 대칭 관계를 유지하면서 존재할 뿐만 아니라 주권 권력처럼 신의 세계와 인간의 법의 영역으로부터 예외라는 공통점을 가진다. 이 공통점은 주권자와 벌거벗은 생명이 동일한 구조 내에 있다는 것을 말해 준다.

이러한 사실은 주권 권력으로부터 추방된 자들의 공간인 삼천포가 순수하고 절대적인 영토라는 것을 의미한다. 하지만 여기에서의 순수와 절대란 예외 상태의 일상화에 다름 아니다. 예외의 순수와 절대가 일상화된 공간에서는 고정된 법이나 제도 자체가 존재할 수 없다. 모든 것이 예외 상태로 존재하기 때문에 정해진 법이나 제도도 예외화하면 그것은 더 이상 효력을 발휘할 수 없다. 주권 권력으로부터 추방된 나와 조성훈 등이 자신들이 추종하는 삼미의 야구를 완성할 수 있는 곳으로 왜 삼천포를 택했는지를 이 대목을 통해서 우리는 쉽게 알아차릴 수 있다. 이들이 프로라는 주권 권력의 구조로부터 추방당할 수밖에 없었던 것은 주권자와 대칭적인 입장에 놓여 있기 때문이다. 신과 인간으로부터의 예외라는 동일한 구조를 지니고 있지만 주권자의 예외는 프로를 더욱 프로답게 유지하려는 의식과 함께 그것을 제도화하고 체계화하려는 것이고, 추방된 자들의 예외는 프로와는 대칭되는 비非프로, 다시 말하면 삼미식의 야구를 완성하는 것이다.

주권자의 관점에서 보면 추방된 자들의 의식과 행동 모두 무질서 그 자체라고 할 수 있다. 그가 원하는 것은 프로라는 구조 내에서의 질서이다. 그에게 삼미식의 야구는 추방해야 할 대상이지 장려해야 할 대상은 아닌 것이다. 프로라는 주권 권력의 자장 내에서 그 견고한 구조에 틈을 내고 흠집을 내려는 자들을 추방하는 것은 어쩌면 주권자에게는 당연한 것인지도 모른다. 하지만 주권자에 의한 이들의 추방은 분리와 단절이 아닌 고도로 계산된 권력 관계 내에서 이루어지는 것이기 때문에 그것 역시 정치 행위가 된다. 주권자 또한 벌거벗은 생명처럼 이 권력 관계 내에 놓여 있다는 것은 이들의 위치가 고정되어 있는 것이 아니라 상황에 따라 바뀔 수도 있다는 것을 의미한다. 이런 점에서 삼미식 야구를 복원하려는 추방된 자들의 행위는 주권자에게 불안의 요인으로 작용하여 복잡한 정치적인 역학 관계를 불러일으킨다. 프로의 자장 내로 끌어들이려는 주권자와 비#프로의 자장 내로 달아나려는 추방된 자들 사이의 서로 다른 의식과 행위가 만들어내는 정치의 장은 결코 단순하지 않을 뿐만 아니라 쉽게 이해되지 않는 영역을 지니고 있다고 할 수 있다.

애당초 승부의 판가름이 무의미한 경기였다. 아니, 같은 룰이 적용될 수 없는 서로 다른 야구를 통해 — 두 팀은 격돌했던 것이다. 7회 초의 공격은 끝이 나지 않았다. 오른쪽 잡초 덤불 쪽으로 빠진 — 2루타성 타구를 잡으러 간 '프로토스'는 공을 던지지 않았고, 그 이유는 공을 찾다가 발견한 노란 들꽃이 너무 아름다워서였고, 또 모두가 그런 식이었다. (…중략…) 아직 원아웃인가 그랬고 스코어는 20:1의 상황에서, 결국 타임을 외친 올스타즈의 주장이 웃으며 걸어 나왔다.

"그만 하죠."

승패를 떠나, 뭔가 태도에 문제가 있다는 생각을— 그는 한 것 같았다. 고개를 가로젓는 조성훈에게 그는 농담처럼 "하하, 우리가 졌습니다"라고 웃으며 말했고, 돌아가다 문득 뒤를 돌아보더니

"왜 그런 식으로 야구를 하시는 겁니까?"

라고 물었다. 모자를 벗은 조성훈이, 끝없이 겸손한 표정으로 예를 갖춰 대답했다.

"야구를 복원하기 위해서입니다."

올스타즈의 선수들은 지치고 불쾌한 표정으로 짐을 싼 후 돌아갔다.[24]

서로 지향하는 목표가 다른 두 팀 간의 경기는 성립될 수가 없다. '올스타즈 선수들'은 프로의 영역에 속한 자들이고, '삼미 슈퍼스타즈'는 야구를 복원하기 위해 모인 비프로의 영역에 속한 자들이기 때문에 이 두 팀의 경기는 경기 자체보다는 '태도'에 초점이 놓일 수밖에 없는, '무의미한 경기'였던 것이다. 올스타즈 주장이 조성훈에게 "왜 그런 식으로 야구를 하시는 겁니까?"라고 묻자 조성훈이 "야구를 복원하기 위해서입니다"라고 답변한 것은 이 둘 혹은 두 팀 간의 차이를 극명하게 보여준 것이라고 할 수 있다. 올스타즈 주장이 보기에 삼미 슈퍼스타즈 야구의 복원을 위해 모인 자들의 야구는 자신이 생각하는 프로에서는 부재한 혹은 프로에서는 배제된 어떤 예외의 영역에 속한 것이 된다. 이들의 예외 상태는 사회 전체가 프로 의식과 구조의 영역 내에서 삶을 영위하는 곳으로부터 고립되어 있다는 점에서 감옥이나 수용소의 의미를 내재하고 있으면서도 그것을 넘어서는 어떤 자유롭고 열린 의식

---

24 박민규, 앞의 책, 292~293쪽.

의 지향성을 드러낸다.

이들의 이러한 지향성 내에는 프로에 대한 냉소와 조롱도 있지만 그 것 못지않게 삼미식 야구에 대한 즐김도 있다고 할 수 있다. 이들이 야 구 시합에 나서는 태도는 '치기 힘든 공은 치지 않고, 잡기 힘든 공은 잡 지 않는다'[25]이다. 야구 시합에 임하는 이들의 태도이면서 동시에 삶의 태도인 이 캐치프레이즈는 행위 주체의 자발적인 즐김이 다른 그 무엇 보다도 우선한다는 의미가 내재해 있다. 이들의 즐김은 야구의 구조 자체를 흔들어 놓고 있다. 두 팀 간의 시합에서 드러난 이들의 모습은 프로의 질서를 해체하는 무질서와 혼돈 그 자체이다. 프로 올스타즈 주장이 경기를 중단시키고 스스로 '우리가 졌다'고 한 데에는 프로의 질서를 무질서와 혼돈 속으로 몰고 가 결국에는 그것을 해체하려는 삼 미 슈퍼스타즈의 야구를 복원하려는 자들에 대한 적의와 두려움 때문 이다. 이들의 적의와 불안은 프로라는 주권 권력이 신처럼 완전하지 못한 데서 비롯된 것이라고 할 수 있다.

주권 권력이 완전하지 못해 그것이 해체될 수 있듯이 그것과 대칭 관 계에 있는 예외 상태에서 이들이 보여주는 무질서와 혼돈이 형식 논리 와 명분을 겨냥하거나 여기에 빠져 있다면 그것은 주권 권력을 해체할 수 없다. 이들이 예외 상태에서 보여주는 무질서와 혼돈이 프로라는 기존 질서를 얼마나 전면적으로 또 즉각적으로 거부하고 있는지 그것 에 대한 판단은 서술된 내용만으로는 충분하지 않다. 다만 한 가지 분 명한 것은 이들에 관한 서술을 통해 우리는 야구가 단순히 야구의 차원 에 머물지 않고 그것이 인간의 삶의 차원에서 이야기되고 있다는 점이

---

25 위의 책, 251쪽.

다. 프로라는 대상을 통해 작가가 이야기하고 있는 비프로적인 이야기의 정치성은 인간의 삶이라는 거대한 구조 내에서 탐색되지 않는다면 주권 권력 전반에 대한 깊이 있는 성찰과 그것의 해체는 불가능하리라고 본다. 진짜 야구 혹은 '진짜 인생이 삼천포에 있다'는 작가 혹은 삼미식 야구를 복원하려는 자들의 믿음이 주권 권력의 해체로 이어지기 위해서는 예외 상태로 존재하는 삼천포라는 공간에서의 무질서와 혼돈이 좀 더 강하게 정치성을 드러내야 한다.

'진짜 인생이 삼천포에 있다'는 말이 둔중한 무게로 다가온다면 그것은 왜일까? 이 물음에 대한 답은 삼천포에 있다. 삼천포는 예외 상태에 놓여 있는 공간이며, 여기에는 프로라는 세계에서 추방된 벌거벗은 생명들이 삼미 슈퍼스타즈 야구의 복원을 꿈꾸며 산다. 이들은 비록 예외자로 존재하지만 소수자라고는 할 수 없다. 그것은 이들의 모습이 '지금, 여기'를 살아가는 대다수 우리의 모습일 수 있기 때문이다. 생명 정치와 벌거벗은 생명 정치의 논리하에 살아가고 있는 현대인들은 잠재적인 호모 사케르라고 할 수 있다. 우리가 이 소설 속 인물들의 의식과 행동에 주목하면서 이들이 어떻게 삶의 주체로 살아가는지를 남다르게 지켜보는 이유가 바로 여기에 있다. 현대인들이 잠재적인 호모 사케르로 살면서도 주권에 대한 열망을 포기하지 않고 여기에 대해 끊임없이 성찰하는 데에는 생명에 깃든 인간의 존엄과 위의威儀 때문이라고 할 수 있다. 비록 인간의 생명이 정치 권력에 알리바이를 제공하는 수단으로 전락하는 경우도 있지만 그것의 궁극적인 목적은 진정한 삶 혹은 진짜 인생을 사는 데에 있다.

'진짜 인생이 삼천포에 있다'는 것에 대한 존재 증명은 이 소설의 중요한 덕목이다. 이와 관련하여 작가는 그 증명의 방식으로 '이해'를 제시하고 있다. 다소 평범해 보이는 이 방식을 작가는 '신이 우리에게 부과한 중요한 숙제 중의 하나'[26]라고 말한다. 주인공 나와 조성훈 등이 이해하려고 하는 대상은 일단 삼미의 야구이지만 그것의 궁극은 삶이라고 할 수 있다. 이들은 이미 삼천포로 오기 전부터 삼미의 야구를 알고 있었고 심지어 어린이 팬클럽 회원이었음에도 불구하고 삼미의 야구를 이해하지 못했거나 이해하려고 하지 않았다. 이들의 삼미에 대한 관심은 관념이나 추상의 차원에서 이루어졌을 뿐 신체를 통한 감각의 차원에서의 이해는 없었던 것이다. 이해가 깊어지려면 먼저 감각의 단계가 있어야 하고, 그 다음에는 인지의 단계가 있어야 한다. 이들이 삼천포에서 행한 것은 바로 이 감각의 단계에서의 삼미와의 만남이다. 이 만남을 나는 "그렇게 웃고, 떠들고, 놀았을 뿐인데도 그 일주일의 전지 훈련에서 우리는 점점 삼미 슈퍼스타즈의 야구를 이해해 가고 있었다"[27]라고 말하기도 하고, 또 "이봐, 인간은 원래 바다에서 왔다는 것 아냐?라는 말을 하더니 그냥 백사장에 주저앉아 버렸다. (…중략…) 그 다음은 줄줄이 '주종족'들의 차례였는데 약속이라도 한듯 달리던 도중에 모두 바다 속에 뛰어 들었고 (…중략…) 그렇게, 점점 더 우리는 어떻게 달려야 하는지를 이해해 가고 있었다"[28]라고 말하기도 한다.

이들의 삼미에 대한 이해 더 나아가 삶에 대한 이해가 이렇게 신체의 감각으로부터 시작한다는 것은 인간 생명에 대한 세심하고 깊이 있는

---

26 위의 책, 278쪽.
27 위의 책, 277쪽.
28 위의 책, 278쪽.

이해의 계기를 마련했다는 것을 의미한다. 생명의 정치든 벌거벗은 생명이든 여기에 대한 사유는 인간의 신체를 통해 행해진다. 인간의 신체가 정치 논리에 의해 인종(나치), 유전, 안락사를 밝히기 위한 대상이 되고, 감옥이나 수용소(아우슈비츠, 관타나모) 같은 예외 상태에서 살해되거나 인간 모르모트가 되는 인류 역사를 돌아볼 때 인간의 신체에 대한 진정한 이해는 존재하지 않았다고 해도 과언이 아니다. 인간이 신체를 통해 행한 생명의 정치는 호모 사케르(신성한 생명)에서 그 사케르가 존엄이나 공경이 아닌 사소하고 비천한 의미를 지닌 냉소적인 대상에 불과하다는 것을 알 수 있다. 인간의 신체가 자본의 논리에 의해 우열과 귀천으로 소비되고 구별지어 지는 상황에서 인간에 대한 깊이 있는 이해는 불가능하다. 프로의 논리가 인간의 신체를 이렇게 정치화하고 있는 현대 사회에서 그 신체를 다시 불러내 존재 본연의 의미를 일깨우려는 시도는 실로 주목에 값한다. 주권 권력과 예외 상태 그리고 벌거벗은 생명의 기저에 인간의 신체를 통한 이해의 과정을 설정함으로써 생명 정치는 윤리성에 입각한 깊이 있는 성찰의 계기를 마련하게 되었다고 할 수 있다.

야구와 삶 혹은 문자와 신체의 비식별성

문학이 혹은 소설이 순수한 미학으로만 존재하지 못한다는 것은 이제 상식이 되어버린 지 오래다. 이것은 미학과 정치가 서로 안과 밖을 이루면서 그 구분이 해체되는 상태로 존재한다는 것을 우리가 알아차렸기 때문이다. 순수한 미학처럼 보이는 것도 어떤 상황이나 관점에 따라 정치적인 것이 될 수 있다는 사실은 둘 사이의 관계가 얼마나 잠재적인 가능성으로 존재하는지를 잘 말해 준다. 가령 오시마 나기사 감독의 〈감각의 제국〉(1976)의 경우 이 영화는 상당히 에로틱한 또 포르노적인 미학성을 강하게 드러내고 있는 작품으로 볼 수도 있지만 이것을 2차 세계대전이라는 맥락에서 바라보면 두 남녀의 섹스에의 탐닉은 강한 정치성을 띠게 된다. 어쩌면 이들은 예외 상태로 존재하는 공간에서 파시즘의 견고한 질서를 혼란스럽게 하고 또 해체하려고 하는 주권 권력에 대한 저항과 도전을 온몸으로 실천하고 있는 것인지도 모른다.

이렇게 되면 주권 권력 내에서 이들은 그 나름의 권리를 확보하게 된다. 예외 상태와 벌거벗은 생명이 가지는 주권자의 막강한 권력과 그것을 이용한 정치가 벗어날 수 없는 숙명이 아니라 그 속에서 자신의 주체적인 권리를 확보하는 정치적인 불화 관계의 설정과 행위를 통해 새로운 국면을 만들어내는 것이 중요하다는 것을 의미한다.[29] 하지만 미학이든 정치든 혹은 미학과 정치든 여기에서 간과하지 말아야 할 것

---

29 자크 랑시에르, 진태원 역, 『불화─정치와 철학』, 길, 2015, 83~108쪽 참조.

은 그것을 실천하는 과정과 방법이 삶과 밀착되어 있어야 한다는 것이다. 삶과 밀착되지 않는 정치와 정치성은 진정한 주권의 성립을 불가능하게 한다. 삶이 배제된 공허한 정치 형식은 어떤 변화로의 자리바꿈이나 혼돈 그리고 질적인 도약을 담보할 수 없다. 만일 『삼미 슈퍼스타즈의 마지막 팬클럽』에서 작가가 야구를 삶과의 밀착 없이 서술했더라면 그것은 야구에 대한 사소한 지식이나 정보를 전달하는 흥밋거리 그 이상도 이하도 아니었을 것이다. 삼미 슈퍼스타즈의 야구를 복원하기 위한 서사의 방향이 주인공 나와 조성훈 등의 삶의 서사와 맞물려 전개되기 때문에 가볍고 장난스러운 문체와 세계에 대한 과장된 포즈에도 불구하고 진정성을 확보할 수 있었던 것이다.

그런데 이러한 삶과 정치의 밀착은 신체를 통해 이루어질 수밖에 없다. 신체가 없으면 삶이 성립될 수 없고, 정치 역시 성립될 수 없다. 생명 정치, 생체 권력, 벌거벗은 생명 등과 같은 정치 논리에서 핵심은 주권 권력의 차원에서 어떻게 인간의 신체가 작동되고 있는지를 밝히고 이를 통해 인간 사회의 정치적인 대안을 모색하는 데 있다. 인간의 신체에 가해지는 온갖 비인간적인 폭력과 과도한 욕망 행위는 점점 정교해지고 또 복잡해지는 양상을 드러낸다. 신체의 구속과 감금, 추방, 감시, 차별, 조작, 구별짓기, 상품화 등은 모두 신체에 가해지는 폭력이며, 이 폭력은 눈에 보이는 차원뿐만 아니라 눈에 보이지 않는 차원에서 이루어지기 때문에 우리 인간의 의식은 물론 무의식의 저변에 작동하면서 인간의 삶을 헐벗게 하고 고통스럽게 한다. 정치의 차원에서 신체를 통해 이루어지는 생명 권력은 직접적이고 밀착적이라는 속성으로 인해 우리 인간은, 특히 권력으로부터 밀려난 존재들은 그것에 종속될 가능성이 늘 존재한다.

　이런 점에서 『삼미 슈퍼스타즈의 마지막 팬클럽』에 등장하는 인물들은 문제적이다. 이들은 프로라는 주권 권력에서 추방된 면모를 드러내면서도 동시에 그 구조를 흔들어 놓으려는 이중적인 태도를 드러내고 있다. 주권 권력에 의해 그 구조에 편입됨과 동시에 그것에 대한 저항과 해체를 통해 그 구조로부터 이탈하는 어떤 새로운 가능성 내지 잠재성을 이들은 지니고 있다. 야구에 대한 이들의 의식과 행동이 삶으로 이어지는 소설의 에필로그는 이 소설의 정치성이 무엇을 겨냥하고 있는가를 잘 말해주고 있을 뿐만 아니라 지금까지 오랜 기간 논의되어 온 정치성의 문제에 대해 중요한 시사점을 제공한다고 할 수 있다. 주권 권력에 의한 예외 상태의 일상화가 진행되고 있는 생생한 현장이 우리의 삶일 수밖에 없고, 그 속에서 여기에 저항하고 그것을 해체하는 방법을 신체적인 감각으로 모색하는 일은 자칫 허무와 관념으로 빠질 수 있는 정치 담론 혹은 소설의 정치성 논의를 구체화하고 한 단계 진전시키는 것이라고 할 수 있다. 정치가 삶을 기반으로 하고, 그 삶이 신체를 기반으로 한다는 사실은 소설이 문자를 기반으로 하고, 그 문자가 신체를 기반으로 한다는 사실과 다르지 않다. 이런 맥락에서 보면 훌륭한 정치학은 정치와 삶과 신체 사이의 경계가 해체된 그 비식별성을 기반으로 이루어진 것이고, 가장 훌륭한 소설은 문자(소설)와 삶과 신체 사이의 경계가 해체된 그 비식별성을 기반으로 탄생한 것이다. 소설과 정치의 접점이 여기에 있다면 우리가 주목해야 할 것은 삶과 신체를 기반으로 한 주권 권력, 생명 정치, 벌거벗은 생명, 예외 상태, 불화, 구조, 해체, 전망, 지평 등에 관한 이해일 것이다. 소설의 사회학 혹은 소설의 정치학(성)의 논의가 새로운 국면을 맞게 된 것이 이러한 담론에 대한 깊이 있는 탐색과 사유의 과정을 통해서라고 할 수 있다.

보이는 것과 보이지 않는 것

비페이위의 『마사지사』

추나推拿, 은폐된 서사의 발견

비페이위畢飛宇는 시대에 영합하지 않고 독자적인 소재와 창작 방식으로 주목받고 있는 중국의 차세대 작가군을 대표하는 소설가이다. 그의 이러한 면모는 『청의』(2000), 『위미』(2001), 『평원』(2005), 『마사지사』(2008)로 이어지는 작품들에서 확인할 수 있다. 전통과 현대, 동양과 서양의 경계를 넘나들면서 살아가는 중국인들의 신산스러운 삶의 내면과 역사를 그린 『청의』나 위미, 위슈, 위양 등 세 자매의 비극적 현실과 이 과정에서 맞닥뜨리는 고통스러운 운명을 해학적인 필치로 그려낸 『위미』, 그리고 왕 씨촌으로 한정된 공간 내에서 펼쳐지는 다양한 이념의 층위를 묘파한 『평원』과 맹인 마사지사의 힘겹고 예사롭지 않은 삶의 과정을 감각과 욕망 차원에서 리얼하게 그려낸 『마사지사』 등은 개인과 집단, 과거와 현재, 일상과 역사를 아우르는 그의 독특한 관점과 세계 인식을 잘 보여주고 있다. 그의 유려한 문체와 독특한 작품 세계는 그만의 미학적 스타일을 낳았고, 이것이 그를 중국 국내는 물론 국외에서까지 주목받는 작가의 반열에 올려놓았다고 할 수 있다.

이렇게 2000년대 이후 잇달아 내놓은 비페이위의 작품들은 하나같이 세간의 주목을 끌만한 문제작들임에 틀림없다. 이 작품들은 모두 중국적인 배경과 현실을 기반으로 하여 이 안에 은폐되어 있는 인간 혹은 인류 보편의 문제를 예각화하고 있다. 이런 점에서 이 작품들은 주목의 대상이 되어 왔고, 앞으로도 주목의 대상이 될 것이다. 하지만 그의 작품들이 이러한 문제를 공유하고 있는 것은 사실이지만 이것이 곧 이들 간의 차이성 부재를 의미하는 것은 아니다. 특히 이 작품들 중에서『마사지사』는 남다른 데가 있다. 이 소설의 남다름은 우선 표제에서 확인할 수 있다. 소설의 표제가 된 '마사지사'는 동서고금의 문학 어디에서도 쉽게 발견할 수 없는 낯선 글쓰기 대상이다. 마사지 산업이 본격화되면서 이 말이 널리 통용되고 직업과 노동으로서의 개념이 어느 정도 정립되었음에도 불구하고 그것이 문학의 대상이 된 경우는 거의 없다고 해도 과언이 아니다. 여기에는 이 직업이 주는 특별함과 함께 체험의 특수성이 내재해 있기 때문이라고 할 수 있다. 특히 그의 소설에서처럼 맹인이 마사지사인 경우는 그것을 문학적으로 형상화하기가 어려울 수밖에 없다.

맹인 마사지사가 서사의 대상이 된다는 것은 단순한 문제가 아니다. 이것은 서사가 맹인의 관점에서 씌어진다는 것을 의미한다. 맹인의 관점에서 세계를 감각하고 인지해서 그것을 이해하고 판단해야 하는 데 우선 세계를 시각이 아닌 청각이나 촉각을 주로 하여 지각장을 형성해야 하는 것이 관건이다. 맹인이 아닌 경우 시각이 우리 감각에서 차지하는 비중을 고려할 때 그것이 부재한 상태에서 청각이나 촉각으로 지각장을 형성하고 세계를 인지한다는 것은 매우 낯선 체험인 동시에 우리가 알고 있던 이해와 판단의 준거들을 수정할 수도 있다는 것을 말해 주는 것이라고 할 수 있다. 주된 감각이 바뀌면 우리가 지금까지 알고 있던 미와 욕망의 준거라든가 원리 같은 것이 바뀔 수밖에 없다. 우리가 흔히 알고 있듯이 미를 이루는 근간은 감각이다. 감각에서 출발해 인지, 이해, 판단의 과정을 거쳐 형성되는 것이 바로 미 혹은 미학인 것이다. 이런 점에서 볼 때 미를 이루는 감각이 다르다면 그 미 또한 다르거나 아니면 우리가 생각하는 그러한 미가 존재하지 않을 수도 있다. 가령 맹인이 아닌 사람은 꽃을 보고 아름답다고 느끼지만 맹인은 그것을 도저히 느낄 수가 없다. 시각이 아름다움을 규정한다는 사실이 맹인한테는 통하지 않는 것이다. 그렇다면 이들에게는 아름다움이라는 것이 존재하지 않는 것인가?

우리가 알고 있는 대부분의 미가 시각을 토대로 규정되고 만들어지는 것이 사실이지만 시각이 유일한 미의 토대라고 할 수는 없다. 미란 예쁘다beauty의 차원을 넘어 매력적이다attraction의 차원까지 포괄하는 개념이기 때문이다. 눈의 감각을 통해 어떤 대상이 매력적으로 지각될 때도 있지만 귀의 감각을 통해 어떤 소리가 매력적으로 지각될 때도 있기 때문이다. 또한 시각뿐만 아니라 청각을 통해 미를 초월한 미인 숭고미를 지각할 수 있다. 장엄하고 숭고한 소리에 압도당해 전율을 느끼는 것은 흔히 체험하는 지각의 세계이다. 맹인의 경우에는 소리에 대한 느낌과 집중도가 맹인이 아닌 사람보다 더 높을 수 있어 이를 토대로 이루어지는 미의 영역 역시 확장되거나 심화될 수 있다. 소리의 부피감과 입체감을 어떻게 느끼느냐에 따라 소리에 의한 미감 또한 차이가 있다. 때로 어떤 경우나 상황에 따라서는 귀에 의한 소리에의 끌림이 눈에 의한 끌림보다 더 강렬할 수 있다.

몸의 감각은 미의 토대에만 작용하는 것이 아니라 욕망의 토대로 작용하기도 한다. 시각과 욕망의 관계에 대한 이야기는 어제 오늘의 일은 아니다. 우리 인간의 감각 중에 시각이 가장 문제적인 감각이라는 것은 이미 많은 이들에 의해 해명된 바 있다. 가령 견물생심見物生心이나 보는 것이 믿는 것이다Seeing is believing라는 말 속에 은폐된 의미가 암시하는 것은 시각과 욕망과의 관계이다. 시각 속에 은폐된 욕망이 작동하여 그것이 하나의 권력이 되고 그 권력으로 인해 많은 것들이 억압되어 불안정한 세계(구조)가 탄생하기도 한다. 보다 세련되고 정교한 시선이 근대의 상징 구조를 더욱 견고하게 하여 주체를 억압하고 주인과 노예의 변증법적인 관계를 드러낼 때 시각에 의한 문명의 성립과 그 안에 숨겨진 불안이 문제가 되기도 한다. 시각의 이면에 이러한 불안의 요소가 내재해 있음에도 불구하고 인간 몸의 감각 중 시각이 가장 중요하며, 최고의 감각이라고 추켜 세우는 데에는 그 누구도 인정할 수밖에 없는 이와 같은 인간의 역사가 자리하고 있기 때문이다. 시각이 지배적인 감각으로 군림해 온 인간의 역사를, 그것을 배제한 채 들여다본다면 어떤 일이 벌어질까? 시각이 배제된 청각이나 촉각 중심으로 은폐된 세계를 다시 드러낸다면 그러한 인간의 역사는 어떤 모습일까? 청각이나 촉각에 의해서도 욕망은 가능할까? 만일 가능하다면 그것은 어떻게 가능하고 또 어떻게 작동할까? 이 물음들에 대한 답은 결코 쉽지 않다.

비페이위가 『마사지사』를 구상하면서 한 고민 역시 여기에서 크게 벗어나지 않았을 것이다. 맹인 마사지사들의 세계를 그리는 것이 단순히 특이한 대상을 소재로 한다는 차원을 넘어서고 있다는 것을 말해 주는 대목이다. 그의 맹인 마사지사 선택은 결과적으로 기존의 미와 인간의 욕망에 대한 새로운 발견과 해석을 통해 추나推拏라는 은폐된 서사를 발견하는 데까지 나아가게 된다. 추나가 한낱 소재거리가 아니라 이렇게 기존의 미와 인간의 욕망, 더 나아가 서사의 의미까지도 바꿀 수 있는 선택으로 볼 수 있다는 사실은 이 소설에 대한 문학사적인 의의와 함께 해석의 중요성을 말해 준다. 맹인의 관점에서 맹인의 지각으로 세계를 드러내야 하는 일은 작가에게는 큰 부담이지만 이전에 우리가 경험하지 못한 미와 욕망 그리고 서사의 양식을 제시하고 있다는 점에서 『마사지사』는 하나의 발견으로서의 텍스트적인 의의를 지니게 되었다고 할 수 있다.

감각의 매개와 아름다움의 층위

인간의 감각에 따라 세계의 의미가 얼마든지 바뀔 수 있다는 사실은 기본 상식에 속하는 이야기지만 그 감각의 차이가 만들어내는 아름다움에 대해 깊이 있게 고민하고 성찰한 소설은 거의 없다고 해도 과언은 아니다. 더욱이 맹인 마사지사를 서사의 대상으로 삼아 시각이 아닌 청각과 촉각을 매개로 한 아름다움에 대해 이야기하고 있는 소설은 거의 접해본 적이 없다. 인간의 감각이 세계를 어떻게 매개하느냐 혹은 어떤 감각으로 세계를 매개하는 것이 효과적인가 하는 문제에 대해 깊이 있게 고민하는 것은 많은 부분 미학의 영역에 속하는 일이다. 이와 관련하여 『마사지사』는 주목할 만한 문제의식을 드러내고 있다. 그것은 이 소설이 맹인 마사지사의 이야기가 중심 서사가 되면서 자연스럽게 나타난 현상으로 볼 수도 있지만 그것 못지않게 주목해 보아야 할 것은 맹인 마사지사라는 서사 대상을 통해 제기하는 작가의 인간과 세계에 대한 깊은 통찰과 미의식이다.

작가의 이러한 문제의식은 소설 속에서 단선적인 흐름이 아닌 복합적인 방식으로 제시된다. 소설의 이 복합성은 감각, 욕망, 서사의 방식 등에 대한 작가의 의도가 만들어낸 산물이라고 할 수 있다. 소설의 복합성은 여러 차원에서 제기되고 있지만 그중에서도 가장 주목해 보아야 할 것은 시각의 다층적인 제시이다. 작가는 서사의 중심에 맹인 마사지사를 배치하고 있지만 여기에 이들만 존재하는 것은 아니다. 작가는 소설 속, 특히 이 소설의 무대인 '사쭝치 마사지센터'에는 맹인 마사지사만 있는 것이 아니라 맹인이 아닌 사람도 함께 생활하고 있고, 맹인이라 하더라도 선천적으로 맹인인 사람과 후천적으로 맹인인 사람 또한 함께 생활하고 있다. 이 사실은 이 소설에서 제시하고 있는 감각, 욕망, 서사의 방식 등이 선천적 맹인, 후천적 맹인, 맹인이 아닌 사람 등 세 층위에서 다루어지고 있다는 것을 의미한다. 하나가 아닌 세 층위로 다루어지면서 이들의 시각이 교차하고 재교차하면서 복합적인 서사를 구성하기에 이른다. 만일 작가가 세 층위가 아닌 맹인 하나의 시각으로 서사를 배치하고 끌고 갔다면 맹인의 감각, 욕망, 서사 방식 등은 부피감과 입체감은 물론 다채롭고 심층적인 의미의 확보에 실패하고 말았을 것이다.

먼저 『마사지사』에서 가장 흥미로운 문제를 제기하고 있는 것 중 하나는 '아름다움'을 둘러싸고 전개되는 일련의 사건일 것이다. 우리에게 익숙한 아름다움이란 맹인이 아닌 사람의 층위에서 규정되고 해석된 그 무엇이다. 어쩌면 이들에게 이러한 규정은 마치 고정관념처럼 아름다움에 대한 어떤 틈이나 열린 사고를 끌어낼 수 없는 것으로 인식되고 있는지도 모른다. 이들에게 아름다움이란 주로 시각에 의해 규정된 것으로 다른 감각에 의한 아름다움의 차원은 상대적으로 배제되거나 소홀히 다루어질 수밖에 없다. 일찍이 눈에 보이는 차원뿐만 아니라 눈에 보이지 않는 차원의 중요성을 간파한 메를로 퐁티의 지적처럼 우리가 지각하는 세계는 애매모호한 감각의 덩어리라고 할 수 있다. 이 감각의 덩어리는 시각만으로 해명할 수 없는, 복합적인 감각의 작용으로 해명이 가능한 존재라고 할 수 있다. 하지만 퐁티의 관점 역시 맹인이 아닌 사람의 입장에 지나지 않는다. 그 역시 맹인의 지각으로 드러나는 아름다움에 대한 기억과 체험을 가지고 있지 않다.

시각에 의한 아름다움이 중심을 이루고 있는 상황에서 다른 감각에 의한 그것의 규정과 향유는 주변적인 것이 될 수밖에 없다. 지금까지 이에 대한 어떤 체계화된 논리나 계보가 존재하지 않는 것도 이러한 이유 때문이라고 할 수 있다. 이것은 달리 생각하면 시각 이외에 다른 감각으로 아름다움을 이해하고 판단하는 사람들이 중심이 아닌 주변, 다수가 아닌 소수의 차원으로 존재해 왔다는 것을 의미한다. 그렇다면 이들에게 시각에 의해 규정된 아름다움을 이야기하는 것은 어떤 의미가 있을까? 이들이 본 적이 없는 대상을 아름답다고 할 때 이들이 떠올릴 수 있는 것은 자신의 눈으로 직접 감각한 세계가 아니라 어디선가 전해 듣거나 읽은 기억을 통해 유추할 수밖에 없는 그런 세계이다. 실재하는 눈의 감각과 기억을 통해 드러나는 아름다움은 존재 방식 자체가 다를 수밖에 없다. 이들이 눈의 감각에 의해 규정된 아름다움의 실체를 보지 못한 채 그것을 귀와 손의 감각으로 듣고 느끼는 것 사이에는 회복하기 힘든 차이가 있다. 아마 이들은 눈의 감각에 의해 규정된 아름다움을 귀와 손의 감각을 통해 이해하고 판단할 것이다.

그런데 만일 귀와 손의 감각이 아닌 눈의 감각에 의해 아름다움이 규정되는 차원에 대해 알고 싶어 한다면 그 불가능성으로 인해 이들은 심한 고통 속에 놓이게 될 것이다. 이 고통은 눈의 감각을 행사하는 사람들에 의해 불어넣어지는데 그 방식은 우열에 의한 차이의 논리를 통해서이다. 시각에 의한 아름다움이 절대성을 띠게 되면 모든 미의 기준이 이것으로 수렴되어 다른 감각에 의한 것은 열등하거나 주변적인 것이라고 섣불리 판단할 위험성이 있다. 타인에 의해 불어넣어진 욕망으로서의 아름다움은 이들에게 결핍으로 존재하게 되며 이 욕망은 환유처럼 끊임없이 미끄러져 내리게 된다. 온전히 풍족되지 않는 아름다움에 대한 욕망은 하나의 얼룩으로 남아 내적 충동을 불러일으키는 요인이 된다. 이 욕망은 눈으로 대상을 보지 않는 한 충족될 수 없는 성질의 것이기 때문에 제대로 그것을 다스리지 못하게 되면 자기 소멸이나 자기 환멸의 위험성에 노출될 수도 있다. '사쭝치 마사지센터'의 사장인

'사푸밍'이 바로 그런 인물이다.

　　(…상략…) 손으로 더듬어 봤자 무엇을 얼마나 알 수 있단 말인가? 손으로는 크고 작음, 길고 짧음, 부드러움과 단단함, 차갑고 뜨거움, 건조하고 축축함, 오목함과 볼록함을 구별할 수 있다. 그러나 손에는 분명한 한계가 있다. 이 손의 한계라는 것이 사푸밍을 절망에 빠뜨렸다. (…중략…)

　　물빛이 반짝이며 빛난다는 것은? 산빛이 아련하다는 것은 뭘까? 불처럼 붉고 띠꽃처럼 하얀 것은? 어둑하게 우거져 뒤덮음이란? 푸른 섬이 처연하다는 것은? 흰 안개가 아스라하다는 것은? 끝없는 사막이라는 것은? 광활한 들판이란? 연하고 곱다는 것은 무엇인가? 날씬하니 어여쁘다는 것은 무엇인가? 요염한 자태라는 것은 무엇인가? 단아하다는 것은 무엇인가? 생긋 웃는다는 것은? 근사하다는 것은? 멋지다는 것은? 맵시 좋다는 것은 무엇인가? 품위 있다는 것은 무엇인가? 마음먹은 대로 붓을 휘두른다는 것은 무엇인가? 물은 어째서 졸졸 흐르는가? 안개는 어째서 아스라한가? 먼 길은 어째서 굽이굽이 이어져 있는가? 풍광은 어째서 눈부신가? 군대는 어째서 일사불란하게 움직이는가? 팔방으로 창이 나 있으면 어째서 안팎이 훤한가? 허무는 어째서 보일 듯 말 듯한가? 세월은 어째서 불쑥 다가오는가?

　　붉다는 것은 무엇인가? 푸르다는 것은 무엇인가? '붉은 그리움과 푸른 시름'*이란 무엇인가? 어째서 '아는가 모른가, 푸름은 무성해지고 붉음은 시드는 것을'**이라고 하는가?

---

* 청나라 학자 겸 시인 공자진의 시 「기해년의 잡시들(己亥雜詩)」에서 유래한 관용적 표현.

** 송나라 시인 이청조의 시 「여몽령(如夢令)」의 한 구절.[1]

사푸밍은 맹인, 그것도 선천적 맹인이기 때문에 시각에 의해 규정된 아름다움을 이해할 수가 없다. 이런 점에서 맹인에게 아름다움은 애초부터 고려의 대상이 아니다. 하지만 그가 아름다움에 집착하게 된 데에는 같은 맹인인 '두홍'에 대한 연정 때문이다. 그의 아름다움에의 집착은 마자지센터를 찾는 인기 드라마 감독(맹인이 아닌 사람)이 두홍을 보고 "정말 아름답네요"[2]라고 한 이후부터 본격화되기에 이른다. 자신의 두홍에 대한 연정과는 다른 차원에서 그녀에 대해 호감을 드러내는 감독과 손님들의 말과 태도는 그로 하여금 단순한 호기심을 넘어 질투의 감정을 유발하게 한다. 감독과 손님들의 두홍의 아름다움에 대한 관심은 사푸밍 자신의 결핍을 자극하는 동인으로 작용하고, 그는 그것을 충족시키기 위해 여기에 필사적으로 집착하게 된다. 평소 관심의 대상이 되지 않았던 아름다움이라는 존재가 갑자기 환상과 숭고함을 불러일으키는 대상으로 존재함으로써 그의 의식과 일상을 지배하게 된다. 마사지센터를 찾은 타인들에 의해 아름다움에 대한 욕망이 그에게 불어넣어지게 된 것이다. 욕망은 늘 타인의 욕망이지만 문제는 여기에서의 욕망이 어떤 것인지 그가 온전히 이해하지 못한다는 것이다. 어쩌면 그의 여기에서의 욕망은 영원히 충족되지 않는 완전한 욕망의 모습을 하고 있는 것인지도 모른다.

우리 시대 정신분석학의 한 표상으로 자리 잡은 '욕망하는 기계'의 모습을 사푸밍의 아름다움에 대한 욕망에서 엿볼 수 있다. 그에게 아름다움을 향한 욕망은 빛과 색에 대한 차원으로 드러나기도 하고, 형태

---

1   비페이위, 문현선 역, 『마사지사』, 문학동네, 2015, 180~181쪽.
2   위의 책, 121쪽.

나 질감에 대한 차원으로 드러나기도 한다. 하지만 그에게 어떤 사물이나 대상은 시니피에가 부재한 시니피앙의 상태로만 존재한다고 볼 수 있다. 시니피에의 상태로만 존재하는 사물이나 대상은 그것을 고정시켜주는 누빔점이 존재하지 않기 때문에 끊임없이 미끄러져 내릴 수밖에 없다. 사정이 이러하다면 끊임없이 미끄러져 내리는 이 시니피앙들의 총합이 '아름다움'이 되는 것이다. 무한수열적인 시니피앙이 하나의 아름다움이라는 시니피에로 수렴된다는 것은 아름다움에 대한 고정되고 본질적인 개념이나 의미가 해체되어 드러난다는 것을 말해 준다. 하지만 이것은 기존의 아름다움을 이해하고 그것을 해체하려는 전략과는 차원이 다른 것이다. 그는 기존의 아름다움을 이해하지 못하기 때문에 타인에 의한 시니피앙의 해체 놀이만을 행하고 있는 것이라고 할 수 있다.

이런 점에서 사푸밍이 행하는 시니피앙의 놀이는 비극적인 허무성을 강하게 드러낸다고 볼 수 있다. 비록 그의 아름다움이 두훙으로부터 촉발되었지만 그녀를 통해 이 문제를 해명할 수는 없다. 그에게는 이 둘의 관계를 해명할 수 있는 시각이 존재하지 않기 때문이다. 그의 부재한 시각이 아름다움에 대한 이러한 결과를 낳았다면 시각의 기억을 지니고 있는 '샤오마'의 그것은 또 다른 층위를 드러낸다. 그의 아름다움에는 구체화된 시니피에가 존재한다. 그는 태어날 때부터 맹인이 아니라 아홉 살 때 교통사고로 시력을 잃은 후천적인 맹인이다. 교통사고 이전 그의 눈을 통해 본 세계는 시각에 의한 아름다움의 시니피에를 형성하는 데 일정한 토대로 작용하게 된다. 교통사고 이후 더 이상 눈을 통해 세계를 볼 수 없게 되었지만 자신의 기억 속에 남아 있는 아름다움에 대한 시니피에는 반복과 변주를 통해 시각화된 미의 세계를 창출하게 된다.

샤오마의 눈앞에 갑자기 어린 시절의 풍경이 펼쳐졌다. 산과 물, 풀과 나무가 있었다. 푸른 하늘, 흰 구름도 있었다. 그리고 황금빛으로 찬란하게 빛나는 햇빛도 있었다. 형수님은 한 마리 나비였다. 그녀는 소리도 없이 날아올랐다. 나비가 어찌나 많은지. 나비들이 온 하늘과 온 들판을 뒤덮어 세상이 알록달록했다. 그러나 형수님은 그런 나비들과는 달랐다. 그보다는 더 많은 나비떼가 있다 해도 그 속에서 형수님을 구별해낼 수 있었다. 그녀는 세상에 하나뿐인 옥으로 된 나비였다. 수많은 나비들 가운데 형수님만이 오직 그렇게 눈에 들어왔다. 그녀의 날개에는 어여쁜 문양이 수놓아져 있고 보송보송한 솜털에선 광채가 뿜어져 나왔다. 그녀가 팔랑팔랑 춤을 추기 시작했다. 그녀의 날개짓은 전혀 부산스럽지 않았다. 날아올랐다가 내려오길 반복했다. 결국 그녀는 나비의 무리를 떠나서 기다란 나뭇잎 위에 고즈넉이 내려앉았다. 그녀의 몸 전체가 옥빛으로 빛나는 커다란 두 쪽의 날개였다. 나란히 대칭을 이룬 날개는 가볍고 화려하고 당당했다.[3]

샤오마의 샤오쿵에 대한 감정이 백일몽의 형식으로 드러나고 있는 대목이다. 그의 백일몽은 '어린 시절 풍경'으로부터 시작된다. 그런데 이 풍경이 구체적이다. 마치 눈에 보일 듯이 또 손에 잡힐 듯이 구체적으로 '묘사'되어 있다. 특히 백일몽의 대상인 샤오쿵을 '나비'로 초점화

---

3   위의 책, 209쪽.

하여 그 날개에 수놓아져 있는 다채로운 문양과 거기에서 뿜어져 나오는 광채 그리고 공간을 헤저으며 팔랑대는 날개짓의 동작 하나하나까지 섬세하면서도 예각적으로 묘사하고 있다. 샤오마의 눈은 나비의 모습을 전체적으로 조망하기도 하고 또 부분적으로 조망하기도 할 뿐만 아니라 그것을 '주의attention'의 방식을 통하여 초점화하기도 한다. 그의 눈에 의해 나비(샤오쿵)가 입체감과 부피감을 지닌 존재로 탄생하게 되면서 아름다움이 지각의 차원에서 이해되기에 이른다.

시각에 의한 아름다움의 기억을 갖고 있기 때문에 샤오마가 그려내는 샤오쿵에 대한 아름다움은 사푸밍이 두홍을 그려내는 것과는 차이가 있을 수밖에 없다. 샤오마 역시 사푸밍이 두홍을 볼 수 없는 것처럼 샤오쿵을 볼 수 없다. 하지만 그는 시각을 통한 세계에 대한 기억을 가지고 있기 때문에 타인의 샤오쿵에 대한 평가를 토대로 그녀의 아름다움을 상상하고 또 표현해낼 수 있다. 사푸밍의 아름다움에 대한 진술이 칠흑 같은 어둠 속을 더듬거리는 차원에서 이루어지고 있는 것에 비하면 그의 아름다움에 대한 진술은 밝고 투명한 지각장 내에서 이루어지고 있다는 것을 알 수 있다. 사푸밍의 아름다움에 대한 시니피에가 부재한 진술과는 달리 그것을 골자로 하여 이루어지는 진술 사이에는 회복하기 힘든 차이가 존재한다. 시각에 의한 기억만으로도 이렇게 아름다운 상상이 가능하다는 것은 미학에서 시각이라는 감각이 차지하는 위치와 비중을 잘 말해 준다.

무엇보다도 시각은 빛과 색, 형태와 질감을 통해 존재의 부피감과 입체감의 아름다움을 드러낸다고 할 수 있다. 가령 회화의 경우 우리가 알고 있는 고전주의에서의 원근법이나 인상주의에서의 빛과 색, 추상주의와 입체주의에서의 선과 면 등은 모두 시각에 의해 마련된 준거와 원리들이다. 회화 이외에도 건축, 조각, 사진 등은 물론 문학(이미지즘)의 경우에도 시각에 의해 마련된 준거와 원리들에 의해 예술 혹은 미학으로서의 존재성을 지닌다고 할 수 있다. 이런 점에서 샤오마의 시각에 의한 기억은 그것이 부재한 사푸밍과 선명하게 대비되면서 이 소설의 서사적인 층위를 두텁게 하는 데 커다란 기여를 하고 있다. 사푸밍의 시각의 부재에서 오는 결핍은 그것을 채우기 위해 작동한다. 그는 시각이 아름다움의 준거와 토대로 작용한다는 사실을 잘 알고 있다. 그의 이러한 인식은 두훙과의 관계하에 있을 때 더욱 활발하게 작동한다. 하지만 그가 할 수 있는 일은 자신의 '두 손으로 두훙의 얼굴에서 아름다움이라고 불리는 것을 찾아내고 검토하고 확인하는 것"[4] 뿐이다. 눈이 아니라 손으로 자신의 아름다움에 대한 욕망을 채울 수밖에 없는 것이다. 눈이 아닌 손을 통한 아름다움에 대한 욕망은 온전히 충족되지 않은 채 하나의 차액으로 남아 또 다른 형식으로 변주되어 드러나게 된다.

욕망 혹은 시간과 침묵의 형식

선천적 맹인인 사푸밍이든 후천적 맹인인 샤오마든 이들이 모두 욕망을 지닌 존재라는 점에서는 다르지 않다. 샤오마의 시각적인 기억에

4　위의 책, 199쪽.

의존해서 전개되는 샤오쿵에 대한 욕망이나 시각이 부재한 상태에서 행해지는 사푸밍의 두훙에 대한 욕망은 그것이 욕망의 흐름 속에 놓여 있다는 점에서 문제적이라고 할 수 있다. 특히 샤오마의 샤오쿵에 대한 욕망은 엉뚱하게 '샤오만'이라는 '시터우팡'의 몸 파는 여인과의 섹스 탐닉으로 이어지고 그것은 급기야 자신의 몸을 소진시키고 정신을 황폐하게 하는 결과를 초래하게 된다. 샤오마의 욕망의 흐름에는 맹인으로서의 그의 기질과 주변 환경이 작용하고 있는 것으로 볼 수 있다. 비록 욕망이라는 의미는 맹인과 맹인 아닌 사람이 다르지 않다고 하더라도 그것의 성격과 작용 방식은 일정한 차이를 드러낼 수밖에 없다. 욕망 역시 존재의 한 방식이라는 점에서 맹인으로서의 이들의 존재에 대한 인식과 태도는 중요하다고 할 수 있다.

맹인에게 시각이 문제적인 것처럼 존재의 방식에 있어 눈여겨보아야 할 것은 시간과 공간의 문제이다. 맹인은 시각의 부재로 인해 공간에 대한 지각력이 많이 떨어진다. 시각이 아닌 청각이나 촉각, 후각 등과 같은 감각들에 의존해야 하기 때문에 전체적인 조감 능력이나 구체적인 부피감과 입체감을 지각하는 능력에 한계가 있을 수밖에 없다. 이로 인해 맹인에게 '가장 어려운 일'은 '혼자 집을 떠나 먼 곳으로 나오는 것'이다. 그때의 '걱정스러움, 초조함, 두려움, 자기 비하의 감정'이란 '모든 것이 한도 끝도 없이 아득하고 거대한 어둠으로 시커멓게 덮쳐와 사람을 두렵게 만드는 것'[5]에 다름 아니다. 생래적으로 공간에 대해 이러한 불안을 강하게 지니고 있는 맹인이기에 공간을 이동한다거나 그것을 이해하는 일은 자신의 전존재를 뒤흔드는 것만큼이나 어렵

---

5   위의 책, 110쪽.

고 강인한 의지를 필요로 한다.

공간에 대한 이러한 불안은 자연스럽게 시간에 대한 주의와 집중으로 이어진다. 시각이 부재한 상황에서는 외부 대상을 향해 자신의 의식이 투사되는 것이 아니라 내적 대상을 향해 투사되는 것이기 때문에 상대적으로 공간보다는 시간에 대한 집중도가 클 수밖에 없다. 자신의 내부를 향해 감각이 열림과 동시에 시간에 대한 자의식이 생겨난다면 우리가 미처 발견하지 못한 새롭고 낯선 세계가 초점화되어 드러날 것이다. 눈에 의해 공간과 시간이 동시에 지각되는 경우 공간에 시간이 압도당할 수 있다. 시각에 의한 공간의 화려함이 시간의 흐름을 망각하게 하여 그 세계 내에 은폐되어 있는 의미를 발견해내지 못하게 할 수 있다. 만일 존재의 역사를 시간의 역사라고 한다면 존재란 시간의 주름에 다름 아닌 것이다. 주름 하나하나에 깃든 시간의 존재를 지각하기 위해서는 먼저 시간에 대한 자의식이 필요하다. 이런 점에서 맹인의 감각은 충분히 시간에 대한 자의식적인 구조를 지닌다고 볼 수 있다.

샤오마는 째깍대기에 만족하지 못했다. 그 불만은 샤오마에게 새로운 즐거움을 가져다주었다. 그는 시간 안에 있을 뿐 아니라, 시간과 놀게 되었다. 시간과 노는 법은 무척 다양했다. 가장 쉬운 방법 가운데 하나가 조립이었다.

째깍하는 데는 일 초가 걸린다. 일 초는 길이라고 할 수도 있고, 넓이라고 할 수도 있다. 이렇게 보면 째깍은 사실 정방형의 면과 같다고 할 수 있다. 마치 네모반듯한 모자이크 같다. 샤오마는 째깍을 긁어모으기 시작했다. 그는 이 네모반듯한 모자이크 조각들을 짜맞추었다. 째깍 한 조각과 또 째깍 한 조각을 이어붙여 나갔다. 째깍은 솟아나는 샘물처럼 끊임없었다. 아무리 써도 써도 바닥이 나지 않았다. 두 주가 흘렀다. 샤오마는 문득 엄청난 사실을 깨닫곤 고개를 들었다. 끝없이 펼쳐진 광활한 대지를 째깍이 뒤덮고 있었다. 가로로 세로로 평평하게, 풀 한 포기, 나무 한 그루 없었다. 건물 한 채도 없었다. 맹인이 눈먼 말을 몬다 해도 눈발이 흩날리듯 마음껏 내달릴 수 있을 것 같았다. 샤오마는 꼼짝도 하지 않고 있었지만 귓가를 쉭쉭 스쳐가는 바람 소리가 들렸다. 그의 머리칼이 펄럭이고 있었다.[6]

샤오마의 몸이 어떻게 시간의 구조 속에 편입되어 가는지를 잘 보여주고 있는 대목이다. 그는 자신의 존재성이 시간 내에 있을 때 온전해지고 극대화될 수 있다고 믿는다. 그는 이를 위해 시간과 한 몸이 되려고 한다. 하지만 이때의 한 몸이란 시간으로 수렴되는 차원을 말한다. 이를 위해 그가 제시한 방법은 '자기 자신도 버리고 타인도 버리는 것'이며, 이것은 '눈이 멀쩡한 사람은 그것이 장애물이 되어 안 되고 맹인만이 가능하다는 것'[7]이다. 자기 자신을 순수한 시간으로 화化하는 것이라든가 자신의 몸을 '시간의 조각이 짜맞추어진 것'으로 인식하고 있는 것 등은 모두 맹인으로서의 정체성을 강하게 드러내고 있다는 점에서 약이 될 수도 있고 또 독이 될 수도 있다. 자신의 몸이 이렇게 견고한 시간의 구조로 되어 있다는 인식은 그것이 구조라는 점에서 문제적이다. 그는 시간과 '놀이'를 즐길 정도로 시간 내에서 다양한 모색을 행하

---

6 위의 책, 204~205쪽.
7 위의 책, 208쪽.

지만 그것은 구조의 차원을 넘어서지 못한다.

시간의 구조가 견고해짐에 따라 샤오마의 '침묵' 역시 견고해진다. 그의 침묵은 '시간 혹은 째깍과 함께 하는 것'[8]과 동격이다. 침묵이 깊어지거나 견고해지면 그만큼 자신의 정체성에 대한 성찰도 깊어지거나 견고해질 수도 있지만 나 이외의 타인과 소원해지거나 관계가 단절될 수도 있다. 이것은 그의 침묵이 트라우마trauma와 깊은 관련이 있다는 것을 말해 준다. 그는 아홉 살 때 교통사고를 당해 "시각신경이 끊어"[9]져 "눈이 완전히 멀"[10]게 된다. 이때의 사고는 그를 육체적으로 뿐만 아니라 정신적으로 변화시킨다. 무엇보다도 그는 이 사건 이후 '놀랍도록 차갑고 고요해'[11]진다. 그의 이러한 태도는 침묵과 다른 것이 아니다. 그가 보인 차가움과 고요함은 곧 그가 세계로 통하는 문을 닫아 버렸다는 것을 의미한다. 이 닫아버림의 끝은 물론 죽음이다. 그는 '사기그릇 조각으로 제 목을 찌르고 내리긋'[12]는다. 하지만 이 자살 시도가 그를 놀랍도록 차갑고 고요한 세계로부터 벗어나게 한다.

죽음이 또 다른 삶을 견인한 이 역설은 일종의 통과제의 같은 것이라고 할 수 있다. 특히 샤오마의 경우처럼 후천적 맹인들은 반드시 거쳐야 하는 세계이다. 이들은 맹인 이전의 세계와 이후의 세계에 걸쳐 있기 때문에 이 사이 혹은 교차 지점을 어떻게든 통과해야만 한다. 만일 이곳을 통과하지 못하면 더 이상 삶을 이어갈 수 없는 것이다. 이것은

8　위의 책, 208쪽.
9　위의 책, 67쪽.
10　위의 책, 69쪽.
11　위의 책, 71쪽.
12　위의 책, 72쪽.

마치 천국과 지옥을 연결하는 사이의 세계라는 점에서 '연옥'과 같은 곳이라고 할 수 있다. 그의 자살 시도는 이 연옥을 통과하기 위한 일종의 제의 행위로 볼 수 있다. 맹인 이전의 몸으로는 더 이상 살아갈 수 없기에 그는 자신의 몸을 불살라 그것을 정화淨化하여 새로운 몸으로 거듭나려고 한 것이다. 이런 점에서 이 정화 행위는 질적 도약을 전제하고 있다고 볼 수 있다.

침묵을 예로 들어보자. 대중 앞에서 맹인 대부분은 말이 없다. 그러나 이 침묵에도 여러 종류가 있다. 선천적인 맹인의 입장에서 보면 자신들의 침묵은 타고나는 것이니 그냥 그러려니 하고 살아간다. 후천적인 맹인은 이와 달리 두 세계를 겪는다. 두 세계를 잇는 일종의 특수한 구역이 있는데, 바로 연옥이다. 그러나 후천적인 맹인이라고 해서 누구나 연옥을 통과할 수 있는 건 아니다. 연옥의 입구에서 후천적인 맹인은 한바탕 자아의 대혼란과 붕괴를 경험한다. 이 대혼란과 붕괴의 경험은 미친 듯이 포악하고 잔혹하며, 폐허가 될 때까지 모든 낡은 것들을 때려부수고 뒤집어엎는다. 기억 깊은 곳에는 그가 결코 잃어버린 적 없는 이전의 세계가 있다. 그가 잃어버린 것은 그와 이 세계가 맺고 있는 관계일 뿐이다. 관계를 잃어 버렸기 때문에, 세계는 순식간에 깊어지고, 단단해지고, 멀어진다. 문제는 이 변화가 부지불식간에 일어나기 때문에 이미 막으려 해도 막을 수 없다는 것이다. 후천적인 맹인은 이 변화에 적응하기 위해 반드시 해야 하는 일이 있다. 살인. 그는 반드시 자신을 죽여야만 한다. 이 살인은 칼이나 총이 아닌, 불로만 가능하다. 반드시 벌건 혀를 날름대며 활활 타오르는 불꽃 속에서 몸을 굴려야 한다. 틀림없이 자기 살이 타는 냄새를 맡아야 한다. 불사조의 부활이 무엇이던가? 부활에 이르려면 먼저 제 몸을 불태워 죽어야만 하는 것이다.[13]

샤오마의 침묵이 시간의 구조와 깊은 관계가 있으며, 이것이 또 다른 세계로 질적인 도약을 하기 위해서는 자신을 불사르는 행위가 전제되어야 한다는 사실을 잘 보여주고 있는 대목이다. 우리가 하나의 세계를 가지거나 그곳으로 이행하기 위해서는 온몸으로 밀고 가야 한다는 말을 하지만 후천적인 맹인의 통과제의가 은폐하고 있는 의미야말로 그것의 진면목을 드러내고 있다고 할 수 있다. 그의 침묵은 이런 점에서 의미 있다. 그의 침묵은 시간의 구조 내에 있으면서 동시에 그것을 넘어서고 해체하려는 의도를 드러낸다. 그의 침묵은 '침묵 속의 침묵'[14]이다. 침묵 속의 침묵이란 침묵에 대한 반성적인 태도와 세계에 대한 웅숭깊은 태도를 은폐하고 있다는 점에서 폐쇄적인 차원을 넘어 열린 차원을 지향한다고 할 수 있다. 이것은 그의 침묵이 자신의 정체성을 유지하면서 타인과의 관계성도 회복하려는 의도를 지니고 있다는 것을 말해 준다.

샤오마의 침묵 속의 침묵의 결과가 바로 샤오쿵에 대한 관심이다. 그의 샤오쿵에 대한 관심이 질투의 감정을 동반하고 있는 것이 사실이지만 그것이 궁극적으로 겨냥하고 있는 것은 관계성의 회복이라고 할 수 있다. 그의 샤오쿵에 대한 상상의 행간에서 읽을 수 있는 것은 '서로의 체온을 공유하고 서로의 숨을 나누는 것'이거나 아니면 '제 얼굴 반

---

13 위의 책, 74쪽.
14 위의 책, 208쪽.

쪽을 하염없이 그녀의 젖은 숨결 속에 놓아두는 것'[15] 같은 관계에 대한 희구이다. 비록 샤오쿵에 대한 그의 바람이 왜곡되어 드러나기도 하고 또 결국에는 그것이 이루어지지 않았지만 그는 여기에 더 이상 집착하지 않고 그녀 곁을 떠난다. 이것은 그의 침묵의 성격과 그 의미를 잘 말해 준다. 사푸밍의 두훙에 대한 관계에서도 확인할 수 있는 타인 혹은 타자에 대한 배려와 자기희생의 태도는 어쩌면 맹인으로서 인정해야 하고 또 통과해야 하는 연옥이라든가 침묵의 시간이 낳은 실존의 형식인지도 모른다.

보이는 것과 보이지 않는 것에 대한 자각과 그 의미

인간이 세계를 이해한다는 것은 거의 불가능에 가깝다. 그것은 기본적으로 이 세계가 너무 크고 복잡하기 때문이기도 하지만 그것 못지않게 문제가 되는 것은 인간 스스로 그 한계를 자각하지 못하고 있다는 점이다. 인간의 세계 이해의 가장 중요한 토대인 감각의 차원에서 보면 인간은 자신이 보고 싶은 것만 보고, 듣고 싶은 것만 들으려 하는 경향이 있을 뿐만 아니라 그것이 곧 진실이라고 믿는 경향이 있다. 특히 인간의 세계 이해에서 절대적인 비중을 차지하고 있는 시각의 경우 '눈에 보이는 것만이 진실'이라는 하나의 도그마를 낳았으며, 이것을 더욱 강화시켜 온 것은 이성과 과학이다. 이성과 과학은 눈에 보이는 투명

---

15 위의 책, 215쪽.

하고 명쾌한 논리만을 진실로 간주해 왔던 것이다. 이로 인해 눈에 보이지 않는 불투명하고 애매모호한 존재들이 지각의 장에서 배제되거나 소외된 채 눈에 보이는 존재들만으로 하나의 세계가 전경화되기에 이른 것이다.

하나의 세계가 눈에 보이는 차원과 눈에 보이지 않는 차원의 길항 관계를 통해 존재한다는 점을 상기한다면 이러한 인식 태도는 분명한 한계를 지닌다고 할 수 있다. 일찍이 메를로 퐁티는 이러한 세계 인식 태도를 경계하여 보이는 것과 보이지 않는 것 모두를 포괄하는 지각의 현상학을 주창했던 것이다. 눈에 보이는 차원 너머 혹은 그 이면에 은폐된 세계에 대한 이해는 단순한 철학과 사상의 문제만을 제기하는 것이 아니라 그러한 인식의 토대하에서 전개되어 온 인류의 역사와 사회 혹은 문화와 문명 전반을 문제 삼는다는 것을 의미한다. 눈에 보이는 것을 절대시하는 경향은 테크놀로지의 발달로 인해 영상의 시대가 도래하면서 더욱 강화되는 추세이다. 눈에 보이는 것이 세계 이해와 판단의 중심에서 권력을 행사한다면 그와 대비되는 눈에 보이지 않는 차원의 존재들은 계속해서 억압적이고 종속적인 상태에 놓이게 될 것이다.

이런 맥락에서 볼 때 비페이위가 『마사지사』를 통해 제기하는 여러 문제들은 주목에 값한다고 할 수 있다. 시각의 권력화된 중심에서 배제되고 소외된 맹인들의 감각과 욕망을 통해 드러나는 세계는 그 자체로 반성적인 사고의 문맥을 거느리고 있다. 시각에 의해 절대화된 아름다움이 미처 제시하지 못하고 있는 청각이나 촉각 그리고 시간과 기억 등을 매개로 한 또 다른 차원의 아름다움의 문제는 기존의 미와 미학에 대한 보완의 차원을 넘어 서고 있다. 청각과 촉각, 시간과 기억의 문제가 선천적 맹인, 후천적 맹인, 맹인이 아닌 사람 등으로 구분하여 그것을 섬세하게 드러냄으로써 아름다움에 대한 준거와 그것이 은폐하고 있는 의미를 확장하고 있다. 소설 속 인물들에 의해 드러나고 있는 세계는 그동안 우리가 미의 정립 과정에서 배제하고 소외시켜온 몸을 전면으로 부각시켜 눈에 보이지 않는 차원의 문제에 대해 주의를 기울이는 계기를 마련했다고 할 수 있다.

눈에 보이는 것이 중심인 차원에서 보면 눈에 보이지 않는 것은 한계로 존재한다. 맹인이 아닌 사람의 관점에서 보면 맹인의 세계는 주변적이고 열등한 것이 되는 것이다. 하지만 생각을 바꾸어 눈에 보이지 않는 차원이 중심인 맹인의 입장에서 보면 눈에 보이는 차원 역시 일정한 한계를 지닌 그런 세계에 지나지 않는다. 맹인이 세계를 지각하는 방식이나 시간과 기억을 통해 드러나는 다양한 현상들은 맹인이 아닌 사람들은 느끼거나 경험하지 못하는 것들이다. 이것들이 한계로 인식되지 않는 것은 맹인이 아닌 사람들이 감각과 인식 그리고 미와 미학의 준거를 세우고 그것을 판단하는 중심에 있기 때문이다. 이런 맥락에서 보면 맹인은 소수자에 지나지 않는다. 소수자로서의 맹인은 다수자에 의해 만들어진 구조 내에서 제대로 보호받지 못한 채 '아래로 아래로만 떨어져 내리는 구멍'[16]처럼 불안한 존재성을 지닌 채 하루하루 살아가야 할 운명이라는 점에서 이들은 '존재하면서도 존재하지 않는 자들'[17]이라고 할 수 있다.

맹인의 삶을 지배하고 있는 이러한 불안과 운명으로서의 존재성은

---

16 위의 책, 483쪽.
17 위의 책, 431쪽.

이들을 왜소하게 하고 또 움츠러들게 한다. 사쭝치 마사지센터 사장인 사푸밍조차도 자신이 경험하는 현실에 대해 '장님 코끼리 만지기'[18]라고 명명한 것을 보면 이들의 자괴감과 절망감이 얼마나 큰 것인지를 짐작할 수 있다. 이들이 처해 있는 현실이나 상황에 대한 불안을 통해 우리가 알 수 있는 것은 맹인이 아닌 사람이 지각하는 것과는 차원이 다른 실존적인 압박과 힘의 강도가 이들에게 가해지고 있다는 사실이다. 하지만 맹인이 아닌 사람은 이들이 느끼는 압박과 강도를 이해하기가 결코 쉽지 않다. 어쩌면 맹인이 아닌 사람은 자신의 입장에서 이들을 이해하고 판단할 것이다. 눈에 보이는 차원에 의해 눈에 보이지 않는 차원이 배제되고 소외되듯이 맹인의 실존을 위한 말과 동작 하나하나가 깃털처럼 가볍게 취급받을 수도 있고 또 아예 그 존재가 있는지조차 모르는 사태가 벌어질 수도 있다. 분명히 '지금, 여기'에 존재하는 데 그 존재가 부재하는 것만큼의 관심도 받지 못한다면 이들의 침묵은 연옥을 통과하지 못할 수도 있을 것이다.

사푸밍이 오늘밤 모두에게 야식을 사겠다고 선언한 것은 두훙의 퇴원을 축하하기 위해서였다. 그게 바로 몇 시간 전의 일이건만, 그 사이 사정이 전혀 달라졌다. 삶이란 정말 예측불허다. 도무지 종잡을 수 없는 이상한 사건들이 평범한 삶의 구석구석에서 구름처럼 나타났다가 바람처럼 사라지곤 한다. 삶이란 얼마나 연약하고 허망한 것이냐! 삶은 한 점의 바람에도 버티지 못하는 유약한 풀포기에 불과하다. 사람들은 맹인들의 삶이 단조롭다고 말한다. 그것은 대체 무엇을 어떻게 보고 하는 말일까? 맹

---

18 위의 책, 440쪽.

인들이 심장을 꺼내놓고 보여주기라도 바라는 걸까? 꺼내서 보여주지 않으면, 매일매일이 무사태평해 보인다. 매일매일이 그 전날을 복사한 것처럼 보인다. 같은 길이, 같은 넓이, 같은 높이. 그러나 실제로 꺼내서 보면 맹인들의 매일이 얼마나 괴상망측한 모양인지 알게 될 것이다.[19]

맹인들의 삶에 대한 맹인 아닌 사람들의 몰이해는 단순히 지식 차원의 문제는 아니라고 본다. 여기에는 맹인 아닌 사람들이 지니고 있는 눈에 보이지 않는 차원에 대한 망각과 배제가 깊이 개입되어 있다. 눈에 보이는 차원의 절대화가 불러온 눈에 보이지 않는 차원에 대한 망각과 배제는 세계 이해 자체를 일방적으로 몰고 갈 뿐만 아니라 그것을 왜곡하기 때문에 심각한 문제를 야기할 수 있다. 맹인 아닌 사람들이 보기에 맹인들의 고요한 침묵과 시간에의 몰입이 '삶의 단조로움'으로 이해가 된 것이다. 이 틀 안에서 보면 맹인들의 삶 혹은 일상이란 어떤 변화와 변주 없이 동일한 형식과 내용이 끊임없이 반복되는 무가치하고 생산성이 결여된 그런 세계이다. 만일 이 틀이 바뀌지 않는다면 맹인들은 부정적인 인식의 대상으로 존재하게 되는 것이다.

맹인들에 대한 부정성이 강화되면 이들이 지니고 있는 트라우마를 풀어내 한 차원 높은 세계로 질적인 도약을 할 수 있는 계기를 마련하는 것이 불가능하게 된다. 이것은 맹인이라는 어떤 특정한 집단이나 계층에만 국한된 문제라기보다는 시각의 절대화로 인해 억압된 존재들 전반에 해당되는 문제라고 할 수 있다. 작가가 맹인들을 '존재하면서도 존재하지 않는 자들'로 명명한 데에는 이들의 존재를 우리 사회나

---

19 위의 책, 471쪽.

문명 속에 자리하고 있는 하나의 얼룩으로 인식한 결과이다. 우리 사회나 문명은 이 얼룩을 숨기고 싶어 한다. 우리 사회나 문명의 건강함, 다시 말하면 눈에 보이는 것의 건강함을 증명하기 위해 얼룩은 억압될 수밖에 없는 것이다. 이렇게 우리 사회와 문명은 그 건강함이라는 알리바이를 위해 맹인이나 광인 그리고 난민, 불법 이민자 등과 같은 호모 사케르를 이용한다. 작가가 '맹인에게 주는 사회보조금'을 '사회가 양심의 가책을 덜기 위한 방편'[20]이라고 비판한 것은 이러한 건강함 이면에 자리하고 있는 야만성을 간파한 데서 나온 것이라고 할 수 있다.

비페이위의 『마사지사』의 미덕은 맹인이라는 특수한 존재를 통해 감각과 욕망, 기억과 시간 같은 인류 보편의 미와 의식 세계를 진지하게 탐색하고 있는 데에 있다. 서사의 대상이 된 맹인 혹은 맹인의 세계가 단순한 흥밋거리나 호기심의 차원에 머물지 않고 기존의 서사가 발견하지 못한 세계의 의미를 드러내는 데 기여하고 있다면 그것은 이미 이 소설이 문학사적인 가치를 내재하고 있다는 것을 말해 준다. 하지만 맹인 마사지사라는 현실적인 차원의 한계를 고려하더라도 이 소설은 중국 사회 변화의 큰 축인 자본과 그 흐름하에 있는 맹인과 같은 소수자들의 관계성에 대한 성찰은 미흡하다고 할 수 있다. 인물 간의 감정의 흐름과 성격에 초점을 두다 보니 자본이 기반이 된 사회 현실을 소홀히 한 것이 사실이다. 사쭝치 마사지센터의 인간 군상들의 부침과 그 불안한 운명에 순응하거나 저항하는 모습들의 이면에는 자본의 논리가 작동하고 있다는 사실을 간과해서는 안 될 것이다. 이런 점에서 마작에 손댄 동생의 사채 때문에 자신의 몸에 자해하는 닥터왕의 모습

---

20 위의 책, 431쪽.

은 맹인으로서 그가 할 수 있는 진정성 있는 행동임에는 틀림없지만 그것이 자신과 가족들이 처한 현실을 해결하는 현명한 방법이라고 볼 수 없다. 그의 소설이 보여주는 이러한 낭만적 성격과 운명은 때로 약이 되기도 하지만 독이 되기도 한다.

디아스포라와 벌거벗은 생명에 대한 헌사

김학철, 아나톨리 김, 김석범, 유미리, 현월, 가네시로 가즈키를 중심으로

중심과 주변, 안과 밖의 경계 해체와
디아스포라적 주체로서의 한국문학사

문학 연구자에게 한국문학사는 가장 상대하기 어렵고 난해한 것으로 인식되고 있다. 그동안 한국문학사와 관련하여 많은 논의들이 있었지만 여기에 대해 흡족해 할 만한 결과나 성과를 보인 것은 없다고 해도 과언이 아니다. 한국문학사의 방향을 어떻게 설정할 것인가 하는 기본적인 것으로부터 시작해 한국문학의 개념과 범주, 한국문학의 연속과 단절의 문제, 시기 구분, 장르 설정, 편향된 이념과 미적 판단의 불균형, 서술 방법 등에 대해 어떤 보편타당한 합의를 도출해내지 못하고 있는 것이 사실이다. 많은 문학 연구자들에 의해 한국의 대표적인

문학사로 평가받고 있는 김윤식·김현의『한국문학사』(1973)는 문학사를 외부 충격이나 정체성의 관점이 아닌 우리 역사 내부에서 진보의 차원에서 바라보려는 내재적 발전론에 입각해 기술하고 있는, 민족주의의 이념을 내재하고 있는 저술이라고 할 수 있다. 저자의 이러한 관점이 가장 잘 드러나 있는 것이 바로 18세기 영·정조 시대를 근대(근대문학)의 기점으로 잡고 있는 대목이다.[1]

근대의 기점을 영·정조 시대로 설정하고 있는 이들의 논리는 1960년대에 일기 시작한 자생적 민족주의의 흐름을 반영한 것이다. 이들이 인지한 내재적 발전론에 입각한 민족주의는 1950년대 김동리 등에 의해 제기된 우파적 민족주의나 1970년대 이후 백낙청, 구중서, 염무웅 등에 의해 전개된 식민지와 남북 분단의 특수성과 계급성이 가미된 민족주의 담론과는 일정한 차이를 드러내는 것이긴 하지만 논의의 대상을 우리 민족 범주 내에 두고 있다는 점에서는 다르지 않다고 할 수 있다.『한국문학사』이후 이 저술이 지니고 있는 문제의식과 한계를 보완하고 극복하려는 의도에서 출간된 김재용 등의『한국근대민족문학사』(1998)나 권영민의『한국현대문학사』(2002)의 경우 1970년대 시대 상황의 제약으로 인해 다루지 못한 카프나 월북 문인의 작품 그리고 북한 문학 전반에 대한 내용을 비교적 폭넓게 다루면서 민족이나 민족주의의 영역을 확장하였다고 볼 수 있다. 한국문학사가 민족문학사가 되어야 한다든가 한국문학사의 실제 비평 차원을 폭넓게 수용하고 있다든가 하는 점에서 보면 이 문학사들은 김윤식·김현의『한국문학사』를 보완하고 있는 것이 사실이다.

1　김윤식·김현,『한국문학사』, 민음사, 1973, 20~65쪽.

한국문학사 기술의 과정에서 저자의 취향이나 세계관이 영향을 줄 수는 있어도 그것이 『한국문학사』에서처럼 체제의 이념과 정치 권력에 의해 어느 한쪽이 의도적으로 배제되거나 소외되는 경우 그것을 온전한 한국문학사로 인식할 사람은 없을 것이다. 『한국문학사』가 내재하고 있는 이러한 한계를 비판적으로 성찰하여 그것을 기반으로 수정·보완된 문학사를 내놓아야 하겠다는 생각은 한국문학 연구자라면 누구나 가지고 있을 법한 것이다. 『한국근대민족문학사』나 『한국현대문학사』의 경우도 그 연장선상에서 볼 수 있고 한국문학사대계 편찬 작업의 일환으로 토지문화재단에서 2회의 심포지엄을 걸쳐 논의한 결과물을 묶은 『한국문학사 어떻게 쓸 것인가』(2001) 역시 그렇다. 이 심포지엄에서 논의된 것들 중에서 한국문학사의 서술에 있어서 탈근대적 전망은 어떻게 가능할 것인가에 대한 논의와 북한문학사의 서술 및 남북한 문학사의 통합 방안에 대한 논의들은 주목할 만하다.[2] 이것은 이 논의들 모두 우리 한국문학사 기술의 과정에서 결핍된 것들이기 때문이다. 특히 한국문학사의 탈근대적 전망에 대한 논의는 한국문학사의 지평을 확장해 줄 중요한 근거를 제시하고 있다는 점에서 주목에 값한다.

그러나 여기에서의 탈근대적 전망에 대한 논의는 근대주의적 인식 구조를 해체하고 타자와 욕망 같은 미시적 차원의 문제로 인식의 방향을 전환해야 한다는 점에서 한국문학사 전반에 대한 참신한 문제 제기라고 할 수 있다. 하지만 한국문학사에서의 탈근대의 문제를 제기하기 위한 근대주의적 인식 구조와 관련하여 깊이 있는 성찰을 드러내보이지는 못하고 있다. 한국문학사에 탈근대적 전망을 제시할 때 가장 먼

---

2   토지문화재단, 『한국문학사 어떻게 쓸 것인가』, 한길사, 2001, 95~110·245~277쪽.

저 검토해야 할 것은 그 근대주의가 민족과 국가의 이념을 토대로 하고 있다는 사실이다. 이런 점에서 한국문학사에서의 탈근대적 전망에 대한 논의는 근대주의를 이루는 민족과 국가의 이념을 어떻게 해체하느냐 하는 것에 다름 아니다. 우리의 한국문학사 기술이 민족과 국가 중심으로 이루어져 왔고 이 개념을 통해 다른 것들을 주변화하고 대상화하는 경향을 보여 왔다고 할 수 있다. 한국문학사가 민족문학사가 되어야 한다는 논리를 주장해 온 사람들의 이면을 들여다보면 여기에는 단일한 개념으로서의 민족과 국가의 의미가 자리하고 있다. 민족문학사의 관점에서 북한문학을 포괄하려는 일련의 태도 역시 남한과 북한은 단일한 민족 혹은 한민족이라는 이념이 작용한 데서 비롯된 것이라고 할 수 있다.

한국문학사 기술 과정에서 북한문학을 포괄하려는 이러한 태도는 재외 한인문학을 바라보는 태도에서도 고스란히 드러난다. 한국문학사의 영토를 한반도 이외의 지역으로 확장하고 있다는 점에서 재외 한인문학의 존재는 중요한 의미를 지니지만 그것을 이해하고 해석하는 방식은 민족과 국가 중심의 근대적인 논리이다. 재외 한국문학의 영토인 간도, 연해주, 사할린, 중앙아시아, 일본, 하와이, 미국 등의 지역과 이곳에서 삶을 영위한 한인들의 존재를 국가와 민족 중심의 차원에서 이해하고 또 해석하고 있다. 이것은 국가와 민족을 중심에 두고 재외 한인의 존재를 주변화하거나 대상화하여 단일성의 논리하에 그것을 두려는 태도로 볼 수 있다. 이렇게 되면 재외 한인의 존재성은 그 각각의 위치와 특성을 상실한 채 국가와 민족이라는 동일성 내로 수렴될 수밖에 없을 것이다. 동일성의 논리가 강화되면 재외 한인의 정체성은 온전히 드러날 수 없다. 특히 국가와 민족에 대한 실질적인 체험이나 기억을 가지고 있지 않은 세대일수록(1세대와 2세대 이후의 한인 세대들) 동일성의 논리는 이들의 정체성을 정립하는 데 방해 내지 장애요인으로 작용하게 된다.

이런 점에서 재외 한인의 정체성은 이들이 처해 있는 위치나 상황, 경험 등을 국가나 민족 같은 단일한 주체의 개념으로 설정하는 과정에서 형성되는 것이 아니라 이들 각자의 존재성을 고려한 복합적인 주체의 개념으로 설정할 때 형성되는 것이라고 할 수 있다. 국가와 민족 같은 단일한 주체의 개념을 넘어 다양하고 복합적인 새로운 주체의 탄생은 이미 '이산離散'과 '경계境界', '혼종混種'의 속성을 내포하고 있는 재외 한인의 존재성 내에서 예견되는 바이기도 하다. 민족과 국가의 경계가 해체된 자리에 이러한 속성들을 지닌 새로운 주체의 탄생을 우리는 '디아스포라적 주체'의 탄생이라고 명명할 수 있을 것이다. 이 디아스포라적 주체하에서는 국가와 민족이 중심적인 지위와 위치를 차지할 수 없을 뿐만 아니라 어떤 고정되고 정체된 논리가 아닌 끊임없이 변화하고 변형되는 논리가 작동하게 된다. 이렇게 되면 한국문학사는 고정된 실체가 아닌 디아스포라적 주체들에 의해 끊임없이 변화하고 변형되는 과정 속에 놓여 있는, 이들에 의해 재구성되는 탈영토화되고 탈중심화된 문학사로서의 전망을 드러내게 될 것이다.[3]

---

3   디아스포라적 주체의 개념을 통해 한국문학사 전반에 대한 검토를 행하고 있는 대표적인 저작물로 『한민족문학사 I · II』(김종회 외, 역락, 2015)를 들 수 있다. 『한민족문학사 I』에서는 남북한 문학사에 대한 논의를 다루고 있고, 『한민족문학사 II』에서는 재외 한인문학사의 가능성에 대한 논의를 다루고 있다. 남북한과 재외 한인을 포괄하는 한국문학사의 개념과 범주에 대한 규정, 남북한과 재외 한인문학의 역사적인 현황과 사실적인 사례 등 한국문학사의 외연의 확장이라는 측면에서 주목할 수 있는

한국문학의 결핍과 보완으로서의 기억,
체험, 반성, 경계의 도입과 재구성

디아스포라적 주체로서의 한국문학사를 이야기할 때 우리가 중요하게 고려해야 할 것 중의 하나가 바로 '기억'이다. 기억은 '지금, 여기'보다는 과거나 저기를 지향한다. 주로 디아스포라 1세대에서 많이 드러나는 방식이다. 이들은 외세 및 국내 기득권 세력의 수탈과 징용 등으로 강요된 이주와 이산을 한 세대들이다. 이들의 기억의 중심에는 늘 국가(조국)와 민족이 있다. 이들은 한반도를 떠나 간도, 연해주, 사할린, 중앙아시아, 일본, 하와이, 미국 등으로 떠돌면서도 언젠가는 조국으로 돌아가야 한다는 생각을 품고 있었던 것이다. 이들의 이러한 생각은 자신의 존재성을 국가와 민족의 범주 내에 두고 있다는 것을 의미한다. 이들이 자신이 떠나온 땅과 그곳의 사람들을 못 잊어 하는 데에는 나와 이들이 한 동포라는 의식이 강하게 작용하고 있기 때문이다. 이것은 일종의 귀향의식이지만 그것을 가능하게 하는 기제는 기억이라고 할 수 있다.

그러나 이들이 기억을 되살리려 하고 그것을 기록하려 하는 데에는 국가와 민족 공동체의 일원으로 그 수난의 역사를 극복하고 개선하려는 근대 국가주의의 이념이 작용하고 있기 때문이라고 볼 수 있다. '국가와 민족이 있어야 나도 있다'는 이 논리는 근대국가의 강력한 이데올

저작이다. 하지만 이 저작에서 다루고 있는 한민족문학사가 어떻게 기존의 다양한 한국문학사를 수렴하고 포괄하여 '새로운 문학사를 제시할 것인지에 대해서는 구체적인 논의가 부족하다고 할 수 있다.

로기로 작동하면서 한국문학을 국가나 민족 중심의 동일성 차원에 위치시켜 놓았다고 할 수 있다. 주체의 기억에 의해 한반도를 넘어 간도, 연해주, 사할린, 중앙아시아, 일본, 하와이, 미국 등으로 이주한 시간과 공간의 흔적들이 구성 내지 재구성되지만 그 중심을 관통하고 있는 것은 국가와 민족이라는 점은 1세대 재외 한인들의 숙명과 같은 것이라고 해도 과언이 아니다. 국가와 민족 개념의 자발적인 해체가 아닌 타의에 의해 그것의 해체를 강요받으면 역설적으로 그것에의 동화와 동일성의 욕망이 강해지리라는 것은 충분히 예상할 수 있는 바이다. 이들이 시간과 공간을 달리해서 이동하면서도 국가와 민족 중심의 사고를 견지하는 데에는 몸으로 감각하고 인지한 기억의 영향이 크다고 하지 않을 수 없다.

재외 한인 1세대 중 이러한 의식을 지닌 대표적인 작가가 김학철이다. 그는 중국 조선족 작가이며, 대표작은 『격정시대』(1986)이다. 이 소설은 기억의 형식을 통해 자신의 만주 체험을 생생하게 증언하고 또 기록하고 있는 서사물이다. 한국문학사에서 자신이 체험한 역사적 사실을 증언하고 기록한 문학이 없는 것은 아니지만 그의 소설이 다루고 있는 조선의용대의 항일투쟁사는 우리 문학 어디에서도 볼 수 없는 유일한 기록이라고 할 수 있다. 이 조선의용대의 항일투쟁 기록을 통해 우리는 1920년대부터 해방에 이르는 만주에서의 항일운동사를 사실적으로 증언하고 복원할 수 있는 근거를 마련하게 되었다고 할 수 있다. 민족주의 계열이든 사회주의 혹은 무정부주의 계열이든 이들이 일본에 대항해서 격렬한 투쟁을 전개한 공간이 바로 만주인 것이다. 그가 그리고 있는 '태항산'을 근거지로 한 만주의 모습은 보편적, 추상적, 객관적 공간의 차원을 넘어 특수하고 구체적이며 주관적인 차원의 체험 공간으로 드러난다. 이것은 이곳이 작가의 적극적인 애정과 의미 부여가 만들어낸 의미심장한 공간이라는 것을 의미한다.

작가가 이렇게 태항산에 각별한 애정과 의미 부여를 하는 데에는 그곳이 어머니의 품속처럼 자신을 품어 안는 안온한 느낌을 받았기 때문이기도 하다. 이때의 어머니는 조국이나 민족의 대체된 이름에 다름 아니라는 점에서 우리는 이 사실을 통해 작가의 이면에 자리하고 있는 국가주의와 민족주의의 일단을 확인할 수 있다. 『격정시대』 후기에서도 작가는 이 소설을 기록한 이유를 "우리 민족의 자랑스러운 아들딸들이 걸어온 발자취를 망각의 흐름 모래 속에 묻혀버리지 않게 하려는 의도"[4]에서라고 밝히고 있다. 그에게 민족의 발자취 혹은 민족의 존재란 뚜렷한 실체로 남아서 역사의 흐름을 이어갈 핵심 토대인 것이다. 이처럼 이 소설의 근간은 분명 민족주의적인 이념을 강하게 드러내고 있다. 하지만 이 소설은 국수주의적인 것이나 배타주의적인 것과는 거리가 멀다. 오히려 이 소설에서는 국가주의 혹은 민족주의를 넘어서는 어떤 지점을 발견할 수 있다. 이를테면 자신의 조국인 일본제국주의에 저항하는 일본인 가지 와다루 씨 부부를 통해 민족을 넘어서는 어떤 연대감을 느끼는 대목이라든가 〈애국가〉를 부를 때와는 다른 감정을 〈인터나쇼날가〉를 부를 때 느끼고 자신도 모르게 공산주의에 끌리는 대목은 국가와 민족이 완전한 만족의 대상이 아니라 그것 역시 결핍의 대상이라는 사실을 말해 준다. 이런 점에서 『격정시대』는 그 안에 국가와 민족을 지향하는 흐름과 함께 그것의 경계를 넘어서는 디아스포라적인 흐름도 지니고

---

4   김학철, 「후기」, 『격정시대』, 풀빛, 1988, 305~306쪽.

있는 것으로 볼 수 있다.[5]

　김학철처럼 재외 한인 작가 1세대의 이러한 특성을 우리는 김석범에게서도 발견할 수 있다. 김석범은 재일 조선인 작가이다. 일본 오사카에서 출생한 한인 2세이긴 하지만 문학 세계나 활동 시기로 볼 때 그는 1세대 작가에 속한다고 할 수 있다. 그의 대표작은 『화산도』(1997)이다. 이 소설은 제주4·3사건을 전후로 한 사회·역사적인 정황과 이 속에서 살아가는 다양한 인간 군상들의 의식과 태도를 그리고 있다. 한평생 그의 글쓰기의 화두가 된 제주4·3사건은 『화산도』 이전에 씌어진 「간수 박서방」(1957)과 「까마귀의 죽음」(1957), 「관덕정」(1961), 「만덕유령기담」(1970), 「월」(2001) 등에서도 다루어지고 있다. 그가 제주4·3사건에 깊은 관심을 두기 시작한 것은 제주도에서 밀항해 온 친척으로부터 제주민들의 참혹한 학살 소식을 접하면서부터지만 보다 근본적인 계기는 그의 어머니가 제주도에서 그를 임신해서 오사카로 이주해 그를 낳은 출생의 과정 속에 이미 내재해 있었다고 할 수 있다. 제주도에 대한 태생적인 관심과 애정은 그를 일 년여 동안(1943) 그곳에 머물면서 조국 독립에 대한 의지를 다지게 했고, 1945년 3월에는 제주를 거쳐 서울 그리고 임시정부가 있는 중경으로 망명하려는 기획을 세우게끔 했다. 비록 장티푸스에 걸려 사경을 헤매다가 오사카로 돌아오기는 했지만 그의 제주와 제주민에 대한 관심과 애정은 상상을 초월할 정도로 대단했으며 한평생을 제

5　김학철의 『격정시대』에 드러난 이러한 디아스포라적인 흐름에 대해 연남경은 그것을 공간의 차원에서 고찰하고 있다. 그는 '만주는 일본제국주의가 소멸하지 않으면 고국 땅을 밟아볼 수 없는 신세의 디아스포라들이 머무는 공간이며, 국가를 잃은 식민지인들의 목소리에 귀를 기울이고 국제적 연대의 가능성을 보여주는 공간'으로 규정하고 있다. 연남경, 「김학철의 『격정시대』에 나타난 만주와 역사의 재현」, 『현대소설연구』 55, 한국현대소설학회, 2014, 126쪽.

주4·3사건의 문학적 형상화에 투신하게 했다고 할 수 있다.

　그러나 제주4·3사건에 대한 그의 일련의 문학적 형상화 과정을 자세히 살펴보면 그것이 단순히 관심과 애정만으로 이루어진 것이 아니라는 것을 알 수 있다. 김석범 역시 여느 재외 한인 1세대 작가 못지않게 조국과 민족 중심의 사고를 지니고 있다. 비록 그의 몸은 일본에 거주하고 있지만 마음은 늘 조국과 민족의 현실과 역사에서 떠난 적이 없다고 해도 과언이 아니다. 하지만 그의 이러한 관심은 번번이 그를 정치적인 이념 공세에 시달리게 했다. 그의 국내 입국이 자유롭지 못했던 것이 그것을 잘 말해 준다. 이것은 대표적인 재외 한인 작가 중의 한 명인 김학철과도 다른 면모를 드러내는 것이다. 그의 조국과 민족에 대한 관심은 아이러니하게도 국내의 권력 집단의 이해 관계와 맞물려 그것이 긍정보다는 부정의 대상으로 존재해 온 것이 사실이다. 그의 관심이 정권이나 권력 집단에 부담으로 작용한 데에는 그가 다루고 있는 제주4·3사건을 포함한 우리의 현실과 역사가 비판적으로 조망되고 있기 때문이다.

　우리 역사에 대한 그의 비판적이고 성찰적인 태도는 기본적으로 그가 처해 있는 위치와 지위에서 비롯된 것으로 볼 수 있다. 그의 재일 조선인 작가라는 지위는 제주4·3사건을 포함한 해방 전후의 현실을 객관적으로 성찰하게 하는 데 비교적 자유로울 수 있는 위치를 점한다고 할 수 있다. 그가 제주4·3사건을 통해 냉철하게 직시하려고 한 것은 식민지와 분단을 거치면서도 청산되지 않고 있는 왜곡된 우리 역사이다. 역사의 왜곡이 바로 잡히지 않는 원인을 그는 근원적이고 철저한 자기고백적이고 자기반성적인 성찰이 부재한 데서 찾고 있다. 이 근원적인 자기고백과 자기반성은 마치 고해성사하듯 해야 하는 것임에도 불구하고 그것을 정치적 혹은 현실적인 이해 관계에 따라 행해 왔기 때문에 '친일청산(친일문학, 친일문인)'[6] 혹은 제주4·3사건과 같은 문제가 해결되지 않은 채 역사의 얼룩이 되어 우리를 불편하게 하고 또 불안하게 하는 것이다. 그가 『화산도』에서 하고 있는 것처럼 친일의 문제를 밀도 있고 깊이 있게 제기하기 위해서는 단일 주체로서의 국가나 민족의 개념을 넘어 이념이나 체제 바깥에서 그것을 응시할 수 있는 위치를 확보해야 한다. 국가와 민족이라는 이념이나 체제 안에 있으면 그것이 얼마나 모순되고 부조리한지를 이해하고 판단하는 것이 결코 쉽지 않다. 누군가 이념이나 체제 밖에서 그것을 응시하는 고독하고 힘겨운 과정을 통해 그 속에 은폐된 세계의 진실을 이야기해 주는 작가야말로 한국문학사의 결핍을 채워줄 수 있는 그런 존재라고 할 수 있다. 한국문학사와 관련하여 진정한 자기반성의 문맥을 거느리고 있는 문학이 부재하다는 지적은 우리에게 불편한 진실이면서 동시에 앞으로 한국문학의 구성 및 재구성을 위해 필요한 것이 무엇인지를 진지하게 되돌아보게 한다.

김학철과 김석범 모두 재외 한인 1세대 작가들임에도 불구하고 이처럼 일정한 차이를 드러내고 있기는 하지만 이들의 문학이 추구하는 궁극이 국가와 민족을 겨냥하고 있다는 점에서는 다르지 않다. 이것은

---

6 김석범의 문학에 나타난 친일의 문제를 심도 있게 다루고 있는 글로 권성우의 「김석범의 『火山島』에 나타난 '친일' 비판의 의미」(『국제한인문학』 19, 국제한인문학회, 2017, 5~33쪽)를 들 수 있다. 그는 이 글에서 김석범의 『火山島』를 관통하는 주제가 "친일문인과 친일문학에 대한 비판"이라고 말하면서 이 주제는 "한국문학 작품이 제대로 포착하지 못한 것"이며 이런 점에서 그의 『火山島』는 "친일문제의 역사적 뿌리에 대한 치밀하고 과감한 진단을 수행하고 있는 작품으로 평가할 수 있다"는 것이다.

재외 한인문학과 관련하여 중요한 위치를 점하고 있는 재외 고려인 문학과 고려인 1세대 작가의 경우에도 해당된다고 할 수 있다. 이런 점에서 재외 한인 1세대 작가로부터 눈을 돌려 2세대 혹은 3・4세대 작가를 주목하는 것은 중요하다고 할 수 있다. 디아스포라적 주체로서의 한국문학사를 논할 때 이들의 존재는 매우 복잡하고 모호한 문제의식과 전망을 은폐하고 있기 때문에 난해함을 불러일으키기도 하지만 오히려 그것 때문에 더 세심하게 검토하고 진지하게 살펴볼 필요가 있다. 재외 한인 1세대와는 달리 조국이나 민족의 경계가 약화되거나 해체되면서 자신이 정착한 현실에 충실한 삶의 태도를 보여주는 이후 세대들이 등장하는데 그 대표적인 문인이 아나톨리 김이다.

아나톨리 김은 19세기 말 러시아 연해주로 이주한 한인 3세이다. 그는 한인 1세대 작가들에게서 공통으로 발견되는 조국과 민족에 대한 귀향의식이나 지향성보다는 정체성의 불안을 더 많이 드러내 보인다. 그는 이 불안을 '이혼한 부모'나 '국적이 다른 부모(러시아를 아버지 나라, 한국을 어머니 나라)' 밑에서 자라는 아이에 비유하고 있다. 러시아인도 한국인도 아닌 자신의 정체성 때문에 불안해하고 고통스러워하는 모습은 그가 인종, 지리, 역사적 범주로 민족을 규정하는 근대의 국민국가적인 이데올로기로부터 벗어나 있다는 것을 의미한다. 비록 그의 문학 속에 한국인들이 등장한다든가(초기 소설), 동양적인 신비주의를 담고 있다고 해서 그것을 한국적이라거나 한국적인 민족 정서를 드러낸 것이라고 규정하는 것은 잘못된 것이다. 그의 문학이 겨냥하고 있는 것은 '인류 전체에 속한 개인' 혹은 '세계는 하나'라는 이념이다.[7] 「도시

---

[7]   김현택, 「한국계 러시아 작가 아나톨리 김의 문학세계 연구 (1) ─ 단편 및 중편을 중심

에 친 번개」(1985)에서 그는 하늘에 친 번개처럼 순간적으로 인종, 직업, 나이 등 현실의 모든 경계를 넘어 인도 출신 시인과 러시아 노인이 서로의 마음을 이해하고 하나가 되는 세계를 그리고 있다. 모든 존재는 자기 고유의 운명을 지니고 있으며, 영적 존재 혹은 고독한 존재로서의 인간 혹은 인간의 삶에 대한 근본적인 질문을 하고 있으며, 그의 대표작 중의 하나인『다람쥐』(1984)에서는 환상주의 기법을 동원해 인간의 동물적인 욕구와 진정한 정신 세계를 지닌 인간의 양면성과 후자로의 지향을 꿈꾸는 인간의 고뇌를 형상화하고 있고,『다람쥐』이후 5년 만에 내놓은『아버지의 숲』(1989)은 자족적인 숲을 통해 자신의 정신 세계를 이해하기 위해 내면으로 깊이 침잠하여 그곳에 존재하는 기이한 현상과 모습 그리고 본질을 자각한 다음 다시 다른 세계 속으로 들어가 하나의 상징, 즉 숲을 발견한다는 대단히 심오한 철학적 세계를 다루고 있다.

그의 문학은 더 이상 국가나 민족을 중심에 두는 근대 국가적인 관점으로는 이해할 수 없는 새로운 인간관과 민족관 그리고 세계관을 지니고 있다. 그의 문학이 다루는 신비롭고 환상적인 세계는 우리가 경험한 시간과 공간의 의미를 넘어 하나의 새로운 시간과 공간을 탄생시킨다. 그의 문학이 드러내는 이러한 세계는 러시아 문단에서도 낯선 것으로 평가받고 있다. 그가 러시아 문단에 나왔을 때 그를 '러시아 작가로 인정할 수 없다'[8]고 한 사실은 그가 고려인이라 한국적인 정서와 문화 환경 속에서 자랐기 때문에 러시아어를 제대로 구사하지 못하고 러

으로」,『한국학연구』10, 고려대 한국학연구소, 1998, 49쪽.

8   위의 글, 26쪽.

시아적인 정서와 문화를 담을 수 없으리라고 판단했기 때문이다. 이것은 마치 그가 고려인이기 때문에 한국이라는 국가와 민족의 개념 안에서 이해하고 해석하려는 우리 쪽 연구자나 비평가들의 입장과 다르지 않다. 그는 한국계이지만 엄연한 러시아 작가이다. 그는 한국계 러시아 현대문학을 대표하는 주요 작가 중의 한 명인 것이다. 이 사실은 그를 국가나 민족의 개념과 범주 안에서 이해하고 평가하는 것을 넘어 디아스포라적인 주체의 관점에서 이해하고 평가하는 것이 온당하다는 것을 말해 준다.

아나톨리 김은 한국계 러시아 작가이며, 이것은 곧 그의 정체성에 다름 아니다. 이 한국계 러시아 작가라는 정체성은 일종의 틈이나 균열의 상징성을 표상한다고 볼 수 있다. 그는 온전한 러시아인도 또 온전한 고려인도 아닌, 러시아 혹은 한국의 경계를 넘어 다양하고 이질적인 주체들이 비동일성의 상태로 섞여 있는 그런 자기 정체성을 지니고 있는 것이다. 그가 처해 있는 이 위치와 지위가 그를 지배하고 있는 실존적인 상황이며, 비록 한국계이기는 하지만 그에게 더욱 중요한 것은 과거, 저기에 대한 기억과 회귀가 아니라 '지금, 여기'에서의 삶과 실존이라고 할 수 있다. 고려인으로서 아나톨리 김이 러시아에서 자신의 지위와 위치 혹은 실존의 장을 확보하기 위해 내적으로 혹은 외적으로 고뇌하고 투쟁한 과정은 디아스포라가 지니고 있는 이산, 경계, 혼종의 의미를 내포한 한 편의 드라마라고 할 수 있다. 아나톨리 김은 디아스포라로서의 힘든 과정을 거쳐 러시아에 정착하고 그곳을 거점으로 자신의 정체성을 정립한 경우라고 볼 수 있다.

그러나 디아스포라로서의 정체성을 찾고 자신의 '지금, 여기'의 위치를 확보하는 일은 결코 쉬운 것이 아니다. 러시아나 중국의 경우도 그렇지만 일본의 경우도 실존을 위해 해결해야 할 것들이 산재해 있기 때문이다. 먼저 재일 조선인들은 중국이나 러시아에서처럼 소수민족의 자치권을 부여받은 것이 아닌 상태에서 식민지 역사의 피해자임에도 불구하고 차별과 억압을 노골적으로 감내해야 하고, 한반도가 아닌 일본에서 남과 북의 서로 다른 이념의 차이와 이로 인한 갈등과 대립의 대리전을 수행해야 한다. 여전히 미해결 상태로 남아 있는 현재의 역사적 상황 속에서 경계인으로서의 미래적인 전망을 제시해야 하는 중층적이고 복합적인 위치에 놓여 있다고 할 수 있다. 중국이나 러시아 한인들에 비해 일본의 한인들에 대한 국가와 민족에 대한 태도를 바라보는 시선은 보다 근대의 국민국가적인 이데올로기에 근접해 있는 것이 사실이다. 우리는 이러한 대표적인 예를 재일 조선인 작가인 유미리를 통해 확인할 수 있다.

유미리는 재일 조선인 3세대 작가이다. 불행한 가족사와 개인의 힘든 실존을 문학적으로 형상화하여 일본 문단의 주목을 받았으며, 아쿠타가와상, 이즈미 쿄오까상, 노마 문예 신인상 등을 수상하기도 하였다. 그의 대표작은 『가족 시네마』(1997)이다. 이 소설은 가족의 해체와 복원의 불가능성을 통해 현대 사회의 불안과 위기를 날카롭게 묘파해내고 있다. 이 소설로 아쿠타가와상을 수상하면서 그녀는 한국에서도 관심의 대상이 되었고, 그 해(1997) 한국을 방문하게 된다. 그에 대한 국내의 관심과 방문 열기는 상당히 뜨거웠는데 그것은 민족이라는 프리즘을 통해 그를 보았기 때문이다. 하지만 그에게서 민족주의적인 그 무엇을 기대했던 국내 독자들은 적지 않은 실망을 하게 된다. 작가는

"자신을 사로잡은 것은 나라는 개인이 어디에 서 있는가"이며, "한일 간의 불행한 과거에 대해서는 글을 쓸 것 같지 않다"[9]고 답했기 때문이다. 그의 이 말은 일본에서의 자신의 정체성을 잘 보여주는 발언이라고 할 수 있다. 그에게서 민족주의적인 것을 기대했던 국내 독자들의 실망은 재일본 3세대 조선인 작가로서의 그의 위치와 존재에 대한 이해 부족에서 비롯된 것으로 볼 수 있다. 그에게 무엇보다도 중요한 것은 민족이나 국가보다 일본에 뿌리를 내리고 살아야 하는 재일 조선인으로서의 자신의 아이덴티티이다.

현재 90만에 달하는 재일 조선인들 중 10만 명 정도가 일본으로 귀화한 것만 보아도 이들을 민족이나 조국이라는 당위를 앞세워 이해하고 판단하는 것이 적절치 않거나 또 큰 의미가 없다는 것을 말해 준다. 민족이나 조국을 앞세우는 논리가 힘을 잃어간다는 것을 유미리뿐만 아니라 또 다른 재일 조선인 3세대 작가인 현월이나 가네시로 가즈키를 통해서도 알 수 있다. 「그늘의 집」(1999)에서 현월은 오사카 동부 지역에 자리하고 있는 '재일 조선인 집단촌'을 통해 그 공동체가 어떻게 분열되고 소멸해 가는지를 형상화하고 있다. 이 과정을 통해 그가 발견한 것은 그 공동체를 유지하기 위해서는 어떤 이념화된 폭력과 희생 제의가 필요하다는 사실이다. 작가가 그리고 있는 오사카에 자리하고 있는 재일 조선인 집단촌에서 일어나는 이러한 폭력과 희생 제의는 그것이 하나의 공동체혹은 한 사회를 존속시키는 필요악이라는 점에서 조선인 집단촌이라는 공간의 경계를 넘어선다. 이런 점에서 어쩌면 '이 조선인 집단촌은 일본사회의 질서와 체제 유지를 위한 희생물로 존재해 왔다'[10]고 볼 수 있다.

---

9   최재봉, 「민족을 비켜간 유미리의 문학」, 『한겨레21』 151, 한겨레신문사, 1997.4.30.

현월이 「그늘의 집」을 통해 재일 조선인의 위치와 지위를 규정해 온 폭력으로부터 벗어나려는 문학적 의도를 드러낸 것은 이전 세대의 태도와 비교해 볼 때 진일보한 것임에 틀림없다. 하지만 이러한 공간에 관심을 가지고 그것을 심도 있게 다루고 있는 것 자체가 그 역시 재일 조선인이라는 사실로부터 자유롭지 않다는 것을 의미한다. 자신의 내면에 어두운 그림자를 드리우고 있는 이 실존적인 사실로부터 온전히 벗어나기 위해서는 그것을 전복시키는 좀 더 강력한 기제가 요구된다고 할 수 있다. 국가와 민족의 이념으로부터 자유로워지기 위해서는 국가와 민족의 위치를 전도시키는 방법이 필요한데, 그것은 국가와 민족이 지니는 무거움과 진지함을 해체하는 것이다. 재외 조선인 작가 중 그것을 잘 보여주는 이가 바로 가네시로 가즈키이다. 이미 자신을 명명하는 방식부터가 다른 세대 혹은 동세대의 다른 작가들과 차이를 드러낸다. 그는 한국계이기 때문에 한국식 이름이어야 한다는 민족적 이데올로기가 제공하는 실존적 무게로부터 벗어나 있다.

작가의 이러한 태도는 문학 속에서도 그대로 드러난다. 그의 대표작 중의 하나인 『GO』, 『플라이』를 보면 그 어디에도 국가와 민족이 주는 의무감이나 책임감 같은 그런 무겁고 억압적인 내용은 없다. 소설 속 주인공은 '국적'을 '아파트 임대 계약서'와 다를 바 없다고 당당하게 말한다.[11] 재일 조선인 1세대에게서는 감히 발견할 수 없고 또 그들이 보기에 불경하기 짝이 없는 이 발언은 변화하고 변모하는 재일 조선인 세

10 문재원, 「재일코리안 디아스포라 문학사의 경계와 해체」, 『동북아문화연구』 26, 동북아시아문화학회, 2011, 13쪽.
11 가네시로 가즈키, 김난주 역, 『GO』, 북폴리오, 2006, 12쪽.

대의 의식과 전망을 표출한 것이라고 할 수 있다. 이들에게는 국적이 중요한 것이 아니라 자신들이 위치해 있는, '지금, 여기' 다시 말하면 자신들이 직접 삶을 영위하고 있는 실존으로서의 이곳이 더 중요한 것이다. 이런 점에서 '이 나라도 점차 변해가고 있다'는 사실과 함께 '인간과 인간 (사이)의 연대'라든가 '관계에의 개입과 참여'가 중요할 수밖에 없다. 앞으로의 변화에 대한 기대와 이 변화에의 적극적인 참여를 위해 'GO'하고 '플라이'해야 한다는 작가의 가볍지만 가볍지 않은 발언은 의미심장한 데가 있다. 그의 소설의 주인공처럼 '지금, 여기'에서의 삶에 주체가 되어야 한다는 의식과 그것의 실행은 이들의 정체성뿐만 아니라 디아스포라 주체가 형상화하는 문학 세계의 정체성을 결정한다고 할 수 있다. 그의 문학이 표상하고 있는 'GO'나 '플라이'는 그동안 아버지의 법으로 작용해 온 국가와 민족 같은 상징계의 질서에 균열을 내는 시도이면서 동시에 이 세계로부터 추방된 디아스포라적 주체들이 새로운 아이덴티티를 구성하고 재구성하려는 시도로 볼 수 있다.

새로운 한국문학의 정립과 전망

기존의 한국문학사가 가지는 한계에 대해 어느 정도 공감대가 이루어진 것이 사실이다. 이 한계에 대한 보완 및 복원을 위해 먼저 북한문학을 한국문학사에 편입시키는 논의를 시작으로 최근에는 재외 한인들의 문학을 한국문학사의 논의 대상으로 삼는 연구들이 활발하게 진행되고 있다. 온전한 한국문학사의 복원을 겨냥하고 있는 이러한 일련의 과정에서 공통으로 드러나는 것은 한국문학사가 곧 민족문학사가 되어야 한다는 논리이다. 이 논리대로라면 한국문학사에서 가장 중요한 토대로 작용하는 것은 민족이며, 이렇게 되면 한국문학사는 민족 중심의 이념적 서술이 될 수밖에 없다. 이 논리와 서술은 일견 정당성을 확보하고 있는 것처럼 보이지만 그것은 어디까지나 국가와 민족이 중심이 되는 근대의 국민국가 시대에나 통할 수 있는 것이라는 점에서 일정한 한계를 드러낸다. 만일 북한문학과 재외 한인들의 문학을 이런 논리에 입각해 한국문학사의 영역으로 새롭게 편입시키려고 할 때 무엇보다도 문제가 되는 것은 조국에 대한 체험과 기억을 가지고 있지 않은 재외 한인들의 문학을 어떻게 바라보아야 할 것인가 하는 점이다.

이들은 한국계일 뿐 국가와 민족 차원으로서의 한국에 대한 기억과 체험이 대체로 부재하기 때문에 이들의 문학이 겨냥하고 있는 것은 자신들이 처한 곳에서의 개인적인 실존의 문제라든가 아니면 국가나 민족을 초월한 인류 보편의 어떤 가치와 의미라고 할 수 있다. 이들은 비록 한국계이긴 하지만 각자의 삶의 영토 내에서 실존을 모색하고 있다는 점에서 경계인으로서의 삶을 살고 있는 것이다. 단일한 주체가 아닌 이산과 경계인으로서의 복합적이고 혼종적인 주체에게 국가와 민족보다는 그것 너머에 있는 혹은 그것이 추방해버린 개인적인 욕망이라든가 인간의 소외와 내면 세계, 그리고 인류 보편의 가치와 공동선, 인간적인 연대 같은 것들이 더욱 중심적인 가치로 인식되는 것은 어쩌면 당연한 것인지도 모른다. 이런 디아스포라적인 주체의 출현은 낯설지 않지만 그것을 한국문학사의 차원에서 어떻게 이해하고 판단할 것인가 하는 문제는 낯선 것이라고 할 수 있다.

디아스포라 주체의 출현은 기존의 한국문학사나 민족문학사 중심의 범주로는 포괄할 수 없는 난해한 문제를 제기한다. 기존의 한국문학사의 방식으로는 디아스포라 주체가 등장하는 재외 한인문학을 포괄하기에는 어려움이 있다. 기본적으로 재외 한인 디아스포라 문학은 세대가 아래로 내려올수록 강화되는 양상을 보이며, 젊은 세대들은 한반도에 대한 기억과 체험이 대체로 부재하기 때문에 자신이 처해 있는 '지금, 여기'에서의 개인적인 실존이나 전망이 중심이 될 수밖에 없다. 이 사실은 새롭게 쓰일 한국문학사는 이들의 문학 세계를 적극적으로 수용하고 반영하는 것이 타당하다는 것을 말해 준다. 디아스포라의 차원에서 한국문학사를 조망할 경우 한반도를 넘어 간도, 연해주, 사할린, 중앙아시아, 일본, 하와이, 미국 등으로 시공간이 확장되고, 이곳에서의 다양하고 복잡한 인간 실존의 모습을 보여준다는 것은 곧 한국문학사의 외연과 내포에 커다란 영향을 준다는 것을 의미한다. 한국문학의 약점으로 지적받아 온 보편성과 세계성 차원에서 보면 재외 한인 디아스포라 문학을 아우르는 한국문학사의 재구성은 그것을 보완하고 확장할 수 있는 좋은 계기가 될 것이다. 이렇게 디아스포라를 통해 재구성되는 한국문학사는 기존의 문학사를 되쓴다는 차원을 넘어 그것을 새롭게 쓴다는 차원에서 접근해야 할 것이다.

실존은 어두운 싸움의 기록이다

박정범의 〈무산일기〉

박정범 감독의 〈무산일기〉(2011)를 보고 난 후 '탈북'이라는 말의 의미가 뇌리에서 떠나지 않았다. 이 말은 '지금, 여기'에서 새롭게 부상한 감이 없지 않지만 기실 그것은 근대 이후 식민지와 분단을 거치면서 우리 역사의 한 흐름을 적나라하게 표상해 온 '월북', '납북', '월남' 등과 연속선상에 있는 말이라고 할 수 있다. 그 당시와 '지금, 여기'와의 차이가 있다면 이념보다는 먹고 사는 문제가 더 절실한 실존의 상황을 연출하고 있다는 점이다. 이념보다 먹고 사는 일이 실존의 더 직접적인 기반이 되기 때문에 많은 북한 주민들이 목숨을 걸고 탈북을 감행하는 것이다. 이들의 경계 넘기는 개별 단위로 이루어지기도 하고 또 집단적으로 이루어지기도 하지만 중요한 것은 이들이 북한에서 기층에 속한다는 것이다. 북한의 기층민들은 대개 권력으로부터 소외되고 삶의 기반 자체가 허약한 '뿌리 뽑힌 자들the uprooted'이다. 이런 점에서 이들의 탈북은 일단 먹고 살아야 한다는 것에 대한 기본적인 욕구 충족의 환상과 함께 국가 제도로부터 최소한의 보호를 받을 수 있다는 기대감을 지닌 다고 할 수 있다.

탈북자들이 가지는 이러한 환상과 기대감은 곧 그것을 충족시켜 줄 대상이 존재한다는 것을 의미한다. 이들이 목숨을 걸고 경계를 넘는 데에는 자신들의 환상과 기대감을 충족시켜 줄 대상, 곧 남한이 존재하기 때문이다. 이들에게 남한은 감히 엄두도 낼 수 없고 또 꿈도 꿀 수 없는 일들이 벌어지는 기회의 땅이자 기적의 땅인 것이다. 남한은 탈북자들을 민족의 한 일원으로 혹은 자유민주주의 이념에 따라 인도적인 차원에서 그들을 받아들이고 일정한 교육과 경제적인 지원을 통해 남한 사회에 적응할 수 있도록 돕는다. 탈북자들에 대한 남한 당국의 기본 원칙은 분명 이들의 환상과 기대를 충족시켜주기 위한 방향으로 나아가고 있는 것이 사실이다. 하지만 남한 당국의 이러한 배려에도 불구하고 이들이 기대하고 꿈꿔온 일들은 생각처럼 그렇게 쉽게 일어나지 않는다. 그것은 현실적으로 점점 늘어나는 탈북자들을 보호하고 지원하기에는 한계가 있을 뿐만 아니라 이들 역시 자본주의 사회에서의 생존 경쟁을 피해 갈 수 없기 때문이다.

탈북자 중에는 남한 사회에 잘 적응해서 남부럽지 않게 살아가는 사람들도 있지만 대부분의 사람들은 기대 이하의 삶을 살아가고 있다고 할 수 있다. 자본주의 체제에 잘 적응하면서 살아가기에는 이들이 지니고 있는 기본적인 생존의 조건이 너무나 부족하며, 이러한 상황에서는 남한의 여느 기층민들처럼 권력으로부터 소외되고 삶의 기반 자체가 허약한 뿌리 뽑힌 자들이 될 수밖에 없다. 어느새 남한 사회에서 탈북자 혹은 새터민은 소외되고 뿌리 뽑힌 자들과 동의어가 된 것이 사실이다. 하지만 남한 사회에서 탈북자가 드러내는 문제의식은 다른 기층민들에 비해 남다른 데가 있다. 남한 사회의 기층민이란 대부분 자본주의 체제로부터 밀려난 존재들이며, 이것은 곧 이들이 자본주의의 생리를 몸으로 체득한 경험을 가진다는 것을 의미한다. 이에 비하면 탈북자에게 자본주의는 처음으로 맞닥뜨리는 생소하고 낯선 세계인 것이다. 자본주의 체제의 음험함을 간파할 시간적인 여유도 없이 그 세계 속으로 내던져진 존재로 살아갈 수밖에 없다는 것은 이들이 상황에 대한 무지로 말미암아 희생양으로 전락할 위험성이 높다는 것을 의미한다.

그러나 남한 사회에서 무엇보다도 이들의 삶을 힘들게 하는 것은 이들을 진정한 타자로 인정하지 않는다는 점일 것이다. 타자의 고통스러운 얼굴을 바라보고 그것을 어루만져 주려고 하지 않고 외면해 버리는 태도는 탈북자들을 투명인간으로 만들어 버림으로써 이들로 하여금 실존적인 공허감을 불러일으키게 한다. 이 실존적인 공허감이야말로 이들의 삶의 의지를 무력화시키는 가장 중요한 요인이라고 할 수 있다. 실존적인 무(공허함)의 상태에서는 정상적인 관계성을 유지하면서 살아갈 수 없다. 이들을 진정한 타자로 받아들일 때만이 실존적인 무의 상태는 해체되고 진정한 관계성은 회복될 수 있다. 어쩌면 박정범 감독의 〈무산일기〉는 이러한 관계성의 회복을 위한 순정한 시도로 볼 수 있을 것이다. 그 자신이 고백하고 있듯이 이 영화는 대학 친구인 전승철이라는 탈북자를 기리기 위해서 만든 것(그는 〈무산일기〉를 만들기 전에 이미 〈125 전승철〉이라는 영화를 만든 적이 있다. 〈무산일기〉는 이 영화를 토대로 만들어진 것이다)이다. 여기에서 그를 기린다는 것은 곧 무너져버린 관계성을 회복한다는 것에 다름 아니다.

감독은 이 관계성 회복을 위해 자신이 직접 승철(전승철) 역을 연기한다. 감독이 되어 배우의 연기를 바라보는 것이 아니라 자신이 직접 배우가 되어 탈북자인 승철을 연기한다는 것은 그동안 둘 사이의 관계성을 몸으로 행하고 그것을 통해 일정한 자각을 이룬다는 점에서 의미가 있다. 남한 땅에서 쓸쓸히 죽어가야 했던 친구 승철의 삶을 냉정할 정도로 객관적인 시각으로 되살려낸다. 그를 통해 보이는 승철은 우직하게 혹은 순정하게 낯선 자본주의 세계와 관계성을 마련하기 위해 노력한다. 그는 형사의 도움으로 취직을 위해 찾아간 곳에서 탈북자라는 이유로 퇴짜를 맞지만 싱크대에서 가만히 설거지를 한다거나 철저하게 자신을 이용만 하는 업주의 행동에 아랑곳하지 않고 벽보 붙이는 일을 계속하게 해달라고 간청하기도 하고, 유흥업소에서 더 이상 일을 줄수 없다고 하는데도 연실 '잘 할 수 있습니다'라고 애원하는 모습 등은 그가 얼마나 이 사회의 일원으로 살아보기 위해 노력하고 있는지를 잘 보여주고 있다.

그러나 그는 이 사회 속으로 좀처럼 편입해 들어가지 못한다. 승철의 우직함과 순정이 이 사회에서는 먹히지 않는 것이다. 특히 그가 짝사랑한 숙영과 교회 사람들로부터 외면받는 장면은 자신이 발붙일 데가 그 어디에도 없다는 것을 강하게 드러내고 있다. 숙영의 이중성과 교회의 위선은 그로 하여금 사람과 이 사회에 절망하게 만든다. 교회의 한 기도 모임에서 그는 이러한 이중성과 위선을 견디지 못하고 먹을 것이 없어 친구와 다투다 그를 죽인 이야기를 한다. 그의 이 말은 윤리나 도덕과 같은 본질적인 것에 앞서는 실존적인 발언이다. 그가 기도 모임에서 이런 말을 하게 된 데에는 북한에서와 같은 실존적인 위기를 남한에서도 느꼈기 때문이다. 북한에서 자신에게 닥친 실존적인 위기로 인해 친구를 죽였듯이 남한에서도 자신을 괴롭히던 동네 불량배들을 향해 돌을 들어 격하게 반항하기에 이른다. 그의 반항은 실존의 위기 앞에서 인간으로서의 우직함과 순정함을 계속 유지할 수 없었던 실존적인 상황성을 강하게 표상한다고 할 수 있다.

자본주의에 얍삽하게 대처하는 경철에 대해 일정한 반감을 가졌던 승철이 갑자기 자본의 그 질펙거리는 세계 속으로 변신해 가는 모습은 쓸쓸함을 넘어 우리를 먹먹하게 만들어 버린다. 우리가 이 영화를 보고 어떤 강한 통증 혹은 동통의 아픔을 느꼈다면 그것은 바로 한 우직하고 순정한 인격의 소유자를 한순간에 타락의 구렁텅이로 밀어 넣어 버리는 저 자본주의의 음험함과 여기에서 비롯되는 관계의 단절 때문일 것이다. 이런 점에서 백구의 죽음이 환기하는 메타포는 의미심장하다. 승철에게 백구는 자신의 분신이면서 자신의 존재를 인식시켜 주는 유일한 타자인 것이다. 백구는 누군가에 의해 버려진 존재이면서 그것에 대해 어떤 말도 하지 못하는 그런 존재이다. 이러한 백구의 처지는 승철의 처지와 별반 다를 게 없다. 승철 역시 이것을 잘 알고 있기 때문에 백구에 집착한다. 하루하루 살아가기가 죽기보다 힘겹고, 입에 풀칠하기도 어려운 상황에서 백구를 먹이고 목욕시키고 재워주는 그의 행위는 분명 상식을 위반하고 있다. 경철이 승철이 몰래 백구를 버리는 행위가 반윤리적인 것으로 느껴지기보다는 살기 위해 그럴 수도 있다는 쪽으로 생각되는 것도 모두가 이 때문이다.

그러나 승철과 경철 두 사람의 이러한 행위는 표면적으로는 대립되는 듯 보이지만 그 이면을 들여다보면 그렇지 않다. 백구에 대한 두 사람의 행위는 모두 살기 위한 실존적인 절박함에서 비롯된 것이다. 승철에게 절박한 것은 관계성을 회복하는 일이고 경철에게 그것은 돈을 버는 일인 것이다. 그런데 관계성의 회복이 사람이 아니라 백구라는 데에 문제의 심각성이 있다. 사람이나 사회와의 관계성 회복이 불가능하기 때문에 그 대안으로 등장한 존재가 백구라고 할 수 있다. 비록 승철의 일방적인 투사가 지배적인 관계성의 양태로 드러나지만 승철에게 그것은 관계성을 드러내는 유일한 대상인 것이다. 그의 백구에 대한 관계가 애착을 넘어 집착, 더 나아가 고착의 상태로 보이는 이유가 이 때문이다. 하지만 이 백구조차 차에 치여 죽고 만다. 승철은 차가운 아스팔트 바닥에 피를 흘리며 쓰러져 있는 백구의 주검을 목격한다. 그는 마치 거대한 바윗덩이가 길 위에 박혀 있듯이 그렇게 서서 백구의 시체를 바라본다.

아스팔트 위에 피 흘리며 쓰러져 있는 백구의 시체에서 승철은 자기 자신의 모습을 보았을 것이다. 이런 점에서 승철이 보인 이와 같은 태도는 결국 자신도 백구처럼 피 흘리며 죽어가게 될 것이라는 사실에 전율하면서 실존의 길을 모색하는 것으로 이해할 수 있을 것이다. 하지만 그의 실존의 모색은 관계성의 회복보다는 그것에 대한 적대감을 더욱 강하게 드러내 보이는 방향으로 나아가게 된다. 그의 실존의 모색이 여기에까지 이른다는 것은 곧 관계성의 회복 대상인 타자가 감옥으로 인식된다는 것을 의미한다. 그에게 타자는 자신을 감시하고 통제하는 존재로 불안과 공포의 대상일 뿐이다. 타자의 시선에 불안과 공포를 느끼는 존재에게 관계성의 회복 대상으로서의 사람과 사회는 열린 구조로 인식되기보다는 폐쇄된 구조로 인식되는 것이 당연하다고 할 수 있다. 타자가 감옥이 아니라 이타성의 대상으로 존재한다면 그것은 백구의 비극에서처럼 비정하고 무관심한 시선이 지배하는 세상은 아닐 것이다.

하지만 박정범 감독은 여기에 대해 성급한 낙관이나 주관적인 전망도 제시하지 않는다. 아주 냉정한 시선으로 승철을 지켜볼 뿐이다. 현란한 기교나 화려한 장식 없이 최대한 있는 그대로의 현실을 리얼하게 드러내려는 감독의 의도는 음악을 전혀 사용하지 않고 현장음을 그대로 살리고 있는 대목이라든가 핸드헬드^{Hand-Held} 기법을 통해 화면의 미묘한 떨림까지도 잡아내 인물의 생동감을 극대화하고 있는 대목 등에서 빛을 발한다. 비록 이 영화는 탈북자들의 삶에 초점을 맞추기는 했지만 그것이 꼭 탈북자라는 어떤 특수하게 국한된 존재들의 이야기라고 느껴지지 않고 '지금, 여기'를 고통스럽게 살아가고 또 살아내고 있는 사람들의 모습과 우리 사회의 이중적이고 위선적인 모습을 리얼하게 보여주고 있는 어떤 보편성을 지니고 있는 이야기로 느껴진다. 우리는 탈북자의 모습을 통해 현란하고 화려한 자본주의 사회의 이면에 은폐된 이중적이고 위선에 가득 찬 어두운 면을 들여다 볼 수 있는 기회를 갖게 되었다고 할 수 있다. 아울러 이 영화에 대한 뜨거운 관심과 성공은 거대 자본주의 메커니즘 속에서 마치 탈북자들처럼 소외받고 무관심의 대상으로 전락한 우리 독립영화의 위상을 재고하는 계기를 마련하게 되었다는 점에서 그 의의를 찾을 수 있을 것이다. 하지만 우리 사회에서 독립영화는 여전히 실존의 위기에서 자유롭지 못하다고 할 수 있다. 거대한 자본에 종속되어버린 상황에서 독립영화의 실존은 늘 위태롭지만 〈무산일기〉에 보내준 뜨거운 관심은 그 자본이 점령하지 못한 순수의 영역이 우리 안에 존재하고 있다는 것을 말해 준다.

빅 브라더가 당신을 지켜보고 있다

조지오웰의 『1984』

대한민국 헌법 제1조 1항이 '대한민국은 민주공화국이다'이고, 2항이 '대한민국의 주권은 국민에게 있고, 모든 권력은 국민으로부터 나온다'라는 사실을 모르는 대한민국 국민은 거의 없을 것이다. 헌법이 모든 법의 최상위법이라는 점을 전제한다면 이 조항들은 대한민국의 성립을 위한 가장 기본적인 조건을 명시한 것이라고 할 수 있다. 하지만 여기에서 우리가 주목해야 할 것은 2항이 전제되지 않고서는 1항이 성립될 수 없다는 사실이다. 만일 대한민국의 주권이 국민에게 있지 않고 모든 권력이 국민으로부터 나오지 않는다면 대한민국은 민주공화국이 아니라는 것이다. 대한민국이 민주공화국이냐 아니냐 하는 가장 중요한 판단의 기준이 이렇게 국민의 주권 권력을 전제해야 가능하다는 것은 하나의 형식적인 선언이라기보다는 누구나 인정하고 공감하는 보편타당함을 지니고 있는 실질적인 약속이라고 할 수 있다.

대한민국이라는 국가는 국민 개개인의 주체적인 권력에 의해 이루어진 집단 혹은 공동체인 것이다. 민주 국가의 성립이 국민 각자 각자의 주권이 살아있는 상태에서 이루어지는 것이라면 여기에는 국가에 의한 일방적인 배제나 억압으로 인해 국민이 소외되거나 추방당하는 것을 경계하는 의미가 내재해 있다. 이런 점에서 볼 때 민주공화국이라는 국가의 정체성을 위협하고 파괴하는 가장 무서운 힘은 국민 각자 각자의 주권을 인정하지 않은 채 국가 권력을 동원하여 그것을 획일화하고 전체화하려는 욕망이라고 할 수 있다. 우리가 흔히 전체주의 국가 혹은 독재 국가라고 명명하는 국가에서 그러한 예를 발견할 수 있는데 이런 경우에는 대부분 '짐^{king}이 곧 국가다'라는 통치자의 의식이 자리하고 있다는 점이다. 자신의 통치 행위와 국가를 동일시하고 있기 때문에 이런 통치자들은 자신이 행하는 하나하나가 모두 국가 전체의 이익과 안녕을 위한 것이라고 굳게 믿게 된다. 국민 각자의 이익과 안녕이 아니라 통치자 개인의 욕망이 과도하게 국가의 통치 행위에 투사되었을 때 그 결과가 어떻게 되었는지에 대해서는 인류 역사가 그것을 잘 말해 주고 있다.

자신의 통치 행위가 절대 선^善이라는 의식은 바라봄만 있을 뿐 보여짐이 전제되지 않기 때문에 반성 자체가 존재할 수 없다. 반성은 자신의 세계에 틈과 얼룩이 존재한다는 것을 의식할 때 이루어지는 행위이지 그것이 절대 선으로 존재한다고 의식하는 세계에서는 무의미한 행위에 지나지 않는 것이다. 이런 점에서 이 절대 선에 대해 비판하거나 반성을 요구하게 되면 그것은 절대 악^惡이 되어 이 세계에서 배제되거나 추방당하게 된다. 통치자의 이상만 있을 뿐 이상적인 통치는 없는 상상계가 펼쳐지는 것이다. 상상계 내의 통치자는 자신의 욕망에 의한 환상을 즐기는 환자이기 때문에 그 세계가 얼마나 추하고 역겨운 것인지에 대해서는 알지 못한다. 상상계 내의 통치자 개인의 환상이 깊으면 깊을수록 국민 각자 각자는 환상이 아니라 그만큼의 환멸을 경험하게 된다. 통치자와 국민 사이에서 발생하는 환상과 환멸 사이의 거리가 도저히 회복할 수 없는 지경에 이르게 되면 국가는 위기에 처하게 되거나 심각한 위험에 빠지게 된다.

이와 관련하여 20세기의 한 예지력를 지닌 작가의 경고는 의미심장한 데가 있다. 그는 일찍이 이 끔찍한 세계의 도래를 『동물농장』(1954)을 통해 보여준데 이어 『1984』(1949)에서는 그것을 우화의 차원을 넘어 현실의 차원으로 형상화하여 제시하고 있다. 이 소설의 둔중함과 고전적인 품격은 작가가 그려 보이는 1984년이라는 미래 세계가 단순히 가상이나 상상의 차원으로 그치지 않고 21세기에 들어와서도 그것이 현실적인 리얼리티를 확보하고 있다는 데에서 찾을 수 있다. 개인의 권리와 사상과 표현의 자유가 그 어느 때보다 신장되었다고 하는 21세기에서도 여전히 조지 오웰이 『1984』에서 보여준 세계가 사라지지 않고 재현되고 있다는 사실은 역사의 진보에 대한 의구심과 함께 회의감마저 들게 한다. 소설 속 '오세아니아'라는 극단적 전체주의 사회가 허구의 차원이 아닌 21세기 현실의 차원에서 재현된다고 할 때 여기에서 느끼는 불안과 공포는 우리의 상상을 훨씬 뛰어넘는다. 눈에 보이지 않는 빅 브라더라든가 개인의 모든 것을 빈틈없이 감시하는 텔레스크린이나 사상경찰 그리고 마이크로폰, 헬리콥터 등은 비록 허구화된 독서의 과정임에도 불구하고 우리를 숨 막히게 하고 그러한 세계에 대한 환멸의 감정을 불러일으키기에 부족함이 없는 존재들이다. 이들(이것들)에 의해 개인의 기억이 조작되고, 인간의 자연스러운 욕망인 성욕마저 철저하게 통제되는 세계란 디스토피아의 한 극단에 다름 아니다. 소설 속에서 윈스턴과 그의 아내인 캐서린과의 성 생활에 대한 묘사는 빅 브라더에 의한 인간의 통제가 개인의 은밀한 감각이나 감정의 차원까지 지배하고 있다는 것을 잘 말해 준다. 이것은 빅 브라더에 의한 통제가 어떻게 인간의 근원적인 영역까지 파괴하고 훼손하고 있는지를 적나라하게 드러내는 좋은 예라고 할 수 있다.

그녀는 그가 손을 대기만 해도 몸을 움츠리고 딱딱하게 굳어 버렸다. 그녀를 안으면 마치 나무 조각으로 만든 인형을 끌어안은 듯한 기분이 들었다. 이상하게도 그녀가 자기를 껴안을 때도 그는 그녀가 있는 힘을 다해 밀어내는 듯한 기분을 느꼈다. 그녀의 근육이 경직되어 있어서 그런 기분을 느끼는 것인지도 몰랐다. 그녀는 그저 눈을 감고 반항도 협조도 하지 않은 채 '마음대로 하라'는 듯이 누워 있곤 했다. 윈스턴은 그때마다 당황했고, 나중에는 끔찍하게 무서워했다. 어쨌든 당시 두 사람이 육체 관계를 갖지 않고 지내기로 합의했다면 계속 같이 살 수도 있었겠지만, 묘하게도 이를 거부한 쪽은 캐서린이었다. 그녀는 걸핏하면 아이를 가져야 한다고 우겼다. 그래서 정확히 일주일에 한 번씩 규칙적으로 성교를 했다. 그녀는 그날이 되면 밤에 해야 할 일을 잊지 말라며 아침부터 상기시켜 주기까지 했다. 캐서린은 그 일을 두 가지 이름으로 불렀다. 하나는 '아이 만드는 일'이고, 다른 하나는 '당에 대한 우리의 의무'였다. 그 일을 하기로 약속된 날이 다가오면 그는 심한 공포감에 사로잡혔다. 그러나 다행히도 아이는 생기지 않았고, 결국 그 일을 그만두자는 데 그녀도 동의

했다. 그리고 그들은 얼마 후 헤어졌다.[1]

빅 브라더의 권력이 인간의 가장 개인적이고 은밀한 부부 사이의 성생활에까지 침투하여 그것을 지배하고 통제하고 있다는 사실은 이들의 삶에서 즐거움이라는 생명의 동력을 빼앗아 갔다는 것을 의미한다. 인간에게 성적인 쾌락이나 이것에 기반한 생명의 충만함과 같은 감각 혹은 정서는 그를 살아가게 하는 동력이다. 만일 인간이 감각이나 정서 없이 어떤 일을 행한다면 그것은 기계와 다를 바가 없다. 캐서린이 윈스턴과의 성 행위를 감각이나 정서 없이 그것을 하나의 이념(의무)으로 받아들이고 있다는 것은 빅 브라더에 의한 통제와 조절의 정도가 기계적인 자동화의 단계로 접어들었다는 것을 말해 준다. 이 단계에서는 개인의 주제척인 권력이나 권리는 망각되고, 통치자(빅 브라더)에 의해 주입되는 사상이나 이념이 하나의 진리로 받아들여지게 된다. 부부 간의 성 행위가 빅 브라더로 대표되는 당에 대한 의무인 세계에서의 출산은 그 체제를 유지하기 위한 생산 활동에 지나지 않는 것이 되는 것이다. 만일 한 국가를 이루는 개인이 캐서린처럼 빅 브라더에 의해 감각이나 정서마저 철저하게 통제받고 관리받는 차원에 놓이게 된다면 이 개인은 빅 브라더로 표상되는 세계가 얼마나 위험하고 위태로운지를 의식할 수 없을 뿐만 아니라 현재 상황을 넘어 새로운 미래 세계로의 지향을 위한 개혁과 혁신의 필요성을 자각할 수 없게 될 것이다.

소설 속 빅 브라더와 같은 독재자가 겨냥하고 있는 것이 바로 이러한 세계이다. 자신이 통치하고 있는 국민을 우민화하려는 정책은 다양한

---

1   조지 오웰, 정회성 역, 『1984』, 민음사, 2003, 95∼96쪽.

차원에서 행해져 왔으며, 여기에 어느 정도 동조하고 동화하느냐 혹은 반대하고 비동화하느냐의 정도에 따라 그 세계의 지형이 결정되어 왔다고 할 수 있다. 하지만 흥미로운 사실은 정도의 차이는 있지만 빅 브라더에 의한 전체주의적이고 독재주의적인 체제를 한 세계가 시대를 초월해서 끊임없이 출몰하고 있다는 점이다. 과거에 비해 국민 주권이 강화된 것은 사실이지만 근대 이후 그것은 좀 더 교묘하고 은밀한 통치 기술의 옷을 입고 등장한 빅 브라더에 의해 새로운 위기 상태에 놓이게 된다. 점점 위세를 더해가는 자본의 논리와 테크놀로지의 발달은 권력의 관계를 복잡하고 모호한 장으로 만들어 버렸으며, 빅 브라더에 의한 이러한 우려가 '지금, 여기' 그것도 우리 눈앞에서 현실로 드러나고 있다. 최근 대한민국을 멘붕에 빠지게 한 최순실 게이트가 바로 그것이다. 가장 퍼블릭^{public}한 과정과 절차를 통해 집행되어야 할 권력이 빅 브라더화된 개인에 의해 무분별하게 집행되는 사태로 비화되면서 대한민국은 지금 최대의 위기 상태를 맞이하게 된 것이다.

한 국가의 통치권자인 대통령의 빅 브라더화도 문제이지만 공적인 라인이 아닌 비선 차원에서 어떤 개인이 그것을 행사한 것이라면 그것은 국민 개개인의 주권과 권력을 이임받지 않은 자에 의한 통치라는 점에서 헌법을 파괴하는 행위인 동시에 민주공화국에 대한 정면 도전이라고 볼 수 있다. 이에 대한 공식적인 최종 판단은 헌법재판소에서 곧 내려지겠지만 이미 우리 국민은 개개인의 주권을 침해받은 상태이며, 그것에 대한 보상과 회복은 쉽게 이루어질 것 같지 않다. 그런데 이번 게이트와 관련해서 행해진 수많은 국정농단 중에 유독 눈에 띄는 것이 있는데 바로 '문화・예술계 블랙리스트'이다. 이 사건을 수사하고 있는 특별검사팀이 전前 대통령 비서실장 등의 공소장에 적시한 바에 따르면 문화·예술계 유력 인사들이 블랙리스트에 포함돼 국가의 각종 공적인 지원이나 정부 정책과 관련된 업무에서 배제되었다는 것이다. 이미 여러 차례 언론을 통해 보도되었지만 특검이 공식적으로 문화·예술계 블랙리스트 374건을 적시한 것은 처음이다. 이 블랙리스트에 오른 문화·예술계 유력 인사들과 단체들은 주로 정부에 비판적인 태도나 액션을 취한 것이 빌미(?)가 되었으며, 이들에 대한 배제는 '대통령－교육문화수석실－문화체육관광부－산하기구' 등으로 이어지는 권력 라인을 통해 수행되었다는 것이 특검의 판단이다.

국가에 대해 비판적인 태도를 취한 인사들과 단체들에 대해 불편함을 드러내거나 여기에 대해 역으로 비판할 수는 있지만 이렇게 수사기관 등에서 위험 인물의 동태를 파악하기 위하여 만드는 '블랙리스트'를 작성하여 이들을 통제하고 관리해 왔다는 것은 국가 권력을 이용해 이들을 길들이거나 불이익을 주려는 의도로밖에 볼 수 없다. 국가의 공적인 지원이나 정부 정책과 관련된 업무에서 배제한다는 것은 이들에게 다른 사람과 경쟁할 수 있는 공정한 기회와 조건을 박탈한다는 것을 의미한다. 처음부터 공정하게 경쟁할 수 있는 기회와 조건을 박탈하는 것은 국가가 지녀야 하는 공공성을 망각한 것이며, 민주주의의 대의인 평등을 위반한 것이라고 할 수 있다. 어떤 객관적이고 합리적인 준거도 없이 국가 권력에 의해 기회와 조건을 박탈당한 국민의 입장에서 보면 그것은 국가가 개인에게 부당하게 행사하는 폭력으로 간주할 수 있을 것이다. 국가 권력이 개인을 통제해 온 역사는 푸코의 논의를 참조하지 않아도 어렵지 않게 담론화가 가능할 정도로 도처에 산재해 있다.

어쩌면 이 권력은 우리의 일상 깊숙이 침투해 있는지도 모른다. 이를 테면 그것은 우리가 늘 접하게 되는 인터넷이나 각종 매체의 영상이나 소리의 형태로 감각화되어 존재할 수도 있고 또 학교, 병원, 쇼핑센터, 백화점, 식당 등의 구체적인 공간의 형태로 존재할 수도 있다.

그러나 이번 블랙리스트의 경우에는 이와는 다른 그 무엇이 있다. 이전의 여기에 대한 느낌이 다소 평면적이었다면 이번 경우는 다분히 입체적이다. 그것은 뭐랄까? 나 자신이 권력의 현장으로 한발 들어선 그런 느낌이라고나 할까? 문화·예술계 블랙리스트 명단이 있다는 소식을 들었을 때도 이런 현장감은 없었는데 막상 그 블랙리스트 명단 (306번, 특검이 공소장에 적시한 블랙리스트 374건)에 내 이름이 있는 것을 확인한 다음부터 그것이 실감의 차원으로 다가오기 시작했다. 그것은 일종의 참담함이며, 무엇보다도 내 자의식에 상처를 입었다는 데서 오는 정신적인 참담함이라고 할 수 있다. 문화·예술인으로서 내 의식에는 그 누구도 범접할 수 없는 나만의 영역이 있다고 굳게 믿고 있으며, 그 것이 나를 지탱하는 힘이고 그 힘을 기반으로 상상하고 표현하는 사람 이 바로 나라는 이런 자의식이 존재한다. 이것은 비단 나뿐만이 아니 라 대부분의 문화·예술인들이 지니는 보편적인 의식일 것이다. 그런 데 이런 존재(존재들)를 국가 권력을 이용해서 자신의 의도대로 통제하고 조정하려고 했다는 것은 나의 존재 혹은 존재성 자체를 무시하고 부정하려고 한 폭거로밖에 볼 수 없다.

문화·예술인들이 세월호 참사 진상 규명이나 제주 해군기지 건설 반대, 촛불 집회, 국정 역사 교과서 반대 등과 같은 문제에 민감한 반응 과 직접적인 참여를 통해 자신의 의사를 표명한 데에는 그 기저에 어떤 억압으로부터 벗어나 세계를 자유롭게 상상하고 표현하려는 이들 특유의 정체성이 반영된 것으로 볼 수 있다. 최근 우리 문화·예술인들이 보여주고 있는 정치성이 미학이나 예술이 지니고 있는 이러한 속성과의 관계와 연대를 통해서 새롭게 해석되고 그것을 기반으로 한 사회적인 실천을 도모하고 있다는 점에서 이념이나 이데올로기가 중심이 된 과거와는 일정한 차이를 드러낸다고 할 수 있다. 이것은 블랙리스트에 오른 문화·예술인들의 사회에 대한 비판과 저항에 내재해 있는 어떤 보편적인 흐름이며, 이 흐름은 빅 브라더화되어 가는 사회는 물론 점점 동물적인 욕구와 감각으로 경향을 보이는 포스트모던 사회에 대한 문화·예술인들이 취해야 하는 태도 같은 것이라고 할 수 있다. 이들이 보여주는 이러한 태도는 단순한 예술적 기질의 차원을 넘어 이 시대에 반드시 있어야 하고 또 필요하다는 점에서 숭고한 대상으로서의 의미를 지닌다. 가령 그것은 이 시대에 컴퓨터가 할 수 없는 것 혹은 인공지능이 할 수 없는 것, 만일 컴퓨터나 인공지능이 빅 브라더라면 여기에 저항하고 그것을 반성하게 하는 것으로서의 예술이나 미학 같은 것이 바로 그 숭고의 대상인 것이다. 문화·예술인들이 '지금, 여기'의 부조리하고 모순된 사회를 비판하고 그것에 저항하는 것은 이런 역사적인 맥락을 지닌다는 점에서 그것은 시대를 초월해 끊임없이 출몰하는 잠재된 빅 브라더에 대한 잠재된 틈이나 얼룩으로서의 타자화된 미적 지평 같은 것이라고 할 수 있다.

제2부
욕망의 역사와 추의 미학

성욕과 식욕의 역사

추醜의 미학과 새로운 문학의 지형도

1990년대 이후 한국문학의 추와 감각

한국문학사에서 1990년대는 새로운 문학적 징후들이 본격적으로 출몰한 시기라고 할 수 있다. 1980년대가 식민지와 분단 그리고 개발 독재로 이어진 근대적인 모순과 부조리가 적나라하게 드러나 그것이 파산을 경험한 시기라면 1990년대는 그동안 억압되어 왔거나 잠재되어 왔던 가치들이 다양한 방식으로 그 모습을 드러낸 시기라고 할 수 있다. 우리의 근대성의 파산은 흔히 1980년 5월의 광주항쟁과 1987년의 시민항쟁, 1988년의 해금조치로 선명하게 상징되지만 문학 바깥이 아니라 문학 내적인 차원에서 그것은 운동성에 대한 커다란 시각 차이를 노정한다. 근대성의 파산을 계기로 운동성이 강화되었지만 그것이 리얼리즘적인 방식이냐 아니면 모더니즘적인 방식이냐에 따라 서로 다른 양상을 드러내기에 이른다. (가령 노동자와 농민 등 뿌리 뽑히고 소외된 자들의 운동성을 집단화하고 정치화한 본격 민중문학의 대두라든가, 식민지와 분단으로 인한 우편향을 해체하고 이념이나 이데올로기에 대한 균형 감각을 회복하려는 의도하에 창작된 대하 장편소설의 등장과 북한문학 혹은 사회주의 문학에 대한 이해의 확산 등은 전자에 속하며, 기존 사회의 모순과 부조리 또는 관습에 대한 저항을 실험적 형식으로 나타낸 일군의 아방가르드 문학의 등장이라든가, 모더니즘의 확산은 물론 그것에 대한 비판과 반성을 내재하고 있는 서구 포스트모더니즘의 수용과 확산 등은 후자에 속한다고 할 수 있다.)

이러한 1980년대의 서로 다른 두 양상은 어느 한쪽이 우세하거나 지배력을 행사하거나 했다고 볼 수 없다. 외형상 리얼리즘적인 방식이 헤게모니를 쥐고 있는 것처럼 보이지만 그 안을 들여다보면 사정은 달라진다. 1980년대 상황에서 보면 리얼리즘적인 방식을 추구하는 진영이 빠진 가장 큰 딜레마 중의 하나는 모더니즘의 수용 문제이다. 모더니즘 수용에 대해 리얼리즘의 갱신을 내세우든 아니면 모더니즘과 리얼리즘 사이의 회통을 이야기하든 중요한 것은 1980년대 상황에서 리얼리즘적인 방식이 그 내부로부터 일정한 균열의 조짐을 보이고 있다는 사실이다. 이것은 리얼리즘이 추구해 온 반영, 재현, 변증법적 역사관, 객관적 진리, 총체성과 같은 중요한 가치들이 점점 파편화되고 불확정적이며 불연속적인 속성을 드러내는 '지금, 여기'의 시대 정신을 이해하고 또 그것을 기반으로 하여 미래에 대한 전망을 제시하는 데 있어서 일정한 한계를 지니고 있다는 것을 의미한다. '리얼리즘은 더 이상 리얼하지 않다'는 선언이 단순히 선언에 그치지 않고 시대 정신과 전망 제시에 대한 한계를 적시한 것이라면 리얼리즘은 아이러니하게도 '지금, 여기'에서 관념이나 비현실의 차원으로 존재할 수밖에 없을 것이다. 리얼리즘 진영에서 모더니즘의 수용을 절감하리만큼 1980년 대 이후 한국 사회는 이전에 경험하지 못했던 새로운 징후들의 출현을 목도해야 했으며, 그것의 구체적인 예는 1990년대에 들어와 본격화되기에 이른다.

그러나 1990년대에 본격화되기 시작한 새로운 징후들은 리얼리즘 미학에 대한 비판이나 해체에 머물지 않고 미美 일반에 대한 비판과 해체의 차원으로 확대되어 나타난다. 이러한 징후의 확산은 1990년대가 그만큼 복합적complex이고 다양한 미적인 변화 요인을 지니고 있다는 것을 말해 준다. 하지만 우리가 여기에서 주목해야 할 것은 이러한 징후의 확산이 궁극적으로 겨냥하고 있는 것이 미 일반에 대한 비판과 해체에만 있지 않다는 점이다. 만일 그것의 궁극적인 목적이 여기에 있다면 이것은 1990년대 우리 문학의 징후에 대한 논의를 미로 환원하는 결과를 낳게 할 것이다. 1990년대 문학이 이전과 다른 것은 기존의 미를 넘어 혹은 미와는 다른 '추'라는 차원에 대한 논의를 가능하게 하는 징후를 그 안에 내재하고 있다는 것이다. 추는 미와는 다르며, 결코 미에 종속될 수 없는 그것만의 독특한 정체성을 지니고 있다. 하지만 우리는 종종 추를 헤겔적인 총체성의 이념을 위하여 존재하는, 이차적이고 부속적인 것으로 간주해 왔다. 청년 헤겔파의 대표적인 이론가이며 추의 개념과 형태를 미학의 차원으로 정교하게 구체화한 로젠크란츠Karl Rosenkranz조차도 추를 미의 실현을 위한 수단으로 이해하고 있다.[1] 헤겔학파로서의 한계를 극복하지 못하고 로젠크란츠는 결국 추의 미적 현대성을 축소하고 왜곡하

---

1   카를 로젠크란츠, 조경식 역, 『추의 미학』, 나남, 2008.

는 결과를 초래했던 것이다.

그의 이해와 달리 추는 현대에 들어와 그 비중이 대단히 커져 버렸으며 그로 인해 여기에서 새로운 질적인 가치가 생성[2]되어 기존의 미에 견줄만한 자율적이고 독립적인 세계를 지니게 되었다고 할 수 있다. 추의 역사는 미의 역사만큼이나 오랜 문제의식을 거느리고 있을 뿐만 아니라 이론적인 배경과 틀을 가지고 있다.[3] 하지만 이렇게 오랜 역사와 자율적이고 독립적인 세계를 지니고 있음에도 불구하고 추가 미의 결여나 부정 혹은 그것을 실현하는 변증법적인 한 단계로 이해된 데에는 헤겔학파의 예에서처럼 추를 총체성의 인식하에 두었기 때문이기도 하지만 그것보다는 미의 역사에 대한 탐구에 비해 추의 역사에 대한 탐구가 제대로 수행되지 않은 데서 온 필연적인 결과라고 할 수 있다. 에코의 견해처럼 '세기마다 철학자들과 예술가들은 미美의 정의를 보태 왔고, 덕분에 시간의 흐름에 따른 미적 관념의 역사를 재구성하는 것은 가능한 일'이었지만 '추醜에서는 그런 작업이 이루어지지 않았던 것'[4]이 사실이다. 추의 역사는 추에 대한 인간의 본능적인 관심이 만들어낸 산물이기 때문에 미술, 음악, 문학 등 예술 전반에 걸쳐 폭넓게 그 영역을 확장해 왔다고 할 수 있다. 고대로부터 중세를 거쳐 현대에 이르기까지 추는 주로 인간의 이면에 잠재해 있는 일그러진 욕망을 표현해 왔으며, 각각의 사회와 문화에 따라 상대적으로 해석되어 왔기 때문에 미와의 뚜렷한 경계를 유지해 왔다기보다는 서로 넘나드는 양상을

---

2   T. W. 아도르노, 홍승용 역, 『미학이론』, 문학과지성사, 2010, 82~89쪽.
3   움베르토 에코, 이현경 역, 『미의 역사』, 열린책들, 2005, 133쪽.
4   움베르토 에코, 오숙은 역, 『추의 역사』, 열린책들, 2008, 8쪽.

보여 왔다고 할 수 있다.

　이처럼 추는 미와 늘 길항의 관계를 유지해 온 것이 사실이다. 이것은 미학의 역사에서 대단히 중요하며, 시대에 따라 이 관계는 흐름을 달리한다. 추의 역사 역시 미의 역사처럼 거대한 흐름을 지니지만 그동안 여기에 대한 집중된 관심과 전체적인 통찰이 이루어지지 않았기 때문에 그 면모가 제대로 드러나지 않았다고 할 수 있다. 다른 예술 장르와 마찬가지로 문학의 경우도 예외는 아니다. 한국문학의 경우 추의 관점에서 그것을 집중적으로 논의한 글은 전무하다. 근대 이후 한국문학은 서구의 미 개념을 구현하기에 급급했던 것이 사실이며, 추의 전통적인 흐름은 물론 근현대적인 흐름은 그 미의 개념에 가려 제대로 조명조차 받지 못했다고 할 수 있다. 간혹 골계미라고 해서 고전 작품 속에 내재한 추의 세계를 이야기하고 있지만 단편적인 언급에 그치고 있을 뿐 그것의 미학적인 배경이라든가 미학으로서의 정체성과 전망에 대해서는 이렇다 할만한 논의를 보여주지 않고 있다. 이 논의는 추의 관점에서 한국문학의 역사를 새로 쓰는 방대한 작업이기 때문에 어려움이 있지만 누군가가 반드시 해야 할 작업이라고 할 수 있다. 이 거대한 추의 역사에서 1990년대 한국문학은 하나의 작은 흐름일 수 있지만 기존의 추의 개념의 확장이라는 점에서 혹은 또 다른 문학의 차원을 다채롭게 제시하고 있다는 점에서 그 나름의 중요한 의의를 지닌다고 할 수 있다.

　이렇게 1990년대를 기점으로 한국문학은 그 어느 시기보다도 감각과 추의 문제를 긴밀하게 예각화하고 있다. 미의 역사에서도 감각은 그것의 중요한 토대를 이루면서 미의 세계에 기여해 왔다고 할 수 있다. 미의 역사에서의 '무관심적 쾌감'은 감각을 통해서 생성되는 것이며, 마찬가지로 추의 역사에서의 '혐오스러운 불쾌감' 역시 감각을 통해서 생성되는 것이다. 1990년대 혹은 1990년대 이후 한국문학은 전자보다는 후자에 의해 이전 시대와 차별화되는 정체성을 확립해 왔다. 이 시기 후자의 경향을 드러내는 대표적인 작가로는 장정일, 편혜영, 김언희, 백민석, 천운영 등을 들 수 있다. 그런데 우연의 일치인지는 몰라도 장정일은 시각, 편혜영과 김언희는 후각(냄새), 백민석은 청각(소리), 천운영은 미각(식욕)을 통해 추의 세계를 드러내고 있다는 점이 흥미롭다. 이들이 창작의 기반으로 삼고 있는 각각의 감각은 생산자뿐만 아니라 수용자의 차원에서도 강렬한 체험을 불러일으킨다는 점에서 미학으로서의 조건을 내재하고 있다고 할 수 있다.

이들이 보여주는 감각들은 추의 역사가 잘 말해주듯이 비록 혐오스러운 불쾌감을 유발하지만 동시에 우리를 강하게 끌어들이는 묘한 매력을 지니고 있다. 이 매력의 이면에는 이들이 보여주는 감각들이 '지금, 여기'의 현실에 대한 알레고리적이고 역설적인 의미를 환기하기 때문이라고 할 수 있다. 1990년대 이후의 현실이란 세기말의 불안과 혼란이 지배력을 행사하면서 탈이념화와 탈가치화가 급속하게 진행된 시기를 말한다. 이것은 달리 말하면 1990년대 이후의 현실이 이성의 합법칙성이 요구하는 감각이나 감성과는 다른 새로운 감각과 감성을 필요로 한 시기라는 것을 의미한다. 이 시기는 주로 이성에 의한 시각 중심주의의 비만함을 비판하거나 그것을 해체하려는 감각들, 이를테면 시각에 의해 억압되어 왔던 후각이나 청각 그리고 촉각과 같은 감각들이 작가의 상상력을 통해 새롭게 부활하기에 이른다. 이런 점에서 볼 때 장정일, 편혜영, 김언희, 백민석, 천운영 등을 통해 드러나는 다양한 감각들의 출현과 추의 미학은 우연의 일치라기보다는 1990년대 이후의 시대적인 흐름 속에서 자연스럽게 잉태된 역사적인 산물이라고 할 수 있다.

캐리커처적인 상상력과 형식적인 추

1980년대와 1990년대를 거치면서 한국문학은 제도로서의 문학에 대한 저항과 해체의 흐름이 강하게 형성된다. 문학도 하나의 제도이며, 이 제도 내에서 문학적인 상상과 실천적인 글쓰기를 수행해 왔던 저간의 사정을 고려할 때 이러한 흐름은 문학의 근대성 자체를 전복하려는 의도를 반영한 것으로 볼 수 있다. 근대적인 문학 혹은 문학의 근대성은 균질적이고 정합적인 구조를 지니며, 이 구조 내에서의 문학적인 상상과 실천 행위는 근대적인 미의 실현을 목적으로 한다고 할 수 있다. 문학의 근대성이 이러하다면 그것에 저항하고 그것을 해체한다는 것은 곧 그 균질적이고 정합적인 구조를 바꾸거나 전복한다는 것을 의미한다. 그동안 이 구조에 저항하고 그것을 해체하려는 아방가르드의 전략 역시 그 중심은 여기에 있다.

이렇게 균질적이고 정합적인 문학의 구조는 기본적으로 미의 형식을 이루고 있는 것이라고 할 수 있다. 이 미의 형식이 바로 '형태'와 '균제'와 '조화'라는 이념을 끊임없이 생산하여 견고한 체계를 이루고, 그것이 제도화되어 사회적으로 통용되면 미의 역사가 되는 것이다. 아방가르드는 이러한 미의 메커니즘에 저항하고 그것을 해체하기 위해 미의 형식과 대비되는 추의 형식을 전략적으로 상정한다. 여기에는 '무형태', '불균제', '부조화'가 포함되며 이것을 통틀어 '몰형식성'이라고 명명할 수 있다.[5] 다다이즘이나 쉬르리얼리즘 그리고 해체주의 예술 작품 속에서 흔히 볼 수 있는 이 몰형식성은 기본적으로 추의 미학의 한 속성이다. 하지만 기존의 예술사에서는 이 몰형식성을 미의 형식성에 반하는 혹은 미의 형식성의 결핍을 채워주기 위한 종속적인 것으로 이해해 왔다. 이로 인해 몰형식성은 추의 역사가 그러하듯 언제나 비주류적인 것으로 간주되어 왔다고 할 수 있다.

예술이 몰형식일 수 없다는 인식은 서구의 미의 역사에서 형식을 완전한 것(온전한 것)을 위한 전제 조건으로 간주하고 있는 데서 찾을 수 있다. 형식이 내용을 규정한다는 근대의 형식 미학은 미적 자율성을 강조하고 있지만 이것은 결국 미가 되기 위해서는 형식이 중요하다는 것을 드러낸 것에 다름 아니다. 근대 이후의 예술은 형식미에 대한 발견과 개발을 중시했으며, 균제되고 정합적인 구조를 하나의 미적 이상으로 인식해 온 것이 사실이다. 미의 형식성에 대한 이러한 인식은 몰형식성을 그것에 저항하고 그것을 해체하는 강력한 추의 동력의 하나로 만들어 버렸다. 1980년대와 1990년대를 거치면서 미의 형식성에 대해 추의 몰형식성을 내세워 그것에 가장 강력하게 저항하고 그것을 해체하려고 한 작가는 단연 장정일이라고 할 수 있다. 그의 글쓰기의 출발은 댄디적인 것이었지만 차츰 사회 구조와 제도적인 권력에 대해 저

---

5   카를 로젠크란츠, 조경식 역, 앞의 책, 87~132쪽 참조

항하면서 한국문학의 전위를 대표하는 작가로 불리게 된다. 그의 전위적인 글쓰기는 장르를 가리지 않고 행해지지만 추의 몰형식성과 관련하여 가장 주목할 만한 텍스트는 『너에게 나를 보낸다』(1992)라고 할 수 있다.

이 소설은 과도한 성도착과 위악성으로 인해 내용의 불온성과 관련하여 악명이 높다. 이것은 장정일 소설 전반을 가로지르는 일관된 주제 의식이긴 하지만 『너에게 나를 보낸다』에서 그것이 더욱 문제가 되는 것은 이 소설이 지니는 형식과의 관련성 속에서이다. 장정일의 다른 소설들과 비교하여 이 소설은 형식의 차원에서 일정한 차이를 드러낸다. 가장 먼저 눈에 띄는 형식적인 것은 소설의 내러티브가 1에서 345개의 단위로 분절되어 있다는 점이다. 소설에서 내러티브의 분절은 주로 장이나 절과 같은 단위로 이루어지는 것이 일반적이다. 소설에서의 장과 절은 내러티브에 형식성을 부여해주는 중요한 지표이자 수단이라고 할 수 있다. 하지만 작가는 이러한 형식성을 거부하고 소설의 내러티브를 345개의 단위로 분절한 것이다. 이 분절은 내러티브에 대한 이해를 방해하는 난해함과 모호함의 차원에서 이루어진 것이 아니라 오히려 그것과는 반대의 차원에서 이루어진 것이라고 할 수 있다. 이 분절로 인해 소설의 가독성은 배가되고, 아주 경박하고 경쾌하며 또한 가벼운 이 소설의 세계가 기능적으로 드러난다.

1에서 345개의 단위로 분절된 내러티브하에서 깊이 있고 진지한 세계를 다루지 못할 것도 없고 또 그것의 유기적인 통일성을 추구하지 못할 것도 없지만 중요한 것은 작가의 의도가 여기에 있지 않다는 사실이다. 작가의 분절 목적은 이야기와 담론을 적절하게 조절하고 통제하여 내러티브를 자신의 의도대로 끌고 가려는 데에 있다고 할 수 있다. 이를 위해 작가는 이 각각의 단위에 실로 다양한 문맥을 지닌 형식을 끌어들이고 있다. 그 형식은 각각의 단위의 형태가 일정하지 않을 뿐만 아니라 속성 또한 차이가 있다. 어떤 단위는 문장 없이 공백으로 되어 있기도 하고, 또 어떤 단위는 한 문장 혹은 몇 페이지에 걸쳐 있는 것도 있다. 이러한 각 단위의 문장 길이의 차이는 이야기나 담론의 흐름에 따라 자연스럽게 분절된 감이 드는 것도 있지만 작가의 의도가 개입된 느낌이 강하게 드는 것도 있다. 이것은 각 단위의 문장의 길이가 아닌 속성의 경우에도 마찬가지이다. 1에서 345개로 분절된 단위 속에는 시, 소설, 비평, 명함, 그림, 노래 가사, 낙서, 벽보, 방송 대본 등의 형식을 지닌 텍스트들이 수용되어 있다. 이 각각은 서로 이질적인 영역을 지니고 있는 형식들이다. 이것들이 드러내는 이질성은 장르와 양식의 차원은 물론 효용과 효과의 차원에 걸쳐 폭넓게 혹은 중층적으로 나타난다. 이로 인해 이 소설은 예술과 비예술, 순수와 비순수, 현실과 비현실, 표절과 비표절, 윤리와 비윤리 등 균질적이지 않은 세계가 서로 섞여 있다.

작가의 의도적인 개입이 느껴지는 이러한 형식의 복잡성과 세계의 비균질성은 그 자체로 기존의 소설이 견지해 온 내러티브에 대한 저항과 해체의 성격을 띤다고 할 수 있다. 그런데 작가의 내러티브 전략과 관련하여 우리가 여기에서 간과하지 말아야 할 것은 그 전략이 진지하거나 무겁지 않고 경박함을 강하게 느낄 정도로 경쾌하면서도 가볍다는 점이다. 이러한 그의 내러티브 전략은 소비 사회의 가벼움과 경박함을 닮았다고 해서 비판의 대상이 되기도 한다. 그의 가벼움과 경박함은 형상 파괴를 지향하며, 그의 식으로 이야기하면 이것은 '수정궁에 대한 총쏘기'가 된다. 그는 절대적이고 숭고하며 이상화된 형상에 대해 그것을 일그러뜨리고 파괴하기 위해 다양한 전략을 구사한다. 그 전략 중의 하나가 형상에 대한 과장과 희화화이며, 그 대표적인 대상이 바로 성, 그중에서도 특히 '성기'이다. 그는 남자의 성기 혹은 성기 중심주의가 가지는 권력과 그 이면에 도사리고 있는 음험한 욕망에 대해 그것을 전복하려는 강한 글쓰기 욕망으로 맞선다.

52) 한편, 우주로 날아간 '외로운 사나이'는 점점 커져만 가는 자신의 성기를 알맞은 또 다른 편의 성기를 찾는 모험을 계속하고 있었다. 그러나 (…중략…) 그 어느 행성에서도 자신을 만족시켜 줄 대상을 발견하지 못했던 것이다. 그럴 때마다 그는 하나씩의 별을 바숴뜨렸다. 그러나 신도 매정한 것만 아니어서 단 한번, 아주 미적지근한 절정에 도달해본 적이 있었다. 곰자리인가 사냥꾼좌 어디쯤에 수줍게 숨어 있는 이름 없는 별에서였는데 그 별은 한 채의 커다란 화산으로 이루어진 것으로 깊이를 알 수 없게 아득한 분화구로부터 붉고 뜨거운 용암이 걸직하게 흘러나와서 마치 여자의 질과 같이 느껴졌고, 분화구가 내어뿜는 뜨거운 열기와 강렬한 화기는 유혹의 향수와도 같이 그의 마음을 끌었다. 하여 그는 말라 비틀어진 고목보다도 더 무감각하고 딱딱하여진 그의 커다란 성기를 그 분화구 속으로 밀어넣었다. 그의 성기와 화산의 분화구는 맞춤집에서 만든 결혼예복바지처럼 서로 꼭 맞았고, 그는 너무 오랜만에 느끼는 절정의 즐거움에 마구 소리를 질렀다. 오랫동안 그를 기다려 오기나 한 듯이 처녀화산은 아픔에 요동치며 으릉렁대었고 그의 성기가 분화구 깊숙이까

지 밀고 들어와 바닥에 이르기까지, 더욱 붉어지고 걸쭉한 아주 투명한 용암을 몇 차례나 쏟아냈다. 하지만 (…중략…) 그가 사정을 하기도 전에 처녀별은 그녀의 분화구 속에서 자꾸 커져만 가는 그의 성기에 저절로 갈라져 부서지고 말았다.[6]

작가의 성기에 대한 상상력이 과도하게 과장되어 있음을 알 수 있다. 성기의 우주적 상상력이라고 명명할 법한 그의 성기에 대한 과장과 희화화는 그의 글쓰기의 전략이 성기의 은폐된 추를 들추어 내려는 데에 있다는 것을 잘 말해 준다. 외로운 사나이의 성기가 가지는 결점을 통해 그것에 대해 비웃고 비난한다는 것은 기본적으로 그의 상상력이 '인간에게서 균형과 품위를 박탈하는 과정을 이야기하고 있다'[7]는 것을 의미하는 것이라고 할 수 있다. 이런 전략은 '형상의 총체성을 비틀고 과장하는'[8] 캐리커처의 형식에 다름 아니다. 하지만 그가 구사하는 캐리커처의 형식은 로젠크란츠의 경우처럼 추에 대한 미학적 보상으로 귀결되지는 않는다. 그의 캐리커처는 결코 대상을 품위 있게 만들지 않으며, 대상이 은폐하고 있는 내면적 추를 심리적으로 고양하는 것을 목표로 하지도 않는다. 이것은 그의 캐리커처 전략의 궁극이 전체로서의 조화나 아름다움에 있지도 또 인간의 내면에 은폐되어 있는 유머의 힘이나 관용과 자애의 힘에 대한 신뢰에 있지 않다는 것을 의미한다.

그의 캐리커처의 궁극은 '대상에 은폐된 추의 탈은폐에 있다'고 할 수

---

6   장정일, 『너에게 나를 보낸다』, 미학사, 1992, 48~49쪽.
7   움베르토 에코, 오숙은 역, 앞의 책, 152쪽.
8   카를 로젠크란츠, 조경식 역, 앞의 책, 402쪽.

있다. 소설 속의 다양한 인물들을 통해 잘 드러나듯이 그가 이런 대상들에게서 발견한 은폐된 추는 캐리커처와 같은 매개를 통해서도 결코 미로 고양될 수 없는 욕망의 세계라고 할 수 있다. 그의 소설에는 성에 대한 숭고함이 거의 존재하지 않는다. 만일 그가 대상이 은폐하고 있는 성에 대한 숭고함을 발견했다면 대상에 대한 그의 과장과 희화화는 하나의 유머가 될 수 있었을 것이다. 하지만 『내게 거짓말을 해봐』(1996)가 잘 말해주듯이 그의 성에 대한 추는 미로 고양되어 드러나는 것이 아니라 좀 더 극단화된 추의 양태를 보여주기에 이른다. 성에 대한 포르노적인 추는 미적 숭고함을 생산할 어떤 발생론적인 근거도 가지고 있지 못하다. 성 혹은 성기로 표상되는 그의 대상에 대한 상상력은 미의 숭고함이라든가 아름다움으로의 이행을 거부한 채 추의 더럽고 비천한 세계에 머물러 있는 것이 사실이다. 쉽게 미의 세계와 화해하지 않는 그의 미학적인 인식 태도는 현존하는 부정적 세계를 치유하고자 하는 의지의 결여를 드러내는 것이 아니라 오히려 그 반대라고 할 수 있다.

이런 점에서 그가 보여주는 추의 미학은 미에 종속되거나 봉사하려는 추의 개념을 넘어 현대적 추에 새롭게 부가된 미적 특질과 그것의 미학으로서의 정체성을 내재하고 있다. 그가 이 소설에서 구사하고 있는 전략은 추에 대한 현대적 가치가 어디에 있는지를 상상하게 한다고 할 수 있다. 그가 보여주고 있는 몰형식의 형식으로서의 추의 미학은 추 역시 하나의 형식으로서의 존재성을 가질 수 있다는 것을 말해 준다. 기존의 미의 형식을 거부하고 해체하는 몰형식성으로서의 다양한 미적 전략은 그의 글쓰기가 이 사회의 도덕과 윤리와 같은 보편적인 가치를 거부한 채 작가 개인의 유희로만 극단적으로 치닫고 있다거나 그 안에 담긴 진정성보다는 기법만을 수용하여 포스트모던의 의미를 왜곡하고 있다는 비판을 받고 있음에도 불구하고 늘 관심의 중심에 있다는 것은 그의 추의 미학이 가지는 매혹 때문이라고 할 수 있다. 이것은 마치 추한 것에 대해 혐오감을 드러내면서도 그 세계에 대해 본능적인 끌림을 보이는 경우가 크게 다르지 않다. 미의 역사에서 보면 그의 소설의 추는 계몽과 승화의 대상이지만 추의 역사에서 보면 그것은 그 자체로서의 존재성을 지닌 미학의 한 대상이라고 할 수 있다.

시체의 출몰과 그로테스크한 추

1990년대 이후 한국문학의 뚜렷한 징후 중의 하나는 기형도식의 우울의 정서와 장정일식의 유희와는 다른 새로운 하드코어적인 상상력의 출현이다. 이 상상력의 발생 연원은 현대성이 지니는 불안과 공포의 극단화라는 문제와 연관되어 있기 때문에 개인의 차원을 넘어 인류 문명이나 문화의 차원까지 닿아 있는 복잡성을 드러낸다고 할 수 있다. 이런 점에서 하드코어적인 상상력의 출현을 '후기 산업사회의 현대인의 황폐한 내면 풍경'[9]이라든가 '자본주의 문명의 반휴머니즘성'[10]의 문맥에서 읽어내는 방식은 그 나름의 타당성을 지닌다고 할 수 있다. 이런 방식의 독법은 1990년대 이후 하드코어적인 상상력의 출현이 현대

---

9   이승훈, 「해설」, 『트렁크』, 세계사, 1995, 92쪽.
10   이광호, 「해설」, 『아오이가든』, 문학과지성사, 2005, 261쪽.

문명의 주체화의 과정과 상징적인 질서의 세계로부터 배제되고 소외된 결과물이라는 것을 의미한다. 프로이트는 이미 이 과정을 문명과 터부의 논리로 해석하면서 터부시된, 다시 말하면 주체화의 과정과 상징적인 질서로부터 추방된 비천한 존재에 대해 언급한 바 있다. 이 논리대로라면 하드코어적인 상상력의 출현은 그 비천한 존재의 귀환과 깊은 연관성을 지닌다. 비천한 존재의 귀환은 다양한 징후를 통해 나타나는데 그중에도 가장 강력한 것은 '시체'의 출몰이다.

시체의 출몰은 문명의 건강함을 한순간에 전복시킬 수 있는 강력한 징후이다. 문명의 견고함을 유지하기 위해 비천한 것들은 모두 여기에서 추방당하지만 그것들은 사라지지 않고 억압의 형태로 존재하면서 문명의 불안의 심층을 이룬다. 문명의 이면에 억압되어 있는 비천한 것들 혹은 야만적인 것들은 문명의 얼룩과 같은 것이다. 온전한 충족의 세계를 지향하는 문명 세계에서 이러한 얼룩은 숨기고 싶고 제거하고 싶은 대상으로 존재한다. 하지만 이것은 불가능하다. 여기에서의 얼룩은 문명이 은폐하고 있는 욕망의 찌꺼기이기 때문이다. 이런 점에서 문명과 야만은 분리가 불가능한 한 몸이며, 건강하고 조화로운 문명이 온전히 구현되리라고 믿는 것은 환상에 불과한 것이다. 이 환상은 마치 어떤 주체가 자신의 욕망을 충족시킬 것처럼 보이는 대상을 믿고 욕망하지만 그것을 충족시키지 못하고 다시 또 그 다음 대상을 욕망하게 되는 그런 구조와 다르지 않다. 문명의 얼룩, 다시 말하면 문명 세계 속의 시체의 출몰은 '실재계the real에 난 틈새요 구멍'[11]이라고 할 수 있다.

일반적으로 상징계의 전복을 은폐하고 있는 실재계의 경우 그 징후

11　자크 라캉, 민승기·이미선·권택영 역, 『욕망이론』, 문예출판사, 1994, 19쪽.

가 주로 죽음이나 성욕으로 드러나며, 시체는 그것들의 출몰을 알리는 극단적인 지표이다. 이 사실은 시체의 출몰이 실재계의 충동적인 에너지를 내장하고 있다는 것을 의미한다. 상징적으로 구조화된 문명 세계의 전복은 이 충동적인 에너지의 흐름에 따라 결정된다고 할 수 있다. 다른 어떤 것보다도 시체의 출몰이 상징계에 위협적인 것은 그것이 죽음의 극단화된 양태라는 의미도 있지만 그것 못지않게 시체가 환기하는 감각적인 강렬함 때문이라고 할 수 있다. 시체는 시각적인 혐오감뿐만 아니라 후각적인 혐오감으로 인해 문명의 깊숙한 곳까지 충동적인 에너지를 발생시키는 힘을 지닌다. 부패한 시체 혹은 시체의 부패함이 발생시키는 냄새는 그것을 차단하거나 은폐하기가 거의 불가능하다. 시체의 냄새는 상징적으로 구조화된 문명 세계의 틈새나 구멍 속으로 어떤 거리낌도 없이 자연스럽게 흘러들 수 있다. 시체가 드러내는 이러한 양상은 왜 시체의 출몰이 문명의 불안을 강렬하게 환기하며, 또한 왜 그것이 하드코어적인 상상력으로 이어지는지를 잘 말해 준다.

시체의 출몰은 상징적으로 구조화된 문명의 질서를 부정하고 해체하려는 욕망을 지니고 있기 때문에 그로테스크한 형상과 카니발적인 에너지를 확산시킨다. 시체의 부패함이 발산하는 냄새는 역겹고 혐오스럽다는 점에서 추의 세계를 강하게 환기한다. 하지만 시체의 출몰을 통해 드러나는 역겨움과 혐오스러움은 비천하고 천박한 것이라고 하여 문명의 세계에서 추방당한 존재들의 그것과 동일한 미학적인 효과를 창출하는 것은 아니다. 시체에서 발견되는 역겨움과 혐오스러움은 일반적으로 문명 세계에서 추방당한 다른 비천하고 천박한 존재들에게서도 발견되는 감정들이다. 시체가 이들 존재들과 차별화되는 지점은 그것이 지니고 있는 그로테스크한 세계가 웃음과 해학을 제공하는 것이 아니라 정신적인 차원의 공포를 제공한다[12]는 점이다. 이것은 1990년대 이후 문학에서의 시체의 출몰이 현대 문명으로 인해 파편화되고 균열된 세계를 반영하며, 그것을 융화하는 것이 어렵다는 사실을 잘 말해주는 것이라고 할 수 있다. 현대 문명의 뿌리 깊은 불안과 공포가 만들어낸 시체의 출몰과 그로테스크한 세계는 불확정적이고 불투명한 묵시록적인 미래를 반영하고 있다는 점에서 의의가 크다고 할 수 있다.

1990년대 이후의 문학에서 본격적으로 시체의 출몰을 알린 시인은 김언희이다. 그녀의 첫 시집 『트렁크』(1995)는 불온한 상상력으로 가득하다. 이 시집의 불온성은 현대 문명의 이면에 은폐되어 있는 비천한 존재를 불러낸 데에 있다. 시인이 불러낸 비천한 존재란 다름 아닌 '시체'이다. 그녀의 시에 대해 비교적 온건한 서정이 주류를 형성하고 있는 우리 시단이 보인 반응은 불편함과 혐오스러움이라고 할 수 있다. 그녀의 시에 대한 불편함과 혐오스러움은 우리 혹은 우리 문명이 숨기고 싶어 하는 욕망의 어두운 세계를 적나라하게 들추어낸 데서 기인한다고 볼 수 있다. 어떤 주저함이나 망설임도 없이 우리의 어두운 치부를 적나라하게 들추어낸 시인의 과격한 행위 앞에서 그것에 대해 불편함과 혐오스러움을 보이는 것은 어쩌면 당연한 것인지도 모른다. 우리 문명이 은폐하고 있는 어두운 욕망의 세계를 시인의 응시에 의해 들켜버린 것이다. 나 자신이 어떤 대상을 바라보는 데 익숙해 있는 상황에서 한순간 나 자신이 누군가에 의해 보여지는 존재가 됨으로써 욕망의 어두운 차원, 즉 추의 차원까지 체험하게 되는 것이 바로 그녀의 텍스

12　Wolfgang Kayser, *The grotesque in Art and Literature*, McGraw-Hill Book Company, 1966 참조

트라고 할 수 있다.

　　이 가죽 트렁크

　　이렇게 질겨빠진, 이렇게 팅팅 불은, 이렇게 무거운

　　지퍼를 열면
　　몸뚱어리 전체가 아가리가 되어 벌어지는

　　수취거부로 반송되어져 온

　　토막난 추억이 비닐에 싸인 채 쑤셔박혀 있는, 이렇게

　　코를 찌르는, 이렇게
　　엽기적인[13]

　　이 시의 초점화는 '가죽 트렁크'를 중심으로 이루어지고 있다. 시인
도 이 시를 읽는 독자도 '가죽 트렁크'를 주목하는데, 그 트렁크는 '질겨
빠지고 팅팅 불고 무겁기'까지 하다. 이것만으로도 트렁크는 열고 싶어
지는 욕망을 불러일으키기에 부족함이 없다. 지퍼를 열자 드러난 것은
'몸뚱어리 전체가 아가리인 시체 덩어리'이다. 온몸이 욕망의 덩어리답
게 그 시체는 '코를 찌르는' 냄새를 풍긴다. 이 냄새 속에 시체 혹은 욕

13　김언희, 「트렁크」, 『트렁크』, 세계사, 1995, 11쪽.

망의 실체가 고스란히 투영되어 있다. 시인은 이 욕망의 실체를 '엽기적'이라고 명명한다. 시인 자신도 엽기적이라고 할만큼 그녀가 들추어낸 욕망의 실체는 실로 강력한 것이어서 시집 전체가 '트렁크'가 되고, 또 '욕망의 아가리'가 된다.

엽기적인 세계는 미적인 세계하고는 거리가 멀다. 시대에 따라 미의 개념이 변화해 왔음에도 불구하고 미는 아름다움에서 오는 일정한 쾌감과 소유욕의 매혹을 지니고 있다. 아름다운이라는 형용사는 '우아한, 사랑스러운, 숭고한, 경이로운, 화려한 같은 표현들과 함께 우리가 좋아하는 무엇인가를 가리키기 위해 사용하는 말[14]이다. 하지만 엽기적인 것에서는 이러한 매혹의 감정을 느끼지 못할 뿐만 아니라 이런 다양한 의미 차원에서 엽기적인 말을 사용하지도 않을 것이다. 이 시에서의 엽기성은 잔혹함의 표현을 통해 강화된다. "토막난 추억이 비닐에 싸인 채 쑤셔박혀 있는"이라는 표현이 바로 그것이다. 시체의 토막 살인을 연상시키는 이 표현은 우리의 이성을 마비시킬 만큼 잔인하다는 점에서 강렬한 불안과 공포를 자아낸다. 인간의 이성과 합리적인 사고로는 도저히 이해할 수 없는 엽기적인 상황이 벌어지면서 세계는 그로테스크한 추를 발생시킨다.

이러한 그로테스크한 추는 시집 곳곳에 산재해 있다. 가령 나와 당신의 관계를 "입에서 항문으로 당신의 음경에 꼬치 꿰인 채 뜨거운 전기오븐 속을 빙글빙글빙글"(「늙은 창녀의 노래·2」) 도는 것으로 표현한 예에서 우리가 느끼는 것은 성 도착에서 오는 기괴함이다. 이 시에 표현된 나와 당신의 몸은 시체에 불과하며 시인은 그 시체를 보고 성적

14　움베르토 에코, 이현경 역, 앞의 책, 8쪽.

흥분을 느끼는 것이다. 성 도착에서 오는 이 기괴함은 "칠십네바늘이 나꿰맨그가죽다살아난그가한다"(「한다」)는 표현이라든가 "못의 엉덩이를 두드려가며 깊이 깊이 못과 교접한다"(「못에게」)는 표현에서도 잘 드러난다. 여기에서도 시체의 이미지가 주요한 시적 대상이 되며, 시인의 상상력의 토대가 시체와 같은 비천한 것에서 매혹을 느끼는 추의 미학에 있다는 것을 알 수 있다. 이런 점에서 볼 때 시인의 추의 미학의 근간은 '시취屍臭'에 있다고 할 수 있다. "죽어서 썩는 屍臭로밖에는 너를 사로잡을 수 없다"(「모과」)는 것이야말로 그녀 시의 미학의 일단을 명명한 것이라고 해도 과언이 아니다.

1990년대 이후 한국문학에 이러한 '시취'를 통한 추의 세계를 강렬하게 환기한 또 한 명의 작가가 있다. 『아오이가든』(2005), 『사육장 쪽으로』(2007)를 상재하면서 그로테스크한 미학을 선보인 편혜영이 바로 그 주인공이다. 시와 소설이라는 장르상의 차이에서 비롯된 것이지만 편혜영의 시취를 통한 추의 세계는 김언희의 시에 비해 냄새에 대한 리얼함이 좀 더 전면적이고 구체적이다. 이 사실은 그녀가 다루고 있는 시취를 통한 추의 세계가 '지금, 여기'의 현실을 직접적으로 지시하고 있지는 않지만 충분히 여기에서 일어날 수도 있는 개연성을 일정한 시공간을 통해 보여주고 있다는 것을 말해 준다. 그녀의 소설이 보여주는 이러한 시취를 통한 추의 세계의 리얼함은 현대 문명이 은폐하고 있는 야만적인 것이 보다 직접적으로 우리를 불안과 공포 속으로 밀어 넣고 있기 때문에 발생한다고 할 수 있다.

그런데 이와 같은 불안과 공포의 체험은 무엇보다도 냄새를 통해 환기된다. 가령 「저수지」(2005)나 「아오이가든」(2003), 「시체들」(2004)에서 주인공들의 삶의 황폐함과 여기에서 오는 불안과 공포는 이들에게서 나는 냄새로 인해 그것이 관념적이거나 추상적이지 않고 보다 구체적인 현실의 징후라는 것을 느끼게 된다. "숨에서 시궁쥐 냄새가 나는 둘째"(「저수지」)나 "역겨우면서도 친숙한 거리의 냄새가 나는 누이"(「아오이가든」) 그리고 "숨을 쉴 때마다 내장 깊은 곳에서 비린내를 풍기는 그"(「시체들」) 등에서 나는 냄새는 현실과 유리된 세계를 환기하지 않는다. 둘째와 그에게 있어서 숨이란 그 자체가 생명이라는 점에서 현실에 다름 아니며, 숨에서 시궁쥐 냄새와 비린내가 나는 것은 그만큼 이들의 생명의 시공간인 현실이 부패해 있다는 것을 의미한다. 부모와 남편 등 가족은 물론 사회로부터 버려지고 소외된 둘째와 부인의 죽은 시체에 대해 어떤 구체적인 증명도 하지 못하는 그 모두는 문명 세계의 어두운 면을 헐떡이는 혹은 냄새 나는 숨을 통해 강렬하게 표출하고 있는 것이다. 이것은 이들의 숨에서 나는 냄새처럼 문명 세계의 부패 역시 심각한 수준에 이르렀다는 것을 말해 준다. 「아오이가든」에서 작가가 누이의 냄새를 역겨우면서도 친숙하다고 한 것도 이런 맥락에서 한 말이라고 할 수 있다.

시취에 대한 작가의 미학적 태도는 「시체들」에 잘 나타나 있다. 이 소설은 익사로 추정되는 실종 상태에 놓인 아내의 시신을 찾아 나선 남편의 이야기이다. 남편은 신원 미상의 시체들 사이에서 아내의 시체를 찾는데 실패한다. 표면적으로는 아내의 몸에 대해 제대로 정확하게 기억하는 것이 없다는 데 그 원인이 있지만 보다 심층적으로 들어가면 그것은 시체의 시체로서의 존재성이 눈으로 보이는 시각적인 데에 있는 것이 아니라 눈에 보이지 않는 후각, 즉 냄새에 있다는 것을 전경화하기 위한 작가의 의도 때문이라고 할 수 있다. 아내가 익사했을 것으로 추정되는 계곡물 속은 시각으로서는 도달하기 힘든 세계라는 점에서 작가가 의도하고 있는 시체의 세계에 대한 하나의 메타포라고 할 수 있다. 하얗게 빛나는 계곡물 속의 구더기들은 아내의 시체가 지니고 있는 냄새를 통해 자신의 시체로서의 존재성을 환기하고 있는 질료들에 다름 아니다. 이렇게 시체의 냄새가 점령해버린 세계에는 늘 그로테스크한 추의 징후가 모습을 드러낸다. 그녀의 소설 역시 예외가 아니다.

누이는 다시 비명을 질렀다. 그때마다 벽이 쩍쩍 갈라지면서 긴 틈을 냈다. 갈라진 틈에서 냄새들이 우르르 쏟아져 나왔다. 누이의 비명은 계속되었다. 가랑이가 찢어지고 그리하여 우무질에 둘러싸인 개구리들이 튀어나올 때까지.

내가 지금 너를 낳고 있는 거니?

가랑이 사이로 빠져나오는 것을 보기 위해 고개를 쳐들고 있던 누이가 물었다. 피로 물든 누이의 가랑이에서 나온 것은 다리가 가늘고 몸통이 큰 개구리였다. 그것은 실로 나를 닮아 있었다. 어느 틈엔가 방에서 나온 그녀는 그럴 줄 알았다는 듯이 우무질에 덮인 개구리를 차디찬 물에 씻겼다. 개구리들은 그녀의 손이 닿을 때마다 눈알이 터지도록 울음을 터뜨렸다. 그리고 터진 눈알에서 흘린 피로 몸을 물들였다. 태어난 것이 개구리라고 해서 당황한 사람은 우리 중에 아무도 없었다. (…중략…) 그녀는 누이의 뱃속에서 나온 수십 마리의 붉은 개구리들을 바깥에 쏟았다. 바깥에는 비가 오고 있었다. 나는 개구리들을 따라 발돋음질을 했다. 그것들은 내 누이의 아이들이었다. 베란다를 넘는 일은 생각보다 쉬웠다. 가늘고 단단한 다리를 접었다가 훌쩍 튀어 오르니 바깥에 닿았다. (…중략…) 이윽고 거리의 냄새가 느껴졌다. 냄새만으로 아오이가든 너머로 나왔음을 알 수 있었다.[15]

작가가 형상화하고 있는 세계는 분명 이성적이고 합리적인 판단으로는 성립할 수 없는 그런 기괴한 세계이다. 누이의 몸에서 아이가 아니라 개구리들이 나오는 모습을 보고 그것을 결코 아름다운 것이라고 말할 수 없을 것이다. 누이의 몸에서 마땅히 사람이 나와야 함에도 불구하고 개구리들이 나온다는 것은 불길함의 징조이며, 이 불길함이 불안과 공포를 불러일으킨다고 할 수 있다. 하지만 아오이가든에서는 이러한 일이 일어나지 않는다. 아오이가든 사람들은 누이의 배 속에서 개구리들이 나왔다고 해서 당황해하지 않는다. 이 소설의 서술 주체인 나 역시 누이의 배 속에서 나온 개구리를 보고 그것이 자신을 닮았다고 하면서 개구리들을 따라서 발돋움질을 해서 바깥으로 나오기까지 한다. 아오이가든에서는 이 일이 기괴하다거나 이상한 일이 아니기 때문이다. 분별지가 통용되지 않는 세계, 인간과 개구리의 경계가 미분화된 인식 상태로 존재하는 세계가 바로 아오이가든인 것이다.

작가의 미학적인 촉수는 냄새만으로도 아오이가든의 안과 밖의 세계를 구별할 정도로 예민하다. 아오이가든 안의 세계란 시체의 출몰과 그것의 썩는 냄새로 가득한, 우리의 단선적이고 표피적인 감각으로는 감지하거나 이해할 수 없는 기괴한 욕망의 심층과 복잡한 심리 구조를 지니고 있는 추한 세계라고 할 수 있다. 눈에 보이는 시각적인 정교함과 섬세함으로 일상의 편린을 그린다거나 고백이나 독백의 형식으로

---

15 편혜영, 「아오이가든」, 『아오이가든』, 문학과지성사, 2005, 59~60쪽.

개인의 내면의 상처를 들추어내는 1990년대 이후 한 흐름을 형성했던 한국문학의 특장과는 이질적인 미학의 세계를 작가 편혜영은 아오이 가든이라는 시공간의 서사적인 구축을 통해 섬뜩하게 우리 앞에 펼쳐놓고 있는 것이다. 하지만 이 세계를 형상화하는 그녀의 미학적인 태도는 자칫 이러한 경향을 추구하는 작가들이 범하기 쉬운 나르시시즘적인 정서의 과잉이라든가 과도한 위악적인 포즈 같은 것에 함몰되어 있지 않다. 그녀는 시체의 냄새로 표상되는 문명의 불안의 심층에 자리하고 있는 야만적이고 추한 세계를 냉정할 정도로 건조한 시선으로 그려내고 있다. 그녀의 소설이 추구하는 그로테스크한 추의 미학의 리얼함이 여기에서 비롯된다고 할 수 있다.

율려의 해체와 악마적인 추

1990년대 이후 한국문학은 세기말의 영향권하에서 자유롭지 못한 것이 사실이다. 흔히 밀레니엄 세기말로 불리는 이 시기의 정서란 종말론적인 묵시록의 파토스이다. 1990년대에 본격적으로 일기 시작한 세기말의 징후는 단순한 시간성의 차원보다는 인류 문명의 위기감의 확산과 팽창에서 기인한다. 인류 문명에 대한 위기감은 늘 존재해 온 것이지만 '지금, 여기'에서처럼 그것이 전 지구적인 차원의 집중적인 관심과 반성의 대상으로 존재한 적은 일찍이 없었다고 할 수 있다. 이것은 현대 문명의 발달 속도가 우리 인류를 파국으로 몰고 갈 수 있다는 불안 심리의 집단적인 반영이다. 파시스트적인 가속도를 내며 질주하는 지금 이 시대의 문명의 미래에 대해 그 변화의 방향과 전망을 투명하게 혹은 확정적으로 제시한다는 것은 거의 불가능하다고 할 수 있다.

　이런 점에서 볼 때 속도의 지배를 받는 현대 문명은 그것이 반성적인 힘을 상실하게 될 때에는 심각한 가치의 혼란을 발생시킬 수 있다. '지금, 여기'의 문명을 반성하기 위해서는 그것이 나아가야 할 어떤 뚜렷한 좌표가 존재해야 한다. 우리 인류는 창공의 별처럼 누구나 보고 그것을 준거로 하여 방향을 찾아 나설 수 있는 좌표를 늘 동경해 왔으며, 여기에서는 동양과 서양이 따로 없다고 할 수 있다. 하지만 그 좌표를 인간의 이성을 통한 관계성 속에서 구현하려 하느냐 아니면 인간의 이성을 넘어 우주적인 관계성 속에서 구현하려 하느냐에 따라 동서양이 차이를 보인다고 할 수 있다. 인간의 이성과 과학을 기반으로 한 현대 문명이 강력한 지배력을 행사하게 되면서 우주적인 관계성은 소외되기에 이른다. 우주의 관계성 차원에서 보면 인간은 스스로 존재하는 것이 아니라 이러한 하늘, 자연, 우주와 같은 존재의 역동적인 흐름 속에 놓여 있는 것이라고 할 수 있다. 이때 인간을 주재하는 우주의 흐름을 동양에서는 '율려律呂'라고 하였다. 인간은 이 우주의 흐름을 '승순承順'하는 것이다. 만일 인간과 우주 사이의 관계가 이러하다면 인간과 인류 문명이 추구해야 할 궁극은 우주의 승순에 있다고 할 수 있다. 우주의 흐름을 인간이 율려라고 명명했지만 그것은 인간의 독단적인 사유 속에서 나온 것이 아니라 우주의 운행 원리를 관찰하고 그것을 체계화한 데서 얻어진 것이다. 율려는 해와 달 그리고 북두칠성의 운행 원리를 법法받아 만들어진 것으로 여기에는 음양의 조화가 주를 이룬다. 그렇다면 이것은 단순한 소리가 아니다. 율려는 동아시아 문화권에서는 처세處世의 학學이었던 것이다. 음양의 조화를 이룬 우주의 소리를 듣는 법을 공부하여 그것을 세상(백성)을 통치하는 기술로 삼으려는 목적에서 '율려학律呂學'이 중요한 처세의 덕목이 되었던 것이다.[16]

그러나 현대 문명은 이러한 율려의 흐름, 다시 말하면 우주의 음양의 조화를 궁극의 좌표로 삼지 않았을 뿐만 아니라 그것을 신비주의로 몰아 소외시켰던 것이다. '지금, 여기'의 문명이란 이러한 율려의 흐름이 파괴되고 해체된 극도의 혼란의 양상을 보여주고 있다고 해도 과언이 아니다. 세기말이면 유행병처럼 회자되는 '종말론'이라는 것도 율려의 세계에서는 존재하지 않는다. 종말이 아니라 끊임없는 변화와 생성만이 있는 세계가 바로 율려인 것이다. 율려의 관점에서 보면 그것이 파괴되고 해체된 '지금, 여기'의 문명 세계는 미가 아니라 추의 세계가 되는 것이다. 1990년대 이후 한국문학은 이러한 추의 세계를 상상하는 단계에까지 이르렀으며, 그 대표적인 작가가 바로 백민석이다. 그의 등장에 대해 '텔레비전 키드 세대의 놀이와 유희'[17]로 명명한 이면에는 '악무한惡無限적인 놀이에만 탐닉'할 수밖에 없는 '지금, 여기'의 문명이 처해 있는 딜레마를 반영하려는 의도가 숨어 있다고 할 수 있다.

악무한적인 놀이에 탐닉한 작가는 자신만의 율려의 제국을 세우려고 한다. 이것의 상징적인 선언이 『16믿거나말거나박물지』(1997)이고, 그중에서도 「음악인 협동조합 1·2·3·4」 시리즈이다. '16믿거나말거나박물지'가 말해주듯이 그의 소설은 인식론적이고 존재론적인 회

---

16 이재복, 「시인의 세상 경작법」, 『현대시학』, 2011.11, 256~257쪽.
17 신수정, 「텔레비전 키드의 유희」, 『문학과 사회』, 1997.가을, 1107~1123쪽.

의를 기반으로 하고 있다. 기존의 인식 체계는 물론 유형무형의 존재 자체에 대해 전면적으로 회의하고 또 거부함으로써 그의 소설은 악무한적인 놀이에의 탐닉이라는 새로운 미학의 성립을 가능케 한다. 믿거나말거나 식의 회의와 악무한적인 놀이에의 탐닉이 결합하여 만들어 낸 미학의 산물이 바로 '음악인 협동조합'이다. 이런 점에서 그의 미학의 최종 심급은 음악이라고 할 수 있다. 하지만 그의 음악이 겨냥하고 있는 것은 하모니^{harmony}의 세계가 아니라 오히려 그 반대이다. 일반적으로 음악의 멜로디^{melody}와 하모니가 겨냥하고 있는 것은 아름다움과 통합의 세계이다. 음의 높낮이의 변화가 리듬과 연결되어 하나의 음악적 통합을 형성한다든가 아니면 음 상호 간에 성질 및 수량성 모순이 없는 통일 관계가 있어 쾌감을 낳는다든가 하는 것이 일반적으로 우리가 알고 있는 음악의 세계인 것이다.

그러나 『16믿거나말거나박물지』에서 보여주는 음악은 조화와 질서, 통합과 쾌감이 아니라 부조화와 무질서, 분열과 불쾌로 대변되는 추의 세계이다. 작가는 이러한 추의 세계를 자신의 음악적 상상과 표현을 통해 적나라하게 보려주려고 한다. 온갖 추한 상상과 표현이 난무하는 세계인 음악인 협동조합을 결성하여 무대에 올리고 싶어 하는 작가의 욕망의 이면에는 "삶은 하나의 불가사의한 괴물처럼 보인다"[18]는 의식이 깊이 투영되어 있다고 할 수 있다. 그는 이것을 자신의 "스테이지 아나운스먼트"[19]라고 말한다. 불가사의한 괴물 같은 삶을 살아내기 위해 그 역시 괴물이 되는 것을 두려워하지 않는다. 그는 "우린 왜 하나의 불

---

18 백민석, 「음악인 협동조합 1」, 『16믿거나말거나박물지』, 문학과지성사, 1997, 177쪽.
19 위의 글, 177쪽.

가사의한 괴물 같은 존재가 되어서는 안 되나요?"라고 묻는다. 이미 불가사의한 괴물 같은 존재를 자처한 그가 무대에 올리지 못할 것은 없는 것이다. 그의 무대 위에서는 문명 세계로부터 금기시되고 추방당한 온갖 추한 것들 — 마약, 살인, 배설, 자해, 수간(獸姦), 섹스, 근친상간, 괴물, 동성애, 정신병 — 이 공연의 주체가 되기에 이른다.

  '늪지대괴물'이라는 4인조 록 밴드의 무대였다. (…중략…) 나는 솔직히, 그 불결한 4인조가 뭘 연주하고 있는지조차도 잘 알 수 없었다. 내게 들려온 건 아름다운 64분 음표의 기타 핑거링이 아니라, 비명과 굉음과 고함들뿐이었다. 앰프의 증폭을 과대하게 맞춘 것 같았다. (…중략…) '삶은 콩방귀포대(砲臺)'가 전면에 드러났다. 스무 개의 내리깐 엉덩이들이 무대를 빙 둘러가며 원형으로 포진해 있었다. 스무 개의 항문들이 관중들 쪽을 향해 활짝 열려 있었다. 경찰차에서 떼어온 듯한 경광등들이 앵-앵-시그널 음들을 울리며 점멸하고 있었다. 그 '삶은 콩……'의 목적은 방귀를 줄기차게 뀌어댐으로써, 공연장 전체에 구린내를 배게 하는 것이었다. (…중략…) 수간(獸姦)의 고행도 있었다. 한 나체의 사내가 제 성기를 숫꽃돼지의 항문에 밀어넣곤 피스톤 운동을 하고 있었다. 그것이 인간만의 흔치 않은 도락인 줄 알 턱이 없는 숫꽃돼지는, 아가리로 찐득하고 노란 액체를 흘리며 비명을 질렀다. (…중략…) '믿거나말거나박물지젤리틴풀장'의 출입구인 미끄럼틀의 사다리에는 벗으세요!라는 안내판이 붙어 있었다. (…중략…) 풀장은 피스톤 운동조차 버거울 만큼, 발가벗은 남녀들로 흘러넘쳤다. 그것은 내가 열두 살 때 회교도 성전에서 보았던, 난교 지옥을 연상케 했다. 쇠죽을 끓이는 좁은 무쇠솥에, 수백 명의 나체 남

녀들을 꾹꾹 눌러 담곤, 섹스하게 하는 지옥이었다.[20]

여기에서 보여주고 있는 믿거나말거나 음악인 협동조합의 공연은 추 중에서도 '역겨움'과 관계된다. 역겨움은 천박함이나 오만방자함 그리고 부조화나 부정확함과는 차원을 달리하는 추의 세계를 의미한다. 역겨움은 '우리를 자신 쪽으로 오게 하는 것이 아니라 밀쳐 내며 자신을 향유하도록 유혹하고 우리의 모든 감각에 비위를 만족시키려 하'지도 않는다. 그것은 '자신의 졸렬함을 통해서 불쾌함을, 자신의 죽어 있음을 통해서 전율을, 자신의 추악함을 통해서는 혐오감을 일깨운'[21]다. 이 역겨움은 포르노적이라고 할 수 있다. 포르노적인 텍스트는 우리로 하여금 대상을 향한 욕망에서 비롯되는 환상을 차단한다. 포르노적인 텍스트에는 환상을 생성하는 '베일'이 존재하지 않는다. 베일이 없으면 주체는 상상 속에서 어떤 대상을 재현해 그것을 환상으로 만들 수 없다. 이 사실은 베일이 있으면 주체는 상상 속에서 포르노적인 것도 그것을 재현해 환상으로 만들 수 있다는 것을 의미한다.

인간과 동물의 다른 점이 바로 이것이다. 인간은 동물과 달리 포르노적인 것도 상상력을 통해 그것을 성적 쾌락으로 바꿀 수 있다. 이렇게 되면 그것은 더 이상 포르노적인 것이 되지 않고 하나의 미적 아름다움을 성취하게 되는 것이다. 하지만 이 소설에서는 이러한 미적 아름다움이 드러나지 않는다. 인간 주체의 베일을 통한 미적 아름다움이

---

20 백민석, 「음악인 협동조합 2」, 『16믿거나말거나박물지』, 문학과지성사, 1997, 195~203쪽.
21 카를 로젠크란츠, 조경식 역, 앞의 책, 292쪽.

없는 세계는 동물적인 동시에 포르노적이라고 할 수 있다. 소설의 역겨움은 대상을 향한 욕망에서 비롯되는 환상이 제거된 상태에서 느끼는 '환멸의 정서'[22] 때문이다. 환상은 없이 환멸만이 존재하는 세계는 지옥이나 다를 바 없다. 작가가 음악인 협동조합 공연에 대해 '난교지옥을 연상케 한다'고 한 이유도 이런 맥락에서라고 할 수 있다. 환상이 아닌 환멸의 난교지옥에서 악무한적인 놀이에 탐닉하는 인간의 모습은 악마와 닮아 있다. 인간의 이면에 은폐되어 있는 악마적인 것을 들추어내 그것을 놀이 혹은 유희의 대상으로 삼았다는 것은 우리가 상상하는 절대 선善의 존재를 상정하지 않았거나 그것의 존재를 부정하고 있다는 것을 말해 준다. 이 절대 선은 서구처럼 신이 될 수도 있고 또 동양에서처럼 하늘 혹은 우주가 될 수도 있다,

그러나 정작 여기에서 중요한 것은 선 그 자체도 아니고, 또한 선과 악의 대비도 아니다. 작가는 이 소설에서 우리에게 선이 좋고 악이 나쁘다고 말하지 않는다. 그가 단지 우리에게 보여주려 한 것은 믿거나 말거나 식의 몰가치적인 세계 인식과 그것이 빚어내는 난교지옥의 악무한적인 유희이다. 선과 악에 대한 가치 부여는 우리 문학이 추구해 왔던 중요한 덕목이었으며, 어쩌면 이것은 문학을 미의 차원에서 이해하고 해석해 온 결과라고 할 수 있을 것이다. 하지만 백민석이 『16믿거나말거나박물지』에서 보여준 세계는 문학을 미의 차원이 아닌 추의 차원에서 이해하고 해석하는 것이 더 타당할 수 있다는 문제의식을 던져준다. 율려적인 아름다움의 세계를 구현하는 것이 불가능한 '지금, 여기'의 현실을 직시하고, 그것이 해체된 추의 세계의 리얼리티를 구현하는 것이 자신의 글

---

22 이재복, 「환상과 환멸의 나르시스」, 『비만한 이성』, 청동거울, 2004, 210쪽.

쓰기의 덕목이라고 여기는 작가에게 미의 이데올로기를 전면에 내세우고 있는 근대의 계몽주의적인 문학관은 더 이상 그의 글쓰기의 좌표가 될 수 없을 것이다. 그의 이러한 미학적인 흐름은 이미『헤이, 우리 소풍 간다』(1996),『내가 사랑한 캔디』(1996)에서 기원하고 있으며,『16믿거나 말거나박물지』(1997)를 거쳐『목화밭 엽기전』(2000),『장원의 심부름꾼 소년』(2001),『죽은 올빼미 농장』(2003) 등으로 이어지면서 새로운 추의 역사를 쓰고 있다고 할 수 있다.

육식의 본능과 동물적인 추

1990년대 이후 욕망과 감각의 문제가 한국문학의 흐름 속에서 새롭게 부상하게 된 데에는 천운영의 등장과 결코 무관하지 않을 것이다. 욕망과 감각은 문학의 발생과 함께 한 것들이지만 그것이 1990년대 이후 '억압된 것들의 귀환'이라는 거대한 문명사적인 흐름과 함께 하고 있다는 것은 특별히 주목을 요한다고 할 수 있다. 국가나 민족과 같은 근대의 거대 이데올로기의 집적체 내에서 욕망과 감각의 문제는 언제나 배제되거나 소외되어 왔을 뿐만 아니라 이러한 거대 이데올로기의 강화에 희생물로 기능해 온 것이 사실이다. 하지만 탈근대의 담론이 부상하면서 욕망과 감각이 이 자리를 대신하게 되고, 여기에 대한 다양한 상상과 표현에 기초한 새로운 미학 혹은 미학성이 지배력을 행사하기에 이른다. 이 새로운 미학성을 추구하는 작가들 중에서도 천운영은 감각과 욕망의 차원에서 볼 때 유별난 데가 있다.

그녀는 이미 등단 때부터 '관능과 탐미의 벼랑으로 독자를 끌고 가는 위태로운 공격성'[23]의 미학을 추구하는 작가라는 평가를 받았으며, 그녀의 첫 소설집인 『바늘』(2001)은 이것을 잘 보여주고 있다. 『바늘』에 수록된 소설들은 하나같이 사물과 인간에 대한 섬세하면서도 치밀한 접근법과 관능적이고 탐미적인 묘사로 가득 차 있다. 이러한 바탕에는 그녀의 작가로서의 감각과 욕망에 대한 새로운 해석이 작동하고 있다고 할 수 있다. 이 소설집에서 전경화되고 있는 것은 촉각, 미각, 후각과 식욕이다. 이것들은 늘 주변부로 밀려나 있던 존재들이지만 그녀의 소설에서는 중심을 이룬다. 그런데 그녀의 소설에서의 이러한 감각과 욕망의 결합이 주목되는 데에는 단순히 둘 사이의 결합 때문이 아니라 그것이 미가 아닌 추의 세계를 드러내기 때문이다. 그중에서도 미각과 식욕의 결합을 통한 추의 세계의 드러남이 특히 주목할 만하다. 작가는 이러한 세계에 적합한 인물을 창조하는데, 그 인물이 바로 「숨」(2000)의 '노파'이다. 그녀는 여든을 넘긴 나이에도 불구하고 젊은 사람들이 두려움을 느낄 정도로 강한 동물적인 본능을 발산하고 있다. 그녀의 동물적인 본능은 외양에서부터 강렬하게 풍긴다. 그녀는 '늙은 수사자의 푸석한 갈퀴나 소의 휘어진 꼬리털 같은 머릿다발'[24]과 '네 발을 땅에 짚고 사냥하는 육식동물을 닮은 단단하고 둥긋한 등뼈'[25]를 지니고 있다. 하지만 그녀의 동물적인 본능은 이러한 외양보다는 식욕에서 더욱 적나라하게 드러

---

23 박완서·김화영, 「동아일보 신춘문예 단편소설 부문 심사평」, 『동아일보』, 2000.1.
24 천운영, 「숨」, 『바늘』, 창작과비평사, 2001, 36쪽.
25 위의 글, 37쪽.

난다. 그녀의 식욕은 전형적인 육식성이다.

> 그녀는 아직 배가 고프지 않다. 골을 닦는 여유로운 손짓을 보면 알 수
> 있다. 식사를 할 만큼 충분히 배가 고팠다면, 내가 소골이 든 검은 비닐봉
> 지를 건네준 순간 골을 식탁 위에 올려 놓고 마른행주로 핏기를 제거한
> 다음 얇은 막을 벗겨내지도 않고 선 채로 집어먹었을 터이다. 두 손가락
> 만을 이용해 한근 남짓한 소골을 순식간에 해치우는 모습을 볼 때마다 나
> 는 등골이 서늘해지는 것을 느끼곤 한다. (…중략…)
> "송치를 구해와라. 몸이 이상하게 으실으실하고 꼭 죽을 것만 같다."
> "…… 송치요?"
> 그녀는 더 이상 대면할 기운도 없다는 듯 눈을 지려감고 돌아눕는다.
> 마귀 같은 식충이 노인네. 손자가 결혼을 한다는데 송치라니. 송치란
> 어미 뱃속에 들어 있는 송아지를 말하는 것이 아닌가? 송치는 마장동에
> 서도 일년에 한두 번 구경할까 여간해서 구하기 힘들다. 더구나 제대로
> 된 송치는 임신 3개월에서 5개월 사이의 태아를 태반째 꺼내야 하기 때
> 문에 소 한 마리 값을 치러야 할 정도로 비싸다. 그것도 몇 달 전에 미리
> 수소문을 해놓아야 구할 수 있다.[26]

노파의 식욕은 육식을 좋아하는 여느 사람들의 그것을 한참 넘어서
고 있다. 인간이 육식을 좋아하는 것은 그다지 유별나거나 이상할 것
이 없지만 노파의 경우는 좋아하는 차원을 넘어 본능적인 광기 혹은 광
적인 집착에 가깝다. 여든이 넘은 노인이 육식에 집착하는 것도 그렇

---

26 위의 글, 37~41쪽.

지만 '한근 남짓한 소골을 얇은 막만 벗겨낸 채 먹어치운다'든가 '어미 뱃속에 들어 있는 송아지를 구해달라'고 하는 태도는 육식에 대한 게걸스러움이 동물과 다를 바 없다는 것을 말해 준다. 노파의 식욕을 통해 드러나는 동물스러움에 대해 손자인 나는 '마귀 같은 식충이 노인네'라고 욕설을 퍼붓는다. 이 말 속에는 노파에 대한 나의 가치 판단이 투영되어 있으며, 이렇게 판단하는 데에는 인간으로서 식욕에 대한 어떤 기준이 있기 때문이라고 할 수 있다.

인간에게 있어서 식욕이란 성욕과 함께 가장 본질적이며 본능적인 욕망의 하나이다. 인간이 생식 기능을 하는 생명체라는 사실은 필연적으로 식욕과 성욕이 존재해야 한다는 것을 의미한다. 만일 식욕이 없다면 인간은 생식 기능을 할 수 없어서 곧 죽고 말 것이다. 마찬가지로 성욕이 없다면 인간은 생명을 이어갈 수 없을 것이다. 이처럼 식욕과 성욕은 인간의 생존을 위해 없어서는 안 될 욕망이다. 하지만 식욕과 성욕에는 양면성이 존재한다. 식욕과 성욕은 인간의 생명을 유지하게도 하고 또 그것을 파괴하기도 한다. 만일 그것이 지니고 있는 힘의 원동력을 간파하지 못하고 그것을 통제하고 억압하려고만 한다면 그 힘은 파괴 쪽으로 기울 것이고, 또한 그것을 과도하게 추구하는 경우에도 그것은 생산이 아닌 파괴 쪽으로 기울 것이다. 이 소설 속 노파의 식욕은 분명 후자 쪽에 속한다고 할 수 있다. 노파의 과도한 식욕에 대해 마귀 같다고 욕을 하는 이면에는 이러한 식욕이 가지는 부정적인 측면에 대한 고려와 그것이 가져올지도 모를 파국에 대한 불안이 자리하고 있는 것으로 볼 수 있다.

노파의 과도한 식욕은 인간의 욕망이 지니고 있는 어두운 면이다.

인간의 욕망의 어두운 면은 정도의 차이는 있지만 인간이면 누구나 가지고 있는 얼룩과 같은 것이라고 할 수 있다. 이 얼룩으로 인해 인간은 자신이 불완전한 존재라는 것을 이해하게 되고, 불완전하기 때문에 그것을 회복하기 위해 노력하는 것이다. 인간의 문명이나 문화의 시작도 여기에서 출발한다. 이런 점에서 볼 때 노파의 동물스러운 식욕은 문명이나 문화와는 거리가 먼 혹은 문명이나 문화가 은폐하고 있는 야만적인 것이라고 할 수 있다. 야만적인 것이기 때문에 노파가 보여주는 것과 같은 과도한 식욕은 문명이나 문화로부터 경계의 대상이 되고 배제의 대상이 되지만 그것은 인간, 더 나아가 문명이나 문화가 지니고 있는 지워질 수 없는 얼룩이기 때문에 언제든지 다시 출몰할 수 있는 욕망의 실체인 것이다.

「숨」의 주인공인 '나'는 인간이 지니고 있는 식욕의 과잉과 결핍을 동시에 표상하고 있는 존재라고 할 수 있다. '나'는 노파의 게걸스러운 식욕에 대해 두려움을 느끼고 경계하면서도 자신의 '혀와 위장은 노파처럼 육식을 원한'[27]다. '나'는 그것이 자신을 '육식 속으로 몰아 넣고 속박하는 늙은 마녀',[28] 곧 노파 때문이라고 생각한다. 노파의 탐욕스러운 식욕을 부정적으로 보는 데에는 그녀의 육식성과 대립하는 초식성을 가지고 있는 '미연'의 영향이 크다고 할 수 있다. '나'는 미연을 '사나운 맹수(노파) 앞에 노출된 한 마리 가젤'[29]에 비유하고 있다. 이것은 노파의 미연에 대한 적개심으로부터 그녀를 보호하려는 '나'의 의지를 나타

---

27 위의 글, 37쪽.
28 위의 글, 38쪽.
29 위의 글, 52쪽.

낸 것인 동시에 노파에게 '잘 길들여진 거세된 수소'[30]가 되어버린 자신에 대한 불안을 나타낸 것이라고도 할 수 있다. 비록 초식성인 미연을 사랑하고 그녀와 함께 살고 싶지만 이미 노파의 육식성에 길들여진 '나'는 육식성과 초식성 사이에서 자신의 정체성을 찾을 수밖에 없는 그런 존재이다.

어쩌면 이 소설 속의 '나'는 작가의 욕망의 대리인이라고 할 수 있다. '나'의 입장에서 보면 소설 속의 미연과 노파 혹은 초식성과 육식성은 긍정과 부정, 선과 악처럼 읽히기도 하고 또 미와 추처럼 읽히기도 한다. 미연의 초식성으로 상징되는 세계가 미이고 노파의 육식성으로 상징되는 세계가 추라면 작가가 이 소설에서 상상하고 표현하고 싶어 한 것은 전자보다는 오히려 후자라고 할 수 있다. 노파의 육식성으로 상징되는 추의 세계가 작가의 섬세하고도 집요한 감각을 통해 미학적으로 구성된 것이 바로 「숨」인 것이다. 우리는 노파의 육식성으로 상징되는 추의 세계를 은폐하고 싶어 하거나 그것을 미의 세계로 종속시키고 싶어 한다. 하지만 작가는 동물적인 본능이 살아 있는 추의 세계를 전경화시켜 그것이 은폐하고 있는 미학의 세계를 적나라하게 들추어 냄으로써 이것과는 다른 상상의 지평을 펼쳐 보이고 있다. 이 소설에서 노파의 탐욕스러운 식욕으로 상징되는 추의 세계는 마치 그 탐욕의 '날카로운 이빨이 자신의 목덜미를 물 것'[31]처럼 섬뜩하고 불길하지만 여기에 한번 빠지면 헤어나기 힘든 매혹적인 구조를 지니고 있다. 이런 점에서 '모든 병을 육식으로 치료'[32]하는 노파는 세계를 추의 관점에

---

30 위의 글, 52쪽.
31 위의 글, 38쪽.

서 인지하고 이해, 판단하며 더 나아가 그것을 실천하고 있는 미학주의
자라고 할 수 있다.

추의 역사와 그 전망

　문학이 미의 범주에 온전히 속하지 않는다는 논의는 이전부터 있어
왔다. 롱기누스[Longinus]로부터 버크[E. Burke]를 거쳐 칸트[I. Kant]에 와서 이론적
으로 체계화된 '숭고'의 개념이 그것이다. 일체의 미를 초월하는 새로
운 미인 숭고는 불쾌감을 전제로 한다는 점에서 추와 일정한 관계를 가
진다. 하지만 추는 미에 종속된 것도 또 숭고에 종속된 것도 아닌 그 자
체의 독립적인 영역을 지니고 있는 미학의 한 범주라고 할 수 있다. 이
렇게 독자적인 영역을 지니고 있음에도 불구하고 추는 미에 비해 이론
적인 체계와 역사라고 할만한 것이 없다. 미의 역사는 방대한 이론적
근거들에서 끌어낼 수 있지만 추의 역사는 그렇지 못하다. 따라서 추
의 역사를 정립하기 위해서는 우리가 '추하다고 보는 사물이나 사람들
에 대한 시각적, 언어적인 묘사들 속에서 그 자체의 기록들을 찾아내'[33]
야 한다.
　한국문학사 전체로 보면 1990년대 이후에 드러나는 추의 징후들은
아주 작은 부분에 지나지 않는다. 1990년대 이후 한국문학에서 추의

32　위의 글, 45쪽.
33　움베르토 에코, 오숙은 역, 앞의 책, 8쪽.

징후가 전경화된 것은 사실이지만 민중의 정서와 민속에 기반을 둔 이전의 한국문학에서 추의 세계를 발견하는 일은 어렵지 않다. 여기에서의 추의 세계는 미 혹은 숭고와 명확하게 변별되기보다는 그것의 경계가 해체되어 드러나는 경우가 많다. 가령 판소리라는 우리의 숭고하고 아름다운 소리가 가장 더럽고 천한 것으로 인식되는 피, 똥, 오줌의 이미지를 통해 구현된다는 사실은 미와 추 혹은 미와 숭고의 경계가 서로 넘나든다는 것을 말해 준다. 아울러 추의 세계는 절대적인 것이 아니라 상대적인 것이다. 추에 대한 해석은 문화권에 따라 달라질 수 있다. 판소리의 소리는 맑고 깨끗한 목소리인 '천구성'이 아니라 신산고초辛酸苦楚를 몸으로 체득한 소리로 흔히 그늘 혹은 한이 서린 소리인 '수리성'이다.[34] 우리는 수리성을 최고의 미적인 소리로 간주하지만 서구에서는 천구성을 최고의 미적인 소리로 간주한다. 이 사실은 문화권에 따라 동일한 것이라도 어떤 경우에는 그것이 미가 될 수도 있고 또 추가 될 수도 있다는 것을 의미한다.

　지금 이 시대의 문화 혹은 예술은 미와 추 그리고 숭고가 서로 복잡하게 섞여 있는 형국이다. 미, 추, 숭고는 각각 독립적으로 발생하기도 하지만 또한 일정한 관계성 속에서 발생하기도 한다. 미에 대한 안티테제로 추가, 또 추에 대한 안티테제로 숭고가 발생하기도 하는 경우가 바로 그것이다. 다만 미나 숭고에 비해 추는 아직 이들 미학적인 개념들과 견줄만한 이론적인 체계와 역사가 확립되어 있지 않다. 이 때문에 이들이 복잡하게 얽혀 있는 미학적인 세계의 실마리를 푸는 데 어려움이 있다. 추를 미와 숭고에 종속된 개념으로 해석하는 한 이 복잡한

34　김지하, 『김지하전집』 3, 실천문학사, 2002, 296~298쪽.

미학적인 형국은 제대로 풀리지 않을 것이다. 이러한 상황을 고려할 때 무엇보다도 먼저 이루어져야 할 일은 한국문학을 추의 역사로 읽고 그것을 통해 추의 미학적인 지형도를 작성하는 것이라고 할 수 있다. 1990년대 이후 문학을 추의 관점에서 해석하고 그것의 미학적인 지형도를 그려보려 한 의도가 바로 여기에 있다. 장정일, 김언희, 편혜영, 백민석, 천운영 등 1990년대 이후 문학에서의 추의 문제는 생각한 것보다 다양하고 복합적인 양상을 띠고 있고, 이것은 곧 추의 미학적인 가능성과 함께 문학사적인 가능성을 말해 주는 것이라고 할 수 있다.

동물적인 자유, 인간적인 자유

장용학의 「요한 詩集」과 『圓形의 傳說』

자의식의 과잉과 역설의 형식

장용학은 전후의 가장 문제적인 작가 중의 한 명이다. 그에 대한 이러한 평가는 누구나 공감하는 바이다. 그의 글쓰기의 원천이 6·25전쟁에 있으며, 여기에 대한 강한 자의식이 그의 소설 전반을 지배하고 있기 때문이다. 전쟁에 대한 자의식만 놓고 본다면 그는 분명 전후 최대의 작가이다. 자의식의 과잉이라고 규정해도 무방할 정도로 그의 전쟁에 대한 태도는 집요하다. 이 집요함으로 인해 그의 소설은 전쟁에 대한 인식의 불투명함을 드러낸다. 눈에 보이는 세계의 투명함보다는 눈에 보이지 않는 은폐^{close}된 세계의 불투명함을 겨냥하고 있기 때문에 그의 소설은 낯섦과 함께 난해함을 동반한다. 이것은 그의 소설을 처음 대할 때 드는 의문, 곧 소설에서 보여주고 있는 세계가 과연 전쟁과 어떻게 현실적으로 연결되는가? 하는 의문과 다른 것이 아니다.

이러한 의문의 기저에는 그의 소설이 너무나 현실적이지 않다는 의미가 들어 있다. 사실 그의 소설에는 당대의 현실이 직접적으로 반영되어 있지 않다. 이것은 그의 소설이 당대의 현실로부터 벗어나 있다는 의미와는 다른 것이다. 그의 소설은 당대의 현실 속에 있다. 단지 당대의 현실을 직접적으로 반영하지 않고 그것을 간접적으로 반영하고 있을 뿐이다. 이 간접적인 반영의 형식 중의 하나가 바로 역설^{paradox}이다. 전쟁이 지배 논리로 작동하는 현실이란 어떤 세계일까? 그 세계란 다름 아닌 가장 비현실적인 세계 아닌가. 지금까지 현실로 존재해 온 모든 것들이 일순간 폐허로 변해버린 그런 현실의 세계란 곧 비현실의 세계 아닌가. 현실과 비현실의 경계가 해체되어 버린 세계에서 비현실의 세계를 드러내는 것은 곧 현실의 세계를 드러내는 것이 되어버리는 것이다.

가장 비현실적인 것이 가장 현실적인 것이 되는 1950년대적인 상황은 그로 하여금 이러한 역설의 논리를 통한 새로운 인식적인 실험을 가능하게 한 것이다. 만일 이러한 사실을 배제한 채 그의 소설의 비현실성을 이야기한다면 그것은 온전한 해석의 방법이 될 수 없을 것이다. 하지만 이 역설의 논리가 곧 전후 작가들을 평가하는 절대적인 잣대라는 것은 아니다. 여기에는 다양한 논리(풍자, 알레고리, 패러독스, 아이러니, 냉소, 니힐, 트라우마 등)가 가능하다. 장용학과 더불어 가장 문제적인 전후 작가로 평가받고 있는 손창섭의 경우는 전후의 참담하고 무기력한 현실 상황과 그 속에서 살아가는 인간 군상을 냉소의 논리로 그려내고 있고, 김성한의 경우는 전후의 폐허화된 현실의 부조리와 허구성을 알레고리와 풍자의 논리로 훌륭하게 형상화하고 있는 예가 바로 그것이다. 전후의 상황이 다면적인만큼 여기에 대한 작가의 인식 역시 다면적일 수밖에 없다. 장용학은 이 다양한 논리 중에서 역설을 자신의 글쓰기의 한 형식으로 선택한 것뿐이다.

　그렇다면 그의 이러한 선택이 겨냥하고 있는 것은 무엇일까? 이 물음에 대한 답은 현실과 비현실이 다른 것이 아니라 마치 동전의 양면처럼 혹은 거울에 비친 사물처럼 하나도 아니고 둘도 아니라는 사실에 있다. 비현실의 세계가 전경화되면 현실 세계도 함께 전경화되기에 이른다. 이것은 현실 세계가 아무리 어떤 사실을 은폐하려 해도 그것의 또 다른 분신인 비현실 세계의 존재로 인해 그것이 불가능하다는 것을 의미한다. 그가 비현실의 세계를 전면에 내세운 것도 그 이유가 여기에 있다. 현실의 세계에 은폐된 것들이 비현실의 세계를 통해 탈은폐disclose된다는 구도하에 그는 현실을 구성하고 있는 여러 제도적인 장치들을 불러내 그것을 비판하고 또 해체한다.

　그에 의해 호명된 것들은 사상, 인문, 계급으로부터 자유, 평등, 평화, 정의 그리고 말(언어), 기계, 가족, 문명에 이르기까지 실로 다양하다. 하지만 이것들은 모두 현실을 구성하고 있는 제도적인 장치들이다. 이 모든 제도적인 장치들은 인간을 위해 생겨난 것이다. 인간은 이 제도적인 장치 속에서 보호를 받으며 살아갈 수밖에 없는 존재이다. 하지만 아이러니컬하게도 이 제도적 장치들에 의해 인간은 생존을 위협받게 된다. 세계의 모순이 드러나는 것이다. 이와 함께 역설의 논리 속으로 아이러니irony의 양식이 끼어들게 된다. 이 아이러니의 양식을 발생시킨 가장 극단적인 모순의 형태가 바로 전쟁이다. 따라서 전쟁은 제도적 장치가 행사하는 최정점의 지배적인 논리인 것이다. 그가 바라본 전쟁 역시 이와 다르지 않다. 전쟁이 가지는 무서운 지배적인 논리에 대해 그는 해체의 날을 세운 채 그것과 맞선다. 그는 현실을 구성하고 있는 제도적인 장치들의 이면에 도사리고 있는 이데올로기의 검은 욕망과 부조리의 불순한 찌꺼기들을 본격적으로 들추어내 그것을 해체하기에 이른다.

이데올로기적 국가 장치의 모순과 해체 욕망

제도적인 장치들 이면에 은폐된 것들을 해체하려는 그의 의도는 소설 전편에 걸쳐 있지만 그것이 첨예하게 드러난 것은 「요한 詩集」(1955)과 『圓形의 傳說』(1962)이다. '그의 최초의 출세작이면서 그의 최대의 화제작'[1]인 이 두 작품의 기저에는 이데올로기적 국가 장치에 의해 희생당한(스스로 자살할 수밖에 없는) 젊은 영혼의 환영 같은 것이 흐르고 있다. 그는 이 비현실의 환영 쪽에 초점을 두고 여기에서 발생하고 생성된 모든 것들을 현실 쪽으로 투사한다.

「요한 詩集」에서 가장 중요한 사건은 누혜의 자살이다. 그는 포로수용소의 철조망에 목을 매고 죽는다. 그는 철조망에 걸려 있는 누혜의 시체에 대해 "그 철조망에 어느날 새벽 한 시체가 걸리게 되었으니 그것은 하나의 돌파구가 거기에 트여짐"[2]이라고 서술하고 있다. 이것은

---

1   김윤식·김현, 『한국문학사』, 민음사, 1973, 254쪽.
2   장용학, 「요한 詩集」, 『정통한국문학대계』 18, 어문각, 1988, 239쪽.

그가 누혜의 자살을 '하나의 돌파구'로 인식하고 있다는 것을 의미한
다. 그렇다면 그 '하나의 돌파구'란 무엇인가? 이 물음에 대한 답은 철
조망에 있다. 철조망이란 일차적으로 보면 포로수용소와 바깥 세계와
의 경계를 상징한다. 그러나 그것의 의미는 여기에 그치지 않는다. 그
것은 현실과 이상, 억압과 자유, 삶과 죽음, 의식과 무의식, 전쟁과 평
화 등으로 확대된다. 따라서 누혜의 자살은 그를 죽음으로 몰고 갈 수
밖에 없는 상황과 그것을 야기한 이데올로기적 국가 장치에 대한 상징
적인 저항으로 볼 수 있다.

　누혜의 자살에 대한 이런 식의 해석은 그(누혜)가 아니라 그에 대해
이야기하고 있는 서술자의 시각에서 비롯된다. 물론 서술자의 시각의
이면을 들추어보면 거기에는 최종적으로 작가가 위치한다. 이런 점에
서 볼 때 "그 철조망에 어느날 새벽 한 시체가 걸리게 되었으니 그것은
하나의 돌파구가 거기에 트여짐"의 진정한 목소리의 주인은 작가이다.
누혜의 자살을 '하나의 돌파구'로 인식하고 있다는 것은 작가가 그것에
대해 일정한 자의식을 갖고 있다는 것을 의미한다. 작가의 자의식은
누혜가 남긴 유서를 보고 난 후 표면으로 떠오르는 것으로 되어 있지만
사실 그것은 이미 그 이전에 암시적으로 드러나 있다. 누혜가 철조망
에 목매달아 죽기 전 동호에게 한 꿈 이야기 속에 숨어 있다. 누혜는 자
신과 요한을 동일시한다. 요한은 뒤에 올 참된 구세주 예수를 위하여
길을 닦고 죽은 자이다. 누혜 역시 요한처럼 뒤에 올 참된 그 무엇을 위
하여 스스로를 희생한다.

　누혜의 자살이 단순한 죽음이 아니라 '하나의 돌파구'로서의 죽음이
라는 사실이 여기에 숨어 있는 것이다. 작가의 자의식이 본격적으로

드러난 계기는 누혜의 유서를 보고 난 이후이며, 이것은 누혜의 시체를 토막 내 변소에 버린 후 동료 포로들이 동호에게 준 눈알을 통해 강렬하게 표상된다. 누혜의 눈알은 "칠흑 같은 어둠 속에 화석化石한 주문처럼 언제까지"[3] 동호를 노려보고 있지만 기실 그것은 누혜의 작가에 대한 '바라봄'이라고 할 수 있다. 누혜 쪽에서 보면 '바라봄eye'이 되지만 작가 쪽에서 보면 그것은 '보여짐gaze'이 된다. 자신이 누군가에게 보여진다는 것은 곧 나르시시즘적인 의식의 감옥에서 벗어난다는 것을 의미한다. (물론 이 감옥에서 온전히 벗어날 수는 없다. 나르시시즘적인 의식은 소멸하는 것이 아니라 다른 형태로 변형되거나 억압된 상태로 존재하게 된다.) 누혜의 눈에 의해 보여짐으로써 작가는 그의 죽음이 갖는 의미에 대해 새롭게 자각하게 된다. 심지어 작가는 전망 자체가 불투명함에도 불구하고 자신이 누혜가 되어 하나의 돌파구를 찾기에 이른다. 그 결과 작가의 누혜와의 동일시는 소설 속의 이데올로기적 국가 장치에 대한 저항의 문맥을 보다 선명하게 하나의 연속선상에 위치시켜 놓기에 이른다.

① 오늘날까지 있는 모든 힘을 내어본 사람은 아무도 없었기 때문이다. 못 내게 되어 있다. 공기 속에 살고 있다는 것은 '말' 속에 살고 있다는 것과 마찬가지다. 처음에만 '말'이 있는 것이 아니라 처음부터 끝까지 있는 것은 '말'뿐이었다. 인간은 그 입에 지나지 않았다. 입으로서의 운동, 이것이 인간 행위의 전체였다.[4]

---

3   위의 글, 243쪽.
4   위의 글, 227쪽.

② 철조망 안에서의 이 두번째 전쟁은 완전히 자기의 전쟁이었다. 순전히 자기의 목숨을 보존하기 위한 자기의 전쟁이었다. 그러기 때문에 그 전쟁에 참가하지 않는다는 것은 스스로 생존의 권리를 포기하는 것과 마찬가지였다. (…중략…) 죽음에는 생의 전중량이 걸려 있다. 그의 죄는 그 생보다 더 클 수 없는 것이고, 죽음이란 끝나는 것이다. 모든 것이 끝나는 것이다. 악도, 지상의 모든 약속이 끝나는 것이 죽음이다. (…중략…) 그런데 거기에는 시체에서 팔다리를 뜯어내고 눈을 뽑고, 귀, 코를 도려냈다. 아니면 바위를 쳐서 으깨어 버렸다. 그리고 그것을 들어서 변소에 갖다 처넣었다. 사상의 이름으로, 계급의 이름으로, 인민이라는 이름으로![5]

③ 학교는 죄의 집이다. 벌에서 죄를 배웠다. 1분 지각했는데 삼십 분 동안이나 땅에 손을 짚고 오토세이처럼 엎드리고 있으면 학교는 그만큼 잘되어가는 것이다. 그렇게 하고 엎드리고 있는 내 앞을 나보다 십초 가량 앞서 뛰어가던 아이가 싱글벙글 줄속에 끼여, '하나 둘 하나 둘' 발을 맞추며 교실로 들어갔다. 그때 나는 육십 초 지각은 지각이지만 오십 초 지각은 지각이 아니라는 것을 배웠다.[6]

④ 드디어 나의 책상 앞이 되는 벽에는 자율(自律)이라는 모토가 붙었다. 그것이 더 깊은 타율의 바다에 빠져드는 길목이 된다는 것을 몰랐고, 좀 지나서 대학생이 되어 버렸다.[7]

---

5   위의 글, 236~237쪽.
6   위의 글, 240쪽.
7   위의 글, 241쪽.

⑤나는 인민의 벗이 됨으로써 재생하려고 했다. 당에 들어갔다. 당에 들어가보니 인민은 거기에 없고 인민의 적을 죽임으로써 인민을 만들어내고 있었다. 만들어 내는 것과 죽이는 것, 이어지지 않는 이 간극(間隙). 그것은 생의 괴리(乖離)이기도 하였다. (…중략…) 노예, 새로운 자유인을 나는 노예에서 보았다. 차라리 노예인 것이 자유스러웠다. 부자유를 자유 의사로 받아들이는 이 제3노예(第三奴隷)가 현대의 영웅이라는 인식에 도달했다. 그 인식은 내 호흡과 맞았다. 오래간만에, 생각해보니 나의 이름이 지어진 이래 처음으로 나는 나의 숨을 쉬었고, 나의 육체는 그 자유의 숨결 속에서 기지개를 폈던 것이다.[8]

①과 ②의 서술 주체는 동호이고, ③, ④, ⑤의 서술 주체는 누혜이다. ①과 ②는 동호가 누혜의 시체를 보기 전에 서술한 것이고, ③, ④, ⑤는 누혜가 철조망에 목을 매기 전에 쓴 유서이다. 비록 서술 주체가 다르긴 하지만 여기에는 이데올로기적 국가 장치에 대한 비판이 일관되게 흐르고 있음을 알 수 있다. 이것은 동호와 누혜의 서술 속에 작가가 개입되어 그것을 통제하고 있다는 것을 말해 준다. 누혜의 자살을 계기로 자기희생을 통한 세계에 대한 참다운 자의식을 갖게 된 것은 소설의 말미에서지만 이미 그 이전에도 이런 의식은 존재했던 것이 사실이다. ①과 ②에서 비판의 대상으로 삼은 것은 말과 사회주의 이데올로기이다. 여기에서의 비판의 요체는 말이 인간을 위해 존재하는 수단이 아니라 목적이 됨으로써 그 말에 인간이 갇히게 된다는 것과 사회주의에서 말하는 사상과 계급과 인민이 타인이나 공동체의 번영을 위해

---

8 위의 글, 242쪽.

존재하는 것이 아니라 자기 자신의 보존을 위해 존재함으로써 인간을 철저하게 소외시킨다는 것이다. ③, ④, ⑤에서 비판의 대상으로 삼은 것은 학교와 당이다. 학교는 벌에서 죄를 배우고, 자율이 타율의 바다로 빠지게 하는 체험을 하게 하는 이율배반적인 공간이며, 당은 인민의 적을 죽임으로써 인민을 만들어내는 이율배반적인 공간인 것이다.

말·사상·계급·인민이라는 이름, 학교, 당에 대한 비판은 결국 이데올로기적 국가 장치가 인간을 자유롭게 하는 것이 아니라 억압하고 소외시킨다는 것을 의미한다. 이것은 다시 말하면 인간이 이데올로기적 국가 장치에 의해 왜곡될 수밖에 없는 존재라는 것을 의미한다. 동호, 누혜, 누혜의 어머니, 수용소의 포로들 모두 이런 존재들이다. 작가는 이들의 존재를 토끼의 우화, 온갖 망상과 환영, 인과율의 파괴와 불연속적인 서사 등을 통해 다소 과도하게 (혹은 과장되게) 부각시킨다. 이것은 작가의 전략이다. 이들처럼 이데올로기적 국가 장치에 의해 억압받고 소외받는 존재들을 부각시킴으로써 역설적으로 그것이 가지는 부정적인 측면을 더욱 도드라지게 하려는 작가의 역설의 전략이 여기에 내재해 있는 것이다. 그러나 이 전략이 궁극적으로 겨냥하는 것은 이데올로기적 국가 장치의 허구성에 대한 자각이다. 이런 맥락에서 볼 때 이들에게 가장 소중한 것은 자신들의 존재를 왜곡시키는 이데올로기적인 국가 장치로부터 벗어나는 일이다. 이 일은 이들에게 이데올로기의 허구성에서 벗어나 참다운 인간을 발견하는 성스러운 행위가 되는 것이다. 누혜의 자살이 의미하는 것이 바로 여기에 있다. 누혜의 자살은 이데올로기적인 국가 장치로부터 벗어나 인간을 인간 그 자체로 평가해주는 자유로운 세계로의 목숨을 건 탈주로 볼 수 있다.

그러나 누혜의 자살은 이데올로기의 허구성에 대한 저항이라는 모토를 강렬하게 보여주고 있기는 하지만 그것은 지나치게 예언적이고 시적이다. 누혜의 자살에 대한 서사적인 리얼리티가 부족하다. "서사성의 요건이라고 할 수 있는 행위의 구조를 해체하고 오히려 대담하게 관념의 단편들을 대입하고 있"[9]기 때문이다. 하지만 이것보다 더 커다란 이유는 「요한 詩集」이 가지는 장르적인 한계이다. 단편의 형식으로 인간, 자유, 사상, 이념, 제도와 같은 커다란 문제를 다룬다는 것 자체가 불가능한 일이라고 할 수 있다. 이 문제는 장편인 『圓形의 傳說』에 오면 어느 정도 해결된다.

현대성 비판과 새로운 인간의 발견

『圓形의 傳說』역시 모토는 이데올로기적 국가 장치가 행사하는 억압으로부터 벗어나 참다운 인간의 모습을 발견하는 것이다. 이러한 구도를 실현하기 위해 작가는 패러독스와 아이러니의 양식을 적극 활용한다. 이 두 양식은 이 소설의 근간을 이루는 이장의 서사에서 빛을 발한다. 이 소설의 주인공인 이장은 사생아이다. 이장은 자신의 출생담을 알기 위해 남과 북을 가로지르면서 다양한 체험(제도적인 체험 ─ 의용군, 국군, 포로수용소, 광산, 대학원, 시골 농업학교의 교원, 경찰서)을 한다. 결국 이장은 자신이 근친상간의 더러운 피를 받고 태어난 존재라는 것을 알

---

9   권영민, 『한국현대문학사』 2, 민음사, 2002, 151쪽.

게 된다. 그는 자신의 외삼촌이자 아버지인 오택부를 찾아 복수하려 한다. 이 과정에서 오택부의 딸, 즉 이복남매인 안지야를 범하게 되고, 이 근친상간의 모습을 오택부에게 보여줌으로써 복수한다. 이에 노한 오택부가 이장을 죽이려 하고, 이장은 안지야와 함께 동굴 속으로 들어가 그곳에서 최후를 맞는다.

이러한 일련의 사실을 통해 알 수 있는 것은 작가가 이데올로기적 국가 장치가 행사하는 억압에 맞서 그 허구성을 폭로하기 위해 끌어들인 대상이 가족 제도라는 것이다. 그러나 작가가 끌어들인 가족 제도는 단순히 가족의 범주에 머무는 것이 아니라 사회의 차원으로 확대된다. 따라서 가족 제도가 가지는 모순은 곧 사회 제도가 가지는 모순으로 그 의미가 확대되는 것이다. 작가는 가족 제도가 가지는 허구성을 폭로하기 위해 근친상간의 문제를 제기하고 있다. 이장의 아버지(오택부)와 어머니(오기미)는 친남매이며, 이장이 사랑한 여인 안지야 역시 이장과는 이복남매 사이다. 이장은 오택부에게 복수하기 위해 그가 했던 방식과 똑같이 자신의 여동생을 범한다. 이것은 역설인 동시에 아이러니이다. 또한 이것은 비극이다.

이장의 행위가 드러내는 표층의 의미는 아버지 오택부에 대한 복수이지만, 그 심층의 의미는 '아버지라는 이름'에 대한 복수라고 할 수 있다. 아버지(아버지의 이름)란 가족을 보호하기 위해 존재하지만 여기에서는 오히려 가족을 파괴하고 억압하는 존재이다. 자신의 비밀이 탄로날까봐 아들인 이장을 죽이려하는 오택부의 모습이 바로 그것이다. 오택부를 통해 드러나는 이런 아버지의 모습은 명분을 앞세워 전쟁을 일으켜 국민을 억압하고 희생시키는 국가의 그것과 다른 것이 아니다.

이장이 자신의 출생 비밀을 알기 위해 넘나드는 북과 남의 체제는 반인 간적이고 비도덕적(비윤리적)이며, 사상과 계급적인 모순으로 가득 찬 그런 세계이다. 이장이 아버지의 허구성을 폭로하여 그를 상징적으로 죽이려하듯 국가 또한 폭로와 죽임의 대상으로 존재한다.

아버지의 이름에 대한 전복과 해체의 욕망은 이 소설 전반에 걸쳐 폭넓게 드러난다. 그 결과 그의 소설은 현대 혹은 현대성에 대한 비판으로 나아간다. 그의 이 비판은 이분법에 의해 대립지어진 반대 항의 의미를 복원하는 일로부터 시작된다. 이분법에 의해 열등한 개념으로 간주되어 억압받아 온 것들을 복원하여 기존의 우세한 것들을 해체하려는 의도는 그 방식 자체가 상당히 포스트모던하다. 이것은 이를테면 이런 것이다. 작가는 문명을 이야기하면서 그것 자체만 이야기하는 것이 아니라 그것이 숨기고 있는 야만적인 것을 폭로하는 것이다. 문명의 야만, 야만의 문명이라는 구도가 성립되는 것이다. 이런 식으로 그는 이데올로기적 국가 장치들을 하나씩 해체해 간다. 현대/원시, 기계・제도・전쟁/맹수天變地異, 합리성/자연숭배・주술, 자유/노예, 인간선/인간악, 도회인/혈거인・동굴인, 공자(성인)/가장 속된 암노루, 성스러움(고상함)/사악(사악함・뱀) 등의 이분법적인 구도가 그에 의해 폭로되고 또 해체된다.

소설 속에 드러난 이분법적인 구도는 상당히 패러독스하고 아이러니컬한 것이다. 두 개의 항 중 어느 하나를 극대화하면 그것 자체가 역설과 모순의 양태를 드러내게 된다. 그것은 두 개의 항이 분리가 아니라 통합되어 있기 때문이다. 문명의 의미를 극대화하면 할수록 그에 비례해 야만의 의미 또한 극대화된다. 이 괴리가 곧 역설이며 모순이다. 오택부를 예로 들어보자. 그는 문명인이면서 동시에 법을 제정하는 국회의원이다. 이런 그가 친동생을 범해 사생아를 낳는다. 이것은 분명한 야만인이나 할 수 있는 행위이며 법의 근간을 송두리째 뒤흔든 폭거인 것이다. 소설 속에서 그가 후자의 의미를 숨기려 하면 할수록 또는 전자의 의미를 내세우면 내세울수록 그에 비례해 세계는 역설과 모순의 양태를 더욱 강하게 띠게 된다. 이것은 안지야(마담 버터플라이) 역시 마찬가지이다. 그녀가 성스러움과 고상함을 내세우면 내세울수록 또는 속됨과 사악함을 감추면 감출수록 역설과 모순의 양태 역시 더욱 강하게 드러난다. 오택부와 안지야가 드러내는 세계에 대한 괴리는 이들이 결핍된 존재라는 것을 의미한다.

오택부는 백정 콤플렉스의 소유자이다. 그의 아버지는 백정이며 평안 감사를 지낸 집안의 딸인 어머니를 겁탈하여 결혼한다. 두 사람 사이에서 오택부와 오기미가 태어났는데 아들은 아버지를 딸은 어머니를 닮는다. 오택부는 어머니를 닮은 여동생을 자랑스러워한다(좀 더 정확히 말하면 욕망한다). 그런데 이 여동생한테 현만우라는 애인이 생기면서 오택부는 자신의 욕망의 대상을 빼앗길지도 모른다는 생각에 오기미를 겁탈하기에 이른다. 안지야는 지식 콤플렉스의 소유자이다. 그녀의 어머니는 국민학교도 나오지 못한 기생이다. 어느날 아버지라는 사람이 나타나 그녀는 고등학교, 대학을 나오게 됐지만 실력이 아닌 돈으로 다녔기 때문에 제대로 학생들을 가르치지 못한다. 그 결과 학생들로부터 모욕을 당해 학교를 그만두고, 머리가 아닌 육체의 가치를 철저하게 신뢰하며 살아가게 된다. 그녀가 이장을 좋아하게 된 것도 지적소유자인 공자가 그를 좋아하기 때문이다. 이들이 결핍의 소유자라는 것은 이들이 모두 욕망하는 존재라는 것을 의미한다. 이들의 결핍, 특히 오택부의 결핍은 국가라는 이름의 제도가 가지는 결핍을 의미한다는 점에서 주목을 요한다.

국가라는 제도는 그것이 본래부터 가지고 있는 결핍을 숨긴 채 완전함의 환상을 무의식화하는 절대 권력 기구인 것이다. 국가가 행사하는 이데올로기적인 허위의식을 인식하지 못하게 되면 인간은 주체가 아닌 노예로 전락하게 되는 것이다. 전쟁이란 이런 국가의 이데올로기적인 허위의식이 만들어낸 아주 위험한 환상에 불과한 것이다. 국가 이데올로기가 조장한 애국심이라는 환상에 사로잡혀 수많은 인간들이 희생당했지만 자신의 죽음 이면에 놓인 저 표독스러운 음모를 자각한 사람은 많지 않다. 작가는 이 사실에 주목해 자신을 직접 개입시켜 여기에 대해 말하게 한다. 그의 소설의 관념성은 이것에서 기인한다고 할 수 있다.

마르크시즘은 무산독재(無産獨裁)로 계급을 없앤다고 한다. 무산독재로 계급이 없어질 만큼 인간이 그렇게 간단하단 말인가.

계급은 욕망과 빵의 부조화에서 생긴 것이다. 독재, 바꾸어 말하면 욕망을 억제함으로써 계급을 없앨 수 있다고 생각하는 것은, 잎사귀를 따버림으로써 나무를 죽일 수 있다고 하는 것과 같은 즉흥이 아니면 죄악이다.

그것은 계급의 말살이 아니라 인간의 포기다. 직립을 중지하고 네 발로 기어다니면서 살라고 강요하는 것을 의미한다. 목자와 가축, 딴은 계급이 아니다. 시민사회가 없어지고, 노동 계급은 '노예군'이 된다.

계급을 없앨 수 있고 인간을 해방시켜주는 것은, 독재가 아니라 생산이다.

빵을 약속했다는 점에서 마르크시즘이 복음이란다면 그것은 샤머니즘이 복음이었던 시절이 있었던 것처럼, 핵분열(核分裂) 이전의 복음이다.

그 핵분열에 비하면 마르크시즘은 자본주의나 봉건제도나와 마찬가지로 단오(端午)날에 두둥실 춤을 추는 빨간 고무풍선에 지나지 않는다.[10]

작가가 직접 문면에 개입해 마르크시즘에 대해 비판하고 있는 대목이다. 표면상으로는 마르크시즘 비판이지만 이것은 사회주의 사상을 기반으로 하는 북한 체제에 대한 비판으로 볼 수 있다. 작가는 사회주의에서 말하는 계급 평등이 인간의 가장 기본적인 조건인 욕망 추구를 말살함으로써 성립된다고 본다. 하지만 이것은 "잎사귀를 따버림으로써 나무를 죽이는 것"과 같다는 것이다. 인간을 위해 존재해야 할 사회주의 체제가 인간을 억압하고 소외시키는 이데올로기적 장치에 불과하다는 비판은 그의 소설을 관통하고 있는 주제이다.

작가의 이데올로기 비판은 6·25의 본질을 탐색하고 있다는 점에서 의미가 있지만 이 비판이 한쪽(북한의 사회주의 체제)으로 기울어져 있다. 작가의 상황을 고려할 때 불가피한 선택으로 볼 수 있다. 그러나 이 소설의 한계는 비단 여기에만 있는 것은 아니다. 가장 큰 문제는 소설의 말미에서 보여준 이데올로기적 국가 장치에 대한 저항과 해체의 태도이다. 이장과 안지야가 오택부 일행의 추적을 피해 달아난 곳이 바로 동굴이다. 그의 소설은 동굴에서 시작해서 다시 동굴에서 끝나는 서사의 구도를 보여준다. 『圓形의 傳說』은 그의 이러한 서사 구도의 대미를 장식하는 작품이다. 이런 점에서 이장과 안지야의 동굴로의 도피는 중요한 의미를 가진다. 이들이 동굴로 도피한 것은 단순한 몸 숨김의 의미를 넘어 영원한 안식과 휴식의 의미를 지닌다. 이장은 "동굴에는 동

---

10 장용학, 『圓形의 傳說』, 『정통한국문학대계』18, 어문각, 1988, 101쪽.

물적인 자유가 없고, 바깥 세계에는 인간적인 자유가 없"다고 하면서 "인간이라면 동물적 자유가 없는 자유보다는 인간적 자유가 없는 자유를 택해야"[11]한다고 말하고 있다. 하지만 그가 선택한 것은 동물적 자유가 없는 동굴이다. 그가 동물적 자유 없는 동굴을 택한 것은 다분히 역설적이다. 인간을 그만두고 사는 것이 인간적이라든가 반인간적일수록 인간은 인간답다는 논리는 패러독스한 현실에 대한 작가의 대응 논리로 볼 수 있다.

이장의 이 발언은 곧 작가의 발언에 다름 아니며, 이 말이 담고 있는 의미는 실존주의적이기보다는 자연주의적이다. 여기에는 실존적인 상황도 없고 그것을 만들어 갈 의지도 없다. 비현실이 의미가 있는 것은 그것이 현실과 긴장을 유지할 때이지만 동굴로의 도피는 그런 긴장이 부재한다. 이 세계에는 아버지가 없다. 어머니와 나 둘밖에 없는 행복한 세계이다. 하지만 이 세계는 이미 잃어버린 낙원과 같은 곳이다. 이 말은 이런 세계는 우리가 발 딛고 사는 지상에는 존재하지 않는다는 것이다. 스스로 현실로 나오는 통로를 차단한 채 상상계적인 동굴 속에 안주하는 태도는 그동안 작가가 보여 온 이데올로기적 국가 장치에 대한 저항과 비판을 무화시켜버리는 위험한 발상이다. 이것은 「요한 詩集」에서 누혜의 철조망에서의 자살의 의미를 제대로 계승한 것이라 볼 수 없다. 누혜의 자살은 경계의 의미가 강한 것이다. 경계란 고뇌의 의미를 내포한 개념이다. 이 말은 경계가 동굴과 바깥 세계 사이에 아슬아슬하게 걸쳐 있다는 것을 의미한다.

---

11 위의 글, 139쪽.

비대한 관념과 전망 없음의 전망

이장과 안지야의 동굴행은 작가의 비대한 관념의 산물 아닐까? 이 비대한 관념 속에서 그는 운명 자체를 지나치게 즐긴 것은 아닐까? 만일 그렇다면 그의 눈에 벼락 맞아 죽은 이장의 양부모의 운명은 매력적인 것으로 다가왔을 것이다. 이 벼락을 그는 또 한번 그것도 화룡점정의 대목에서 다시 불러낸 것이다. 벼락으로 동굴이 무너져 죽게 된 이장과 안지야의 운명을 지켜보면서 작가는 그것이 장엄하고 숭고하다고 생각했을 것이다. 하지만 그것은 생산성 없는 무의미한 죽음에 불과한 것이다. 이런 점에서, 이들의 죽음에서 비극성을 찾는다는 것 또한 무의미하다고 할 수 있다.

전쟁은 장용학이 보여준 것처럼 현실의 투명하고 밖으로 드러나는 표층의 논리로는 해명할 수 없는 불투명하고 심층적인 논리를 가지고 있다. 어쩌면 그가 보여준 관념도 이런 맥락에서 비롯된 것은 아닐까? 눈에 보이는 모든 것들의 소멸이 그저 투명한 논리로 이해되었다면 그것은 하나의 상처(트라우마trauma)로 남지 않았을 것이다. 이 상처를 드러내는 일이 전후세대 작가들에게는 하나의 사명 같은 것이지만 그것이 쉽지 않다는 것을 우리 현대문학사는 말해주고 있다. 전란의 상처는 1960년대(김승옥의 소설 속에 내면화되어 흐르는 전란의 상처를 상기해 보라)를 거쳐 지금까지 계속되고 있다. 전쟁은 눈에 보이지 않는다고 끝난 것은 아니다. 우리가 장용학의 소설을 다시 읽어야 하는 이유가 바로 여기에 있다.

장용학의 소설, 「요한 詩集」과 『圓形의 傳說』을 이런 탈근대적인 관점에서 읽어보는 일은 이런 점에서 유용하다. 그의 소설의 표면에 드러나는 가장 큰 특징 중의 하나가 우리가 흔히 이데올로기적 국가 장치라고 하는 것에 대한 비판과 해체의 욕망이다. 최근 들어 우리 문학 혹은 문화 담론 중에 국가의 의미를 탈근대적인 관점에서 다시 해석하려는 시도들이 행해지고 있다. 이 이데올로기의 허위 의식의 문제는 대중문화가 지배력을 확장하면서 좀 더 폭넓게 다양한 차원에서 제기되고 있다. 그러나 대중문화가 행사하는 이데올로기의 허위 의식에 대한 싸움은 그다지 치열하지 않은 것 같다. 이것이 우리 시대의 전망을 불투명하게 하는 한 원인으로 작용한다.

　전망의 불투명하기야 이 소설의 배경이 되는 1950년대 전후에도 마찬가지였을 것이다. 물론 차이는 있다. '지금, 여기'에서의 불투명함이 무언가 너무 넘치기 때문에 발생한 것이라면 1950년대 전후의 그것은 너무 부족하기 때문에 발생한 것이라는 차이가 바로 그것이다. 그의 소설이 전망을 확보하는 데 실패했다고 평가하는 사람들이 있다. 여기에 대해 '오히려 그 전망 없음이 전망 없는 시대를 반영한다'는 식으로 그의 소설을 옹호하고 싶지는 않다. 분명 그의 소설은 전망의 문제와 관련해서 문제가 있는 것이 사실이다. 내가 『圓形의 傳說』을 비판한 이유를 상기해 보라. 그러나 그가 시도한 세계에 대한 저항과 비판 의식은 시대 정신의 일단을 구현하고 있다고 볼 수 있다. 특히 누혜의 자살의 상징성은 시대를 뛰어넘어 자유에 대한 어떤 보편적인 의미를 띤다고 할 수 있다.

'자연스럽다', '자유롭다'

강도하의 〈발광하는 현대사〉

강도하의 〈발광하는 현대사〉(2012)를 '발기하는 현대사'로 읽는다. 이 만화에서의 '발광'은 발기에 이르는 광적인 행위이며, 이것이 곧 현대사의 동력이라는 것이 제목이 은폐하고 있는 의미이다. 이때의 '현대사'는 이 만화의 주인공 '현대'의 역사이면서 동시에 현대 인류의 역사라는 이중적인 의미를 드러낸다. 이런 점에서 이 만화의 주인공 '현대'의 의식과 행위는 메타포적이다. '현대'의 의식과 행위가 그 개인 차원을 넘어 인류 전체에 대한 메타포적인 의미를 띤다면 그를 읽어내는 일은 단순한 '바라보기'가 아니라 '보여지기'의 일환으로 간주할 수 있다. 내 자신이 누군가에 의해 보여질 때 욕망은 끊임없이 변주되면서 일정한 생산성을 담보하게 되는 것이다.

이 만화의 초점이 '현대'에게 있다면 우리는 필연적으로 '섹스'의 문제와 맞닥뜨릴 수밖에 없다. 인간에게 섹스는 식욕과 함께 가장 본질적인 욕망 중의 하나이다. 하지만 식욕에 비해 섹스는 훨씬 복잡한 문맥을 거느리고 있다. 그것은 섹스와 같은 성욕이 인류의 문화나 문명과 긴밀하게 관계되어 있기 때문이다. 섹스는 단순한 실존의 문제를 넘어 인간의 이성에 의해 통제되고 조절되는 문화사와 문명사의 한 장으로 존재해 온 것이 사실이다. 프로이트, 마르쿠제, 푸코 등이 제기한 성은 모두 문명에 의한 억압의 산물이지만 그것이 늘 문명에서 배제되고 소외되어 온 것만은 아니다. 마르쿠제처럼 그것을 해방하여 문명의 새로운 동력으로 이해한 이도 있다. 하지만 성의 해방과 문명과의 억압 없는 화해는 현실적으로 쉽지 않다. 어쩌면 프로이트와 푸코가 이야기한 것처럼 여전히 '지금, 여기'에서의 성은 터부시되거나 권력과 지식의 관계로부터 자유롭지 않다.

성의 해방 문제가 오랜 시간 온전히 해결되지 않은 채 논쟁의 중심에 자리하고 있는 것은 성에 대한 복잡성과 보수성을 말해 준다. 성에 대해 비교적 자유로운 태도를 견지해 온 예술의 경우에도 그 문제는 늘 논란의 대상이었던 점을 상기한다면 〈발광하는 현대사〉 역시 여기에서 비껴갈 수 없을 것이다. 시작부터 작가는 이 만화의 의도가 '섹스'에 있음을 밝힌다. 만화가 '현대'와 '민주'의 익숙한 섹스에서 시작한다는 것은 이들 혹은 우리의 삶에서 그것이 새롭거나 특별한 것이 아니라는 사실을 말해 준다. 비록 섹스를 부부의 침실로 국한시키기는 했지만 그것은 일상만큼 익숙한 인간의 삶의 한 과정으로 볼 수 있다. 이것은 섹스에 무슨 고상하고 숭고한 의미 부여를 하는 것이 오히려 그것을 억압할 수 있다는 것을 의미한다. 만화 속 '현대'는 이러한 억압에 저항하는 인물로 그려져 있다. 그의 저항성은 성의 상품화라는 오해를 불러일으킬 정도로 섹스 탐닉적인 데가 있다.

'현대'의 섹스 파트너는 무차별적이다. 그는 결혼을 통해 사회적으로 제도화된 섹스 파트너인 아내('순이')가 있음에도 불구하고, 2년 동안 섹스 파트너로 지내온 '민주'와 관계를 끊지 못한 채 끊임없이 그녀에게 섹스를 요구하고, 자신의 강의를 들으러 온 '주부 학생'과 스스럼 없이 섹스를 할 뿐만 아니라 대학 후배인 '미정', 화랑 관장인 '영희'는 물론 카페 아르바이트생인 '민중'과도 섹스를 한다. 프로이트 식으로 이야기하면 그는 섹스 고착증 환자라고 할 수 있다. 하지만 다른 시각에서 보면 그는 섹스 해방론자라고 할 수 있다. 그의 섹스 탐닉은 탐닉 그 자체로 보이기도 하지만 보다 찬찬히 들여다보면 그것이 궁극적으로 겨냥하고 있는 것이 탐닉을 넘어서고 있음을 알 수 있다. 그가 '주부 학생'과의 섹스를 사랑이 아니라 섹스 그 자체일 뿐이라고 단호하게 일갈하는 장면이라든가 '민주'와 결별하고 나서도 계속 섹스하자고 하는 장면, 또 '영희', '미정', '민중'과 그때그때의 느낌에 따라 행동(섹스)하는 장면은 우리로 하여금 그를 섹스 탐닉자로 인식하게 한다.

이러한 인식은 잘못된 것은 아니다. 그는 분명 섹스 탐닉자임에 틀림없다. 하지만 그의 섹스 탐닉이 집착을 넘어 고착의 상태로 넘어간 경우는 '민주'를 제외하고는 없다. 그가 '민주'와 이별을 하고서도 끊임없이 그녀와의 섹스에 집착하는 데에는 섹스 그 자체의 순수하고 자연스러운 행위에 대한 탐닉만이 작용하고 있는 것일까? 이 물음은 가령 〈감각의 제국〉에서 두 남녀의 섹스에의 탐닉이 섹스 그 자체의 순수하고 자연스러운 행위에 대한 탐닉으로만 해석될 수 있을까? 하는 사실과 다르지 않다고 할 수 있다. 이 영화에서 두 남녀의 죽음에 이르는 섹스에의 탐닉은 일본 군국주의에 대한 비판의 의미를 지니고 있는 것으로 이해하는 것이 일반적이다. 이런 맥락에서 〈발광하는 현대사〉에 은 폐된 그의 섹스에의 탐닉을 읽는 것은 어떨까? 그의 섹스에 대한 탐닉 은 '민주'와의 관계에서 가장 잘 드러난다. 다른 이들보다 '민주'와의 관계에서 그의 섹스에 대한 탐닉은 집착이나 고착의 상태로 나아간다.

'현대'의 '민주'와의 섹스에 대한 집착은 만화 전편에 걸쳐 나타나지만 특히 말미에 와서 절정에 달한다. 그와 '악어와 악어새'의 관계에 있는 '춘배'의 호출을 받고 무지막지하게 몽둥이 세례를 받아 죽어가면서도 '민주'와의 섹스를 상상하는 장면은 그것이 단순한 탐닉을 넘어 강한 의도와 목적을 지니고 있다는 것을 의미한다. 그렇다면 왜 하필 '민주'일까? '민주'에 대한 집착이 '현대' 개인의 섹스 취향일 수도 있지만 여기에는 그것을 넘어서는 작가의 의도성이 강하게 개입되어 있다고 볼 수 있다. 먼저 '민주'라는 이름에서 우리는 그것을 확인할 수 있다. 그가 섹스 파트너로 선택한 대상이 '민주'라는 사실은 그녀와의 섹스를 통해 그것을 억압하고 통제하는 권력으로부터 해방되고자 하는 의지가 강하게 투영된 것으로 읽어낼 수 있는 어떤 개연성을 말해 준다. 만화에서 그와 '민주'와의 섹스를 통제하고 억압하는 존재는 '춘배'이다. '춘배'는 자신의 지위를 이용해 '현대'와 '미정'을 길들이고 이들의 미래까지도 통제하고 조절하는 절대 권력자이다. 이 사실은 '현대'가 그 권력으로부터 해방되기 위해서는 필연적으로 그와 맞서 싸워야 한다는 것을 의미한다.

'현대'의 '춘배'에 대한 저항은 그의 조교이자 그의 아이를 낳은 '미정'과의 섹스를 통해 구체화되기 시작하고, 그의 마초성의 집적체인 '민중'('춘배'와 '미정' 사이에서 태어난 딸)에 와서 극에 달한다. '춘배'에게 '미정'은

'현대'가 닿을 수 없는 권력의 정수에 놓인 존재이기 때문에 그것을 범했다는 것은 그 권력에 대한 정면 도전으로 볼 수 있다. '춘배'가 '현대'를 죽음으로 몰고 간 이유가 바로 여기에 있다. 하지만 '현대'의 권력에 대한 저항은 여기에서 그치지 않는다. 그의 진정한 복수는 '민주'와의 섹스를 밀실이 아닌 '교통정보센터 방송실'에서 전 국민을 대상으로 생중계하는 것에서 잘 드러난다. '민주'와 '현대'는 자신들의 섹스를 중계하면서 그것을 중단하지 않고 끝까지 갈 것을 약속한다. 이들은 육체와 정신 혹은 몸과 마음이 분리된 상태에서의 불완전한 섹스가 아니라 이것들이 하나가 되는 온전한 섹스를 욕망한다. 이런 점에서 이들의 섹스는 몸 따로 마음 따로인 상태에서 행하는 이전의 섹스와도 다르고 또 부부지만 늘 불안정한 상태에서 이루어지는 '영희'와 '철수', '현대'와 '순이'와의 섹스나 동거하면서도 섹스 없는 섹스를 하는 '훈이'와 '민주' 그리고 종속 관계에서 학대와 피학대 상태에서 행하는 '춘배'와 '미정', '현대'와 '주부 학생'과의 섹스와도 다르다.

'현대'와 '민주'가 한 몸이 되지 못한 상태에서 행한 2년간의 섹스는 서로의 몸만 탐닉한 그런 섹스였다고 볼 수 있다. '현대'가 결혼을 하게 됐다며 '민주'에게 이별을 통보했을 때 그녀는 '넌 아내와 섹스하면 되고 난 다른 수컷 찾으면 되'니까 '몸만 바뀌는 것'일 뿐 '서로 섹스는 하는 것'이라고 말하는 장면은 섹스의 공허함을 드러내는 것에 다름 아니다. 이들이 보여준 이러한 섹스의 공허함은 결혼(불륜)이라는 제도적인 구속에 의해 생겨난 것이지만 이들은 그 제도가 행사하는 권력에 맞서 싸우기보다는 적당히 타협하고 순응하면서 살았기 때문에 진정한 자유와 해방을 성취할 수 없었던 것이다. 섹스의 자유와 해방은 몸의 자연스러운 발기 혹은 발광에서 비롯되며, 제도와 제도화된 권력은 그것을 왜곡하고 터부시하여 인간의 자유로운 의지를 꺾어 버린다.

이러한 상황에서는 섹스의 자연스러움이 자유로움으로 이어질 수 없다. 섹스에 대한 자유는 그것을 억압하고 구속하는 권력에 저항하지 않고서는 결코 획득할 수 없다. '현대'는 그것을 죽음의 순간에 깨달은 것이다. '춘배'의 권력에 죽음으로 저항하는 순간에 그의 발광은 끝나지만 섹스는 완성된다. 섹스가 그 안에 삶과 죽음을 함께 내장하고 있다는 점에서 작가의 죽음을 통한 삶의 역설 혹은 자연스러움에서 자유로움으로의 이행은 그 자체로 하나의 역사가 된다. 섹스에 대한 발광 혹은 발기가 생성과 소멸을 거듭할 때 그것이 하나의 역사가 된다는 인식은 이 만화가 은폐하고 있는 의미이다. 내러티브와 이미지의 결합이라는 만화의 특성상 섹스에 대한 '현대'의 발광 혹은 발기가 몸에 돋는 붉은 잎의 촉수로 강렬하게 표현됨으로써 섹스의 자연스러움에 대한 욕망이 잘 드러나 있다. 또한 섹스의 자유로움에 대한 욕망은 '현대'와 '민주'의 의지가 투영된 대사나 표정을 통해 드러나는데 특히 '현대'가 죽어가면서 '민주'를 애타게 부르는(원하는) 장면이 글자의 점층적인 크기의 조절과 기호의 추가적인 삽입의 방식으로 표현됨으로써 효과를 극대화하고 있다.

그러나 섹스에 대한 이러한 자연스러움의 표현과 자유로움의 표현이 얼마만큼 상호 침투적인지에 대해서는 판단하기가 쉽지 않다. 이것은 자연스러움에서 자유로움으로의 이행을 매개하는 과정이 치밀하지 못하다는 것을 의미한다. 만화에서 '현대'가 카페에서 '춘배'의 딸인 '민중'을 만나 섹스를 하는 장면이라든가 어떻게 '민중'이 '춘배'와 '미정' 사이에서 태어났고 자신의 딸과 '현대'가 섹스한 것을 어떻게 알았는지에 대한 과정이 구체적으로 제시되어 있지 않다. 이런 경우 그 과정을 유추할수 있는 사건이나 배경에 대한 암시가 주어지지만 여기에서는 그것이 빠져 있다. '현대'와 '민중'과의 섹스와 여기에서 비롯된 '춘배'에 의한 '현대'의 죽음이 구체적으로 형상화되어 있지 않기 때문에 '민중'이라는 이름이 은폐하고 있는 메타포를 드러내기가 쉽지 않다. '민중'이 '춘배'의 딸이고 그 딸이 '현대'의 섹스 대상이 되었다는 것은 '춘배'로부터 '민중'을 해방시켰다는 것인지, 아니면 '민중'을 해방시키기 위해 자신이 희생의 제물이 되었다는 것인지 여기에 대한 구체적이고 치밀한 근거와 형상화가 이루어지지 않고 있다.

섹스는 그 안에 자연스러움과 자유로움을 동시에 지니고 있어야 한다. 이 둘은 상호 침투적이여야 하며, 이런 관계에서는 섹스의 자연스러움을 강조하면 할수록 그것은 곧 자유로움에 대한 강조가 된다. 작가가 〈발광하는 현대사〉에서 보여주고 있는 섹스에 대한 다양한 시각과 방식은 권력에 의한 억압과 구속으로부터 벗어나려는 그의 자유로움에 대한 의지로 볼 수 있다. 이런 점에서 그가 보여주는 온전한 몸을 통한 섹스의 과정에서 드러나는 자유에 대한 의지를 간과한 채 자연스러움만을 본다거나 반대로 자연스러움을 간과한 채 자유에 대한 의지만을 본다면 그것은 이 텍스트를 제대로 해석한 것이라고 할 수 없다. 〈발광하는 현대사〉에서 섹스에 대한 자연스러움과 자유로움에 대한 작가의 의도를 발견하고, 그것이 다양한 시각과 방식으로 형상화되고 있다는 점을 발견하는 일은 우리 만화의 잠재태를 가늠해 볼 수 있다는 점에서 의의가 적지 않다. 섹스에 대한 금기는 자연스럽게 그것을 향유하면서 그 속에 은폐된 자유 의지를 발견하는 자에 의해 깨질 수밖에 없으며, 만화의 대중성과 통속성은 그것을 실현하기 위한 어떤 가능성을 내재한 대표적인 양식이라고 할 수 있다. 만화 속 '민중'이 드러내는 의미와 '현대'와 '민주' 등의 인물들이 드러내는 섹스는 각각 만화의 대중성과 통속성에 대한 메타포로 볼 수 있다. 이런 점에서 〈발광하는 현대사〉가 지닌 의미는 단순함을 넘어 중층적이며, 이것은 곧 이 만화의 미덕이라고 할 수 있다.

권태의 발견과 인간의 지평

몸문화연구소의 『권태 – 지루함의 아나토미』

　권태의 문제가 하나의 사상이나 철학의 반열에 오른 것은 근대 이후
의 일이다. 이 사실은 인간이 자연으로부터 분리되기 시작한 시기와
궤를 같이한다. 인간이 자연에 순응하면서 살던 시대에는 인간의 감정
과 정서 역시 자연의 시간과 욕망의 구도에 따라 결정되었다. 근대 이
전에도 불안이 존재했지만 그것은 어디까지나 자연(신) 안에서 이루어
진 것이기 때문에 근대 이후 자연 밖에서 이루어진 것과는 성질이 다르
다. 근대 이후 자연으로부터 멀어지면서 인간은 인간 자신이 정한 시
간과 욕망의 구도 속에서 삶을 살기 시작했고, 그것은 철저하게 속도의
정치학의 속성을 따르게 된다. 속도가 지배하는 삶이란 늘 과도한 생
성과 소멸의 반복에 다름 아니다. 이것은 근대 이후 인간의 삶의 리듬
이 되었으며, 그 리듬에 따라 산다는 것은 곧 피로와 자의식을 동반한
다는 것을 의미한다.

　이처럼 권태란 근대적인 속도의 산물이다. 이 속도의 회로 속에 발

을 들여 놓은 인간은 권태라는 병을 앓을 수밖에 없다. 모던 보이 이상이 요양차 내려간 성천에서 그곳의 자연을 보고 '녹색의 공포'라고 한 것은 그가 근대적인 속도의 세례를 받았기 때문이다. 성천의 속도와 경성의 속도 사이의 괴리에서 비롯된 이상의 공포는 '권태'를 통해 치유의 길을 모색하기에 이른다. 이런 점에서 볼 때 몸문화연구소에서 엮은 『권태 — 지루함의 아나토미』(이하 『권태』) 역시 이와 다르지 않다고 할 수 있다. 우리의 육체는 물론 정신 자체가 속도의 경쟁 체제 속에 놓인 '지금, 여기'에서의 우리 인간의 삶이 내재하고 있는 권태의 문제는 우리를 죽음에 이르게 하는 병이라고 하지 않을 수 없다. 이 사실은 우리가 권태의 문제에 접근할 때 그것을 단순히 유행의 차원이 아닌 보다 근본적인 인식과 존재의 차원에서 바라보아야 한다는 것을 말해 준다. 요즘 우리 인문학은 지나치게 유행을 좇아가려 하고 있을 뿐만 아니라 심지어는 사유의 과정thinking process마저 망각한 채 섣불리 인간과 세계에 대한 해석을 감행한다. 이로 인해 '지금, 여기'에서 제대로 된 인문교양서라고 할 만한 것을 찾기란 사막에서 오아시스를 만나는 것만큼이나 어렵다.

『권태』의 미덕은 무엇보다도 권태를 사유하는 방식과 과정에 있다. 이 책에는 권태에 대한 다양한 시각이 교차하고 또 재교차하고 있다. 이것은 권태의 문제를 어떻게 바라보느냐 하는 데서 비롯된 것이다. 대체로 이 책의 필자들은 권태에 대해 적극적인 의미 부여를 하고 있다. 각각의 필자들이 처한 입장이나 환경이 다르고, 학문적인 태도와 신념이 다르기 때문에 권태를 둘러싼 다양한 시각과 의미의 차이가 발생하지만 권태를 '지금, 여기'의 차원에서 적극적으로 해석해내려는 점에서는 차이가 없다. 이 책이 지니는 시각적인 차원에서의 중층성은 먼저 권태라는 대상을 드러내는 방식의 차이에서 발견할 수 있다. 이 책에는 ① 권태에 대한 지적 계보를 탐색해 들어가는 글이 있는가 하면(이성민, 이종주), ② 권태를 사회·문화적인 현상의 차원에서 접근한 글도 있고(김운하, 황은주, 송치만, 손석춘), ③ 그것을 구체적인 텍스트를 통해 탐색한 글도 있다(김종갑, 황혜진, 최하영).

①에서 흥미로운 것은 권태의 문제를 낭만주의와 연관 지어 사유하고 있다는 점이다. 권태의 문제를 곧바로 근대의 다른 문제(신경증)와 연결 짓지 않고 이렇게 낭만주의와 연결 짓고 있다는 것은 주목할 대목이다. 이것은 스벤젠과 가라타니의 논리이며, 이들은 낭만주의를 '아이, 내면, 권태', '아이, 내면, 풍경(숭고)'으로 보고 있다. 이들이 본 낭만주의는 근대 혹은 근대성을 특징 짓고 있는 요소들이다. 특히 스벤젠의 논리에서 그가 '권태'를 '인간 삶의 주요한 조건이자 시련 가운데 하나'라고 간주한 것은 그것이 성숙을 향해 나아가는 과정으로서의 역할을 한다는 것을 의미한다. 스벤젠의 논리대로라면 권태는 교육과 성장의 계기를 마련해 주는 중요한 근대인의 삶의 조건이라고 할 수 있다. 「권태와 청춘」에서 이성민이 스벤젠의 논리를 적극적으로 인용하고 여기에 의미부여를 하는 데에는 권태에 대한 그의 입장을 긍정적으로 해석하고 있는 것으로 볼 수 있다. 하지만 그는 반성숙적 경향성을 극단까지 밀고 나간 들뢰즈의 논리도 수용하여 그것을 긍정적으로 해석하고 있다. 권태가 성숙이냐 아니면 반성숙이냐의 문제는 그만의 고민이 아니라 근대적인 주체로서의 삶이 무엇이냐에 대해 고민하는 사람들 모두의 것이라고 할 수 있다. 이종주의 글은 권태의 문제를 철학적

으로 깊이 있게 이해하는 데 좋은 길잡이 역할을 하고 있다. 특히 스피노자의 통합적인 사유와 권태의 문제를 연결하는 대목이라든가 하이데거의 '그냥 아무튼 지루함'의 개념은 권태에 대한 의미 지평을 넓혀주었다고 할 수 있다.

②의 글들이 흥미로운 것은 그것들이 '지금, 여기'에서 벌어지고 있는 우리의 현 상황에 대해 말하고 있기 때문이다. 그렇다면 이들은 '지금, 여기'를 어떤 곳으로 인식하고 있는 것일까? 먼저 김운하는 지금 이곳을 '재미 중독 사회'로 보고 있다. 이런 사회의 도래 원인을 그는 디지털기기에서 찾고 있으며, 이 속에서 사는 인간은 '노모포피아(노 모바일 폰 포비아no mobile-phone phobia)', '멀티태스킹multi-tasking'의 불안증에 시달리는 삶을 살 수밖에 없다는 것이다. 인간과 디지털이 결합된 이러한 '기계의 신체화'는 점점 인간을 '지루함이나 따분함을 조금도 참지 못하'게 하고 또 '집단 미디어 장치들이 제공하는 유혹적이고 마법적인 거울나라에 접속하'도록 만든다는 것이다. 재미 중독 사회의 불안으로부터 벗어나는 길은 인간 내면의 자아를 만나는 '자발적인 고독이 필요하다'고 그는 말한다. 그가 말하는 자발적인 고독이란 지루함 속에서 시간과 자아를 예민하게 의식하게 만드는 권태와 다른 것이 아니다. 권태의 문제를 재미 중독 사회의 어둡고 부정적인 면을 극복하는 하나의 대안으로 바라본다는 점에서 그의 논리는 다른 이들의 논리와 다르지 않다. 하지만 어떻게 재미에 중독된 인간들이 자발적인 고독을 가질 수 있는지에 대해서는 깊이 있는 인식의 장을 보여주지 못하고 있다.

권태와 폭력성을 연결하고 있는 황은주의 논리 역시 흥미롭다. 그녀는 '권태란 어떤 감정인가?'라고 묻고 있다. 이 의문에 대한 답을 그녀는

'지치다 못해 화가 치미는 감정'으로 정의한다. 이러한 감정의 예는 'KKK단'이나 '청소년 범죄'를 통해 증명된다는 것이다. 그녀는 권태와 폭력의 문제를 제기하면서 '폭력이 권태를 몰아낸다'고 주장한다. 다만 그녀가 말하는 여기에서의 폭력은 '통제 가능한 적절한 수준의 폭력'을 의미한다. 폭력이 권태를 해소하는 하나의 방안이 될 수 있다는 논리는 참신하다. 폭력 이외에도 그녀는 '음악이나 미술과 같은 예술 활동이나 운동'을 제기한다. 이것은 '시각적인 자극이나 수동적인 서비스에 의존하는 엔터테인먼트'와는 달리 인간의 '내적인 자원을 개발 또는 획득'하는 속성을 이 활동과 운동이 지니고 있기 때문이다. 김운하의 논리와 마찬가지로 황은주의 논리 역시 권태를 해소하고 극복하는 방법으로 인간의 내면을 강조하고 있다. 인간의 내면의 문제는 스벤젠이나 가라타니가 근대를 이야기하면서 제기한 문제이기도 하고, 송치만과 손석춘의 글에서도 엿보이는 문제이기도 하다. 송치만은 우리 대중문화의 획일성의 문제가 권태를 해소하는 것이 아니라 그것을 끊임없이 재생산하고 있다고 보고 있으며, 손석춘은 '깊은 권태는 오직 자기로 돌아가야만 해결할 수 있다'고 말한다. 자기 혹은 자기 내면의 발견이 무엇보다도 '지금, 여기'의 문제라는 것이 이들의 논리를 통해 적나라하게 드러나고 있다. 이것은 권태에 대한 또 다른 발견이라고 할 수 있다.

③의 권태 논의가 흥미로운 것은 우리의 고전이나 서구의 고전 속에 나타난 권태의 의미를 적극적으로 해석하고 있다는 점이다. 김종갑은 남구만의 시조와 비숍 여사의 글 그리고 보들레르의 시를 통해 조선과 구한말 사람들의 게으름과 따분함, 지루함을 이야기하고 있다. 그의 글이 겨냥하고 있는 것은 지루함, 다시 말하면 권태의 근대적인 의미이

다. 근대적인 차원의 지루함이 그 이전의 따분함과 게으름과 어떻게 구분되는가를 이러한 저작들을 통해 이야기함으로써 논의의 구체성을 더해 준다. 황혜진은 조선 시대 사대부들의 권태를 말함으로써 그것이 근대의 산물이라고 말한 이들과 충돌하고 있는데 이것은 중요한 논쟁거리를 제공한다고 할 수 있다. 최하영은 19세기 여성의 권태를 페미니즘적인 시각으로 조명하고 있다. 그녀에 의하면 19세기 여성들은 "자신의 욕망은 억압하고 그 욕망 없음으로 남성 욕망의 바람직한 대상이 된 여성들의 삶은 예측 가능하게도 권태로울 수밖에 없다"는 것이다. 그녀 역시 권태라는 말을 사용하고 있는데 이것이 단순한 용어상의 차이인지 세계 인식의 차이인지에 대해서는 논의가 더 필요해 보인다.

권태가 이렇게 현대 사회에서 다양한 함의를 지니고 있는 문제인지에 대해 충분히 인식할 수 있도록 하는 데 『권태』는 훌륭한 지침서이다. 권태가 드러내는 부정성과 가능성을 적극적으로 발견하고 그것을 해석하는 일은 우리 인문학이 해야 할 당면 과제이다. 이 책에서 제기한 문제를 더 밀고 나가기 위해서는 근대의 중요한 키워드인 '속도', '욕망'의 문제를 권태와 연관 지어 깊이 있게 논의해야 하며, 또한 새롭게 부상한 몸의 사이보그화와 권태의 문제도 현재는 물론 미래적인 차원에서 꼼꼼하게 전망해 보아야 할 것이다.

제3부
몸의 연대와 주체의 탄생

젠더 이데올로기와 여성성의 발견

운동으로서의 여성의 몸과 정치

여성성에 대한 자각과 본격 페미니즘 문학의 출현

우리 문학사에서 페미니즘 문학이 본격적으로 운동의 성향을 보이기 시작한 것은 1980년대이다. 1980년대 이전의 페미니즘 문학이 남성의 지배적인 문화 운동을 모방하고 그것에 종속된 양태를 띠었다면 1980년대를 기점으로 그것은 지배문화에 대한 저항과 여성의 권리와 가치를 옹호하는 여성 해방의 양태를 띠게 된다. 이러한 변화의 요인으로는 급격한 산업화와 도시화, 여성의 교육 기회의 증대와 중간 계급으로의 편입, 민주 사회에 대한 열망과 시민의식의 성장, 서구 페미니즘 이론의 유입 등을 들 수 있다. 급격한 산업화와 도시화는 기존의 전통적인 가족 제도의 붕괴와 사회 조직 및 계층의 재편성을 가져와 남성과 여성의 이분법적인 구도에 변화를 낳게 했다. 전통적인 대가족 제도의 붕괴는 서열화되고 고착화되어 내려온 남성과 여성의 우열의 질서를 느슨하게 하는 결과를 가져왔을 뿐만 아니라 여성의 독자적인 지위를 강화하는 계기를 제공했다고 할 수 있다.

1980년대에 들어 급물살을 탄 여성의 교육 기회의 증대는 여성의 지위를 변화시킨 가장 큰 요인 중의 하나이다. 여성의 사회·문화적인 억압 구조를 발견하고 여성의 존재성을 자각하는 데 교육은 다른 그 무엇보다도 큰 영향을 미쳤다. 선택과 배제의 논리를 통해 남성의 지배 구조를 강화해 온 교육 제도 속으로 여성이 편입해 들어오면서 그 지배 구조에 저항하고 해체하는 또 다른 대항 담론을 생산하기에 이른다. 여성의 교육 제도 속으로의 편입은 여성이 중간 계급으로 진입할 수 있는 기반을 마련했다는 것을 의미하며 그것은 곧 페미니즘의 내실화와 통한다. 여성 나름의 윤리와 규범의 내면화가 제대로 이루어지기 위해서는 여성의 중간 계급으로의 편입이 절실할 수밖에 없다.

1980년대 후반이기는 하지만 독재 사회로부터 벗어나려는 시민 운동의 열기는 페미니즘 운동에도 큰 영향을 끼쳤다. 개별화되고 소수의 차원에 머물러 있던 페미니즘 의식이 자유과 평등의 이념을 담고 있는 거대한 반독재 투쟁의 시민 운동과 만나면서 좀 더 집단화되고 다수화되기에 이른다. 독재 구조에 대한 청산을 기치로 내세웠지만 이 시민 운동은 그동안 부당하게 억압을 행사해 온 모든 사회 구조를 해체하려는 움직임 쪽으로 나아간 것이 사실이다. 이것은 페미니즘 운동이 반독재 운동, 반식민지 운동, 노동 운동과 긴밀하게 연계될 가능성을 그 안에 가지게 되었다는 것을 의미한다. 페미니즘 운동과 이 다양한 운동들과의 연계는 페미니즘 운동의 자생적인 역사성을 말해주는 대목으로 볼 수 있다. 우리의 페미니즘 운동이 서구의 이론을 그대로 수용한 것이 아니라 자생적인 사회·문화적인 토양하에서 성립될 토대를 가지게 되었다는 것은 페미니즘의 주체성 문제와 관련하여 시사하는 바가 크다. 근대 이후 주체적인 담론을 생산하지 못하고 늘 식민성의 그늘에서 벗어나지 못하고 있는 우리의 지식 사회의 현실을 감안할 때 주체성의 문제는 중요하다고 하지 않을 수 없다. 그러나 이러한 중요성에도 불구하고 주체성의 문제는 간과되어 온 것이 사실이다.

우리의 사회·문화적인 토양하에서 성립된 자생적인 페미니즘에 대한 논의와 함께 빠트릴 수 없는 것은 서구 페미니즘 이론의 유입이다. 페미니즘과 관련된 이론서의 번역은 이미 1970년대 이후부터 있어 왔다. 이것이 1980년대를 기점으로 활성화되면서 우리 사회의 지식 담론으로 굳건하게 자리 잡게 된다. 1980년대를 기점으로 번역·소개된 이론은 자유주의적 페미니즘, 급진적 페미니즘, 사회주의적 페미니즘, 정신분석학적 페미니즘, 맑시즘적 페미니즘, 기호학적 페미니즘 등이다. 서구 페미니즘 이론의 확산은 학적인 체계를 갖추지 못한 채 의식적인 차원에 머물러 있던 페미니즘에 대한 논의를 구체화하고 가시화하는 계기를 마련한다. 서구 페미니즘 이론에 힘입어 여성이 주체가 되는 다양한 방식의 글쓰기와 말하기가 출현하게 되어 여성의 존재성과 관련된 상상과 표현의 영역이 확장되기에 이른다. 1980년대 이후에 생산된 여성을 주체로 한 글쓰기와 말하기의 경우 어느 정도는 이러한 서구 페미니즘 이론에 영향을 받았다고 할 수 있다.

그러나 서구 페미니즘 이론의 확산은 여성 및 여성성에 대한 논의의 활성화에 큰 기여를 했음에도 불구하고, 우리의 페미니즘 운동에 대한 올바른 방향성을 제시해 주었다고 볼 수 없다. 서구 페미니즘 이론이 우리의 사회·문화적인 토대에 대한 구체적인 인식 없이 무분별하게 유입되면서 자생적이고 주체적인 페미니즘에 대한 논의를 약화시켰다고 할 수 있다. 특히 포스트모더니즘적인 인식을 토대로 하고 있는 서구 페미니즘 이론의 유입은 이론과 텍스트의 기계적인 결합, 언술 주체의 발생론적 차원에 대한 인식 부재, 타자에 대한 배제와 왜곡 등을 초래해 우리의 현실에 맞는 페미니즘을 생산하는 데 부정적인 영향을 미쳤다고 할 수 있다. 가부장제와 제3세계의 식민지 체험에서 자유롭지 못한 우리 여성의 삶을 서구의 토양 위에서 성립된 페미니즘 이론으로 재단하는 일은 엘리트 페미니스트 그룹에서는 거의 일반화된 일이다. 엘리트 페미니스트들의 서구 이론에 대한 무반성적인 수용으로 인해 한국적 페미니즘은 반주체성과 식민성이라는 혐의로부터 자유롭지 못하다.

우리의 페미니즘 운동이 안고 있는 이러한 문제점을 한국 사회의 엘리트 페미니스트 그룹인 '또 하나의 문화'와 '한국여성연구회'를 통해서 확인할 수 있다. 두 그룹 중에서 서구 페미니즘 이론에 적극적인 쪽은 또 하나의 문화 그룹이다. 여성에 대한 다양한 말하기와 글쓰기를 생산하면서 우리 사회의 페미니즘 운동의 전면으로 부상한 또 하나의 문화 그룹의 이론적인 토대는 대부분 서구의 정신분석학적인 차이론과 탈식민주의 문화론이다. 이들은 씩수스$^{Helence\ Cixous}$와 이리가라이$^{Luce\ Irigaray}$의 차이론에 입각해 여성과 남성의 차이를 강조한다. '여성은 생물학적 ^{sex}으로 뿐만 아니라 사회·문화적^{gender}으로도 남성과 다르다'는 차이론은 누대에 걸친 가부장제적인 억압으로부터 벗어나 여성 자신의 아이덴티티를 찾으려는 페미니스트들에게 큰 반향을 불러일으켰다. 이들은 남성과 다른 말하기 또는 남성과 다른 글쓰기에 대해 고민하면서 다양한 텍스트적인 실험을 단행했다. 그 결과 환유, 감성, 광기, 몸, 모성, 욕망 등과 같은 다양한 담론이 새롭게 부상하게 되었다. 이 다양한 담론들의 부상은 여성의 정체성 찾기의 현 주소를 말해 주는 것인 동시에 그 가능성과 불가능성까지도 말해 주고 있는 것으로 볼 수 있다.

또 하나의 문화 그룹과는 다른 시각에서 한국여성연구회는 페미니즘 운동에 접근하고 있다. 이 그룹은 또 하나의 문화에서처럼 남성과 여성의 차이를 강조하지 않는다. 오히려 이들은 차이보다는 자본주의 사회의 구조적인 모순에 관심을 갖는다. 이것은 이들이 자본주의 사회 구조 내의 계층이나 계급의 의미에 관심을 두고 있다는 것을 의미한다. 이런 좌파적인 시각에서 이들은 자본주의 사회 구조의 모순보다는 남성과 여성의 차이성을 운동의 모토로 내세우고 있는 또 하나의 문화 그룹을 비판한다. 이들은 또 하나의 문화 그룹에서처럼 여성 문제를 동시대적인, 계층적 차별성이 없는 동일한 문제로 파악할 경우, 그 역사 사회 계급적 특수성은 간과될 수밖에 없다고 말하고 있다. 특히 이들은 또 하나의 문화 진영이 보여주는 포스트모던한 경향의 페미니즘이 민족문학론을 폐기하고 비역사적인 여성성으로서의 복귀를 조장한다고 보고 있다.[1]

두 페미니즘 그룹이 보여주는 이러한 상반된 입장은 상호보완적으로 작용하지 못하고 있다. 또 하나의 문화 그룹의 페미니즘 경향이 중심적인 흐름을 유지하면서 한국여성연구회의 입장은 주변부로 밀려나

---

1   고갑희, 「차이의 정치성과 여성 해방론의 현 단계」, 『현대비평과 이론』 6, 1993, 한신문화사, 121~126쪽 참조

있다. 여성으로서의 말하기와 글쓰기의 형식으로 이루어지는 행위의 대부분이 가부장제하에서 억압받아온 여성의 삶과 여기에서 벗어나 자기 자신의 정체성을 찾으려는 욕망을 보여주고 있다. 여성의 정체성 찾기의 욕망은 그 유래가 없을 정도로 확대 재생산되고 있지만 그것의 대부분은 자본주의 사회 구조라든가 민족사적인 문맥을 아우르는 포괄적인 차원이 아닌 여성 단독의 내면이라든가 역사적인 시공의 개념이 배제된 순수한 개념으로서의 유토피아의 세계를 향하고 있다. 페미니즘 운동이 하나의 운동으로서 성립하기 위해서는 이러한 경향이 위험스러워 보이지만 그것이 현재 행해지고 있는 우리의 페미니즘 운동의 실질적인 모습이다. 1980년대 후반부터 페미니즘 운동의 기치를 내건 여성 작가들과 그들이 생산한 문학에서도 이러한 경향을 얼마든지 확인해 볼 수 있다. 이것은 운동으로서의 페미니즘 문학이 문학사의 중요한 단계로 기록될 수 있는 가능성과 불가능성을 동시에 지니고 있다는 것을 말해 준다.

가부장적 부성에 대한 반발과 새로운 여성성의 모색

1980년대 이후에 등장한 여성 작가들의 대체적인 경향은 자신의 성적 정체성의 위기에 대한 자각으로 모아진다. 여성 작가 스스로 자신의 성적 정체성을 위기로 진단한 것은 외적 현실에 대한 보호 본능의 차원을 넘어서는 내적 성찰의 의미를 가진다고 할 수 있다. 지금까지 여성의 존재는 이름뿐 실상은 없었다. 이것은 존재에 대한 공허함으로 드러나 여성 자신을 주체적으로 인식할 수 없게 했다. 다른 무엇보다도 여성 작가들은 이 공허함을 극복하고 자신이 있다는 것을 증명해 보여야만 했던 것이다. 이것을 증명해 보이기 위해서 여성 작가들은 자신의 존재를 자아의 투명한 거울에 비추어 보거나 타자의 시선 속에서 그것을 발견하는 방법을 동원했다. 이 두 방법의 존재 양태는 개별적이기보다는 동시적이다. 자신의 성적 정체성의 위기를 진단하기 위해서는 자기 자신뿐만 아니라 그 위기의 원인을 제공한 존재가 필요했던 것이다.

우리의 여성 작가들은 이 존재를 먼저 가부장적 부성으로 보고 있다. 여성 작가들이 자신의 성적 정체성의 위기를 제공한 대상으로 간주한 가부장적 부성이란 당대적인 문맥을 넘어 누대적인 문맥을 거느리고 있는 역사적인 실체이다. 누대에 걸친 이 질긴 운명의 고리를 끊는 일이야말로 여성 작가들에게 자신의 성적 정체성의 위기를 넘어서는 확실한 방법이었던 것이다. 가부장적 부성에 대한 관심은 자연히 여성 작가들을 가족 제도 쪽으로 눈을 돌리게 했다. 가족이라는 제도는 남성과 여성의 성적 차이를 가장 적나라하게 보여주고 있는 젠더 이데올로기의 발원지이다. 가족 제도가 드러내고 있는 이 차이는 사회 구조 속에서 반복적으로 드러나는 젠더 이데올로기의 축소된 형태라고 할 수 있다. 가족 제도 속에서의 아버지, 남편, 오빠의 존재는 지배자, 가해자, 수혜자의 다른 이름이며, 어머니, 부인, 여동생의 존재는 피지배자, 피해자, 소외자의 다른 이름인 것이다. 가족 제도가 가지는 이러한 억압 구조는 여성의 의식 및 무의식의 기저에 깊은 상처를 남겼으며, 여성을 항상 결핍된 존재로 만들어 버렸다. 이렇게 1980년대 이후에 등장한 여성 작가들은 여성의 성적 정체성의 위기의 원인이 가부장적 부성에 있다는 사실을 대부분 인식하고 있다. 그러나 여성 작가들은 가족 제도하에서의 가부장적 부성이 가지는 젠더 이데올로기에 대해 이야기하고 있지만 그것에 대한 인식 태도와 실천적인 방법은 조금씩 다르다.

이혜경은 가부장적 부성이 가지는 젠더 이데올로기와 그로 인해 발생하는 가족의 문제를 매우 상징적으로 보여 준다. 그녀의 소설『길 위의 집』(1995)은 '길'과 '집', '남성'과 '여성'의 구도를 통해 가족 제도가 해체될 수밖에 없는 필연적인 과정을 그리고 있다. '길 위의 집'이라는 표제가 환기하듯이 이 소설에서의 가족과 가정은 정주가 아니라 떠돎의 의미를 담고 있다. 이들 가족이 정주의 공간으로서의 집을 가지지 못하고 떠돌 수밖에 없는 것은 아버지의 과도한 폭력성과 지배욕 때문이다. 아버지의 이러한 부정적인 속성은 열세 살 때부터 그에게 부과된 가부장적인 지위에서 비롯된다. '가부장으로서 모든 가족 구성원들을 책임져야 한다'는 강박증은 그를 관리와 통제에 익숙한 억압적인 지배자로 만들어 버린다. 아버지의 부당한 힘의 행사로 인해 어머니는 정신 이상 증세를 일으켜 집을 나가 떠돌게 되고, 자식들은 콤플렉스와 폭력과 물질 만능주의라는 비정상적인 욕구를 가지게 된다. 가족들의 이런 행태는 이들 사이의 정상적인 관계가 불가능하다는 것을 말해 준다. 정상적인 가족 관계의 파탄 속에서 가장 큰 피해자는 어머니를 비롯한 그 집안의 여성들이다. 여성들이 당하는 고통은 남성들에 비해 보다 더 내면적인 깊이를 가진다. 작가는 이 부분을 놓치지 않는다.

그러나 작가의 시선은 일방적인 동정이나 과도한 분노의 감정에 머물러 있지 않다. 이 소설의 주인공은 아버지의 가부장적 이데올로기로 인해 와해되고 마는 한 가족의 운명을 과장됨 없이 차분하면서도 꼼꼼하게 성찰한다. 이런 태도는 아버지로 대표되는 남성과 어머니로 대표되는 여성의 갈등과 대립을 리얼하게 그려내는 역할을 할 뿐만 아니라 와해된 가족이 화해하고 융화하는 가능성을 보여줄 때 기능적으로 작용한다. 『길 위의 집』은 '정주'가 아니라 '부유'의 상징성을 강하게 환기하지만 결국에는 되돌아올 수밖에 없다는 의미도 또한 담고 있다. 정주와 부유 사이의 긴장은 곧 작가가 가지는 여성으로서의 자기 정체성에 대한 탐색이 만들어낸 긴장이라고 할 수 있다. 여성에게 있어서 집은 오랜 세월을 거쳐오면서 여성 자신의 실존의 공간으로 그 의미가 고정되었던 것이 사실이다. 여성이 집을 나간다는 것은 이런 점에서 하나의 사건이다. 여성이 집을 나가 떠돌 수밖에 없는 것은 기본적으로 여성 자신이 집의 주인이 아니기 때문이다. 진정한 의미에서 자신의 집이라고 할 수 있는 것이 없기 때문에 집을 갖고 싶은 욕망은 클 수밖에 없는 것이다. 이런 점에서 그녀가 이야기하고 있는 집은 일종의 '기저, 소설이라고 하는 또 하나의 건축이 들어앉을 초건축超建築'[2]이라고 할 수 있고, 더 나아가서는 그들의 의식이 뿌리를 내리고 있는 일종의 무의식이라고 해도 과언이 아니다. 작가의 집을 통한 여성으로서의 자기 정체성에 대한 탐색은 『그 집 앞』(1998)으로 이어지면서 더욱 확장된 면모를 보여주고 있다. 그러나 그녀의 '집'은 아직 미완성으로 남아 있다.

　김형경은 여성의 정체성 찾기의 한 방식으로 자신의 상처를 들추어내고 있다. 그녀의 대표작인 『세월』(1995)은 이 상처에 대한 내밀한 고백이다. 자전적인 형식을 띠고 있는 『세월』은 여성의 성장통을 보여주

2　김경수, 「성적 정체성의 자각에서 젠더 이데올로기로」, 『소설과 사상』, 1996.여름, 342쪽.

고 있다는 점에서 일종의 성장소설이라고 할 수 있다. 그녀가 자전적인 형식을 택한 것은 가부장적인 제도 속에서 자신의 존재를 반성하고 새롭게 찾아가는 방식으로 이 형식이 적절하다고 판단했기 때문이다. 자신이 체험한 시간 속에서 억압의 대상으로 군림했던 아버지와 남자 선배를 다시 불러내 그 기억을 반추하는 행위는 남성에 대한 폭로와 적대감을 드러내기 위한 것이 아니라 자신의 현실을 찾아 나가기 위해서이다. 소설 속의 인물들을 거의 실명에 가깝게 등장시킴으로써 자신이 체험한 상처를 묻어두기보다는 그것을 덧나게 해서 오히려 그것을 극복하려는 의지가 강하게 엿보인다. 사춘기 때 맞이한 부모의 이혼, 아버지의 재혼과 부성애에 대한 목마름, 하숙집에서 우연히 목격하게 된 섹스 장면, 원하지 않은 성 관계에 의한 처녀성의 상실과 동거 등 이 소설의 주인공이 체험한 상처는 자신의 의지와는 관계 없이 행해진 것들이다. 이것은 이 소설의 주인공 여성이 타자와의 제대로 된 관계를 통해 성장한 것이 아니라는 것을 말해 준다. 타자와의 정상적인 관계 유지에 실패한 주인공은 자신의 여성성을 밖으로 표출하지 않고 앙금처럼 내면에 묻어둔다. 이 묻어둔 것을 말하고 있다는 사실은 타자와의 관계 회복에 대한 긍정적인 욕망을 표출한 것으로 볼 수 있다.

김형경의 『세월』은 자전적 소설 형식을 넘어서지 못한다는 약점에도 불구하고 가부장적 제도 속에서 억압당하고 상처받아 온 여성의 존재에 대해 말함으로써 여성 작가들로 하여금 상처와 관련된 자신들의 내밀한 표현 욕구를 자극하는 데 기여했다고 할 수 있다. 가부장적인 이데올로기가 여전한 우리 사회에서 여성이 자신이 체험한 상처를 이야기한다는 것은 대단히 어려운 일이다. 이 어려운 작업을 그녀가 하고 있다는 것은 그동안 말하지 못한 채 은폐되어 온 여성의 상처는 물론 우리 사회에 숨어 있는 가부장적 성격까지 말해질 수 있다는 것을 의미한다. 『푸른 나무의 기억』(1995)에서도 그녀는 이러한 글쓰기를 계속 시도하고 있다. 이 소설에서 그녀는 우리의 평범한 일상 속에 숨겨진 여성을 억압하고 상처받게 하는 힘의 실체를 세세한 감각을 통해 그려내고 있다.

신경숙은 『겨울우화』(1990), 『풍금이 있던 자리』(1993), 『깊은 슬픔』(1994), 『오래전 집을 떠날 때』(1996), 『외딴 방』(1999)을 통해 여성이 겪는 근본적인 결핍의 문제를 다루고 있다. 그녀가 다루고 있는 소설 속의 여성들은 존재 자체가 부정되거나 부인된다. 소설 속 여성들의 이러한 존재에 대한 위기는 아버지가 아니라 오빠에 의해 행해진다. 그녀의 소설에 등장하는 오빠는 따뜻하지만 엄한 존재이다. 『외딴 방』에 잘 드러나 있듯이 이 '엄한 오빠'는 아버지를 대신해 가장 노릇을 한다. 경제적인 어려움 속에서도 가장의 역할을 헌신적으로 수행하고 있는 엄한 오빠의 모습은 다른 여성 작가들의 소설에 드러나는 남성의 모습과는 차이가 있다. 무능하고 폭력적인 가부장적인 부성이 아니라 따뜻한 정을 간직한 오빠로 인해 그녀의 소설은 '가부장적인 삶이 온화한 형태로 왜곡됨 없이 지배하는 가족 이데올로기를 구현하고 있다'[3]고 말할 수 있다. 이런 오빠에 대해 소설 속의 여성들은 혈연성과 육친성을 드러낸다. 혈연과 육친의 세계에는 합리적인 이성이 개입할 수 없다. 이런 세계 속에 위치하기 때문에 소설 속의 여성들은 오빠에 대해 반성적인 거리를 가지지 못한다. 그녀의 소설이 '오빠와 누이의 권력학'[4]이라는 구도를 드러내면서도 이들 사이에 제대로 된 갈등이나 대

---

3   서경석, 「여성문학에서 한국문학으로」, 『소설과 사상』, 1996. 여름, 328쪽.
4   권명아, 『가족 이야기는 어떻게 만들어지는가』, 책세상, 2000, 98쪽.

립을 보여주지 못하는 것은 그 원인이 여기에 있다고 할 수 있다. 오빠로 인해 자신의 존재가 미미해지고 심지어는 부인되거나 부정된다는 사실을 자각하면서도 혈연과 육친의 세계를 벗어나지 못하는 것은 그녀 소설의 보수성과 전근대성을 말해주는 대목이다.

그러나 신경숙 소설의 페미니즘적인 면모가 여기에 머물러 있다고 볼 수만은 없다. 그녀의 소설이 여성은 남성의 보호 아래 있어야 한다는 가부장적인 환상을 불러일으키는 것이 사실이지만, 오빠에 대한 선망을 통해 체험하게 되는 여성의 근본적인 결핍에 대한 말하기는 가부장적인 힘의 논리에 대한 의도하지 않는 폭로와 반성이라는 효과를 유발한다. 그녀의 소설에 대해 많은 비판이 가해지는 것은 작가가 우리 사회에 잠재해 있는 가부장적 이데올로기에 대한 선망을 그만큼 잘 드러내고 있기 때문에 가능한 것이다. 안티 페미니즘적인 글쓰기가 페미니즘적인 글쓰기를 환기하는 패러독스를 우리는 그녀의 소설을 통해 확인할 수 있다. 가부장적 이데올로기에 대한 선망의 뛰어난 형상화는 분명 그녀 소설의 대중성의 한 요인이 되며, 이 대중성이야말로 그녀 소설을 페미니즘의 자장 안에서 언급하지 않을 수 없게 하는 이유라고 할 수 있다.

박정애는 『에덴의 서쪽』(2000)과 『물의 말』(2001)에서 페미니즘의 한 원리인 모성의 확장을 통해 여성성을 토대로 하는 유토피아적인 세계를 그려내고 있다. 『에덴의 서쪽』은 제목 자체가 강렬하게 환기하고 있듯이 이곳은 하느님의 법과 질서가 지배하는 '에덴의 동쪽'과는 대칭점에 있는 세계이다. 이 세계에서는 하느님의 법과 질서, 곧 아버지의 이름으로 행해지는 이분법적인 차이가 존재하지 않는다. 이 세계에서는 이러한 이분법적인 차이 대신 융화적인 공동체 의식을 강조한다. '에덴의 서쪽'이 꿈꾸는 공동체를 이루기 위해 작가가 내세우고 있는 것은 생명이다. 생명에 입각해 세계를 보면 모두가 평등한 존재이다. 아버지로 대표되는 남성과 어머니로 대표되는 여성은 말할 것도 없고 자신의 혈연과 타인의 혈연, '부추의 싹'과 '열무의 싹'도 생명이라는 차원에서 보면 모두 귀중한 존재들이다. 이것은 가부장적 부성의 원리와 그것의 확장으로 볼 수 있는 모든 상징 체계 자체가 선택적인 차이의 논리를 통해 성립된 억압 기제라는 것을 말해 준다.

『에덴의 서쪽』은 이렇게 모성을 토대로 한 유토피아적인 전망을 담고 있지만 그것을 구체적으로 실현할 수 있는 현실적인 모색은 보이지 않는다. 남성이 이룩한 세계와는 다른, 그것의 부조리와 모순까지도 껴안을 수 있는 모성의 원리가 작동하는 유토피아의 건설은 에덴 동산을 복원하는 것만큼이나 어려운 일이다. 『에덴의 서쪽』이 가부장적 부성에 의한 젠더 이데올로기의 억압으로 벗어나려는 여성의 욕망이 만들어낸 환상의 세계는 될 수 있어도 그것이 현실에 뿌리박은 실재하는 세계는 될 수 없다. 『물의 말』은 이런 점에서 주목할 필요가 있다. 이 소설에서도 모성은 큰 축을 차지하고 있지만 이전처럼 모성의 과잉 욕구는 발견할 수 없다. 이것은 그녀가 선험적으로 여성의 삶을 문제화하지 않았기 때문이다. 3대에 걸친 가족사 속에서 여성이 당한 억압과 상처를 그들의 다양한 체험을 통해 보여주고 있기 때문에 여성 및 여성성의 문제에 있어서 리얼리티를 확보하고 있다. 역사의 수직적인 시간축과 동시대의 수평적인 삶의 현실이 교차하면서 여성의 문제는 보다 총체적인 형태를 갖추게 된다. 작가가 꿈꾸는 '에덴의 서쪽'이 현실에 뿌리 박은 실재하는 세계가 되기 위해서는 이러한 감각이 필요하다고 할 수 있다. 또한 모성에 대한 작가의 인식이 부정적인 차원을 배제하고 있기 때문에 모성 자체를 신비화할 위험이 있다.

젠더 이데올로기의 해체와 일탈 욕망

여성 작가들의 관심이 가족 제도가 가지는 억압 구조에 집중되면서 자연스럽게 부상하게 된 것이 바로 결혼과 이혼 그리고 불륜과 같은 주제들이다. 가부장적 부성이 야기하는 억압에 대한 폭로와 반성을 통해 여성 자신의 정체성을 확립해 가는 글쓰기의 연장선상에서 결혼이라는 문제를 끌어들인 것은 페미니즘의 확장으로 볼 수 있다. 결혼은 가족 제도의 문제이면서 동시에 사회 제도의 문제이다. 그것은 혈연에 의한 친족성을 이루는 토대이지만 그것으로부터 자유롭게 벗어날 수 있는 특성을 또한 가진다. 이 사실은 결혼이 성적인 이데올로기의 복합성을 지니고 있다는 것을 의미한다. 결혼한 여성은 두 가족 제도 사이의 문화적 차이에서 발생하는 성적인 이데올로기는 물론 섹스, 임신, 수유, 월경, 낙태와 같은 생물학적인 차원에서 발생하는 성적인 이데올로기를 가진 복합적인 존재이다. 복합적인 존재로서의 결혼한 여성에 대한 자각은 우리의 현실에서는 여성의 정치성을 강화하는 쪽으로 드러나고 있다. 결혼한 여성은 그 집 귀신이 되어야 한다는 억압적인 성 이데올로기가 지배적인 현실을 뚫고 들어갈 수 있는 길은 정치성을 강화하는 것과 무관할 수 없다.

그러나 정치성의 강화는 여성이 처한 현실을 과장하거나 작위적으로 구성하려고 하기 때문에 종종 부정적인 양상을 띠고 드러난다. 여성의 현실에 대한 이러한 양상은 미학성의 결핍을 초래해 여성 해방이라는 목적 의식을 퇴색시킬 위험성이 있다. 여성의 현실에 대한 실감이 아닌 관념화의 경향은 여성 작가들의 소설 속에 이미 폭넓게 자리하고 있다. 우리 문학사에서 운동성을 내세운 소설의 종말이 어떤 것인가를 고려할 때 이러한 정치성의 강화는 페미니즘에 불길함을 안겨주는 요인으로 작용하고 있다. 결혼이라는 제도가 가지는 억압적인 상황에 대한 저항과 반성을 글쓰기의 목표로 하고 있는 차현숙, 박명희, 전경린, 서하진의 소설에서 이러한 양면성은 동시에 드러난다. 정치성과 문학성의 조화와 균형이라는 과제를 안고 있기는 하지만 이들의 글쓰기는 미혼이 아닌 기혼의 서사라고 명명할 정도로 결혼한 여성의 문제를 다각도로 그리면서 첨예한 문제의식을 제기하고 있는 것이 사실이다.

차현숙은 여성성의 본질을 기혼 여성의 삶을 통해 깊이 있게 천착하고 있다. 『블루 버터플라이』(1996), 『나비 봄을 만나다』(1997), 『오후 3시 어디에도 행복은 없다』(2000)를 통해 그녀는 여성성의 본질을 자의식 강한 여주인공을 내세워 마치 무엇을 집중적으로 연구하듯이 꼼꼼하게 논리적으로 천착해 들어간다. 그녀가 다루고 있는 여성은 대개 기혼이며, 결혼이라는 제도에 상처받고 그것으로부터 벗어나려고 하는 인물이다. 이것의 상징이 바로 '나비(버터플라이)'이다. 나비는 자유롭게 날 수 있는 존재이지만 날개가 조금이라도 훼손되면 그 비상은 추락으로 바뀌게 된다. 소설 속에 등장하는 여성의 상처는 심리적인 외상에 가깝다. 이 외상으로부터 벗어나기 위해 그녀가 택한 방법은 타자의 설정이다. 이때 타자로 등장하는 남성은 가해자이면서 동시에 그 상처를 치유해 주는 존재이다. 가령 『블루 버터플라이』에서 자신을 성폭행한 오빠를 힘겹게 불러내 그 상처와 대면함으로써 그것을 극복하는 장면은 소외된 주체의 회복을 의미한다고 볼 수 있다. 이것은 그녀의 소설이 남성에 대한 단순한 한이나 열등감 또는 소외감을 그리고 있는 것이 아니라 여성의 잃어버린 자아를 찾아주는 동반자적인 존재라는 것을 의미한다. 이런 점에서 그녀의 소설 속에 등장하는 여성과 남성 모두는 두터운 실존의 무게를 지닌 존재라고 할 수 있다.

　결혼 제도가 행사하는 이데올로기 속에서 억압받는 삼십 대 기혼 여성들의 의식을 바람 피는 남자, 바람 피는 여자, 동성연애자, 신경정신과 의사, 이혼녀, 별거중인 여자, 가출한 여자, 섹스파업을 벌이는 여자와 같은 다양한 군상들을 통해 들여다 봄으로써 작가는 가정과 사회에 깊이 뿌리를 내리고 있는 젠더 이데올로기를 파헤친다. 이 통찰의 과정을 통해 그녀가 말하고자 하는 것은 세계에 대한 절망이 아니라 희망이다. 이 세계는 여성을 억압하고 회복하기 힘든 상처를 주지만 오히려 그것을 극복함으로써 더 찬란한 삶의 의미를 맛볼 수 있다는 것이 진정으로 작가가 추구하고자 하는 바이다. 여성이 나아가야 할 실존의 길을 제시하고 있는 듯한 그녀의 소설은 바로 이 당위론적인 희망 혹은 급격한 전망의 제시로 인해 오히려 작위적인 느낌을 준다. 그녀가 말하고 있는 '서른 살의 고아 의식'이 좀 더 견고해지기 위해서는 젠더 이데올로기를 형상화해야 한다는 의식적인 강박증으로부터 벗어나야 할 것이다. 젠더 이데올로기는 관념 속에서 만들어지는 것이 아니라 구체적인 삶 속에서 자연스럽게 드러나는 것이기 때문이다.

박명희는 기혼 여성의 입장에서 젠더 이데올로기에 의해 행해지는 억압의 문제를 예리하게 들추어내고 있다. 『안개등』(1996)에서 그녀가 보여주고 있는 것은 페미니즘 소설에서는 이미 상식이 되어 버린 아버지의 폭력과 남편의 외도, 고부간의 갈등이다. 이 상투적인 소재를 새삼스럽게 그녀가 들고 나온 것은 이것이 페미니즘 차원에서 현실적으로 끊임없이 문제가 되고 있기 때문이다. 이런 점에서 이것은 문학적이라기보다는 사회적인 현상에 더 가깝다고 할 수 있다. 텍스트가 사회적인 현상을 강하게 드러냄으로써 그녀의 소설은 여성 주체의 억압적인 현실에 대응하는 방식이 문제로 떠오른다.

소설 속의 여성 주인공들은 현실 대응에 있어서 수동적이지 않다. 이들은 자신에게 가해지는 억압에 대해 어머니처럼 희생을 감수하지 않는다. 가령 유부남인 줄 모르고 그와 동거에 들어가 아이를 잉태한 주인공 여성과 아버지로부터 강제로 성추행을 당해 아이를 잉태할 수밖에 없었던 어머니의 상황은 남성의 폭력에 의한 여성의 수난이라는 동일한 의미 구조를 가진다. 그러나 이 각각의 상황에 대처하는 두 여성의 방식은 다르다. 어머니는 가해자인 아버지의 존재를 부정하지 못한 상황에서 아이(여성 주인공)를 낳지만 여성 주인공은 남편의 실재를 죽음으로 간주한 뒤에 아이를 낳는다. 이것은 누대에 걸쳐 이어지는 여성 수난의 역사를 단절시키려는 작가의 욕망으로 볼 수 있다. 부정한 아버지에 대한 배제는 아이의 성별에 대한 차별을 해체한다. 주인공 여성이 딸로 판정된 배 속의 아이를 지우지 않고 낳기를 결심하는 것은 부성이 행사하는 젠더 이데올로기에 대한 저항으로 볼 수 있다.

또한 이것은 그동안 젠더 이데올로기에 대한 자각을 하지 못한 채 며느리에게 아들 낳기를 강요하는 시어머니에 대한 저항과 그녀와의 차별성을 드러내는 것으로 볼 수 있다. 그녀의 소설은 결혼이라는 제도 속에서 여성 자신을 억압해 온 젠더 이데올로기에 대해 관념에 의한 문제 해결을 시도하지 않고, 구체적인 상황 속에서 그것을 세심하게 탐색하고 있기 때문에 소재의 진부함에도 불구하고 리얼리티를 확보하고 있다고 할 수 있다.

서하진은 『책 읽어주는 남자』(1996), 『사랑하는 방식은 다 다르다』(1998), 『라벤더 향기』(2000)를 통해 일관되게 불륜의 문제를 다루고 있다. 그녀가 다루고 있는 불륜은 결혼이라는 제도가 만들어낸 어둡고 지루한 욕망의 찌꺼기이다. 그녀 소설의 주인공 여성들은 결혼을 사랑이 괴리된, 습관과 타성에 의해 이어지는 것으로 인식하고 있다. 이들은 대부분 결혼한 지 오랜 시간이 흘렀음에도 불구하고 서로 간의 사랑을 확인하지 못한 채 자신의 내면에 깊이 숨겨져 있는 균열만을 보게 된다. 이로 인해 그녀는 자신의 결혼을 남편이 제공하는 안락한 생활의 유혹을 견디지 못하고 저지른 원죄라고 간주한다. 타자에 대한 사랑이 아닌 여성 자신의 보호받고자 하는 굴종 의식이 만들어 낸 것이 결혼이라고 여기는 여성들의 태도는 타자인 남편과의 융화가 불가능하다는 것을 암시한다. 남편과의 간극으로 인해 여성들은 결국 그것을 메우기 위해 또 다른 대상을 찾게 된다. 기혼자의 몸으로 옛 남자 친구와 정사를 하고, 가정이 있는 직장 상사와 사랑에 빠지며, 남편 이외의 다른 남자와 난잡한 색정에 몰두한다. 그러나 대상에 대한 충족은 이루어지지 않는다. 이들에게 남는 것은 보이는 것이 모두 허상이 아닐까 하는 세계에 대한 허무주의적인 인식뿐이다.

'매미의 허물'과 '라벤더 향기'로 표상 되는 결혼은 여성을 그 제도의 바깥으로 내몰아 버린다. 그녀 소설에 등장하는 기혼 여성들의 불륜이 도덕적이고 윤리적인 차원을 넘어 일상적인 차원으로 다가오는 이유가 바로 여기에 있다. 『라벤더 향기』의 여주인공이 건조하고 답답한 일상으로부터 벗어나기 위해 조화造花에 인공 향을 뿌려대는 행위는 출구 없는 일상의 자극제로 불륜을 선택한 행위와 크게 다르지 않다. 이런 점에서 그녀에게 있어서 불륜은 "파격적이고 뜨거운 삶의 형태가 아니라 결혼과 마찬가지로 사랑을 가장한 또 하나의 기만적인 일상일 따름"[5]이다. 그녀의 불륜은 결혼 제도가 가지는 억압성을 어느 정도 드러내 보이기는 하지만 그 억압을 뚫고 나갈 수 있는 어떤 현실적인 문제의식을 제시하지 못하고 있다는 점에서 일정한 한계를 가진다고 할 수 있다. 불륜이 결혼 제도 속에서 생겨날 수밖에 없는 어떤 필연적인 이유를 현실에서 찾지 않고, 기혼 여성의 막연한 심리적인 환상 속에서 그것을 찾는다는 것은 이 소설이 불륜을 실존적인 고민보다는 충동적인 사건의 차원에서 다루고 있다는 것을 말해 준다.

전경린은 『염소를 모는 여자』(1996), 『바닷가 마지막 집』(1998), 『여자는 어디에서 오는가』(1998), 『내 생에 꼭 하루뿐일 특별한 날』(1999), 『난 유리로 만든 배를 타고 낯선 바다를 떠도네』(2001), 『열정의 습관』(2002) 등의 작품집을 내면서 여성 문단의 위치를 확고히 다지고 있다. 그녀의 소설의 중심 테마는 자신을 억압하고 있는 제도화된 이데올로기로부터의 해방이다. 대부분의 여성 작가들이 부담스러워하는 소설의 미

---

5 백지연, 「해설─삶의 모욕을 건디는 불온한 사랑」, 서하진, 『라벤더 향기』, 문학동네, 2000, 297쪽.

적 규범과 도덕적이고 윤리적인 규범으로부터 그녀는 자유롭다. 그녀의 소설이 보여주는 '로망스적인 형식'과 '바로크적인 감각'은 서사가 가지는 정형화된 규칙을 해체한다. 이러한 서사적인 흐름과 함께 그녀의 소설의 또 하나의 특징은 글쓰기 주체의 세계 인식 방법이다. 그녀의 소설은 세계에 대한 능멸과 위악과 같은 불온한 정조가 주를 이룬다. 『염소를 모는 여자』에서 이 사회로부터 내팽개쳐진 여자들이 뱉어내는 천박한 독설 속에는 이 세계가 만들어 놓은 금기로부터 일탈하고 싶은 욕망을 읽을 수 있다. 이 여자들은 하나같이 사회의 규범에서 어긋난 사랑을 하고 있다. 사회로부터 금기시된 사랑은 그 안에 강렬한 폭발력을 지닌 어둡고 불온한 정념을 동반할 수밖에 없다.

『염소를 모는 여자』가 보여주는 이러한 불온한 정념은 『바닷가 마지막 집』에서는 성장기 소녀와 20대 여성의 내면 심리를 통해 환幻과 멸滅이라는 극단적인 감정의 형식으로 드러나고, 『여자는 어디에서 오는가』에서는 그것이 어머니와 아내라는 길들여진 습성과는 다른 늑대적 야성의 형식으로 드러난다. 여자의 본성이 늑대적 야성에 있다는 인식은 그녀가 여성의 존재를 길들여지지 않는 충동과 욕구로 바라보고 있다는 것을 의미한다. 이런 점에서 그녀의 소설은 상상계적인 욕망을 함축한 징후적인 텍스트로 볼 수 있다. 『내 생에 꼭 하루뿐일 특별한 날』과 『난 유리로 만든 배를 타고 낯선 바다를 떠도네』에 와서 이러한 내면에 잠재된 불온한 욕망은 좀 더 강렬한 여성 자신의 정체성 찾기의 욕망으로 이어진다. '여성도 자신의 욕망에 충실할 수 있는 권리가 있다'는 작가의 귀기 어린 외침은 섹스라는 주제를 통해 말해지고 있다. 여성이 섹스에 대해 이야기한다는 것은 남성과 여성 사이에 성립되는 억압적인 구조는 물론 제도화된 모든 이데올로기를 전복시킬 수 있는 방식에 대해 이야기한다는 것을 의미한다. 이것은 그녀의 소설이 페미니즘의 영역을 넘어 어떤 절대적인 경지를 욕망하는 순수한 관능의 텍스트가 될 수 있다는 것을 의미한다. 『열정의 습관』에서 보이는 섹스를 통한 전혀 고통이 없는 순수하게 즐거운 '간지러움의 세계'[6]가 바로 그것이다. 하지만 절대적인 유희만이 지배하는 세계에 대한 작가의 욕망은 자칫하면 자기 자신이 곧 금기가 되는 소통 불능의 이데아를 생산할 위험성이 내재해 있다는 점에서 섹스와 같은 욕망 해방의 방식에 대한 깊은 성찰과 반성이 필요하다고 할 수 있다.

페미니즘 운동의 역사성과 리얼리즘의 감각

페미니즘의 기치를 내건 여성 작가들 대부분이 1980년대적인 기반 위에서 글쓰기를 수행한 것이 사실이다. 1980년대가 가져다 준 자유와 해방의 시대 정신이 없었다면 억압적인 상황에 대한 여성 작가들의 각성은 없었거나 있더라도 제대로 된 형상을 갖추지 못했을 것이다. 1980년대는 그 어느 시대보다 운동의 특성을 강하게 띤 그런 시기이다. 이 운동의 대표적인 것으로는 반식민지 운동, 반독재 운동, 노동 운동을

---

6   이재복, 「여성의 몸은 이야기함으로써 존재한다」, 『세계의 문학』, 2001.겨울, 217∼ 220쪽. 『열정의 습관』은 2001년 9월 3일부터 9월 29일까지 『문화일보』에 연재된 소설이다. 연재 당시에는 『나르시스 느와르』라는 제목이었으나 출간될 때 『열정의 습관』으로 바뀌었다.

들 수 있다. 이 운동은 문학에도 영향을 미쳐 1980년대를 운동으로서의 문학 시기로 규정해 버리는 결과를 가져왔다. 이 운동의 중심에 민중문학을 주창했던 작가군들이 있다. 여기에는 공지영, 공선옥, 김인숙, 이남희, 유시춘, 정지아 같은 여성 작가들이 포함된다. 이들은 리얼리즘론에 기초해 민중의 삶의 현실과 이상을 날카롭게 형상화해 왔다. 이들의 리얼리즘적인 감각은 여성의 삶의 현실과 만나면서 여성 및 여성성에 대한 여타 여성 작가들과는 조금 다른 모습을 보여준다. 리얼리즘적인 감각을 토대로 글쓰기를 수행하기 때문에 이들 여성 작가들의 소설은 세태와 일상성의 표면을 부유하거나 지식인의 주관화된 관념 속에서 창출되는 세계를 의식적으로 경계한다.

민중문학 진영 여성 작가들이 보여주는 이러한 경향은 리얼리즘은 더 이상 리얼하지 않다고 말해지는 1990년대적인 상황 속에서 의미를 더한다. 리얼리즘이 폐기된 것이 아닌 상황에서, 더욱이 여성의 삶의 현실을 재현하기 위해서는 리얼리즘적인 형식이 필요한 상황에서 이들의 존재는 매우 소중하다고 하지 않을 수 없다. 1980년대의 첨예한 운동성과 정치성이 1990년대로 넘어오면서 일상성과 여기에서 비롯되는 트리비얼리즘의 위협 속에 놓이면서 이들의 변모는 페미니즘 문학 차원에서뿐만 아니라 우리 문학사 전반으로 볼 때도 주목의 대상이 될 수밖에 없다. 운동으로서의 페미니즘 문학이 가지는 가능성을 다른 운동과의 연장선상에서 형상화할 수 있는 집단이 바로 이들이기 때문이다. 가족 제도 및 가부장적 이데올로기의 차원이 주를 이루는 우리의 페미니즘적인 현실을 감안할 때 이들이 보여주고 있는 방식은 그 영역을 사회·역사적인 차원으로 넓힐 수 있는 계기를 제공한다. 그러나 이러한 기대는 이들에게 부담감으로 작용할 수 있다. 여성의 삶을 우리 사회·역사적인 삶 속에서 보편화하는 일은 결코 쉬운 일이 아니다. 공지영, 공선옥, 김인숙, 이남희의 소설이 가지는 딜레마가 바로 여기에 있다.

공지영은 『무소의 뿔처럼 혼자서 가라』(1993), 『착한 여자』(1997), 『봉순이 언니』(1998)로 이어지는 일련의 소설을 통해 여성 문제에 대한 다양한 시각을 열어 보이고 있다. 『무소의 뿔처럼 혼자서 가라』에서는 첨예한 정치성을, 『착한 여자』에서는 남성성까지를 끌어안는 포용성을, 그리고 『봉순이 언니』에서는 절망의 순간에서도 희망을 잃지 않는 끈질긴 여성성을 다각도로 모색하고 있다. 그러나 이러한 다양한 모색 중에서 빛을 발하는 것은 정치성을 첨예하게 드러내고 있는 『무소의 뿔처럼 혼자서 가라』에 투영된 작가 의식이다. 이 소설에는 세 명의 기혼 여성이 등장한다. 이들은 각각 '절대로', '어차피', '그래도'로 표상되는 인물들이다. '절대로'로 표상되는 주인공 여성은 세 여성들 중에서 자의식이 가장 강하며, 가부장적 가족 제도와 결혼 제도에 대해 비판적인 거리를 확보하고 있다. '어차피'로 표상되는 여성은 자의식이 가장 적은 인물이며, 남편의 부와 명성의 그늘에서 살고자 하는 욕망을 가진 속물이다. '그래도'로 표상되는 여성은 전형적인 자기희생형 인물이다. 결국에는 가부장적 제도의 희생양으로 사라져 버린다. 이 세 명의 여성들이 보여주고 있는 삶의 모습은 비록 작가의 관념을 통해 만들어지기는 했어도 남성 중심의 가부장적인 이데올로기 속에서 억압받고 있는 우리 사회의 여성의 특성을 잘 형상화하고 있다고 할 수 있다. 특히 여성이 가지는 다양한 콤플렉스를 세 명의 여성들을 통해 그려냄으로써 많은 사람들에게 공감할 수 있는 여지를 열어놓고 있다. 이것은 이 소설이 가지는 강점이며, 여성의 현실에 대한 구체적인 리얼리티가 부족함에도 불구하고 관심을 불러일으킬 수 있는 원인이 된다.

1980년대 후반을 넘어서면서 예각화되기 시작한 페미니즘 운동의 정치적인 맥락을 수용하면서 그것이 가지는 문제의식을 형상화하고 있는 작가의 역량은 크게 보면 1980년대적인 현실 감각의 소산이다. 1980년대의 문제의식을 공유한 자로서 그녀가 이야기하고 있는 여성의 삶은 단순히 억압된 것들의 귀환을 넘어서는 힘이 있다. 현실 변혁의 힘과 그 가능성으로서의 미래에 대한 희망은 그녀로 하여금 '무소의 뿔처럼 혼자서 가라'고 당당하게 발언할 수 있게 한 것이다. 그러나 이러한 당당함은 『고등어』(1994)와 『착한 여자』, 『봉순이 언니』로 오면서 무화되기에 이른다. 이것은 여성이 처한 현실 상황에 대해 작가가 유연하게 대처하거나 그것을 다양한 시각으로 조망하고 있는 것으로 볼 수도 있지만 다른 한편으로 보면 그것은 작가와 현실 사이의 긴장의 와해로도 볼 수 있다. 1980년대적인 현실을 후일담 내지 회고담 형식으로 풀어내고 있는 『봉순이 언니』나 『고등어』와 같은 소설은 현실의 냉혹함이 아니라 아련한 향수에 대한 낭만적인 기록으로 읽힌다. 후일담의 형식과 페미니즘의 정치성의 조화로운 통합은 그녀의 소설에서는 드러나지 않는다. 1980년대 민중문학의 정치적인 감각을 어느 누구보다도 잘 계승하고 있다고 평가받아 온 그녀의 소설적 운명이 결과적으로 1980년대의 치열했던 이념적 현실을 과장된 도덕적 자기 정당성과 자신의 보상받지 못한 젊음에 대한 회한으로 귀착되고 있다는 것은 그것이 사적인 영역을 넘어서지 못하고 있다는 것을 의미한다.

공선옥은 1980년대를 통어하는 사회·역사적인 사건인 광주항쟁을 원체험으로 하여 현실의 수난 속에서도 좌절하지 않는 강인한 모성의 형상을 리얼하게 그려내고 있다. 『피어라 수선화』(1994), 『오지리에 두고 온 서른 살』(1995), 『내 생의 알리바이』(1998), 『수수밭으로 오세요』(2001) 로 이어지는 그녀의 일련의 작업들은 리얼리즘적인 감각과 페미니즘 의식을 적절히 잘 구사하고 있다는 점에서 주목할 수 있다. 그녀가 그려내는 소설 속의 여성들은 대부분 이혼을 했거나 과부 또는 남편과 별거하고 있다. 그러나 여성들은 다른 여성 작가의 소설에서처럼 지적인 엘리트이거나 중산층의 부유함을 소유하고 있는 존재가 아니다. 이들은 하나같이 노동자나 술집 여자 같은 기층에 속한 존재들이다. 이런 존재들을 등장시킴으로써 그녀의 소설은 산업화와 도시화로 인해 야기된 뿌리 뽑힌 여성들의 삶과 상처를 그려내고 있다. 하지만 그녀는 이들을 연민의 눈으로 보지 않는다. 연민이 아니라 그 여성들의 입장에서 솔직하게 이들의 신산스러운 삶을 조명한다. 그녀의 이러한 시각은 어머니로서의 여성을 주인공으로 등장시키고 있는 소설에서 특히 빛을 발한다. 소설속의 어머니는 강한 모성을 지닌 존재이지만 그 모성은 긍정적인 측면과 부정적인 측면을 동시에 드러낸다. 그녀의 소설 속 어머니는 새끼를 보호하려는 어미의 원초적인 보호본능을 드러내면서 동시에 그것이 가지는 심리적 부담감으로부터 벗어나려는 이중적인 모습을 드러낸다.

그녀의 소설에 드러나는 어머니의 이러한 이중성은 우리 사회에 만연해 있는 젠더 이데올로기에 대한 저항으로 볼 수 있다. '술 먹고 담배 피우는 엄마'로 상징되는 부정적인 모성은 모성 자체를 이분법적인 틀 안에 가둬두지 않고 해체함으로써 현모양처 이데올로기는 물론 모성이 가지고 있는 포용과 융화의 특성을 폭력과 배제의 특성을 보이고 있다. 이것은 남성 중심의 지배 구조에 저항하는 유토피아적인 기획으로 내세우고 있는 페미니즘 집단에 대한 비판과 반성으로도 볼 수 있다. 어떤 거창한 이념을 내세워 첨예한 정치성만을 드러내는 소설들과는 달리 여성의 삶의 현실을 현실로 체험하고 그것을 자신의 글쓰기의 목표로 삼고 있는 그녀의 태도는 여성의 삶의 진정성을 구현하고 있다고 말할 수 있다. 다만 한가지 염려스러운 것은 그녀의 이러한 현실에 대한 적나라한 들추어냄이 자연주의적인 폭로나 방향 상실로 이어져서는 안 된다는 것이다. 가령 『내 생의 알리바이』에서 민중적 이념을 바탕에 둔 태도마저도 당장 먹고사는 것이 위협받는 삶의 현실 앞에서 신랄한 빈정거림의 대상이 되고 있는 장면은 이념의 관념성에 대한 비판과 반성이라기보다는 현실의 무게에 짓눌린 한 여성의 삶에 대한 맹목적인 집착으로 읽힌다. 소설이 온전한 형상을 가지려면 육체에 의한 현실적인 체험과 함께 정신에 의한 이상을 동시에 드러내야 한다.

김인숙은 1980년대의 희망과 1990년대의 절망을 동시에 체험한 작가이다. 그녀의 체험은 1980년대와 1990년대를 조감하는 중요한 시대적인 기록으로 간주할 수 있다. 『'79~'80 겨울에서 봄 사이』(1987), 『칼날과 사랑』(1993), 『먼길』(1995), 『당신』(1996), 『유리구두』(1998)로 이어지는 그녀의 소설의 도정은 시대적인 감각과 그 정신을 수렴하면서 일정한 변모를 보여준다. 그녀의 초기 소설에서 강조하고 있는 것은 순수를 토대로 한 강한 실천 의지이다. 그녀가 강조하는 순수성은 1980년대라는 변혁의 시대와 만나면서 강한 부정성과 저항성을 띠게 된다. 그러나 이 부정성과 저항성은 관념의 차원에서 제시되는 것이 아니라 구체적인 차원에서 제시되고 있다. 작가는 자신이 추구하는 이상적인 세계란 사회 현실의 억압적인 구조를 해체하지 않고서는 불가능하다는 인식을 하게 된다. 지배 계급과 피지배 계급 사이의 격차를 해체하고, 소수자가 아닌 일반 민중이 주체가 되는 사회 구조의 창출이 없고서는 순수한 의지 자체가 아무런 의미를 가질 수 없다는 인식을 하게 된다. 또한 작가는 민중의 생리에 대해서도 인식하고 있다. 『'79~'80 겨울에서 봄 사이』에서 보여주는 이상과 현실 사이의 괴리 혹은 일상에 대한 욕구로부터 자유롭지 못한 민중에 대한 통찰은 1980년대 변혁 운동이 어떤 한계를 가지고 있는가를 잘 말해주고 있다.

김인숙이 보여주고 있는 사회 변혁에 대한 날카로운 통찰은 1990년대에 들어와서는 그것이 많이 둔화되기에 이른다. 변혁 의지가 실종되고 민중은 모두 일상 속에 함몰된 상태에서 그녀 자신이 유지해 온 강한 변혁에의 의지는 한풀 꺾이고 만다. 강한 변혁에의 의지 대신 그녀는 환멸의 방식을 택한다. 『칼날과 사랑』에서 보이는 이러한 환멸은 1990년대적인 상황에서 변혁의 의지를 상실한 무기력한 자신에 대한 드러냄으로 볼 수 있다. 이 자기 환멸의 무기력함으로부터 벗어나는 일은 자신과 세계에 대해 시간적인 거리를 두고 지켜보는 일이다. 누구보다도 현실에 대한 변혁을 강하게 꿈꾸었으며, 역사의 유토피아적 전망을 믿었던 작가에게 1990년대는 견디기 힘든 시대였음이 틀림없다. 그러나 작가는 『먼길』에서 1980년대와는 다른 차원의 의지를 드러낸다. 우리를 이민으로, 난민으로 만드는 땅을 떠나 다시 그들의 땅으로 돌아가자는 이 소설의 외침은 오랜 기간 자기 환멸이라는 방황을 끝내고 다시 이 땅의 현실에 발을 딛고 싶어하는 작가의 의지를 반영하고 있는 것으로 볼 수 있다. 이것은 작가의 역사에 대한 반성과 전망을 동시에 드러낸 것에 다름 아니다.

　이남희의 소설에는 1980년대의 민중문학의 이념과 1990년대의 탈이데올로기적인 이념이 공존하고 있다. 민중문학의 이념은 역사 의식과 사회비판 의식을 첨예화하는 쪽으로 작용한다. 『바다로부터의 긴 이별』(1991), 『갑신정변』(1991), 『사랑에 대한 열두 개의 물음』(1993), 『사십세』(1996), 『플라스틱 섹스』(1998), 『황홀』(1999), 『수퍼마켓에서 길을 잃다』(20002)에 이르기까지 그녀의 이러한 의식은 전면에 그대로 드러나기도 하고 또 그것은 내면화되기도 한다. 이 과정에서 주목되는 것은 그녀 소설의 문명 비판성이다. 『바다로부터의 긴 이별』에 드러나는 문명의 야만성에 대한 고발과 생태학적인 세계관에 대한 자각, 『플라스틱 섹스』, 『황홀』에 드러나는 문명 사회의 성에 대한 비판, 그리고 『수퍼마켓에서 길을 잃다』에 드러나는 자본의 검은 욕망은 모두가 문명에 대한 비판적인 통찰이 주를 이루고 있다. 1990년대의 탈이데올로기적인 상황에서 문명에 대한 무반성적이고 무차별적인 가치 옹호를 드러내고 있지 않다는 것은 그녀가 다른 여성 작가들과 차별화되는 지점이다. 많은 여성 작가들이 사회비판 의식을 가지고 있지만 그것을 문명의 차원에서 조망하고 성찰한 경우는 송경아를 제외하고는 거의 없다고 할 수 있다.

　이러한 문명 비판성은 여성 작가들이 가지는 사회·역사적인 시각의 부재에 대한 그 나름의 대안적인 실천 방식을 제시하였다고 할 수 있다. 그녀가 비판하고 성찰의 대상으로 삼은 환경과 생태, 성, 욕망의 문제는 우리 문명의 가장 큰 화두이다. 이 문제에 대한 깊이 있는 성찰이 선행되지 않고서는 남성 중심의 문명에 의해 배제되고 소외되어 온 여성의 존재성에 대한 깊이 있는 성찰 역시 기대할 수 없다. 여성의 시각으로 문명이 가지는 폭력과 야만성을 들추어내는 일은 곧 남성 중심주의에 대한 비판과 저항의 문맥을 거느리고 있다는 것을 의미한다. 그러나 그녀의 소설이 보여주는 문명 비판성은 종종 계몽적인 목소리의 전경화로 인해 구체적인 실감의 차원을 상실하고 있다. '지금, 여기'의 문명이 타락했다면 그 타락한 문명 속에 뛰어들어, 그 문명과의 몸 섞음을 통해 타락한 방식으로 진정한 가치를 추구하는 좀 더 유연한 리얼리즘 정신의 구현이 그녀에게 맡겨진 과제라고 할 수 있다.

일상성에의 함몰과 운동의 트리비얼화

1980년대 후반을 기점으로 일기 시작한 페미니즘 운동은 일회성으로 그칠 성질의 것이 아니다. 우리 문학사의 많은 운동성을 띤 문학이 대중과의 괴리, 미학성의 결핍 등으로 단명하고 만 경우와는 달리 페미니즘 운동은 이러한 딜레마를 그렇게 심하게 앓고 있는 것 같지는 않다. 엘리트 페미니스트와 일반 대중 사이의 괴리, 남성 지배 속에서의 억압된 여성성의 무無목적적인 분출이 없는 것은 아니지만 우리의 페미니즘 운동은 계층과 계급을 떠나 폭넓은 공감과 연대를 형성하고 있다. 또한 여성성에 대한 맹목적인 접근이 아닌 여성 자신의 정체성이라든가 존재성에 대한 탐색을 진지하게 시도하고 있으며, 이성이 억눌려 있던 감성을 회복시켜 다양한 글쓰기와 말하기를 통해 새로운 미학의 영역을 열어 보이고 있다.

페미니즘을 구현하고 있는 우리의 여성 작가들의 경우에도 이러한 흐름 속에 놓여 있다고 볼 수 있다. 그들은 이제 주변이 아닌 중심에서 글을 쓰고 말하면서 우리 문학사에서 보기 드문 풍요로운 향연을 연출하고 있다. 가부장적 부성에 대한 저항, 젠더 이데올로기를 생산하는 사회 제도에 대한 탐색, 여성을 배제하고 소외시켜 온 문명에 대한 비판 등은 여성의 시각으로 '지금, 여기'에서의 존재론적인 상황을 들추어내고 있다는 점에서 그동안 우리 소설이 보여주지 못한 시대 정신을 구현하고 있다고 할 수 있다. 그러나 우리 여성 작가들이 보여주는 시대 정신이 올바른 방향성과 목적의식을 가지고 제대로 구현될 수 있을지 그것에 대해서는 자신할 수 없다.

이런 불안한 조짐은 이미 1980년대 후반을 기점으로 등장한 여성 작가들의 소설에서 그 징후를 발견할 수 있다. 이들의 소설은 페미니즘을 표방하고 있기는 하지만 그것이 대부분 일상의 차원을 통해 이루어지고 있다는 점에서 문제적인 면을 가진다고 할 수 있다. 일상에 대한 성찰을 통해 자신을 억압하고 배제해 온 젠더 이데올로기의 실체와 그 속에서 자신의 정체성을 탐색한다는 것은 그동안 남성에 비해 상대적으로 일상의 세계에 더 많이 종속되어 온 여성의 입장을 고려할 때 당연한 현상으로 볼 수 있다. 거대 담론이 배제해 온 일상에 존재하는 미시적인 권력의 실체를 세세하게 포착해내고 그것이 얼마나 여성의 삶을 잠식하고 있는지를 들추어내는 일은 페미니즘 운동에서 중요하다고 하지 않을 수 없다.

그러나 일상의 차원에서 다루어지는 페미니즘에는 언제나 일상성에의 함몰이라는 위험이 도사리고 있는 것이 사실이다. 일상의 세계를 세세하게 그리다보면 페미니즘이 가지는 보다 큰 차원의 문제의식이 실종될 수 있다. 1990년대 이후 거대 담론의 해체, 감각적이고 감성적인 문화의 팽창, 상업 자본주의의 만연 등으로 우리 사회에 엄연히 존재하고 있는 계층이나 계급의 격차, 분단과 식민주의, 문명의 야만성, 자본주의 체제의 모순과 같은 보다 큰 차원의 문제의식은 좀처럼 찾아볼 수 없다. 페미니즘을 지향하는 우리의 여성 작가들이 보여주는 이러한 일상성에의 함몰은 페미니즘 소설은 물론 우리 소설 전체의 왜소화와 트리비얼화를 초래하고 있다. 1990년대 이후 우리 여성 작가들의 글쓰기에 나타난 특징은 사소하고 무의미한 일상의 사건을 아주 세밀하게 묘사하는 것이다. 묘사에 대한 치중으로 인해 이들이 말하고자 하는 세계 자체가 드러나지 않는다. 세계가 없는 묘사 위주의 글쓰기는 여성의 자아를 성숙하지 못하게 할 것이고, 이것은 곧 페미니즘 운동의 약화로 이어질 것이다. 이런 점에서 페미니즘의 기치를 내세우고 있는 우리의 여성 작가들은 자신의 자아를 좀 더 과감하게 보다 큰 실존의 장으로 투사할 필요가 있다.

상처와 통과제의 그리고 여성 주체의 탄생

티에닝의 『목욕하는 여인들』

여성 혹은 목욕의 메타포

중국의 여성 작가 티에닝의 『목욕하는 여인들』(2000)은 여성의 정체성 문제와 관련하여 섬세하고 내밀한 모색을 드러내고 있는 소설이다. 티에닝은 이미 「아, 샹쉐」(1982), 「단추 없는 붉은 셔츠」(1985), 「보리더미」(1986), 「장미문」(1988), 「면화더미」(1989), 『비가 오지 않는 도시』(1993), 「영원은 얼마나 먼가」(1998) 등을 통해 여성의 생존 조건과 운명 그리고 각성의 문제를 집요하게 모색해 온 페미니즘 계열의 작가이다. 그녀의 이러한 경향은 동년배 작가인 류전윈劉震雲이나 옌롄커閻連科, 팡팡方方, 츠리池莉 등이 보여주고 있는 블랙유머나 신사실주의, 광상狂想 현실주의 등과는 일정한 거리가 있다.[1] 이것은 그녀의 소설이 중국 문단의 주류적인 경향에서 한발 비켜

---

1 김태성, 「역자 후기 – 과도(過渡) 세대의 글쓰기」, 『목욕하는 여인들』, 실천문학사,

나 자신만의 독자적인 세계를 모색하고 또 구축해 왔다는 것을 의미한다. 그녀의 이러한 지위와 성향은 페미니즘에 대한 모색 역시 단순한 유행을 넘어 여성성의 본질적인 차원에까지 이르게 하고 있다.[2]

티에닝의 소설에 드러나는 페미니즘은 흔히 이야기되고 있는 남성 중심주의적이고 가부장적인 이데올로기와 제도에 대한 부정과 해체를 궁극적인 목적으로 하고 있는 것이 아니라 여성성의 본성과 원형에 대한 탐색을 목적으로 하고 있다. 여성성의 본성과 원형에 초점을 두는 방식은 기본적으로 남성 혹은 남성성과의 차이를 전제로 한다는 점에서 오랜 기간 이어져 온 페미니즘의 한 흐름을 반영하고 있다고 볼 수 있다. 많은 페미니즘 계열의 작가들이 남성과는 다른 여성만의 언어로 말하고 글을 쓰는 것에 대한 가능성을 치열하게 전개해 온 저간의 사정을 고려해 보면 이 차이의 문제는 여성의 정체성과 관련하여 실로 중요하다고 하지 않을 수 없다. 남성과 다른 차이성을 부각시키기 위해 페미니스트들이 내세운 것이 여성의 몸이다. 여성의 몸은 남성의 몸과는 달리 생리, 임신, 수유, 출산, 낙태 등의 활동이 가능하며, 이 과정에서 여성 특유의 히스테리컬하고 섬세한 감각이라든가 감성이 탄생하게 된다.[3]

2008, 603쪽.

2 티에닝의 『목욕하는 여인들』에 대한 국내에서의 연구로 최은정의 「중국 신시기 여성소설에 나타난 가족 담론의 일면—티에닝(铁凝)의 『목욕하는 여인들(大浴女)』을 중심으로」(『비교문화연구』 35, 경희대 비교문화연구소, 2014)를 들 수 있다. 연구자는 이 소설을 가족 담론의 차원에서 다루고 있다. 이 소설에 나타난 가족 담론을 크게 '아버지의 혈연으로 묶이는 전통적인 가부장제 가족 관념에 대한 문제 제기'와 '가족 해체와 가족 화해의 출발점을 모두 어머니에 두고 있는 것'의 차원에서 바라보고 있다. 이러한 논리는 이 소설에서의 여성을 생물학적인 차원이 아닌 역할로서의 도덕적인 모성의 차원에서 이해하고 있다는 것을 의미한다.

3 페미니즘의 이러한 흐름을 대표하는 차이 이론가들로 씩수스와 이리가라이를 들 수

이러한 차이성의 강조는 한편으로 보면 사회·역사적인 맥락을 배제할 위험성이 내재해 있는 것이 사실이지만 또 다른 한편으로 보면 여성의 주체적이고 자율적인 영역의 확보 없이 여성의 정체성을 실현할수 없다는 판단에서 비롯된 것이라고 할 수 있다. 기존의 사회·역사적인 맥락이 남성 중심의 힘에 의해 유지되어 온 것이라면 그것을 부정하고 해체하기 위해서는 그 힘이 닿지 않는 어떤 순수한 영역이 필요할수밖에 없다. 순수한 영역의 확보는 기존의 남성 중심의 영역에 침투하여 일정한 긴장을 유발함으로써 기존의 인습화되고 낡은 세계로부터 벗어나 독특하고 낯선 세계를 암시하거나 환기하게 된다. 이 세계는 이상적이고 관념적인 세계로 인식될 수도 있지만 그것에 대한 섬세하고 내밀한 탐색은 우리가 경험하지 못했거나 망각해 버린 세계의 발견으로 이어질 수도 있다. 남성이 경험하지 못한 여성의 영역으로의 침투와 그것의 드러냄은 여성 작가의 내발적內發的인 감각과 외발적外發的인 표현 방식을 요구한다.

이와 관련하여 티에닝은 '목욕하는 여인들'이라는 의미심장한 상징으로 답한다. 이 소설의 표제이기도 한 이 말은 인상주의 화가 폴 세잔Paul Cezanne의 연작 〈목욕하는 여인들〉에서 따온 것이다.[4] 세잔의 그림들

있다. 이들은 라깡의 '상징계/상상계' 이론을 받아들여 현재 언어의 체계를 남성적 질서로만 파악하고 여성들의 언어를 남성들이 알 수 없는 그 어떤 것'으로 정의하고 있다. 차이이론가들은 이러한 언어를 '몸의 언어(body language)'라고 명명한다. 몸의 언어는 여성만의 언어로 그것은 여성의 입 혹은 몸에서 게워낸 실과 같은 것이다. 몸의 언어가 겨냥하고 있는 것은 상징계의 아버지의 법에 대한 거부와 해체이다. 이들의 아버지의 법에 대한 거부와 해체 전략에는 기존의 언어 체계가 남성의 사유 체계에 전적으로 물들어 있다는 인식을 반영한다. 이것은 이들의 궁극적인 목표가 남근 중심의 이러한 사유 체계로부터 벗어나는 일이라는 것을 말해 준다. 이재복, 『한국 현대시의 미와 숭고』, 소명출판, 2012, 364~365쪽.
4   폴 세잔느(Paul Cezanne)의 〈목욕하는 여인들(The Great Bathers)〉(1898~1905)은 1900

에서 그녀는 '여인들의 갈색 나체와 나무, 땅이 한데 뒤엉켜 있는 풍경에서 건강하면서도 초연하고, 침착하면서도 소박한, 교태를 부리거나 생떼를 쓰지 않는 이미지를 발견'하기에 이른다. 그녀는 이러한 자신의 발견에 담긴 의미를 '정신적이며, 인류가 줄곧 동경해 온 경지'[5]로 규정한다. 그녀가 『목욕하는 여인들』에서 겨냥하고 있는 바가 어디에 있는지를 잘 말해 주고 있는 대목이다. 세잔의 그림처럼 그녀의 소설 속 여성의 이미지를 가식이 없는 순수한 본성과 원형으로 형상화함으로써 여기에서 여성의 정체성을 찾으려고 하였을 뿐만 아니라 그것이 인류의 순정한 정신이고 우리 모든 인류가 추구해야 할 가치라고 주장한다. 세잔의 그림에서 그대로 따온 '목욕하는 여인들'이라는 말의 목적이 여기에 있다면 그녀가 추구하는 여성 혹은 여성성의 영역이 높은 정신의 차원을 관통하는 인류의 보편적인 가치에 닿아 있다는 것을 의미한다.

이런 점에서 '목욕하는 여인들'에서의 목욕은 정신의 고양이라는 의미를 지니게 된다. 여성에게 드리워진 더러움을 씻어내는 일련의 과정을 거쳐 여성 본연의 성이나 원형을 발견하려는 작가의 의도는 이 소설을 다른 남성 작가의 소설은 물론 페미니즘 계열의 소설과도 차별화된 세계를 탄생시킨다. 목욕의 과정을 통해 드러난 여성들의 존재가 어느 정도로 높은 정신의 차원에 이르렀는지 또 그것이 인류의 보편적 가치

년대에 접어들면서 자연의 변화를 인상주의 차원에서 벗어나 구성주의 차원에서 체계적으로 조화시키고자 하는 노력의 과정에서 탄생한 작품이다. 이러한 변화한 세계를 〈다섯 명의 목욕하는 사람들(Cinq Baigneurs)〉(1900~1904)에서도 구현하고 있으며, 〈목욕하는 여인들〉은 그것의 결정판이라고 할 수 있다. 미완으로 남은 이 작품은 목욕하는 여인들과 나무들의 조화가 간결하고 입체적으로 표현됨으로써 자연과 인물이 생생하면서도 부피감을 지닌 채 하나가 되는, 색과 구도를 통해 존재의 새로운 모습을 제시한 작품으로 평가할 수 있다.

5   티에닝, 「작가 후기」, 『목욕하는 여인들』, 실천문학사, 2008, 600쪽.

를 어느 정도 구현하고 있는지 하는 문제는 이 소설의 수준을 가늠하는 하나의 기준이 될 것이다. 목욕의 과정이 단순히 몸의 때를 씻어내는 차원을 넘어 정신의 고양으로 이어질 때 온갖 이념과 제도에 의해 은폐되어 있던 여성 혹은 여성성의 본성과 원형이 온전히 드러나리라고 본다. 소설 속에서 여성들이 몸을 씻는 모습을 어디에서도 찾아볼 수 없는 이유가 그 목욕이 눈에 보이는 몸의 차원에서 이루어지는 것이 아니라 눈에 보이지 않는 정신의 차원에서 이루어지기 때문이다. 목욕의 메타포가 정신의 고양을 겨냥한다면 이 소설에서 보여주고 있는 통과제의initiation의 방식은 그것의 구현을 위한 적절한 선택이라고 할 수 있다.

통과제의로서의 성性과 '깨진 마음'의 패러독스

『목욕하는 여인들』의 서사가 정신적인 고양을 기반으로 한다고 할 때 우리가 여기에서 주목해야 할 것은 그 고양의 방식이다. 고양이란 말 그대로 의식이나 감정, 분위기 등의 상승을 동반하는 것이다. 특히 의식의 상승은 행위 주체의 질적 도약을 위해 무엇보다도 중요하다고 할 수 있다. 정신의 고양에 의식이 개입함으로써 이 과정은 감각의 차원에서 그치는 것이 아니라 감각에서 인지로, 인지에서 다시 이해로, 이해에서 다시 판단의 차원으로 의식의 질적인 도약이 요구된다. 이 각각의 과정은 한 차례 그치는 것이 아니라 끊임없이 반복되는 것이다. 이 사실은 정신적인 고양, 다시 말하면 의식을 통한 질적인 도약이 결코 쉽지 않다는 것을 의미한다. 우리가 흔히 말하는 '성장'이나 '통과제의'란 이러한 의식의 질적 도약을 전제한 개념이다. 만일 통과제의 과정에서 의식의 질적 도약이 이루어지지 못한다면 그것을 통과하는 것은 불가능하다고 할 수 있다.

이런 맥락에서 볼 때 여성의 정체성을 자각하고 발견하기 위해서는 의식의 질적 도약이 요구되며, 『목욕하는 여인들』에서 그것은 안정된 차원에서 이루어지는 것이 아니라 몹시 불안정한 차원에서 이루어진다. 이 소설 속의 목욕하는 여인들은 하나같이 불안정한 환경과 심리 상태의 소유자들이다. 이 소설의 중심축을 이루고 있는 '인샤오탸오', '인샤오판', '탕페이', '멍요우요우', '완메이첸', '장우' 등의 여성들은 모두 트라우마rauma를 지니고 있다. 특히 인샤오탸오와 탕페이의 상처는 치유가 불가능할 정도로 깊다. 인샤오탸오의 상처는 여러 원인이 있지만 무엇보다도 이복동생인 '인샤오촨'의 죽음을 방조했다는 죄의식에서 비롯된 것이 가장 크다. 그 외에도 어머니인 장우의 불륜과 유부남과의 교제, 자매간의 질투 등도 원인의 하나이다. 탕페이의 상처는 자신이 사생아라는 것과 자신의 삼촌과 친구인 인샤오판의 어머니인 장우와의 불륜 관계로 태어난 인샤오촨을 맨홀에 빠트려 죽게 한 것 그리고 원치 않는 임신으로 자신의 아이를 지운 것에서 비롯된 것이다.

그런데 이들의 상처는 모두 성인이 되기 전, 좀 더 정확히 말하면 십대에 생겨난 것이다. 아직 성인이 되기 전에 당한 깊은 상처는 이들에게 통과제의라는 의식의 시험을 요구하기에 이른다. 이 요구란 이들이 성인이 되기 위한 조건을 말하는 것이지만 그 이면을 세심하게 들여다보면 그것은 이들이 어떻게 여성의 정체성을 만들어 가느냐 하는 문제와 맞물려 있다는 것을 알 수 있다. 비록 정도의 차이는 있지만 성인이 되기 전에 얻게 된 깊은 상처로 인해 이들과 세계와의 평정은 깨져 버린다. 이렇게 세계와의 평정이 깨지면 인간은 본능적으로 그것을 회복하려고 한다. 이때 세계는 이들 자신에게 닫혀 있는 동시에 열려 있는 대상으로 존재하게 된다. 한 세계가 열린 대상으로 존재하려면 먼저 의식 주체가 그 세계 속으로 깊숙이 침투해 들어가야 한다. 이것은 마치 어떤 상처가 있으면 그 상처를 피하지 말고 대면하여 그것을 즐기는 방식과 다른 것이 아니다. 자신에게 상처를 준 세계와 대면하지 않고 어떻게 그 상처를 치유할 수 있겠는가.

이런 점에서 트라우마는 대상의 문제인 동시에 주체의 문제인 것이다. 이 사실은 세계와의 깨진 평정을 회복하기 위해서는 주체의 대상에 대한 태도가 중요하다는 것을 의미한다. 주체가 어떤 태도를 취하느냐에 따라 세계는 달라질 수 있는 것이다. 인샤오탸오와 탕페이는 상처 입은 존재라는 점에서는 동일하지만 그것을 대하는 태도에 있어서는 커다란 차이를 드러낸다. 그렇다면 주체와 세계와의 관계에서 그 차이를 결정하는 것은 무엇일까? 이 물음에 대해 작가는 '마음'이라고 답한다. 주체의 마음이 무엇보다도 중요하다면 세계와의 관계에서 어떤 태도를 취해야 하는 것일까? 마음이야 누구나 다 가지고 있는 것이라고 할 때 이것은 세계에 대한 주체의 태도가 인샤오탸오적이어야 하느냐 아니면 탕페이적이어야 하느냐 하는 문제와 다른 것이 아니다. 이 두 사람의 태도 중에서 작가가 겨냥하고 있는 것은 전자이다.

작가에 의하면 인샤오탸오는 '깨진 마음' 혹은 '마음 깨기'를 인식하고 또 실천할 수 있는 자인 것이다. 이 개념은 완메이천의 입을 통해 말해진다. 그녀는 인샤오탸오에게 '언젠가 책에서 읽은 적이 있다'고 하면서 '세상에서 가장 완전무결한 것은 깨진 마음'[6]이라고 말한다. 그녀의 말은 자신이 자신의 마음을 깨지 않으면 세계 역시 깨지지 않는다는 것을 의미한다. 세계가 깨지거나 열리기 위해서는 먼저 자신의 마음을 깨거나 열어야 한다는 그녀의 말은 인샤오탸오가 견지하고 있는 태도이기도 하다. 그녀의 마음은 대상에 고정되어 있는 것이 아니라 자신의 의지에 따라 끊임없이 변화하는 양상을 보인다. 물론 대상에 따라 그녀의 마음의 정도가 다른 것은 사실이다. 가령 그녀의 마음을 깨는 데 가장 긴 시간을 필요로 했던 인샤오촨의 경우, 보기에 따라서는 주체의 의식이 질적 도약을 하지 못한 채 정체되어 있는 것으로 판단할 수도 있지만 그녀의 마음이 대상에 대해 강한 자의식을 드러내면서 그것과 일정한 긴장 관계를 유지하고 있다는 사실은 깨진 마음의 상태에서 대상을 받아들이고 있다는 것을 의미한다. 결국 그녀는 자신이 그 누구에게도 말하지 못했던 이야기를 '천자이'에게 고해성사하듯이 모두 털어놓는다.

(…상략…) 나와 샤오판은 서로의 손을 꼭 잡고서 아이가 두 팔을 벌린 채 날듯이 맨홀에 빠지는 모습을 지켜보고 있었던 거야. 오빠 나라는 애는 바로 이런 사람이야. 이게 나의 참모습이라고. 난 그 아이를 구하지 않았을 뿐만 아니라 샤오판의 손을 꼭 잡고 있었어. 그날 샤오판과 맞잡았던 손, 샤오판의 손에 내가 가했던 힘을 (…중략…) 난 아무리 잊으려 해도 잊을 수가 없었어. 한동안은 그때 내가 너무 놀라서 그랬던 거라고 애써

---

6   위의 책, 552쪽.

자위할 수 있었지 놀라서 넋이 나간 사람은 뭔가를 할 수도 없고 아예 몸을 움직일 수조차 없는 거라고 말이야. 하지만 사실 난 그렇지 않았어. 다른 사람은 다 속여도 나 자신까지 속일 수는 없지. 그날 난 놀라서 그랬던 것이 아니야. 그 순간의 나는 적어도 지금 이 순간만큼이나 머리가 맑았으니까. 난 샤오찬이 싫었어. 샤오판도 샤오찬을 싫어했지. 나는 샤오판이 샤오찬을 싫어한 이유를 잘 알고 있었어. 하지만 내가 그 아일 싫어했던 이유는 평생 샤오판에게 말할 수 없을 거야. 난 살인자야. 징벌을 피해 달아난 죄인이라고. 아무에게도 이런 사실을 털어놓지 않으려 했어. 하지만 오빠를 사랑하게 된 뒤로 오빠한테 다 털어놓지 않고는 견딜 수 없을 것 같았지. 내가 정직한 사람이라고 말하려는 건 아니야. 단지 샤오찬이 맨홀에 빠지던 모습이 세월이 갈수록 더 또렷해져서 그래. 난 떠올리기조차 싫은 지난 일을 애써 감추고 편안히 지낼 수 있는 그런 강심장이 못 돼. 그일은 평생 내 양심의 문을 두드리면서 날 괴롭혀왔지. (⋯후략⋯)[7]

인샤오탸오의 고백은 그녀가 얼마나 깨진 마음의 소유자인가를 잘 보여주고 있다. 샤오찬의 일이 자신의 '양심의 문을 두드리면서 괴롭혀 왔다'는 대목은 그녀의 마음이 한시도 깨어 있지 않은 경우가 없었다는 것을 말해 준다. 이런 존재이기 때문에 대상에 고착되지 않고, 자신의 감정에 솔직한 상태에서 그 대상을 이해하고 판단함으로써 세계와의 평정을 회복할 수 있는 힘을 얻게 되는 것이다. 깨진 마음에 기반을 둔 그녀의 판단력은 '팡징'의 자신에 대한 사랑이 '보상심리의 일종이라는 것'[8]을 간파

---

7   위의 책, 491~492쪽.
8   위의 책, 268쪽.

해내기도 하고, 자신의 '천자이'에 대한 사랑이 '한 가정을 파괴해 버렸다는 죄책감에 사로잡히기도 하'고, 그의 아내 완메이천의 고백에 '간절함이 배어 있다는 것'[9]도 알게 되며, 결국에는 '사랑보다 더 깊은 연민'이 천자이와 완메이천 사이에 존재한다는 것을 깨닫게 되어 서로 '사랑하지만 그를 그녀에게 보내기로 결심'[10]한다. 완메이천이 천자이와 인샤오타오 사이의 관계에 자신이 끼어들 수 없음을 알게 되어 자신의 남편을 놓아주게 되지만 인샤오타오는 천자이와 앞서 말한 이런 이유로 결혼할 수 없음을 밝히는 대목에서 우리는 대상을 이해하고 판단하는 그녀의 섬세하면서도 내밀한 의식을 엿볼 수 있다. 자신의 의식을 거리낌 없이 대상에 투사하고 또 자신을 구속하고 억압하는 것들로부터 벗어나 자유롭게 어떤 대상을 이해하고 판단하려는 태도는 여성의 정체성을 새롭게 발견하고 그것을 견고하게 하는 데 일정한 토대를 제공하리라고 본다.

인샤오타오와는 달리 탕페이의 경우는 깨진 마음의 상태에 이르지 못한 채 세계와의 불화 속에서 죽음을 맞이하게 된다. 그녀의 죽음은 세계와의 불화가 얼마가 깊은 것인지를 잘 말해 주는 하나의 사건으로 볼 수 있다. 어쩌면 그에게 세계란 자신이 감당하기 힘든, 그래서 마음을 깨거나 열어 화해하기가 어려운 그런 대상인지도 모른다. 그녀는 그 누구에게도 자신의 마음을 열지 않았다. 자신의 생존을 위해서 필요할 때마다 몸을 팔기는 했어도 그녀는 결코 자신의 '입술'은 그 누구에게도 허락하지 않았다. 심지어 자신의 남편인 '샤오추이'에게도 '한 번도 키스를 허락하지 않을 정도'[11]로 그녀의 마음의 문은 견고했으며,

9   위의 책, 533쪽.
10 위의 책, 581쪽.

이로 인해 그녀는 한 번도 성 상대인 남성에게 '정서적 친밀함'이라든지 '살뜰한 마음 씀씀이'를 내보인 적이 없다. 그녀의 섹스는 단순한 '두 육체의 끌림'이거나 '생리적인 본능'[12] 그 이상도 이하도 아니었던 것이다. 상대에게 마음을 열지 않은 상태에서 행하는 그녀의 몸의 움직임은 즐거움이 아닌 고통을 안겨줄 뿐이었고 그로 인해 날이 갈수록 그녀의 몸은 쇠약해지고 결국에는 간암으로 죽음을 맞이하게 된다.

죽음의 순간에 인샤오탸오의 볼에 키스를 하지만 그것이 마음을 연 것이라고 보기는 어렵다. 죽음 직전에 그녀가 보인 태도는 세계와의 화해가 아니라 불화 그 자체라고 할 수 있다. 그녀는 자신을 향해 '난 병이야. 내가 바로 병'이라고 외치면서 그 '병을 사내들에게 전염시켜볼 생각이었다'[13]고 말한다. 주체의 의식이 세계를 향해 열린 태도를 취하고 있는 것이 아니라 오히려 더욱 견고하게 닫아 버리려는 그녀의 태도는 자신의 상처를 회복하려는 몸부림이라기보다는 그것을 해결이 불가능한 파멸의 차원으로 밀어 넣으려는 불온한 의지로 볼 수 있다. 그녀 자신이 '자기 자신이야말로 자태라는 단어에 딱 어울리는 여자'[14]라고 할 정도로 고혹적인 몸을 가진 존재이지만 마음은 지옥의 어둠 같은 세계에 놓여 있기 때문에 그녀의 정체성 혹은 존재성은 파멸을 면치 못한 것이라고 할 수 있다. 몸과 마음 혹은 육체와 정신의 이 지독한 역설은 인샤오탸오의 깨진 마음과 대조를 이루면서 여성의 성적 정체성에 대한 하나의 얼룩으로 작용할 위험성이 도사리고 있다. 이것은 여성의

---

11 위의 책, 339쪽.
12 위의 책, 187쪽.
13 위의 책, 472~473쪽.
14 위의 책, 191쪽.

성적 정체성 정립의 과정에서 기존의 상징 권력에 의한 억압이 여성 혹은 여성성의 본성과 원형을 왜곡할 수도 있고 또 파괴할 수도 있다는 것을 의미한다.

자매애의 발견과 연대의 가능성

티에닝이 『목욕하는 여인들』에서 겨냥하고 있는 여성의 본성과 원형의 세계를 가장 잘 보여주고 있는 인물은 인샤오탸오이며, 그녀의 대상에 대한 마음 깨기와 열기는 여성의 정체성의 문제를 살아 숨 쉬는 생명의 차원으로 나아가게 한다. 여성의 정체성과 관련하여 흔히 이야기되고 있는 탈중심성이라든가 다원성 그리고 포용성과 보살핌의 윤리 같은 것도 그 이면에는 이러한 마음 깨기와 열기라는 태도가 내재해 있다고 볼 수 있다. 깨진 마음을 기반으로 하는 그녀의 정체성은 많은 갈등의 요소를 수용하여 그것을 삭이고 아울러서 화해와 융화의 세계를 창출하는 힘을 지니고 있다. 그녀의 이러한 모습은 남성보다는 여성을 향할 때 더욱 잘 드러난다. 가령 그녀가 어머니 장우의 불륜을 감싸 안으려는 태도, 여동생인 인샤오판과 티격태격하면서도 그녀를 챙겨주고 아껴주는 일, 사생아에다 자신의 어머니와 불륜을 저지른 탕 선생의 조카인 탕페이를 끝까지 보살피는 것, 또래들로부터 소외된 멍요우요우의 성격과 재능을 어떤 편견이나 왜곡 없이 보고 그것을 그 자체로 받아들이거나 응원하는 태도, 완메이천의 천자이에 대한 진실한 마음을 지켜주기 위해 그를 몹시 사랑하지만 그와의 결혼을 포기하는 행위 등은 모두 그녀의 여성에 대한 깊은 관계성을 드러내는 예이다.

티에닝이 드러내는 이러한 예들 중에서 우리가 특히 주목해 보아야 할 것은 탕페이, 멍요우요우, 완메이천 등과 인샤오탸오와의 관계이다. 먼저 인샤오탸오와 탕페이, 멍요우요우와의 관계는 이 소설에서 가장 중요한 의미를 지닌다. 이 소설의 서사가 여성의 정체성을 찾아가는 긴 도정이라고 볼 때 이들의 통과제의적인 과정에는 고통과 상처가 동반될 수밖에 없다. 이로 인해 소설의 분위기가 대체로 어두운 것이 사실이다. 인물과 인물과의 관계 자체가 서로 상처의 그물망으로 얽혀 있기 때문에 이들의 만남에는 늘 불안의 그림자가 드리워져 있다. 하지만 인물들의 관계에서 어느 정도 이것으로부터 벗어나 있는 만남들이 존재하는데 바로 인샤오탸오와 탕페이, 멍요우요우와의 만남이 그것이다. 이들은 각자 상처를 지닌 존재들이지만 이들이 만날 때면 그 상처는 깊은 어둠의 나락으로 향해 있지 않고 밝은 세상을 향해 모습을 드러낸다. 이것은 상처의 은폐가 아니라 그것의 드러냄이며, 어두운 상처가 아니라 환한 상처의 존재성을 말해주는 것에 다름 아니다.

세 소녀는 멍요우요우의 집을 아지트로 삼아 질리도록 이 책을 읽으며 하나 둘 실습으로 옮겨 나갔다. 멍요우요우는 인샤오탸오와 탕페이의 도움을 받아 성공적으로 고소설구를 만들었다. 세 소녀는 머리를 맞대고 연탄난로 앞에 서서 계란 흰자위를 한 국자씩 냄비에 떠 넣었다. 계란 흰자위가 우유를 흡수하여 '눈송이(小雪球)'가 되는 광경을 직접 목격하는 순간, 세 소녀는 너무 감격한 나머지 하마터면 울음을 터뜨릴 뻔했다. 이로써 세 소녀는 자신들이 새로운 출발점에 서 있다는 사실을 감지했다. 이 출발점에서 세 소녀는 잔재주가 아닌 진정한 솜씨를 선보였다. 세 소녀는 작은 국자를 손에 든 채 고소설구를 맛보기 시작했다. 진한 소스와 어울려 가볍게 혀에 닿는 하얀 고소설구! 소녀들은 다시 한번 정신을 가다듬고 씹어도 보고 입 안에서 굴려도 보았다. 소녀들은 고소설구에 반하고 고소설구는 소녀들에게 반한 것 같았다. 고소설구는 소녀들의 입 안을 그윽한 향기로 물들이며 "삶은 이처럼 아름다운 거란다"라고 속삭였다. 멍요우요우는 다시는 당면을 굽거나 비계를 튀기는 따위의 조리는 하지 않으리라고 결심했다. '『소련 부녀』에 소개된 모든 음식을 다 만들어봐야지!' 그날 멍요우요우는 혼자만의 야심을 키우고 있었다.[15]

이들이 상처받은 존재라는 것을 어디에서도 발견할 수 없을 정도로 이들의 모습은 밝고 활기차다. 이들의 환한 모습은 일정한 고통과 상처를 동반하는 통과제의의 과정에서 의식의 질적 도약을 위해 반드시 필요한 존재의 한 조건이라고 할 수 있다. 이들에게 이런 것 없이 고통과 상처로 인한 어둠만이 존재한다면 이들은 스스로 파멸하거나 파국을 맞이하게 될 것이다. 그런데 여기에서 우리가 간과하지 말아야 것이 하나 있다. 어떻게 상처받은 존재들이 이렇게 환한 모습을 보여줄 수 있느냐 하는 것이다. 이 의문에 대한 답은 이들이 혼자가 아니라 함께 있다는 사실에 있다. 혼자 있을 때 우울하고 어두운 모습이 함께 있으면 이렇게 환한 모습으로 바뀐다는 것은 여기에 우울하고 어두운 상황을 넘어서는, 주체의 의식의 질적 도약을 가능하게 하는 힘이 존재한

---

15 위의 책, 170~171쪽.

다는 것을 의미한다. 자연스럽게 '삶이 아름답다'는 말이 흘러나오게 하는 힘이 이들의 연대에서 비롯된다는 것을 이 장면은 우리에게 잘 보여주고 있는 것이다.

이들이 연대를 통해 만들어 낸 것이 '고소설구'라는 음식이지만 여기에는 이들의 연대의 견고함이 은폐되어 있다. 이 고소설구를 만드는 과정에서 보인 이들의 집중력과 진정성은 어디 한 군데 틈조차 허락하지 않을 정도로 견고하다는 점에서 그것은 의식의 질적 도약에 다름 아닌 것이다. 이들이 힘을 합쳐 만들어낸 고소설구가 표상하듯이 어떤 하나의 세계가 만들어지기 위해서는 견고한 연대가 필요한 것이다. 이 연대는 불순한 것들이 들어오면 그 연대가 공고함을 상실하게 되는 것처럼 무엇보다도 구성원 간의 어떤 세계에 대한 공유의 순수함의 정도가 커야만 성립될 수 있다. 페미니스트들이 여성의 순수한 존재성만으로 이루어진 세계를 꿈꾼다거나 아니면 자신들이 만든 세계에 남성을 존재하게 하면서 마치 어머니 품 안에 안긴 아이처럼 그것을 이야기하는 경우 이들이 겨냥하고 있는 것은 여성적인 연대의 견고함이다.

이들 세 여성이 만들어내는 연대의 견고함은 죽음의 순간에도 드러난다. 암으로 죽어가면서 탕페이가 인샤오탸오의 얼굴에 한 키스가 바로 그 증거이다. 단 한 번도 남성에게 자신의 입술을 허락하지 않은 탕페이가 죽음의 순간에 그것을 인샤오탸오에게 허락한 것은 탕페이의 의식이 받아들인 세계 속에 그녀가 존재하기 때문이다. 비록 탕페이가 인샤오탸오처럼 이 세계에 남성을 포용하면서 보다 넓고 열린 연대를 지향하지 않고 폐쇄된 차원의 연대에 그치기는 했어도 이들 사이의 연대를 의심하지는 않았다고 볼 수 있다. 만일 그녀가 이 연대를 의심했다면 죽음의 순간에 인샤오탸오에게 자신의 입술을 허락하지 않았을 것이고 또 인샤오탸오가 '중학교 교사를 그만두고 출판사로 가고 싶다'[16]고 했을 때 부시장을 찾아가 자신의 몸을 바치지도 않았을 것이다. 그녀의 의식 속에 각인된 이들과의 연대를 통해 이루어진 세계는 인샤오탸오가 겨냥하고 있는 '마음 깊은 곳의 화원'[17]만큼이나 그녀에게는 절실한 것이라고 할 수 있다.

하지만 탕페이의 의식 속에 각인된 세계는 현실에서는 거의 발견할 수 없는, 인샤오탸오와 멍요우요우와 함께 있을 때 존재하는 그런 세계인 것이다. 소설 속에서 그 세계는 이들이 함께 요리하고 음식을 먹는 모습으로 제시된다. 탕페이가 죽음을 앞두고 인샤오탸오와 멍요우요우에게 '두 동생이 해주는 음식을 먹고 싶다며 메뉴도 직접 정해'[18] 그것을 만들게 한 뒤 함께 식탁에 둘러앉아 최후의 만찬을 즐기는 장면은 그녀가 꿈꾸는 세계가 어떤 것인지를 알려주고 있다. 이런 점에서 그녀의 죽음은 의미심장한 데가 있다. 그녀의 죽음은 여성에 의한 연대가 나아가야 할 방향을 암시한다. 어떤 특정 성이나 집단에 의한 폐쇄적인 연대는 스스로 파멸할 수밖에 없으며 진정한 연대를 위해서는 이것으로부터 벗어나야 한다는 것을 그녀의 죽음은 잘 말해 준다. 어쩌면 그녀는 그 연대의 가능성을 인샤오탸오에게서 발견했는지도 모른다. 인샤오탸오에게 행한 그녀의 키스는 연대에 대한 희구의 증표로 읽을 수 있을 것이다.

---

16 위의 책, 344쪽.
17 위의 책, 577쪽.
18 위의 책, 482쪽.

탕페이의 폐쇄된 연대와는 달리 인샤오탸오의 그것은 열려 있다. 그녀의 이러한 태도는 자신보다는 타인을 먼저 배려하고 존중하는 이타적인 사랑으로 발전한다. 어린 시절부터 자신의 곁에서 나무의 그늘처럼 자신을 지켜보고 보듬어 준 천자이와의 결혼을 포기하면서까지 완메이천의 진정성을 지켜주려고 한 태도야말로 그것의 가장 적절한 예 중의 하나라고 할 수 있다. 그녀의 완메이천을 향한 감정은 단순한 연민을 넘어 여성 혹은 여성성에 기반을 둔 '자매애'에 가깝다. 이 자매애에 의한 연대감이 개인의 욕망을 누르고 새롭게 관계를 설정하는 계기를 마련해 준 것이다. 이것은 남성 중심 혹은 가부장제적인 사회에서 여성이 여성의 적이 되는 상황과는 상반되는 것이라고 할 수 있다. 여성이 여성을 적으로 돌려 버린다면 남성 중심적인 권력의 구조로부터 벗어나는 일은 불가능하며, 여성의 고유한 정체성과 권리에 기반을 둔 연대는 이루어질 수 없다. 하지만 그녀는 완메이천을 편견이나 왜곡 없이 이해하고 판단한다. 이 과정에서 그녀는 심한 고통을 겪지만 그것은 자신이 감수해야 하는 것이라고 생각한다.

"네, 메이천 씨를 만났어요. 내가 이러는 건 오늘 오빠가 전화를 했기 때문이 아니란 말이에요. 메이천 씨가 내 마음을 움직였고 그래서 결정한 거예요. 메이천 씨로 인해 힘들긴 했지만 메이천 씨는 날 힘들게 할 만한 충분한 자격이 있어요. 난 반드시 오빠를 메이천 씨에게 돌려줘야 해요. 오빠는 당연히 내게 미안해 하겠지만 그럴 필요 없어요. 오빠는 진정한 남자예요. 나와의 결혼 약속을 지켰으니까요. 약속 따위는 헌신짝처럼 내던지는 시대에 오빠는 약속을 지켰어요. 하지만 그건 진정한 삶이 아니에

요. 진정한 삶이 우리에게 이별을 요구하고 있어요. 그러니까…… 날 믿어줘요. 오빠에게서 멀어질수록 내 사랑은 깊어질 거예요. 오빠에게서 멀어질수록 내 사랑은 깊어진다고요."[19]

인샤오탸오는 자신의 결정이 천자이 때문이 아니라 자신이 스스로 판단한 것이라고 말하고 있다. 그녀의 주체적인 판단은 완메이천이라는 존재를 편견 없이 보게 하고, 그녀의 마음을 움직이게 한다. '메이천 씨로 인해 힘들긴 했지만 메이천 씨는 날 힘들게 할 만한 충분한 자격이 있다'고 말하는 그녀의 의식의 이면에는 여성을 천자이 즉 남성의 시선으로 보지 않으려는 의지가 내재해 있다. 만일 완메이천을 천자이의 시선으로 보았다면 그녀는 사랑에 굶주린 한 결핍된 존재로밖에 인식되지 않았을 것이다. 하지만 인샤오탸오는 그녀를 그녀(완메이천)의 입장에서 이해하고 판단함으로써 그녀의 천자이에 대한 사랑의 진정성을 발견할 수 있었던 것이다. 이러한 사실은 여성과 여성의 연대는 먼저 기존의 이념이나 권력에 의해 왜곡되어 있는 존재성을 어떤 편견 없이 투시하는 데서 성립될 수 있다는 것을 말해 준다.

인샤오탸오가 천자이의 말을 가로막고 나서면서 자신의 생각을 분명하게 이야기하고 있는 대목에서 자신의 판단에 대한 신뢰를 읽을 수 있다. 여성들 간의 자매애와 그것을 기반으로 한 진정한 연대는 이렇게 자신의 정체성에 대한 모색이 전제될 때 가능하다. 여성 자신의 의식의 순수함이 기반이 된 자신만의 영토를 확보하기 위해 때때로 그것은 저항의 방식을 택하기도 하고 또 전면적인 부정과 해체의 방식을 택

---

19 위의 책, 582쪽.

하기도 하는 것이다. 우리는 종종 왜 이 소설은 혹은 이 영화는 여성에 의한 여성을 위한 여성의 영역이나 존재만을 부각시키느냐고 비판한다. 어떤 경우 여성 혹은 여성성의 부각이 과도한 이념성의 표출이나 정치적인 도그마를 생산하기도 하지만 이러한 시도 자체가 무의미하거나 잘못된 것은 아니다. 여성 연대의 정치성은 그것이 여성의 본성과 원형을 향할 때 강하게 드러날 수밖에 없으며, 그러한 세계에 대한 모색은 그것이 기존의 이념이나 제도화된 인습으로부터 낯선 영역이라는 점에서 여성 주체의 섬세한 감각과 지적 모험이 요구된다고 할 수 있다. 소설 속 인샤오탸오는 이러한 조건을 모두 갖추고 있다. 그녀의 의식과 행위가 종종 낯설고 일정한 충격으로 다가오는 것은 어쩌면 우리가 기존의 이념이나 관습에 지나치게 젖어 있기 때문인지도 모른다.

여성 주체의 탄생과 인류 보편의 감각

티에닝의 『목욕하는 여인들』에서 제기하고 있는 문제는 새로운 여성 주체와 여성성에 대한 모색을 담지하고 있다는 점에서 주목된다. 여성의 본성과 원형에 가 닿으려는 시도는 통과제의라는 방식을 통해 이루어지고 있으며, 이 과정에서 다양한 여성의 존재성이 출현한다. 여성의 정체성과 존재 일반에 대한 작가의 의도가 인샤오탸오와 탕페이 등 여성 인물들의 의식과 행동 속에 내재해 있다. 특히 인샤오탸오가 보여주고 있는 일련의 통과제의의 과정은 작가가 지향하는 바와 다르지 않다. 이 통과제의의 과정은 여성 혹은 여성성이 완성된 것이 아니라 그것을 향해 나아가는 도정에 있다는 것을 의미한다. 소설의 결말이 다소 낭만적인 전망으로 기운 것은 작가 개인의 취향이 반영된 것일 수도 있고 또 현실 상황에 대한 작가의 실존적 절박함이 반영된 것일 수도 있다.

이러한 일련의 사실은 티에닝 소설의 성격뿐만 아니라 그녀가 겨냥하고 있는 여성 주체의 성격을 결정하는 데 중요한 원인으로 작용하고 있다는 점에서 주목할 필요가 있다. 하지만 여기에서 정작 중요한 것은 그녀의 소설에 드러나는 여성 주체의 보편적 감각이다. 여성 주체의 탄생이 지니는 여성 혹은 여성성과 관련된 자율적이고 독립적인 영역의 확보 못지않게 주체의 의식과 행위가 얼마나 인류 전반에 대한 보편 타당성을 확보하고 있느냐 하는 것이 또한 중요하다고 할 수 있다. 여성의 주체적이고 자율적인 영역의 확보는 배타적이고 폐쇄적인 것을 목적으로 하는 것이 아니라 인류 보편의 어떤 가치와 의미를 아우르는 것을 목적으로 할 때 의미가 있다. 여성의 본성이나 원형이 남성의 이념이나 제도화된 권력에 의해 훼손되거나 왜곡되어 그 존재성을 온전히 드러내지 못하고 있기 때문에 그것을 '차이'라는 운동성의 차원에서 정치화하는 전략이 필요한 것이다. 작가가 이 소설에서 그려내고 있는 여성 주체와 여성성의 모습이 다소 낯설거나 이상화된 경향을 보이는 이유가 여기에서 비롯된 것이라고 할 수 있다.

작가의 유려한 감각과 여성 특유의 섬세함이 여성의 본성과 원형의 세계를 환기하는 데 모자람이 없지만 문제는 이것을 어떻게 소설 속에서 배경의 차원으로만 존재하는 현실의 세계와 연결하여 서사의 장을 확장하느냐 하는 데에 있다. 여성의 성적 정체성을 억압하고 위협하는 중요 요인 중에 하나는 사회의 권력 구조일 것이다. 작가의 의도가 '이 데올로기의 요소 배제, 순수한 인간의 본성에의 천착, 문학의 원형 탐색, 세계와 인류와의 소통'[20]에 있다고 하지만 이것이 가능하려면 역으로 이데올로기에 대한 적극적인 수용을 통한 비판, 순수하지 못한 인간 본성에 대한 탐색, 문학의 현상과 세계와 인류와의 불통에 대한 이해가 전제되어야 한다. 이것은 여성 혹은 여성성의 모색에서 필요한 것이 배제의 논리가 아니라 포괄의 논리라는 것을 의미한다. 여성과 여성성이 남성과 남성성을 배제하고 있는 것이 아니라 그 안에 그것들을 내재하고 있을 때 그것이 바로 이상적인 존재의 형식인 것이다.

---

20 「역자 후기」, 위의 책, 604쪽.

작은 촛불이 강한 어둠을 이긴다

현길언의 『열정시대』

순수와 퇴화의 이중성

현길언의 『열정시대』(2008)는 '8 · 3 구락부 소사小史'라는 부제를 달고 있다. 이 부제가 환기하는 것은 강한 알레고리성이다. 그것은 '8 · 3 구락부'란 이름이 생기게 된 연원으로부터 비롯된다. 흔히 '운동으로서의 시대'라고 하는 1980년대의 중간인 1984년 초겨울 진압 경찰에 쫓긴 일군의 대학생들이 지하 맥주집 '아카데미하우스'로 도피하게 되고, 그것을 인연으로 그 집을 제 집처럼 드나들게 된다. 그러던 중 입영한 육민재가 안전사고로 죽자 그의 죽음을 기리기 위해 모인 사람들이 의기투합해 '8 · 3 구락부'란 모임을 결성한다. 이 구락부의 이름이 8 · 3이 된 것은 이들이 모두 83학번이기 때문이다. 이들 멤버는 열하나이고 죽은 육민재까지 포함하면 열둘이다.

'8 · 3 구락부'의 결성 계기가 단순하지 않다는 것은 그 시기가 1984
년이라는 데에 잘 드러난다. 이 시기는 박정희의 죽음(1979.10.26), 서울
의 봄(1980)과 광주의 비극(1980.5.18)으로 이어지는 군부독재와의 질긴
인연이 숨 막힐 정도로 계속되던 어둠의 시대이다. 특히 1980년 광주
의 비극은 한국 근대의 모순과 부조리가 일거에 폭발한 사건이면서 동
시에 한국 근대성의 파산을 의미하는 사건이라고 할 수 있다. 전두환
정권은 이러한 역사적인 사건을 철저하게 은폐하고 억압하려고 했지
만 그것은 대학가와 재야를 중심으로 요원의 들불처럼 번지기 시작하
면서 강한 운동성을 촉발하기에 이른다. 그 운동성은 1984년과 1985년
쯤에 오면 보다 구체적인 양상을 띠게 되고, 1987년 6월쯤 오면 그것은
한 정점에 이르게 된다.

이런 점에서 볼 때 '8 · 3 구락부'의 결성은 단순히 억울하게 죽은 친
구에 대한 개인적인 한풀이의 차원을 넘어 어떤 역사적인 당위성을 지
닌다. 억압과 독재로부터 벗어나 인간다운 권리와 행복을 누리기 위해
적극적인 투쟁을 선택할 수밖에 없는 시대적인 절박함과 필연성이 여
기에 존재한다. 육민재의 죽음이 계기가 되어 '8 · 3 구락부' 모임이 결
성되었지만 이들의 행위의 심층에는 이미 이런 역사 의식이 내재해 있
었던 것이다. 이들이 놓인 1980년대는 싸워야 할 대상(적들)이 분명하
게 드러나 있었기 때문에 그에 상응하는 분명한 선택을 할 수밖에 없었
던 시대라고 할 수 있다. 이 과정에서 애매모호한 태도나 경계인의 자
세는 회색분자라고 하여 배제되고 또 소외되기에 이른다. '행동하지 않
는 지성은 악의 편이다'라는 말이 마치 준엄한 심판관의 음성처럼 권위
와 무게를 지니게 된 것도 이런 사정과 무관하지 않다. 눈앞의 적들이

나의 실존을 집어삼킬 듯이 다가오는데 빠르게 선택하고 판단하지 않으면 거기에 함몰되어 헤어날 수 없다는 불안에 시달리게 되는 것은 어쩌면 당연한 것인지도 모른다.

'8・3 구락부' 멤버들에게 육민재의 죽음은 그것을 더욱 빠르게 결정할 수 있도록 한 하나의 사건이다. 이들에게 육민재의 죽음은 자신의 행위의 정당성과 순수성을 담보해 주는 제의의 한 징표라고 할 수 있다. 이것은 그의 죽음이 이들에게 자신의 행위를 반추해주는 반성적인 대상인 동시에 자기합리화의 대상으로도 존재한다는 것을 의미한다. 이들은 그의 죽음 앞에서 자신은 '아침 이슬'처럼 순수하게 살리라고 굳게 다짐한다. 하지만 이 다짐은 쉽게 지켜지지 않는다. 그것은 단순히 시간의 광포함 때문만은 아니다. 그것을 모두 시간 탓으로 돌리는 이들의 공통점은 자신의 심층에 숨어 있는 욕망을 제대로 보지 못한다는 사실이다. 아침 이슬 같은 순수함이 왜 자꾸 퇴화하는가? 이 물음에 대해 상황 논리만 앞세워 변명하려다 보면 자신의 심층에 도사리고 있는 음험함을 제대로 들여다볼 수 없다.

열정과 평정으로서의 역사

현길언의 『열정시대』는 '8・3 구락부' 멤버들의 순수함에 대한 퇴화의 과정과 그것을 넘어서기 위한 몸짓을 그리고 있는 소설이다. 작가는 이 과정을 1984년 이후 근 10년이 되는 1993년 가을부터 시작해서

2006년 9월까지 서술자를 바꿔가면서 다양한 시각에서 그것을 형상화하고 있다. 강경원에서 시작해 백규원, 백규원에서 강경원, 강경원에서 김원필, 김원필에서 성병렬, 성병렬에서 주철수, 주철수에서 다시 강경원으로 이어지는 서술자의 변화는 각자의 눈으로 타자를 보고 세상을 봄으로써 이들의 내면에 잠재해 있는 욕망과 그것의 투사를 다층적으로 드러내기 위해서이다. 이 소설에서 강경원은 '8·3 구락부 간사'라는 말이 표상하듯이 서로 이념과 사상이 다른 멤버들 사이에서 그들을 중개 혹은 중재하는 인물로 갈등과 대립보다는 화해와 융화를 강조한다. 그는 이 모임에서 철저하게 소외받고 있는 '제갈궁'에게 언제나 따뜻한 관심을 보이는 동시에 그와 대척점에 놓인 정치적 야망으로 늘 음험함을 드러내는 주철수에게까지 따듯한 관심을 보인다. 이것은 온전하지는 않지만 이 소설에서 강경원이 심퍼사이저sympathizer로서의 기능을 수행하고 있다는 것을 의미한다.

그러나 이 소설이 궁극적으로 겨냥하고 있는 것은 강경원을 통해서 드러나는 이러한 심퍼사이저로서의 모습은 아니다. 오히려 이 소설에서 가장 문제적인 인물은 강경원이 아니라 제갈궁이라고 할 수 있다. 강경원이 세상을 보는 것과 제갈궁이 세상을 보는 것에는 일정한 차이가 있다. 제갈궁의 그것은 언제나 '8·3 구락부'의 심층에 도사리고 있는 욕망에 닿아 있다. 제갈궁이 정신병자 행세를 한 것은 그가 진짜 미쳐서가 아니라 미친 세상이 싫었기 때문이다. 그는 이미 대학 시절 이런 세상의 광기를 본 것이다. 육민재의 진상 규명 집회에서 진압군에게 끌려가 기합을 받는 과정에서 그는 배신자로 낙인찍힌다. 급기야 주철수는 그를 "넌 배신자야. 조직 속에서 행동할 수 없으니 스스로 우리 그룹에서 나가라"[1]고 명령한다. 그 일이 있은 후 그는 학내에 짭새 논쟁이 일면서 다시 프락치로 찍혀 내쳐진다. 그는 자신을 내친 주철 수에게 "그래, 네가 나를 믿지 못한다면 내가 네 곁을 떠나지"[2]라고 말 한다. 두 달 후 그는 정신병원 철창에 스스로 갇힌다.

제갈궁이 '8·3 구락부'를 떠난 것은 그 모임 자체가 가지는 권력의 음험한 속성을 보았기 때문이다. 누군가를 배제하고 희생시켜야 존속 할 수 있는 집단의 속성을 '8·3 구락부'에서도 확인을 한 것이다. 그는 주철수에게 믿음의 문제를 제기했지만 사실 그것보다는 자기 것 이외 에는 철저하게 배타적인 음험한 권력의 속성을 '8·3 구락부'에서 확인 을 한 것이다. 권력에 의해 육민재가 희생되었듯이 자신도 그렇게 될 지 모른다는 불안 의식이 그로 하여금 정신병원행을 감행하도록 한 것 이다. 이러한 권력에 의해 유지되는 집단은 타자에게는 가혹하지만 자 신에게는 관대하다. 그리고 그 집단에 속한 사람들은 그 권력이 주는 달콤함에 저항할 힘을 상실한다. 이렇게 되면 그 집단 내에서는 자유 로운 비판과 반성이 허용되지 않는다. 투명한 수정궁처럼 견고한 도그 마를 생산할 뿐이다. 제갈궁은 '8·3 구락부' 멤버들 중에서 다른 그 누 구보다도 먼저 그것을 간파한 것이다. 심지어 가장 중도적인 입장을 견지하려고 하는 강경원조차도 그것을 인식하지 못한다. 강경원이 그 것을 인식한 것은 제갈궁의 습작소설을 접하고 난 이후이다. 강경원은 제갈궁의 습작원고를 받아들고 "나는 그 원고를 보는 순간, 그가 나를 야유하고 있다고 생각되었다"[3]고 고백한다.

---

1   현길언, 『열정시대』, 랜덤하우스코리아, 2008, 75쪽.
2   위의 책, 75쪽.

제갈궁의 소설은 1980년대 대학 안팎의 학생 운동과 관련된 이야기를 골격으로 하고 있다. 크게 두 개의 이야기가 겹쳐진다. 하나는 과거 대학 시절 이야기이고, 또 다른 하나는 현재 복학해서 체험한 이야기이다. 하지만 두 이야기는 분리되어 있는 것이 아니라 연결되어 있다. 그것은 복학한 후에 간 엠티 장소가 자신이 대학 시절에 간 '대성리 쪽에 있는 감나무가 있는 기와집'[4]이라는 사실이 이것을 잘 말해 준다. 대학에 갓 들어와 그는 친구인 인철의 소개로 '조선사회연구회'란 모임에 들어간다. 이 모임은 소위 이념 서클이었던 것이다. 그곳에서 그는 의식화 교육을 받는다. 그 모임의 리더는 계성준이고 그는 유신반대 투쟁을 하다가 제적당한 운동권이다. 그는 이곳에서 자기 고백을 하면서 할아버지를 배반한 아버지에 대한 증오심을 드러낸다. 하지만 그는 자신의 아버지가 '정보병과 준위 출신이며, 할아버지가 남의 종살이를 하다가 공산당 면당 위원장'[5]이 된 사실은 고백하지 않는다. 그것은 용기가 없었기 때문이기도 하지만 그가 가지는 일종의 콤플렉스를 드러내 보이고 싶지 않았기 때문이기도 하다. 이때 남궁필에게 사회주의 이념은 자신의 가족의 비밀에 대해 답해 줄 수 있는 어떤 매력적인 사상 정도로만 인식되고 있었던 것이다.

　　이러한 남궁필의 학생 운동에 대한 태도는 복학하고 난 후에는 더욱 신중해진다. 하지만 이것이 빌미가 되어 그는 '학생 운동과 결별하는 것 아니냐'[6]는 오해를 받고 급기야는 '부르주아지 반동'[7]으로 몰린다. 학생

3　위의 책, 110쪽.
4　위의 책, 176쪽.
5　위의 책, 140쪽.
6　위의 책, 143쪽.

운동의 방향성에 대한 그의 신중함이 이렇게 반동으로 몰리는 이야기는 제갈궁이 주철수에 의해 배신자로 몰리는 경우와 정확히 일치한다. 이런 점에서 볼 때 이 소설의 이야기는 '8・3 구락부'에서 소외당한 자신의 이야기를 소설화한 것이라고 할 수 있다. 흑이냐 백이냐를 강요하는 집단의 생리와 그것이 불러일으킬 광기에 대해 제갈궁은 소설을 통해 자신의 진심을 강경원에게 말하려고 한 것이다. 그러한 집단이 은폐하고 있는 엄청난 모순과 부조리와 부도덕성을 폭로하려고 한 것이다. 제갈궁의 소설에서는 그것이 운동권의 리더였던 계성준의 타락을 통해 드러난다. 계성준의 타락은 그가 함혜련을 임신시켜 여러 번 중절수술을 하게 한 데서 극명하게 드러난다. 그 일로 혜련은 약을 먹게 되고 다행히 목숨은 건져 미국으로 떠난다.

이 소설을 통해 제갈궁이 이야기하려고 한 것은 무엇일까? 그것은 반성 없는 권력의 위험성과 그것에 함몰되어 버린 자들에 대한 비판이라고 할 수 있다. 이렇게 권력에 함몰되어 버린 자들은 지극히 반성적인 태도를 취하는 자를 정신병자로 몰아 배제하고 소외시켜 버린다. 정상이 비정상이 되고, 비정상이 정상이 되는 사회에서 그가 이 타락한 세계에 대응하는 방식은 스스로 비정상적이라고 인정하는 것이다. 이 지독한 역설을 작가는 제갈궁을 통해 보여주고 있는 것이다. 제갈궁에 대한 작가의 태도는 강경원으로 하여금 미완성으로 끝난 소설을 완성하도록 하는 임무를 부여한다. '강경원의 노트'에서 작가는

함혜련은 학노련 재건 사건에 연루되었으나, 병중이어서 기소유예 처

---

7   위의 책, 145쪽.

분을 받았고, 후에 미국으로 떠났다. 사실, 남궁이 전화로 미국으로 갔다고 연락을 받았을 때에는 기관에 연행되어 있을 때였다. 그녀는 유학 생활 중에 어쩌다 인연이 닿아 한국 유학생과 결혼했는데, 계성준과의 일이 알려지면서 별거하게 되었다. 심한 정신분열증에 허덕이던 그녀는 결국 권총으로 자살하고 말았다. 이 소식을 들은 남궁은 국회 의원회관으로 계성준을 찾아가 함혜련의 자살 소식을 전하려고 며칠을 별렀다. 그러나 결국 실패하고 말았다. 그로부터 그는 집에 돌아오지 않았고, 두 주일 후에 행려병자로 경찰에 보호 조치가 되었다. 이후에 그는 온전한 사람이 아니었다. 그는 세상에 나와 겨우 중편 분량의 소설을 한 편을 쓰고 다시 우리 곁에서 사라졌다. 아니 그는 또 다른 소설을 쓰기 위해 지금 정신병원에 일부러 들어갔을지도 모른다. 거기서 그는 자신은 환자가 아니라면서 세상 환자들의 이야기를 구상하고 있을 것이다.[8]

라고 끝을 맺는다. 함혜련의 자살과 남궁필의 행려병자로의 전락이라는 이 비극적인 결말은 다분히 의도된 것이라고 할 수 있다. 강경원이 이들의 결말을 비극적으로 처리하고 있는 것은 제갈궁의 '8·3 구락부'에 대한 날선 비판에 대한 긍정과 함께 그것을 미처 깨닫지 못한 자신에 대한 반성을 강조하기 위해서라고 할 수 있다. 이것은 강경원의 의도인 동시에 작가의 의도라고 할 수 있다. 남궁필이 정신병자가 아니라 세상 사람들이 환자라는 이 전도된 의식이야말로 '8·3 구락부'의 진정성을 드러내기 위한 작가의 발언이라고 할 수 있다. '8·3 구락부'는 다양한 욕구와 욕망을 가진 존재들의 모임이라는 점에서 그것은 고

---

8 위의 책, 189쪽.

정된 실체가 아니다. 다양한 욕구와 욕망은 이 모임에 틈 혹은 구멍으로 작용하면서 그것의 변화를 불러일으키기에 이른다. 이들의 욕구와 욕망은 서로 다르기 때문에 충돌을 일으킨다. 제갈궁과 다른 '8·3 구락부' 멤버들과의 불화가 그렇고, 또한 원성식과 주철수의 충돌이 그렇다. 하지만 이 불화와 충돌이 부정적인 것만은 아니다. 오히려 이것을 통해 이들의 심층에 자리하고 있는 모순과 부조리는 물론 허위의식이 불거져 나올 수 있기 때문이다. '8·3 구락부'의 모임이 점점 형식적인 차원으로 흐르면서 결속력이 약화되고, 초기의 순수한 열정이 퇴화되어 드러나는 것도 그 이유가 모두 여기에서 기인한다고 할 수 있다. 그러나 이것이 곧 '8·3 구락부'가 단순한 친목 단체라든가 타락할 대로 타락한 속물 근성만을 생산하는 그런 모임을 의미하는 것은 아니라는 사실이다.

이런 점에서 원성식이 주철수를 기소하면서 한 말은 눈길을 끈다. 그는 "사적 관계를 이기고 공정하게 법을 집행할 수 있었던 힘은 '8·3 구락부'에서 배웠다"[9]고 말한다. 사적 관계로 맺어진 친구를 기소한다는 것은 쉬운 일이 아니다. 그렇다면 이 힘은 어디에서 온 것일까? 분명한 것은 그것이 개인적인 적의에서 비롯된 것이 아니라는 점이다. 원성식의 용기는 세웅비자금 주동자인 성병렬의 죽음과 무관하지 않다. 원성식은 성병렬의 죽음에 주철수가 개입해 있다는 것을 누구보다도 잘 알고 있었던 것이다. 그래서 그는 주철수에게 성병렬 내외의 "죽음의 원인을 제공한 자들 중에 자네도 한몫으로 끼여 있어"[10]라고 말할 수

---

9   위의 책, 323쪽.
10 위의 책, 328쪽.

있었던 것이다. 이것은 그가 주철수 개인을 문제 삼고 있는 것이 아니라 정치 권력 전체를 문제 삼고 있다는 것을 말해 준다.

원성식의 이러한 결단의 이면에는 그가 아직도 '8·3 구락부'의 초발심을 잊지 않고 있다는 것을 의미한다.

> "자네는 한국이라는 나라에 태어났으니, 죗값을 조금 치른 거야. 물론 이 변호사가 많이 노력했겠지만. 그러니까 너는 스스로 감사하고 근신 자중해서 정치에서 물러나야 해. 우리가 한때 소리 높여 거부했던 것이 뭐였나? 자네 같은 사람이 정치하는 정치 풍토도 그중 하나였지 않나?"[11]

원성식이 여기에서 강조하고 있는 것은 "우리가 한때 소리 높여 거부했던 것"의 가치이다. 그것은 두말할 것도 없이 독재 권력이다. 독재 권력이 얼마나 인간을 억압하고 황폐하게 하는지 그는 잘 알고 있었던 것이다. 더욱이 그는 독재 권력에 의해 희생당한 육민재의 죽음이 무엇을 의미하는지 잘 알고 있었을 뿐만 아니라 그것이 육민재로 그치지 않고 성병렬로 이어지면서 가해자 중의 하나인 주철수를 용서할 수 없었던 것이다. 원성식은 그 가치만큼은 양보하지 않았으며, 그것이 그를 존재하게 하는 어떤 절체절명의 힘이라는 것을 알고 있었던 것이다. 그는 '돈과 권력으로 사람 눈을 가리는 것은 손바닥으로 해를 가리는 것과 같은 수준'이며, '죄를 범한 당사자가 살아 있는 한 죄는 영원히 가려질 수 없는 것'[12]이라고 말한다.

---

11 위의 책, 329쪽.
12 위의 책, 329쪽.

원성식이 보여주는 이러한 태도는 그만의 것이라고 할 수 없다. 비록 '8・3 구락부' 멤버들은 각자의 이해와 욕망을 좇아 자신의 길을 가지만 여전히 '소리 높여 거부할 것'을 소중하게 지니고 있다. 원성식처럼 이상일, 주신애도 그러한 가치를 소중하게 간직하고 있다. 이상일이 "8・3 구락부에서 배운 열정으로 세상을 살아가겠다고 하"면서 뉴욕으로 영어 공부를 하러 떠난 것이나 주신애가 '케냐 선교사로 떠난 것'[13]은 이들 역시 '8・3 구락부'가 지향한 가치를 잊지 않고 있다는 것을 의미한다. 이런 점에서 볼 때 '8・3 구락부'는 외형상으로 해체되었다고 볼 수 있지만 사실 그것은 해체가 아니라 그것의 연장이라고 할 수 있다. 제갈궁이 "우리의 열정의 시대는 막을 내리고, 새로운 '8・3 구락부'의 역사가 열리는구나"[14]라고 한 것도 이런 맥락에서 이해할 수 있을 것이다. 제갈궁의 이 말 속에는 '8・3 구락부'에 대한 냉소와 부정이 내재하고 있는 것이 사실이다. '8・3 구락부'가 해체되기 전을 '열정의 시대'라고 한 것은 이 시기의 순수함과 진정성을 인정하고 있다는 것에 다름 아니다. 하지만 이 말은 또 달리 보면 이 시기는 '열정'만이 있을 뿐 보다 구체적인 역사의 행보가 보이지 않는다는 것을 의미하는 것이기도 하다. 열정만으로 사회를 개혁하고 역사의 주체가 될 수 없음을 인식하고 구체적인 실천의 길로 나선 이상일과 주신애의 행보는 의미 있다고 할 수 있다.

　그러나 이들만이 새로운 행보를 시작한 것이 아니다. 한나라당 국회의원이 된 박일재, 투자 자문회사에 들어간 최태민, 몇몇 화제작을 내

---

13 위의 책, 325쪽.
14 위의 책, 334~335쪽.

놓은 제갈궁, 모교 교수가 된 강경원 그리고 자신이 설립한 연예기획사가 코스닥에 상장된 경원진 등 '8·3 구락부' 멤버들 대부분이 이 대열에 합류한 것이다. 이들의 행보는 그것의 지향점과 과정의 정당성 그리고 결과에 관계없이 일단 열정의 시대로부터 벗어나 새로운 길로 들어섰다는 점에서 의의가 있다. 이것은 이들이 "불혹의 나이가 되면서 세상을 바라보는 안목이 평정에 이르렀다"[15]는 것을 의미한다. 열정만이 아닌 평정을 아우를 때 비로소 역사가 시작된다는 것이다. 그것은 마치 '모든 강물은 바다로 흐르는 것'[16]과 같은 이치이다. 모든 강물이 바다로 흐르듯이 역사의 도저한 흐름을 그 누구도 막아설 수 없다는 것이 이 말이 지니고 있는 진정한 의미라고 할 수 있다. 작가의 역사에 대한 긍정이 강하게 느껴지는 대목이라고 할 수 있다.

반성의 힘과 전망의 획득

'8·3 구락부 소사'를 통해 드러나는 작가의 역사의식이 '모든 강물은 바다로 흐른다'는 명제로 집약된다면 여기에는 역사에 대한 분명한 방향성과 전망이 내재해 있다는 것을 말해 준다. 작가의 역사에 대한 이러한 시각의 확보는 그가 역사에 대한 강한 신념을 가지고 있기 때문에 가능한 것이다. 그렇다면 작가가 가지고 있는 신념은 무엇인가? 이

---

15 위의 책, 325쪽.
16 위의 책, 108쪽.

물음에 대한 답을 위해 작가는 소설의 말미에 경원진을 등장시킨다. 그가 '8·3 구락부' 모임에도 참석하지 않고 작업실에 쳐 박혀 고민 끝에 찾아낸 아이디어 속에 이 물음에 대한 답이 있다. 이 아이디어에 단초를 제공한 것은 '월드컵 장면'과 '촛불시위 장면'이다. 이 두 장면을 통해 그가 찾아낸 것은 어둠과 촛불의 의미와 평등의 개념, 그리고 이것을 통해 구현하는 새 정치이다. 비록 이것이 정치 광고를 목적으로 제작된 것이기는 하지만 여기에는 역사에 대한 작가의 의식이 강하게 투영되어 있다고 할 수 있다.

소리 없이 연약하게 번지다가 파도로 변하는 것, 바로 이것이다. 이 어둠과 촛불의 대립적인 이미지는 너무 흔하다. 그 번짐이 '편안함과 연약함의 힘'으로 발전할 때 작품이 될 것 같았다. 어둠의 힘은 강하지만 그것은 경직되었기 때문에 작은 촛불 앞에서 무너지고 만다. 응원의 열기는 대중심리의 발로이다. 왜 한국 사람은 응원에 모든 것을 다 거는가? 경기에 패해도 응원에 이기면 이긴 것이다. 그것은 경기와 별개의 문제이다. 그래서 응원이 경기보다 재미있다. 왜 그럴까? 거기에는 사람들 간의 차별이 없다. 응원을 하는 데는 모두가 한 사람이 되면 족하다. 그래서 사람들은 비로소 평등의 문화를 체험하게 된다. (…중략…) 조용한 번짐, 먹물이 아무도 모르는 사이에 비단천을 까맣게 물들이듯 민중의 함성은 소리 없이 번져야 한다. 겉으로는 연약하지만, 안으로는 지울 수 없는 힘으로 넓게 자리를 차지할 수 있어야 한다.[17]

---

17 위의 책, 318쪽.

이 글에서 작가가 강조하고 있는 것은 두 가지이다. 하나는 '작은 촛불이 강한 어둠을 물리친다'는 것이고, 다른 하나는 '평등한 개체가 모여 이룬 민중의 함성이 지울 수 없는 힘이 된다'는 것이다. 이 둘을 다시 하나로 만들면 그것은 '민중이 든 작은 촛불이 지울 수 없는 힘으로 작용하여 강한 어둠을 물리친다'가 될 것이다. 촛불이 어둠을 이길 수 있는 것은 그것이 단순히 뭉쳐 있기 때문만은 아니다. 단순한 뭉침은 파시즘적인 것이 될 수 있다. 하지만 여기에서의 촛불은 개체 개체가 어느 하나의 이념에 통합되어 있는 것이 아니라 자율적이고 평등한 가치를 지니고 있는 존재이다. 각자 각자의 가치와 자율성을 존중해 주면서 그것이 하나가 될 때 그것은 "안으로 지울 수 없는 힘"이 되는 것이다. 타율에 의해 이루어지는 힘은 한계가 있을 수밖에 없다. 그것은 강물처럼 도저한 흐름을 형성할 수 없다. 여기에는 "조용한 번짐"이 없기 때문이다.

'모든 강물이 바다로 흐르는 것'과 '촛불이 조용히 번져가는 것'은 그 의미가 다른 것이 아니다. 이 문맥 속에 숨어 있는 뜻은 각자 각자가 모두 역사의 주체가 될 수 있으며, 그 흐름은 언제나 스스로의 정화(반성)를 통해 일정한 전망을 획득한다는 것이다. '8·3 구락부' 멤버들 역시 이 도저한 흐름을 비껴갈 수 없다. 그들 역시 역사의 주체인 것이다. 그들 스스로도 그것을 부정하지 않는다. "8·3 구락부로 이름을 고치고 그 실내 안쪽에 열두 사람의 얼굴 없는 소년들이 손을 쳐들고 홀 안으로 들어서는 사람들을 향해 함성을 지르고 있는 듯한 부조"를 보면서 회원들 모두가 "그 부조물의 한 소년이 자기라고 생각하"[18]는 대목에서

---

18 위의 책, 18쪽.

잘 드러난다. 이러한 이들의 생각이야말로 열정, 다시 말하면 역사를 향한 열정인 것이다. 이런 점에서 '8 · 3 구락부'의 부조는 이들에게 자신의 역사의식을 비추어보는 거울과 같은 것이라고 할 수 있다. '8 · 3 구락부'가 해체되면서 '열두 명의 얼굴이 소리 지르며 달려가는 벽화가 사라지고 텅 빈 회색 공간만이 남아 있다는 것'[19]은 이런 점에서 역사의식의 퇴화를 강하게 드러내는 메타포라고 할 수 있다.

모든 강물은 바다로 흐를 수밖에 없으며, 그 흐름을 결정하는 것은 역사에 대한 끊임없는 성찰과 자기반성이라는 것을 이 소설은 우리에게 말해주고 있다. 반성과 성찰이 없는 역사는 텅 빈 회색의 퇴화된 역사일 뿐이다. '8 · 3 구락부'가 하나의 역사성을 지닌다는 것은 이러한 반성과 성찰의 과정을 잘 보여 준다는 것을 의미한다. 이런 점에서 그것은 '소사小史'의 차원을 넘어 역사 전반에 대한 보편성을 획득하고 있다고 할 수 있다. 우리는 언제부턴가 우리 삶의 의미와 존재 이유를 역사에 비추어 생각해보는 일에 별다른 관심을 두지 않고 있다. 그것은 그만큼 우리가 인간다운 삶에 대해 열정을 가지고 있지 않다는 것을 말해 준다. 인간다운 삶의 지표는 역사를 성찰할 때 얻어질 수 있는 것이다. 그것을 새삼스럽게 『열정시대』를 통해 깨닫게 된 것은 행운이라고 하지 않을 수 없다.

---

19 위의 책, 334쪽.

아 유 오케이, 아임 오케이

방은진의 〈집으로 가는 길〉

〈집으로 가는 길〉(2013)은 불편한 영화이다. 이 영화를 보고 나서도 해소되지 않는 슬픔과 우울함의 찌꺼기는 실로 오랜만에 맛보는 감정이다. 대부분의 영화들이 겨냥하고 있는 것이 카타르시스이고, 그것을 위해 영화 곳곳에 낭만적 전망을 미끼로 던져 놓는다. 이 낭만성은 지금 이 시대의 문화 양식을 가로지르는 대단히 보편화된 대중화 전략이다. 가령 최근 폭발적인 반향을 불러일으키면서 한국영화의 천만 관객 시대를 이어준 〈변호인〉(2013)의 경우도 이 낭만성을 주요한 전략으로 삼고 있다. '자유'와 '정의'에 대한 낭만적인 전략은 당시의 현실에 대한 많은 부분들을 괄호 치거나 희생시키면서 대중을 달콤한 환상의 세계로 빠져들게 하는 효과를 제대로 구현하고 있다. 많은 사람들이 이 영화를 보고 낭만적인 전략에 의해 불어넣어진 자유와 정의에 대한 욕망을 성취할 것 같은 착각에 빠지게 된다. 나는 이 영화에 빠져 자신과 영화 속 주인공인 송우석을 동일시하는 경우를 많이 보았다. 이것이 낭만성의 힘이라고 하면 할 말이 없지만 분명한 것은 그것이 이와 관련된 많은 진실을 가리거나 왜곡할 수 있는 위험성이 존재한다는 사실이다.

이러한 낭만적인 전략보다 사실이나 그것이 내재하고 있는 진실을 구체화하려는 전략을 구사하는 영화는 대중으로부터의 소외를 감수하지 않을 수 없다. 〈집으로 가는 길〉이 작품성과 배우들의 연기력의 호평에도 불구하고 대중적인 성공을 거두지 못한 데에는 낭만적 전략과는 상반되는 사실에 기반한 슬픔과 우울함이 그들을 불편하게 했기 때문이다. 영화 내내 관객들은 상황에 대한 무지로 말미암아 마약 운반책이라는 오명을 뒤집어쓴 송정연(전도연 분)이 처한 상황에 대해 슬퍼하면서 동시에 자신 역시 그러한 상황에 놓일 수도 있다는 불안감으로 인해 에고의 공허가 야기하는 우울함을 체험하게 된다. 이것은 관객을 안정된 상태에서 어떤 달콤함과 편안함의 감정을 맛보게 하기보다는 불안정한 상태에서 공포감과 불편한 감정을 맛보게 한다. 만일 이러한 감정에 익숙하지 않거나 그것을 견디지 못한 관객들의 경우에는 무의식적으로 그것을 체험하려고 하지 않을 것이다. 특히 요즘처럼 피로사회 속에서 살아가는 사람들에게는 네거티브적인 감정을 멀리하려는 성향이 강하게 드러난다.

영화 속 송정연의 모습은 단순한 희생양 이상이다. 그녀는 마치 '벌거벗은 생명(호모 사케르)' 같다. 하지만 그녀는 난민이나 불법 체류자와는 달리 보호해 줄 '국가'가 있다. 그런데 상황은 어떤가? 그녀는 이들과 전혀 다를 바 없는 상황에 놓여 있다. 그녀를 보호해 주어야 할 국가는 그녀를 보호해 주기는커녕 오히려 그것을 방해한다. 그녀를 보호해야 할 대사관이나 영사관, 외교통상부, 검찰 등은 '나라 망신'이라고 그녀를 힐난하기에 이른다. 결국 국가로부터 보호를 받지 못한, 다시 말하면 버림받은 그녀는 파리 외곽에 있는 프렌 구치소에서 카리브해 마르티니크 섬에 있는 뒤코스 교도소로 이송된다. 카리브해의 낯선 섬, 교도소, 타인종, 타언어 등의 환경에 놓인 그녀의 상황은 관객들로 하여금 점점 내 자신이 그녀처럼 '벌거벗은 생명'으로서의 존재가 될 수 있다는 불안감을 강하게 환기시킨다. 국가로부터 보호받지 못하는 벌거벗은 생명을 향한 각종 멸시와 폭력, 특히 여교도관으로부터의 성폭행과 강간 미수 행위는 그녀를 더욱 비참하게 만든다.

이러한 비참함과 함께 관객들은 영화가 진행되면 될수록 점점 더 답답함을 느끼게 되고 급기야는 그것이 극에 달해 여기저기에서 볼멘소리가 터져 나오게 된다. 어쩌면 이것은 감독이 의도한 것인지도 모른다. 그녀의 고립감이 커지면 커질수록 그에 비례해 관객의 불안감과 공포감도 커지게 되고 이것이 영화의 긴장감으로 연결된다는 사실을 알고 있었던 것이다. 그녀의 불안감과 공포감의 극대화는 무엇보다도 소통의 불능에서 기인한다. 오를리 공항에서 파리 외곽의 프렌 구치소, 다시 카리브해의 마르티니크섬의 뒤코스 교도소에 이르기까지 계속되는 그녀의 소통 불능은 자신의 억울함을 호소할 수도 또 마땅히 호소할 곳도 없다는 점에서 상황에 대한 비극적인 견고함을 더해준다. 그녀의 비극적인 상황을 구원해 줄 낭만적인 힘의 존재가 주어지지 않는다면 그 견고함을 어떻게 깨트리고 여기에서 나아갈 수 있을까? 이 물음에 대한 답이 영화의 중요한 핵심 포인트 중의 하나라고 할 수 있다.

국가가 그녀를 보호해주지 못한다면 스스로 그것을 해결하는 수밖에 없지 않은가. 끝까지 국가만 바라보고 있었다면 그녀는 집으로 돌아오지 못한 채 이국의 낯선 감옥에서 생을 마감했을 것이다. 그녀와 그녀의 남편과 지인들이 국가가 아닌 자신들 스스로 그 길을 탐색하는 순간 이들은 평소 국가에 대해 가졌던 나이브한 생각에서 벗어나게 된다. 국가가 전적으로 국민을 보호해 주고 국가의 권력은 오로지 국민으로부터 나온다는 이러한 순진무구한 생각이 얼마나 허위에 가득 찬 것인지를 이들은 비로소 이해하게 된 것이다. 국가란 기본적으로 '이데올로기로 이루어진 기구 혹은 장치' 아닌가. 국가 이데올로기는 개인 각자 각자의 주체성과 자율성을 보장해주는 차원을 넘어 타율적이고 강제적인 집단성의 차원을 목적으로 작동한다. 이 이데올로기의 목적성에 합당하지 않으면 그것은 언제든지 배제되고 소외될 수밖에 없다. 대사관 직원이 그녀를 향해 내뱉는 '나라 망신' 운운하는 말 속에 내재해 있는 것이 바로 이러한 이데올로기적인 무의식이다.

그녀를 집으로 돌아오게 한 결정적인 계기를 마련한 것은 국가가 아니라 '네티즌들'이다. 국가의 권력이 국민으로부터 나온다는 것을 증명해보인 주체는 국가가 아니라 국민인 것이다. 국민이 권력자를 움직이고 그것이 국가의 이름으로 행해짐으로써 그녀가 집으로 올 수 있었다는 사실은 이데올로기로 이루어진 국가의 개념이 허구일 수 있다는 것을 의미한다. 국가나 인종, 민족 등의 이데올로기로부터 벗어나 좀 더 자유롭고 자율적인 연대를 이루려는 움직임들이 이미 오래전부터 작동하고 있다는 사실을 통해 우리는 이 영화가 던지는 문제의식의 정도를 가늠해 볼 수 있을 것이다. 그렇다면 이 영화를 국가로부터 보호받지 못한 한 인간의 역경 정도로 이해하는 것을 넘어 국가로부터 벗어난 인간 자체의 자율적인 연대까지를 모색한 것으로 이해하면 어떨까? 이렇게 이해할 수 있는 충분한 개연성이 영화에 존재한다. 하지만 이 영화를 여기까지 나아갔다고 말하기에는 좀 부담스러운 구석이 있다. 여전히 이 영화는 국가의 기능이나 책무를 강조하고 있으며, 그것을 제대로 이행하지 못한 것에 대한 비난과 비판이 강하게 읽혀지는 것이 사실이다. 그런데 왜 이 대목에서 갑자기 케네디의 '국가에 무엇을 해 달라고 요구하기 전에 당신이 국가를 위해 무엇을 할 수 있는지를 생각해 보라'는 말이 생각나는 것일까? 아마 그것은 이 영화 속에서의 국가나 케네디의 말 속의 국가가 의미상 크게 다르지 않기 때문일 것이다.

　이런 점에서 〈집으로 가는 길〉에서 보여준 국가와 개인에 대한 문제의식은 국가주의나 민족주의의 차원을 넘어선다고 할 수 없다. 또한 이 영화 속에 강하게 내재해 있는 가족주의는 국가와 개인에 대한 문제의식을 낡고 보수적인 것으로 읽히게 한다. 영화의 마지막에서 집으로 돌아온 송정연이 남편, 딸과 함께 눈을 맞으며 행복하게 사진을 찍는 장면은 그것의 한 극단을 보여준다. 이렇게 끝을 맺음으로써 이 영화에서 제기한 국가와 개인에 대한 문제의식은 약화되기에 이른다. 집으로 돌아온 송정연을 보고 관객들은 안도감을 느끼게 되지만 그것이 곧 자신이 벌거벗은 생명이 될지도 모른다는 것에 대한 불안감과 공포감을 사라지게 하는 것은 아니다. 해피엔딩으로 영화는 끝났지만 장미정 사건을 실화로 한 이야기가 말해주듯이 그것은 현실에서 반복될 수 있으며, 이 문제에 대한 해결은 '국가'의 차원을 넘어서 범인류적인 '인권'의 차원까지 고려할 때 가능한 것이다. 어디 벌거벗은 생명의 문제가 국가의 차원에서만 다루어져야 할 문제인가. 그것은 인간의 가장 기본적이고 소중한 권리의 차원에서 다루어져야 할 문제 아닌가. 이런 점에서 보호감찰로 나온 뒤에 다시 감옥을 찾아가 벽을 사이에 두고 룸메이트인 알카에게 하는 말은 의미심장하다. '아 유 오케이, 아임 오케이.'

제4부
추락과 상승 혹은 초월의 심층

추락하는 것은 아름답다

천운영의 『잘 가라, 서커스』

장편 형식의 미적 척도

천운영의 『잘 가라, 서커스』(2005)는 그녀의 첫 장편소설이다. 작가의 첫 장편은 남다른 의미를 지닌다. 작가의 첫 장편은 이제 비로소 작가로서 인정을 받았다는 것을 의미한다. 작가의 존재성을 규정하는 것은 장편이다. 이것은 장편이 작가의 총체적인 역량이 집적된 결정체이기 때문이다. 한 작가에게 있어서 단편은 장편으로 가는 이행기의 산물에 불과하다. 단편은 'shot story'이지 'novel'이 아니다. 'novel'의 명명을 얻기 위해서는 사회와 역사에 대한 총체적인 감각이 전제되어야 하고, 이것이 육화肉化된 서사성이 소설의 기본 구조를 이루어야 한다. 이런 점에서 볼 때 장편으로의 이행에는 단편의 오랜 단련의 과정이 필수적이라고 할 수 있다.

하지만 최근 우리 젊은 작가들의 경우를 보면 이 과정이 제대로 드러나지 않는다. 단편 몇 편 발표하고 명성을 얻은 뒤에는 앞 다투어 장편을 발표한다. 작가의 명성에 대한 자기도취와 출판 자본의 음험함이 맞물려 만들어낸 어둠의 산물이다. 단편의 단련 시기가 충분했는지 아닌지는 장편의 육화 정도를 보면 금세 알 수 있다. 간혹 단편의 단련 시가가 짧았음에도 불구하고 제법 육화된 장편을 내놓는 작가가 있다. 그러나 대부분의 젊은 작가들은 그 기대를 충족시키지 못하고 있다. 장편이라고 하지만 단편을 억지춘향으로 늘려놓거나 그것도 아니면 총체적인 감각이 부재한 개인의 독백 차원의 언술을 장황하게 늘어놓아 사소설의 범주를 넘어서지 못하는 경우가 대부분이다.

이러한 우리 소설의 최근 경향은 단편에 대해 지나친 가치부여를 해온 우리 현대소설사의 전통과도 무관하지 않다. 단편 작가들이 우리 현대소설사의 중요한 위치를 차지함으로써 장편에 대한 자의식이 제대로 형성되지 않은 채 소설 일반에 대한 의미가 형성되어 왔다고 할 수 있다. 장편이야말로 소설 중의 소설이며, 그것은 구심적인 언어보다는 원심적인 언어에 가깝고, 순수하다기보다는 잡종에 가까운 '다성성'의 장르라고 할 수 있다. 소설이 독백적이고 서정적인 시나 에세이와 다른 이유가 바로 여기에 있는 것이다.

장편에 대한 자의식의 부재는 간혹 이전의 고전적인 장편의 형식에서 발견할 수 없는 새로운 감각과 의미의 창출이라는 의외의 것들을 만들어내기도 하지만 그것의 생명력은 그다지 길지 못하다. 장편의 매력은 다양한 삶의 형식과 그것이 내포하고 있는 다성적인 차원의 의미이다. 이 다양성과 다성성이 끊임없이 새롭고 풍부한 해석을 동반하면서

이 장르의 생명력을 길게 유지시켜 주는 것이다. 우리가 흔히 고전이라고 하는 장편들은 시간적인 한계를 뛰어넘어 지금까지도 매력적인 해석의 대상으로 존재하고 있다. 이런 점에서 볼 때 작가에게 있어서 장편은 자신의 문학적인 정체성과 가치를 함의하고 있는 중요한 미적 척도라고 할 수 있다.

서술의 형태와 관계의 심층

천운영의 『잘 가라, 서커스』의 의미 역시 여기에 있다고 할 수 있다. 『바늘』(2001)과 『명랑』(2004)에 이어 세 번째로 내놓은 이 소설에 대한 평가는 바로 이러한 지점에서 출발해야 할 것이다. 『바늘』과 『명랑』에서 보인 섬뜩할 정도로 불길하면서도 탐닉적인 세계는 그녀의 미의식이 만들어낸 산물로 볼 수 있지만 그것은 또한 단편이라는 장르가 가지는 형식에서 기인하는 것으로도 볼 수 있다. 이 특장으로 그녀는 일약 신세대문학의 기수로 떠올랐지만 그것은 어디까지나 그녀가 가지는 가능성의 일단이라고 할 수 있다. 그녀의 문학적인 역량이나 작가로서의 가치는 단편의 양식에서 결정될 수 없기 때문이다.

『잘 가라, 서커스』는 이런 점에서 그녀의 문학적 연대기의 전환점을 함축하고 있는 소설이라고 할 수 있다. 장편이라는 장르적인 차원에 입각해서 이 소설을 읽어보면 그녀의 작가로서의 자의식을 발견할 수 있다. 단편과 장편의 장르상의 차이는 일단 서사에 대해 민감한 감각의 소유자라면 그것을 어렵지 않게 감지할 수 있을 것이다. 그녀 역시 그것을 감지하고 있다. 그것의 일단이 이 소설의 서술 행위를 통해 드러나고 있다.

이 소설에서의 서술의 형식은 서사와 관련해서 가장 중요한 문제 중의 하나이다. 이 소설의 서술은 두 명의 서술자에 의해 이루어지고 있다. '윤호'와 '림해화'라는 남녀 주인공이 각각의 장(총 11개의 장 중에서 '윤호'가 서술자로 등장하는 장은 1, 3, 5, 7, 9, 11이며, '림해화'가 서술자로 등장하는 장은 2, 4, 6, 8, 10이다)에 나뉘어 서술자로 등장한다. 장편의 양식에서 두 명의 서술자가 등장하는 것은 흔한 일은 아니지만 그렇다고 아주 없는 일도 아니다. 하지만 자신의 첫 장편에서 두 명의 서술자를 등장시키는 일은 매우 이례적인 것으로 볼 수 있다. 신인 작가의 첫 장편의 경우 대개 한 명의 서술자가 등장하며, 일인칭 주인공을 내세워 자신이 체험한 주변의 사소한 일상을 고백이나 독백의 형식으로 서술한다거나 아니면 전지적 작가시점으로 서술 내용에 적극적으로 개입해 그것을 통제하고 조정하는 양태를 보여 준다. 이 방식은 장편 서사를 구조화하는 데 익숙하지 않은 신인 작가에게 효과적일 수 있다.

이런 점에서 보면 『잘 가라, 서커스』의 서술 형태는 독특한 데가 있다. 그것은 한 마디로 단언할 수 없는 그 무엇이다. 먼저 두 명의 서술자에 의해 서술 행위가 이루어지고 있다는 것은 한 명에 의해 이루어지는 것에 비해 그 서술 과정이 좀 더 집중화되기 어렵다는 것을 의미한다. 두 명의 서술자의 의식 및 무의식의 차원에서 서술이 행해짐으로써 서사 구조의 교차 및 재교차의 과정을 거쳐야 하기 때문이다. 이때 요구되는 것은 각각의 서술 사이의 교차와 재교차를 통한 긴장 관계의 형성이다. 각각의 서술이 긴장 관계를 유지하지 못한 채 제각각 존재한다면 그 소설의 서사 구조는 느슨해지고 미만한 차원의 미적 효과를 창출할 수밖에 없을 것이다.

'윤호'와 '림해화'에 의해 행해지는 이 소설의 서술은 이러한 우려로부터 벗어나 있다. 이 소설의 서술은 적절한 긴장 관계를 유지하고 있다. 그것은 두 사람의 서술을 매개하는 인물들이 존재하기 때문이다. 만일 이런 매개항 없이 두 개의 서술이 행해진다면 그것은 단조로운 주고받기 식의 관계성을 유지하거나 아니면 고도의 미묘한 메타포나 상징 등의 복선을 통해 그 관계성을 유지할 것이다. 후자의 경우가 성공적으로 행해진다면 그것은 수준 높은 서사 구조를 가진 한 편의 작품으로 존재할 것이다. 하지만 이것은 겉으로 드러나지 않는 서사의 심층까지 들여다보는 고도의 심미안이 전제되어야 가능한 일이다. 이것은 다시 말하면 이 방식이 고도의 심미안이 전제되지 않을 때에는 서사의 개연성을 담보할 수 없다는 것을 의미한다.

『잘 가라, 서커스』는 이러한 위험으로부터 비껴서 있다. 물론 이러한 후자의 방식을 택했더라도 그녀의 미학적인 재능으로 보아 위험한 지경까지는 이르지 않았을 것이다. 그러나 이것은 어디까지나 가정일 뿐이다. 그 위험성은 없을 수가 없다. 다행히 그녀는 이 위험성으로부터 자신을 구하는 방법을 알고 있었던 것이다. 서술의 매개항을 둠으로써 직접적인 관계성에서 비롯되는 단조로움으로부터 벗어났으며, 미묘한 메타포나 상징을 그것을 통해 형상화하고 있다. 이 소설에서 두 사람의 서술을 매개하는 인물로는 '형(이인호)', '어머니', '영옥', '림해화의 남자', '점순이' 등이다. 이 중에서 가장 중요한 기능을 하는 매개항은 '형'이다.

'형'은 두 서술자 모두의 영역에 걸쳐 있는 인물이다. '형'은 이 땅에서는 자신에게 맞는 조건의 여자가 없어 중국 땅 옌지를 찾는다. 그것은 형이 사고로 정상적인 생활을 할 수 없을 정도까지 이르렀기 때문이다. 이 '형'을 매개로 '윤호'는 '림해화'를 만난다. 하지만 이 만남은 정상적인 것이 될 수 없는 그런 만남이다. '형'과 '림해화'의 만남에는 두 사람 사이의 관계성의 토대가 되는 사랑이 빠져 있다. 여기에는 욕망과 욕구만이 존재한다. '림해화'에게 '형'은 한국으로 가기 위한, 좀 더 정확히 말하면 속초에 있는 옛 애인을 만나기 위한 하나의 수단으로서의 존재일 뿐이다. 또한 '형'에게 '림해화'는 자신의 유아기로의 퇴행적인 보호본능을 충족시켜줄 욕구의 대상일 뿐이다. 이들은 본질적으로 어긋나 있는 것이다.

두 사람 사이의 이 건널 수 없는 간극을 '윤호'는 누구보다도 잘 알고 있다. 이 모든 것을 알면서도 그가 옌지행을 단행한 것은 자신의 심층에 하나의 얼룩으로 존재하는 '형'으로부터 벗어나기 위해서이다. 이것은 '형'의 사고에 대한 죄책감에서 비롯된 것이다. 하지만 '윤호'는 자신이 그것으로부터 벗어날 수 없다는 것을 잘 안다. 그것을 알면서도 '윤호'는 '형'을 '림해화'와 결혼시킨다. 이 사실은 '윤호'로 하여금 연민의 감정을 들게 하여 근친상간적인 욕망을 불러일으킨다.

흩날리는 머리칼, 가느다란 손가락, 손을 뻗어 여자에게 닿으려는 순간, 갑자기 불어온 바람이 내 뺨을 후려쳤다. 가슴이 내려앉았다. 나는 그 자리에 우뚝 서서 가늘게 떨리고 있는 내 손을 들여다 보았다. 돌이킬 수 없는 살인을 저지른 사람처럼, 지금 막 저지른 범죄가 믿어지지 않는 사람처럼, 두려움에 떨며, 천천히 손을 들어올렸다. 달빛을 받은 내 손은 창백했다.[1]

'림해화'에 대한 '윤호'의 감정은 분명 근친상간적인 욕망이지만 그는 자신의 감정을 누구보다도 엄격하게 검열하고 있다. 그는 자신의 행위를 "돌이킬 수 없는 살인을 저지른" 것에다 비유하고 있다. 이것은 그가 얼마나 그 행위에 대해 민감한 자의식을 가지고 있는지를 잘 보여 준다. 자신의 욕망을 검열함으로써 그는 더 이상 집에 머무르지 못한다. 그의 떠남은 어머니의 죽음이 계기가 되지만 이것은 명목상 이유일 뿐이다. 그의 떠남의 직접적인 이유는 근친상간적인 욕망의 대상인 '림해화'와 함께 한 집에 머무를 수 없다는 강한 자기 검열 때문이다. 결국 그는 형으로부터 자신이 도망칠 수 없다는 것을 알면서도 이런 이유로 집을 떠난다.

그러나 형수인 '림해화'에 대한 그의 욕망은 사라지지 않는다. 이 욕망은 사라질 수 없는 것이다. 집을 나와 동춘호를 타고 속초, 블라디보스톡, 옌지 등지로 떠돌지만 그 길 위의 종착점은 집이다. '림해화'가 건네준 옌지의 '영옥'을 만나 애인처럼 지내지만 그녀는 '림해화'의 대체된 시니피앙에 불과하다. 그의 정처 없는 떠돎은 충족되지 않는 대상(림해화)을 향한 끊임없는 미끄러짐이라고 할 수 있다. 그가 집에 전화를 한 진짜 이유는 '형'의 안부가 아니라 '형'을 매개로 한 '림해화'의 안부 때문이라고 할 수 있다. '형'으로부터 '림해화'의 가출 소식을 듣고 그를 향해 '형수는 오지 않을 거'라고 외치는 '윤호'의 목소리가 향하고

---

1   천운영, 『잘 가라, 서커스』, 문학동네, 2005, 54쪽.

있는 곳은 바로 그 자신이다. '윤호'에게 '림해화'는 떠날 수밖에 없는 대상이면서 동시에 떠나지 않기를 간절히 바라는 그런 욕망의 대상이기도 한 것이다. 형수이기에 자신의 근친상간적인 욕망을 실현할 수 없지만 그 욕망은 사라질 수 없는 하나의 떠도는 기표라는 점에서 그의 콤플렉스는 강도를 더한다. "내가 위안을 줄 수 있는 것은 이제 한국 땅에 없었다. 그것은 적막한 바다 위, 낯선 이국 땅, 고래 뱃속 같은 배 안에서만 가능했다"[2]라는 그의 말이 바로 그것을 잘 말해 준다. 그 콤플렉스는 자신과 '림해화'의 사이에 '형'이 매개항으로 작용하기 때문에 생겨난 것이다.

아웃사이더 혹은 욕망의 메타포

'윤호'의 서술과 겹쳐지면서 이 소설의 서사를 구성하고 있는 '림해화'의 서술 역시 '형'(림해화는 형을 나그네로 부르고 있다)을 매개항으로 하여 전개되고 있다. 하지만 이때의 '형'의 존재는 '윤호'의 서술에서의 '형'과는 의미 차원이 다르다. '형'을 매개로 그녀는 '윤호', '어머니' 등과 관계성을 맺게 되지만 '윤호'의 경우와는 달리 여기에는 가족 차원의 콤플렉스가 그다지 강하게 드러나지 않는다. 이것은 그녀가 아버지의 법이라는 이름하에 행해지는 검열에 대해 강한 자의식을 가지고 있지 않기 때문이다.

---

2   위의 책, 202쪽.

아버지의 법에 의한 검열에 대해 이러한 태도를 보인다는 것은 그녀를 규정하고 있는 가족이라는 제도가 견고하지 않다는 것이 아니라 그녀가 그것을 무의미하게 받아들이고 있다는 것을 말해 준다. 그녀에게 '형(이인호, 그녀는 남편을 나그네라고 명명하고 있다. 이것은 옌지 지역에서 자신의 남편을 그렇게 부르는 것으로 보이지만 이 말이 함축하고 있는 의미는 대상과의 거리감이다. 대상과 융화될 수 없는 영원히 타자로 존재하는 그런 의미가 바로 나그네처럼 인식된다)'과의 결혼은 그 자체가 목적이 아니라 수단이기 때문에 그것을 통해 형성되는 제도로부터의 이탈을 쉽사리 감행하고 있는 것이다. 그녀는 법적인 남편인 '형', 시동생인 '윤호'와 시어머니에 대해 일말의 연민에 찬 죄의식을 느끼지만 남편 또는 시댁으로의 복귀에 대해서는 단호하게 거부하고 있다.

가족이라는 제도 자체를 무화시켜 버리는 그녀의 단호함의 이면에는 욕망하는 대상에 대한 강한 의지가 투영되어 있다. '형'을 매개로 해서 그녀가 욕망하는 대상은 한국 땅(속초)에 와 있는 옌지의 옛 애인이다. 그 남자는 '림해화'를 살아가게 하는 동력이다. 그녀는 종종 그 남자와의 동일시를 욕망한다. 그녀는 자신의 욕망이 곧 그 남자의 욕망이라고 간주해 버린다. 그녀의 이 욕망은 과거의 기억 속으로의 이행을 통해 충족하려고 한다. 그런데 그녀의 욕망 충족은 '무덤'의 메타포를 통해 드러난다.

'나를 견디게 해주는 건 그 무덤이야. 우리 둘이 함께 들어갔던 그 무덤 말야. 나는 여기 조금 더 있어야 해. 지금 돌아가면 다시는 못 올 테니까. 그러니 기약은 할 수 없다. 속초에서 본 바다를 너한테도 보여줄 수

있다면 좋을 텐데.'

　　그를 견딜 수 있게 하는 것은 무덤이라고 했다. 그것은 나도 마찬가지였다. 무덤은 나를 꿈꾸게 했다. 시린 손목을 붙들고 남자들의 살을 주무르면서도 무덤을 생각하면 참을 수 있었다.[3]

　그녀에게 무덤이란 '그'와 '나' 둘밖에 없는 그런 공간이다. 이것이 그녀와 그를 견디게 하는 힘이다. '그'와 '나' 둘밖에 없기에 그 무덤 속에서의 시간은 행복한 것이다. '그'와 '나' 사이에는 아무도 없다. '그'와 '나'를 검열할 대상이 존재하지 않는 것이다. 아버지의 법이 '그'와 '나'를 검열하지 않기에 이곳에서의 '나'의 욕망은 곧 '그'의 욕망이 되고, 반대로 '그'의 욕망이 곧 '나'의 욕망이 되는 것이다. 이 무덤 속의 세계는 곧 어머니의 자궁에 대한 메타포로 볼 수 있다. '아버지'가 부재한 상태에서 '어머니'와 '나' 둘밖에 없는 행복한 세계가 바로 자궁이다. 하지만 이 세계는 밖으로 통하는 길이 차단되어 있다는 점에서 불안한 세계이기도 하다.

　'림해화'의 무덤에 대한 집착은 온가족이 함께 한 경복궁 나들이에서도 그대로 드러난다. 그녀는 민속박물관 전시실의 '발해 공주 무덤'에 영혼을 빼앗기는 전율을 체험하고, 이어 그와 함께 들어가 본 옌지의 무덤 속을 떠올린다. 하지만 그 황홀하고 행복한 체험은 그 무덤을 나오는 순간 사라지고 만다. 그녀가 욕망하는 '그'가 온전히 하나가 되었다고 생각한 순간 그는 다시 저만치에서 그녀를 부른다. 그녀는 '그'를 끊임없이 욕망하지만 그는 언제나 그녀와 하나가 되지는 않는다. '그'는 언제나 그녀로부터 일정한 거리를 두고 존재한다. 결국 그녀는 그

3　위의 책, 30~31쪽.

를 찾아 속초로 가지만 '그'는 그곳을 떠나 일본으로 갈 결심을 한다. 그가 이런 결심을 한 것은 "중국에서 소수 민족으로 사는 것도, 여기서 외국인으로 사는 것도 싫"[4]었기 때문이다. '그'는 어디에서나 아웃사이더일 뿐인 것이다.

유아기로의 퇴행성을 보이는 '형'을 매개항으로 전개되는 '윤호'와 '림해화'의 욕망은 '형'의 죽음을 계기로 일정한 변화를 맞는다. '윤호'에게 '형'의 죽음은 죽음 그 자체로 끝나지 않는다. '형'의 죽음은 '윤호'로 하여금 죽음에 대해 다시 생각하게 한다. '윤호'는 동춘호 난간에서 안개 속으로 몸을 날려 사라진 '형'을 보면서 그것을 한 마리 새에 비유하고 있다. 여기에서의 '새'는 욕망의 끝을 함축하고 있는 메타포라고 할 수 있다. 욕망의 끝은 죽음이며 그 죽음의 승화가 곧 '새'인 것이다.

'형'의 죽음을 본 후에 그는 죽은 '어머니'는 물론 '림해화'와 '자기 자신'을 죽음의 의미 영역으로 끌어들인다. '나'와 '림해화'의 죽음은 곧 욕망의 끝을 의미한다. 욕망은 그 행위(의) 주체가 죽으면 끝나는 것이다. 그는 이 모습을 "범랑을 바다 속에 던졌다. 형과 여자를 던졌다. 그리고 죽은 내 몸뚱이도 던졌다. 죽은 형은 이제 어느 곳에도 존재하지 않을 것이다. 어느 곳에도. 가벼웠다. 존재감을 느낄 수 없을 정도로 한없이 가벼워졌다"[5]라고 서술하고 있다.

이 소설의 서술 주체 중의 하나인 '윤호'의 욕망하는 대상에 대한 상징적인 죽음의 선언은 더 이상 그 욕망이 이루어질 수 없다는 것을 강하게 드러낸다. 결국 '윤호'조차 상징적인 죽음을 선고함으로써 작가는

---

4   위의 책, 221쪽.
5   위의 책, 248쪽.

욕망에 대한 보다 강렬한 메시지를 전달하고 있다고 할 수 있다. '윤호'
의 경우처럼 '림해화'의 경우도 마찬가지로 작가는 그녀의 죽음을 전경
화하고 있다. '림해화'의 다음 말은 그것을 더욱 강렬하게 환기한다.

　　　약을 먹으면서 나는 상상해. 따뜻한 숲속. 소소리 솟은 이깔나무 가지
　　에 물든 야들야들한 바늘잎. 해묵은 낙엽층을 뚫고 싹터오른 온갖 풀잎
　　들. 키 다툼 하듯 우썩우썩 자라는 여린 이파리들. 어데라 없이 피어 있는
　　민들레며 은방울꽃. 진한 송진 냄새와 더불어 싱그러운 꽃향기가 감도는
　　것 같기도 해. 산들산들 봄바람이 내 얼굴을 어루만지며 불어오고 귀맛
　　좋은 새소리와 풀벌레 소리도 들려. 상상하는 것, 그것이 나를 살아 있게
　　해. 하지만 이젠 상상하는 것도 힘겨워. 자꾸 졸음이 몰려와. 졸음을 견딜
　　수가 없어서 약을 또 먹었어. (…중략…) 그리고 이젠 돌아갈 테야. 거기
　　따뜻한 무덤 속으로. 내가 살았던 곳으로. 이제 몸을 좀 뉘어야 겠어. 누
　　군가 내 이름을 부르고 잇는 것 같아. 당신이 온 걸까?[6]

　'약'에 중독된 그녀가 본 것은 일종의 환각이다. 그것은 죽음의 감각
이 환기하는 세계이다. 그녀는 "무덤 속으로" 돌아가고 싶어 한다. 무
덤은 그녀를 살아가게 하는 욕망의 대상이면서 동시에 죽음을 환기하
는 메타포인 것이다. 그녀 자신의 욕망이 끝나는 지점(죽음)에서 '그'와
의 만남을 꿈꾼다. 욕망의 끝이 죽음이라는 점을 상기한다면 이러한
꿈은 전혀 낯선 서술이 아니다.

6　위의 책, 237~238쪽.

추락의 순간과 탐닉의 아름다움

천운영의『잘 가라, 서커스』가 보여주는 이러한 욕망은 소설의 모두에 인상적으로 제시된 '서커스'의 그것과 다른 것이 아니다. 욕망과 서커스는 그것이 모두 환상을 동반한 신기루와 같은 대상을 지향한다는 점에서 공통점을 지닌다. 환상은 그 안에 환멸의 감각을 은폐하고 있다는 점에서 불길하고 위험한 세계이다. 그래서 작가는 "서커스 단원의 실수가 완벽한 묘기보다 더 흥이 난다"[7]고 고백하고 있는 것이다. 이런 점에서 '형'은 서커스 단원이 되기에 충분하다. 오토바이 서커스 도중 전신주에 감겨 추락한 형의 모습은 영락없는 실수한 서커스 단원의 모습 바로 그것이다. 작가는 오히려 그것이 더 매력적이라고 말하고 있다.

그러나 이보다 더 매력적인 것은 추락한 서커스 단원이 아니라 추락 그 자체라고 할 수 있다. 그것은 "여자애가 말았던 천을 갑자기 풀며 바닥으로 떨어졌다. 발판이 치워진 사형수처럼, 의식을 잃은 새처럼, 순식간에, 추락했다"[8]에 드러난 '추락'과 같은 것을 의미한다. 관객이 탄성을 지르는 것은 바로 이 추락의 순간이다. 이 순간이야말로 은폐되었던 미적 세계가 탈은폐되는 순간인 것이다. 추락의 순간을 포착하고 그것을 의미화하는 자는 분명 일급의 감수성을 지닌 작가이다. 이런 점에서 이 소설에서 보여준 그녀의 '서커스'처럼 불길하고 위험한 세계에 대한 탐닉은 충분히 매력적이다.

---

7 위의 책, 6쪽.
8 위의 책, 9쪽.

욕, 신명에 이르는 한 방식

〈봉산탈춤〉, 「흥부전」, 「오적」, 『손님』

　　요즘 들어 욕의 효용성에 대해 생각하는 시간이 많아졌다. 이런 생각을 하게 된 데에는 여러 원인이 있지만 무엇보다도 우리가 살고 있는 시대가 온갖 감정과 욕망의 도가니로 들끓고 있기 때문이 아닌가 싶다. '욕 배틀^{Battle}'이 공공연하게 유행하면서 하나의 문화 현상으로 부상한 현실은 분명 우리 사회와 관련하여 많은 생각을 하게 한다. 욕 배틀이 유행한다는 것은 그만큼 우리 사회가 개인을 억압하는 형태와 구조를 지니고 있다는 것을 말해 준다. 이 상황에서라면 억압은 어떤 해소의 방식을 찾아야 하고, 만일 그것을 찾지 못하면 그 사회는 심각한 소통 불능 상태에 빠지거나 강한 병적 징후를 드러내게 될 것이다. 하지만 병적 징후가 깊어지면 여기에 대응하는 기제가 작동하게 되는데, 그중 하나가 '욕'이라고 할 수 있다. 욕은 천하고 속된 것으로 간주되어 사회로부터 추방된^{abject} 것이다. 똥, 오줌, 육체, 여성, 광기, 욕, 피, 시체 등 문명으로부터 터부시되어 추방된 것들은 억압이 극에 달하면 다시 귀환하게 된다. 이른바 '추방된 것들의 귀환'으로 불리는 이 현상은 욕의 부상과 관련하여 중요한 시사점을 제공한다.

욕 배틀이 하나의 문화 현상이 된 것은 속 시원하게 욕이라도 하지 않고서는 견디기 힘든 상황이 '지금, 여기'에서 벌어지고 있다는 사실을 의미한다. 욕 배틀이 단순한 재미의 차원을 넘어 우리의 사회 현실에 대한 무언가 의미심장한 암시를 내포하고 있다면 그것을 밝히고 해석하는 일은 중요하다고 하지 않을 수 없다. 사회 현상으로서의 욕은 배설로만 그치지 않고 어떤 중요한 의미를 생산하는 데까지 나아가는 것이 일반적이다. 억압된 사회 구조 속에 만연한 욕은 카타르시스의 기능을 하기도 하고 또 그것은 신명의 차원으로 승화되기도 한다. 카타르시스와 신명을 모두 포괄하는 이러한 욕의 묘미는 '아래'와 '위'의 위치 전도에서 오는 쾌감과 흥취에서 극대화된다고 볼 수 있다. 보통의 경우에는 아래와 위의 관계가 위계질서 차원에서 형성되지만 위의 아래에 대한 억압이 극에 달하면 이러한 위계질서가 전도된다. 아래가 위로 올라가고 위가 아래로 내려오면 플렉서블한 역동성이 생성되어 유쾌한 미적 원리가 탄생한다.

미하일 바흐찐Mikhail Bakhtin이 라블레François Rabelais의 소설을 서구의 카니발리즘cannibalism으로 읽어낸 것을 기억할 필요가 있다. 바흐찐이 라블레의 소설을 주목한 것은 그 내용이 똥이나 오줌 같은 배설과 관계되었기 때문이다. 가르강튀아와 팡타그뤼엘의 몸이 배설하는 데서 웃음과 유쾌함을 발견하고 그것을 중세의 카니발리즘으로 해석한 것이다. 중세의 카니발이 근대에 와서 사라진 것이 아니라 라블레의 소설에 수용되어 있다는 바흐찐의 해석은 비천하고 속된 것이 신성하고 고귀한 것을 전도시키는 데서 오는 유쾌한 상대성의 원리를 강조한 것이라고 할 수 있다. 카니발의 세계에서는 위와 아래, 다시 말하면 성스러운 것과 속된 것, 고귀한 자와 비천한 자, 배우와 청중 사이의 위치가 전도되고 해체되기에 이른다. 카니발이 궁극적으로 겨냥하고 있는 세계가 이와 같다면 그것은 카타르시스나 신명과 관계된 것으로 볼 수 있다.

그러나 서구의 카니발은 일정 기간 국가의 허락과 통제 속에서 행해진다는 점에서 일정한 규율과 질서가 존재하는 축제이다. 진정한 카타르시스나 신명으로 이어지기에는 한계가 있지만 카니발 과정에서 행해지는 위와 아래 차원의 위치 전도는 욕의 미학적인 원리와 의미를 해명하는 데 좋은 본보기가 될 것이다. 욕은 카니발의 속성을 지니고 있으며, 카타르시스와 신명을 겨냥하는 예술 작품에 수용되어 하나의 미적 체계를 이루고 있다고 할 수 있다. 욕이 미적 원리로 작동하는 경우는 주로 서민들에 의해 창작된 고전 예술 작품들과 그 전통을 계승한 근현대 예술 작품들이다. 이것은 욕이 카니발적인 속성과 함께 카타르시스와 신명이라는 미적 원리를 지니고 있기 때문이다. 서민이라는 이 계층은 기본적으로 양반과의 관계 속에서 위상이 정립되기 때문에 이들의 예술에는 양반을 향한 위치 전도의 전략과 목적이 은폐되어 있다. 이들의 속되고 천한 말이 양반을 향할 때 혹은 이들의 뒤틀리고 삐딱한 말이 양반을 향할 때는 양반과 자신의 위치를 전도시키려는 의도가 내재해 있는 것이다.

우리의 대표적인 서민 예술이라고 할 수 있는 사설시조, 판소리, 민요, 잡가, 탈춤, 굿 등에서 발견할 수 있는 양반을 향한 욕설은 그 목적이 양반과의 위치 전도를 통해 자신들을 억압하고 있던 감정을 풀어내고 신명난 삶을 살기 위한 것으로 볼 수 있다. 양반에 대한 욕이나 욕설의 의미 정도와 미적 효과는 양식에 따라 차이가 난다. 사설시조는 주로 사설에 의존하기 때문에 문자적인 차원의 효과가 주를 이루고, 판소리, 민요, 잡가는 사설과 노래에 의존하기 때문에 문자적인 차원과 음악적인 차원의 효과가 주를 이루며, 탈춤과 굿은 사설, 노래, 춤에 의존하기 때문에 문자, 음악, 무용적인 차원의 효과가 주를 이룬다. 이러한 양식상의 차이는 그대로 욕을 통한 카타르시스와 신명의 미적 효과의 차이로 드러난다. 욕이 카니발리즘을 지향한다는 점에서 볼 때 사설, 노래, 춤이 어우러진 탈춤이나 굿의 양식이 다른 양식들에 비해 미적 효과가 클 수밖에 없다. 또한 탈춤이나 굿은 서양의 극과는 달리 마당과 같은 열린 공간에서 이루어지는 관계로 보다 확산되고 심화된 미적 효과를 창출할 수가 있다.

말뚝이　(벙거지를 쓰고 채찍을 들었다. 굿거리장단에 맞추어 양반 3 형제를 인도하여 등장)

(…중략…)

말뚝이　(가운데쯤에 나와서) 쉬이. (음악과 춤 멈춘다.) 양반 나오신다아! 양반이라고 하니까 노론(老論), 소론(少論), 호조(戶曹), 병조(兵曹), 옥당(玉堂)을 다 지내고 삼정승(三政丞), 육판서(六判書)를 다 지낸 퇴로 재상(退老宰相)으로 계신 양반인 줄 알지 마시오. 개잘량이라는 '양' 자에 개다리소반이라는 '반' 자 쓰는 양반이 나오신단 말이오.

양반들　아아, 이놈 뭐야아!

(…중략…)

생원 쉬이. (가락과 춤 멈춘다.) 이놈 말뚝아.

말뚝이 예에. 아, 이 허리 꺾어 절반인지 개다리소반인지 꾸레미전에 백
반인지, 말뚝아 꼴뚝아 밭 가운데 최뚝아, 오뉴월에 밀뚝아, 잔
대뚝에 메뚝아, 부러진 다리 절뚝아, 호도엿 장수 오는데 할애비
찾듯 왜 이리 찾소?

(…중략…)

생원 이놈 뭐야!

말뚝이 아, 이 양반, 어찌 듣소. 자좌오향(子坐午向)에 터를 잡고 난간
팔자(八字)로 오련각(五聯閣)과 입 구(口) 자로 집을 짓되, 호
박 주초(琥珀柱礎)에 산호(珊瑚) 기둥에 비취 연목(翡翠椽木)
에 금파(金波) 도리를 걸고 입 구 자로 풀어 짓고, 쳐다보니 천
판자(天板子)요, 내려다보니 장판방(壯版房)이라. 화문석(花紋
席) 칫다펴고 부벽서(付壁書)를 바라보니 동편에 붙은 것이 담
박영정(澹泊寧靜) 네 글자가 분명하고, 서편을 바라보니 백인
당중 유태화(百忍堂中有泰和)가 완연히 붙어 있고, 남편을 바라
보니 인의예지(仁義禮智)가, 북편을 바라보니 효자충신(孝子忠
臣)이 분명하니, 이는 가위 양반의 새처방이 될 만하고, 문방제
구(文房諸具) 볼작시면 옹장 봉장, 궤, 두지, 자기 함롱(函籠),
반다지, 샛별 같은 놋요강, 놋대야 받쳐 요기 놓고, 양칠간죽 자
문죽을 이리저리 맞춰 놓고, 삼털 같은 칼담배를 저 평양 동푸루
선창에 돼지 똥물에다 축축 축여 났습니다.[1]

---

1 봉산탈춤 – 제6과장(第六科場), 양반춤.

우리의 전통 마당극 중의 하나인 〈봉산탈춤〉 중 여섯째인 양반춤 마당의 일부이다. 이 마당은 머슴인 '말뚝이'가 양반 3형제를 노골적으로 놀려주지만 그들은 자신이 놀림을 당하는 것도 모른 채 희희낙락하고 있는 이야기로 되어 있다. 이 마당에서 주목해야 할 점은 말뚝이의 양반들에 대한 태도이며, 이것은 그의 말투에 잘 드러나 있다. 그는 양반들을 '개잘량이라는 '양' 자에 개다리소반이라는 '반' 자 쓰는 양반' 혹은 '허리 꺾어 절반인지 개다리소반인지 꾸레미전에 백반'이라고 소개한다. 또한 그는 양반에게 '삼털 같은 칼담배를 저 평양 동푸루 선창에 돼지 똥물에다 축축 축여 놨다'고 말한다. 그는 양반이라는 말을 언어유희를 통해 희화화하고 있다. 양반이라는 족속들은 '개'나 '똥(동푸루, 똥물)'과 등가이며, 허리 꺾이고 한데 싸서 아무렇게나 묶여 있는 그런 보잘 것 없고 하찮은 존재라는 것이다. 이것은 양반에 대한 노골적인 욕설에 다름 아니다.

말뚝이의 양반에 대한 재기 넘치는 욕설은 상황 자체를 파악하지 못한 채 '이놈 뭐야!'만을 남발하고 있는 양반들과는 좋은 대조를 이룬다. 고매한 인품과 높은 학식을 갖추어야 할 양반의 지체 높음은 오간 데 없고 자신이 부리는 하인에게 조롱거리가 되는 그런 존재로 전락한 데에는 말뚝이의 재기 넘치는 욕설이 크게 작용했기 때문이다. 말뚝이의 조롱 섞인 희화화된 말투 혹은 욕설에 의해 양반들은 한순간에 그와 위치가 바뀌게 된다. 양반이 하인 아래로 위치가 전도되면서 이 과정에서 새로운 인식의 전환이 일어나 미적 충격이 발생하게 된다. 이렇게 발생한 미적 충격은 그 성격이 단순한 카타르시스의 차원에 머물러 있는 것은 아니다. 카타르시스란 비극에 등장하는 인물들의 비참한 운명을 보고 그것을 간접 경험함으로써 두려움과 슬픔이 해소되는 것을 말한다. 주로 서구의 극에서 체험하게 되는 미적 효과라고 할 수 있다. 이것은 잘 완성된 닫힌 구조 속에서 행해지는 체험인 동시에 외부 대상을 통한 수동적 수용에 다름 아니다.

그러나 〈봉산탈춤〉의 미적 효과는 이와는 다르다. 이 탈춤은 잘 완성된 닫힌 구조 속에서 행해지는 것이 아니라 '마당'이라는 미완성의 열린 구조 속에서 행해지며, 자기 자신 속의 신명을 통해 능동적으로 참여하는 그런 극이라고 할 수 있다. 이것은 이 마당극이 궁극적으로 겨냥하고 있는 것이 카타르시스를 넘어 신명이라는 사실을 말해 준다. 극이 행해지는 장소가 마당이라는 것은 미의 성격과 효과라는 차원에서 다양한 의미를 파생시킨다. 마당에서 극이 행해지면 그것은 무대에서 행해지는 극과는 다른 흐름을 가질 수밖에 없다. 무대는 연기자와 청중을 높낮이와 시선으로 구분한다. 연기자는 무대의 높은 곳에 위치하고 청중은 낮은 곳에 위치(이것은 단순히 물리적인 높이를 의미하는 것은 아니다)하고, 청중의 시선은 무대를 향해 단선적으로 초점화될 수밖에 없다. 하지만 탈춤이 펼쳐지는 마당은 연기자와 청중을 높낮이와 시선으로 구분하지 않는다. 기본적으로 마당은 둥글기 때문에 연기자와 청중이 자연스럽게 넘나들 수 있을 뿐만 아니라 다*시선적이고 전지적인 시선을 지니게 되어 연기자의 동작에 따라 판의 지형도가 수시로 변하는 개방적이고 역동적인 판의 원리가 형성된다.

이러한 이유로 인해 탈춤의 신명풀이 과정이 최고조에 이르고 놀이가 끝나게 되면 연기자와 청중이 하나로 어우러지는 난장이 펼쳐지게 되는 것이다. 난장에서는 연기자와 청중의 구분이 사라지고 청중이 자기 자신 속의 신명을 발견하여 놀이판의 자율적이고 실질적인 주체자가 된다. 청중의 신명풀이가 이루어지지 않고 완성된 닫힌 구조 속에서 수동적인 경험만을 하게 되는 카타르시스가 궁극적인 목표가 아니라는 사실은 욕을 매개로 하여 구현되는 예술의 문제와 관련하여 중요한 시사점을 제공한다. 욕이 예술의 존재성을 규정짓는 토대로 작용한다고 할 때 그것이 궁극적으로 겨냥하고 있는 세계는 카타르시스를 넘어 신명이어야 한다. 흔히 욕을 카타르시스의 차원으로 이해하고 또 해명하려는 경우 우리가 만나게 될 문제는 바로 여기에 있다. 우리가 욕을 완성된 닫힌 구조 속에서 수동적인 경험만으로 그것을 이해하게 되면 예술의 더 크고 깊은 세계를 망각하게 되어 새로운 지평을 열어 보이는 일이 불가능하게 될 것이다.

욕이 중요한 미적 원리가 되어 이루어진 우리의 예술에 대한 이해의 지평이 카타르시스 차원에 머무는 경우가 대부분이며, 이렇게 되면 신명 혹은 신명풀이의 원리를 은폐하고 있는 예술의 미적 가치를 해명할 수 없게 되리라는 것은 불을 보듯 뻔한 일이다. 욕이 예술의 세계에서 무한한 생성의 원리로 작동하고 있는 경우를 발견하는 것은 어렵지 않다. 그만큼 우리 예술에서 욕이 신명이라는 차원으로 이어지는 예가 많다는 것이다. 욕이 카타르시스 차원의 논의에 그치는 것에 대한 위험성에 대해서는 여러 차례 이야기한 바 있지만 사실 이것보다 더 심각한 것은 우리 예술의 궁극이 '한'에 있다고 단정해 버리는 일이다. 우리 예술 세계가 한을 내포하고 있는 것은 맞지만 그것의 궁극적인 지향이 한에 있다고 말하는 것은 옳지 않다. 우리 예술이 은폐하고 있는 한은 일정한 삭힘의 과정을 거쳐 신명 혹은 신명풀이의 세계로 나아간다고 말하는 것이 올바른 이해와 판단이라고 할 수 있다.

〈봉산탈춤〉처럼 마당극의 형태로 행해지는 굿 또한 원풀이를 넘어 신명풀이의 차원을 겨냥하고 있다고 볼 수 있다. 굿 중에 망자에 대한 소원풀이를 겨냥하고 있는 '진오귀굿'의 경우에도 그것의 궁극이 한에 초점이 놓여 있는 것이 아니라 신명에 있다는 것을 상기할 필요가 있다. 한은 무의식의 심층에 자아의 어두운 면을 지니고 있으며 이것은 자아를 점점 죽음의 심연 속에 유폐시키려는 성향을 보인다. 만일 한이 삶 혹은 생명의 역동적인 차원으로 나오지 못한 채 어둠의 심연 속에 갇혀 있으면 그 한은 제대로 기능할 수 없을 뿐만 아니라 어떤 생산적인 역할도 수행하지 못할 것이다. 상황이 이러하다면 자아의 어둠 속에 유폐된 한을 삶이나 생명의 역동성을 지닌 존재로 바꾸는 것이 중요할 수밖에 없다. 무의식의 심층에 자리하고 있는 어둠의 실체인 한을 탈은 폐하기 위해서는 무엇보다도 그것을 의식의 심층에 자리하고 있는 밝음과의 교호 작용을 통해 어둠의 기운을 삭히는 일이 전제되어야 한다. 한의 삭힘은 굿뿐만 아니라 판소리와 탈춤에서도 중요한 일이다.

이러한 굿의 미적 원리를 토대로 만들어진 영화 〈만신〉(박찬경, 2013)과 소설 『손님』(황석영, 2007)은 모두 자아의 응어리진 한을 어떻게 풀어내느냐의 문제가 하나의 화두로 되어 있다. 만신 김금화의 굴곡지고 응어리진 한과 전쟁 상황에서 끔찍한 살인마로 돌변하여 많은 사람을 살육한 것이 트라우마로 자리하고 있는 요한의 한은 무의식의 어두운 그림자이며, 이것을 어떻게 삭히고 풀어내느냐의 문제는 박찬경과 황석영이 가장 고민했던 부분이기도 하다. 한이 한으로 남는 이야기를 만들기 위해 이들이 고민한 것은 아니며, 이들의 궁극적인 목적은 그것을 넘어서는 새로운 미학적 원리를 만드는 것이었을 것이다. 〈만신〉이든『손님』이든 여기에서 다루는 한은 한국적인 정서와 미적 문맥을 거느리고 있을 수밖에 없다. 한국적인 한은 한으로 그치면 그것이 은폐하고 있는 진정한 의미를 온전히 탈은폐할 수 없다. 여기에서의 한은 단선적이지 않고 모순과 역설로 얽혀 있는 복합적인 속성을 지니며, 이러한 모순되고 역설적인 힘이 서로 충돌하면서 한을 넘어서는 생명의 기운과 함께 새로운 형상을 만들어낸다. 이렇게 만들어진 것이 바로 '신명'인 것이다. 서로 반대되고 모순되어 보이는 것이 일정한 삭힘과 풀이의 과정을 거쳐 신명으로 질적 변화를 불러일으키는 데에는 그 안에 배제나 소외가 아니라 융화와 상생의 원리가 작동하기 때문이라고 할 수 있다.

〈만신〉과『손님』에 드러나는 신명은 공격적이고 퇴영적인 정서가 아니라 우호적이고 진취적인 정서이다. 이것은 욕의 원리를 매개로 하여 탄생한 예술의 정서와 다르지 않다는 것을 의미한다. 욕 역시 그것의 궁극이 신명을 겨냥하고 있기 때문이다. 욕이 공격적이고 자기 폐쇄적인 면이 없는 것은 아니지만 그것이 하나의 미학이나 예술로 존재하는 경우에는 대부분 신명이 내재해 있다. 욕에 근거한 우리의 예술 중에서 탈춤은 그것의 한 진수를 보여주고 있다고 할 수 있다. 탈춤의 신명은 해학과 풍자가 강하게 드러나 있는 「흥부전」과 같은 우리의 판소리계 소설이나 그것의 전통을 현대적으로 변용하고 있는 김유정의 「봄봄」(1935) 같은 소설은 물론 저 서슬퍼런 유신 독재시대를 신랄하게 풍자한 김지하의 「오적」(1970) 등과 같은 시에서도 그것은 그대로 이어지고 있다. 「흥부전」에서 흥부의 성정과 인간됨됨이를 서술하고 있는 대목은 그것이 놀부에 대한 욕임에도 불구하고 절로 웃음이 나오는 것은 창자가 겨냥하고 있는 것이 놀부에 대한 한 맺힌 공격이라기보다는 이미 위치가 전도(놀부와 청중의 위치 전도)된 상태에서 보이는 그의 신명난 태도 때문이다. 가령

술 잘 먹고, 욕 잘 하고 거드름 빼고, 싸움 잘 하고, 초상난 데 춤추기, 불난 데 부채질하기, 해산한 데 개잡기, 장에 가면 억지 흥정, 우는 아기 똥 먹이기, 죄 없는 놈 뺨치기, 빚값으로 계집 뺏기, 늙은 영감 덜미잡기, 아이 밴 아낙네 배차기, 우물 곁에 똥 누어 놓기, 올벼논에 물 터놓기, 잦힌 밥에 흙 퍼붓기, 패는 곡식 이삭빼기, 논두렁에 구멍뚫기, 애호박에 말뚝 박기, 곱사등이 엎어놓고 밟아 주기, 똥누는 놈 주저앉히기, 앉은뱅이 턱살 치기, 옹기장수 작대기 치기, 면례하는데 뼈 감추기, 남의 양주 잠자는데 소리 지르기, 수절과부 겁탈하기, 통혼한 데 간혼놀기, 만경창파에 배 뚫기, 닫는 말에 앞발치기, 목욕하는데 흙 뿌리기, 담 붙은 놈 코침 주기, 얼굴에 종기 난 놈 쥐어박기, 눈 앓는 놈 눈에 고춧가루 넣기, 이 앓는 놈 뺨치기, 어린아이 꼬집기, 다 된 흥정 파의하기, 중을 보면 대테메기, 남의 제사에 닭 울리기, 큰 한길에 허망 파기, 비 오는 날에 장독 열기 등이었다.

이놈의 심사가 이렇듯 모과나무같이 뒤틀리고 동풍 안개 속에 수숫잎같이 꼬여 그 흉악함을 헤아릴 수 없었다.[2]

에서 우리가 체험하는 것이 어디 놀부에 대한 한 맺힌 적의겠는가. 놀

---

2 「흥부전」.

부는 이미 이 판에서 청중보다 아래에 있는 존재이다. 놀부의 양반으로서의 권위는 청중(상민)에 의해 땅에 떨어지고 그는 이들에 의해 희화화의 대상이 된다. 놀부와 청중 혹은 양반과 상민의 위치가 전도되면서 이 판은 역동성을 띠게 된다. 양반이 청중을 권위로 누르고 있다면 이 판의 역동성은 살아나지 않을 것이다. 하지만 청중은 놀부를 통해 양반의 체통이 땅에 떨어지고 조롱의 대상이 되는 것을 지켜보게 되고, 이 과정에서 '유쾌한 상대성의 원리'를 경험하게 된다. 놀부와 청중의 위치 전도는 이들을 상하가 아닌 수평의 존재로 만들어 버린다. 이렇게 되면 이 판은 난장 혹은 난장판이 되는 것이다. 난장에서는 기존의 신분, 계급, 지위, 빈부, 성별, 나이 등에서 오는 격차가 무너지고 하나로 어우러져 노래하고 춤추는 놀이의 향연이 펼쳐진다.

한이 서려 있지 않고 날이 선 대립과 갈등이 없는, 그러면서도 비판 정신이 살아 있는 이런 세계를 우리는 '해학'이라고 부른다. 이 해학은 신명 속에서 발견되는 세계 중의 하나라고 할 수 있다. 김유정의 「봄봄」에서는 데릴사위로 들어간 '나'와 그 집주인 사이에 벌어지는 사건의 과정에서 이런 해학이 잘 드러난다. 주인공이 주인을 향해 "더럽다 더럽다 이게 장인님인가" 하는 장면과 주인의 "바짓가랑이를 꽉 움켜 낚아채는" 장면은 '나'와 '장인' 혹은 '청년'과 '노인'의 위치 전도에서 오는 유쾌한 웃음을 유발한다. 김유정의 소설이 식민지 시대의 궁핍을 다루면서도 한을 넘어서는 웃음과 해학을 줄 수 있었던 데에는 이러한 난장(카니발)의 감각이 살아 있기 때문이다. 난장의 주체는 그 판에서 모든 것을 벗어던지고 자유롭게 춤추고 노래하는 자들이다. 이러한 신명이 없다면 어떻게 그 힘든 세상살이를 견딜 수 있겠는가. 세상살이가 응어리진 한을 낳고 그 한을 어르고 삭히면서 신명풀이로 이어지게 하는 과정에 우리 미학의 원리가 자리하고 있는 것이다. '신명나게 한판 놀아보자'는 말이 왜 우리 미학의 정수를 은폐하고 있는지를 알아야 한다.

김지하의 「오적」은 『손님』이나 「봄봄」보다 강하게 '오적'이라는 대상을 향해 욕설을 퍼붓고 있지만 상하의 위치 전도를 통한 유쾌한 상대성의 원리를 구현하고 있다는 점에서 다르지 않다. 시인(창자)이 오적(재벌, 국회의원, 고급공무원, 장성, 장차관)을 하나하나 불러내 호통치고 어르고 조롱하고 욕하면서 결판지게 논다. 유쾌하게 놀면서 상대를 공격하고 여기에 청중이 호응하면서 판의 흥은 점점 오르고 나중에는 함께 어우러져 그야말로 신명나게 한판 놀아보는 단계까지 이르게 된다. 시인이 오적을 향해 쏟아내는 욕설이 판을 키우고 그것이 유쾌한 소리로 가득할 때 비로소 신명의 세계는 그 모습을 드러내게 되는 것이다. 우리는 이러한 신명을 2002년 한일 월드컵 당시 붉은 악마들의 응원이나 촛불집회에서 발견할 수 있었음에도 불구하고 그 이면에 은폐된 의미를 제대로 밝혀내지 못했다. 이들에 의해 드러난 현상에 대해 우리가 주의attention를 기울여야 하는 이유가 바로 여기에 있다. 이것이 비록 사회 현상의 모습으로 드러나긴 했지만 여기에는 지금까지 언급한 욕과 예술 혹은 신명과 예술과의 관계를 발견할 수 있는 단초가 은폐되어 있다. 욕의 궁극이 카타르시스가 아니라 신명에 있다는 사실을 이렇게 우리의 예술 작품은 물론 사회 현상 속에서 발견할 수 있다는 점을 잊어서는 안 된다. 욕에서 출발한 카타르시스와 신명의 문제가 우리 예술의 미학적인 원리에 대한 논의로까지 이어진 점은 고무적이다.

카타르시스를 넘어 신명으로

박찬경의 〈만신〉

　　박찬경의 〈만신〉(2013)은 형식적인 실험과 주제 의식이 돋보이는 영화이다. 우리 시대 국민 만신으로 불리는 '김금화'의 이야기를 드라마와 다큐멘터리의 형식으로 풀어내고 있다. 하지만 이 두 형식은 영화 속에서 분리되어 있는 것이 아니라 상호 침투적인 형태로 존재한다. 드라마의 나레이션을 김금화가 직접 하는 장면이라든가, 만신이자 외할머니인 김천일로부터 무당으로서의 능력을 시험받는 곳에 김금화가 등장하여 그것을 바라보는 장면, 김금화가 하는 파주 적군 묘 진오귀굿 장소에 배우 '류현경'이 등장하는 장면, 어린 금화 역으로 출연한 '김새론'이 쇠걸립을 하러 다닐 때 김금화와 스텝들이 등장하는 장면 등은 드라마와 다큐멘터리의 경계를 해체하고 있는 것으로 볼 수 있다.

　　온전한 드라마도 또 온전한 다큐멘터리도 아닌 이 둘을 융합한 새로운 형식을 제시함으로써 영화는 만신 김금화를 통한 굿의 세계 혹은 무속의 세계에 대한 리얼리티를 극대화하는 데 성공하고 있다. 이 영화의 초점이 만신 김금화에게 있다면 그것은 곧 그동안 우리 사회에서 천대받고 소외받아 온 무당과 무속의 존재를 새롭게 발견하고 그 의미를 탐색하는 것에 다름 아니다. 우리는 무당이라는 존재에 대해 배척하고 질시하면서 부정적인 인식을 키워 왔지 이들의 존재에 대한 구체적인 탐구와 이해의 시간을 제대로 가져보지 못한 것이 사실이다. 여기에는 서구의 근대화 논리와 유교적인 이념이 우리 사회의 지배 원리로 작동해 온 것이 주요한 원인으로 볼 수 있다. 이것은 김금화가 살아온 시대적 상황의 특수성을 말해 준다. 일제 강점기에 태어나 분단과 6·25전쟁을 거쳐 산업화와 개발 독재 시대, 민주화 시대로 이어지는 한국 근현대사의 격랑 속에서 그녀는 무속인으로 존재해 왔던 것이다.

이러한 시대를 거치면서 무속에 대한 탄압은 선과 악의 이분법적인 구도하에서 내부적으로 철저하게 이루어지게 되고, 이와 함께 그것이 지니고 있는 민속적이고 문화적인 차원도 함께 탄압받게 된다. 만일 이것과 관련하여 어떤 해결의 실마리가 제공되지 않았다면 우리 사회에서 무속은 질식해 버렸을 것이다. 하지만 엉뚱한 곳에서 아주 아이러니한 방식으로 무속에 대한 회생의 실마리가 제공되기에 이른다. 1960년대와 1970년대의 산업화와 근대화의 논리에 질식 일보 직전까지 갔던 무속은 1980년대에 들어와 갑자기 주목받게 된다. 부당한 방법으로 정권을 잡은 전두환은 자신의 정당성을 확보하기 위해 '국풍81'이라는 행사를 기획하고 무속도 여기에 한 축이 된다. 여기에 1970년대 말부터 대학가를 중심으로 풍물, 탈춤과 같은 우리 전통문화에 대한 관심이 확산되면서 무속에 대해서도 그 부정적인 이미지가 완화되고 차츰 관심의 정도가 높아지게 된다.

이 과정에서 김금화는 잦은 방송 출연과 미디어에 노출되어 한국의 무속인을 대변하는 존재로 부상한다. 그녀의 적극적인 행보는 무속을 신비화하고 대상화하려는 자본주의 매체의 전략에 말려 들어갈 위험성이 없는 것은 아니지만 그녀는 여기에 개의치 않는다. 그녀는 카메라도 무구의 하나로 인식할 만큼 깊은 내공을 지닌 만신인 것이다. 영화는 다큐멘터리 형식으로 그녀의 방송 출연과 미디어에의 노출을 보여주면서 그것을 무속인과 무속에 대한 단순한 호기심이나 신비함 쪽으로 몰고 가는 것이 아니라 그것이 지니고 있는 민중성과 통속성에 초점을 맞춘다. 근대적 합리주의라는 국가의 이념하에서 무속은 배척과 탄압의 대상이었지만 여전히 그것은 민중의 일상적 정서와 풍습 속에 내재해 있었던 것이다. 민중의 입장에서 보면 무속은 자신들의 삶의 생채기를 보듬고 한을 풀어내는 치유의 한 형식인 것이다.

우리 근현대사의 질곡 속을 살아온 김금화가 이것을 모를 리 없고, 무속의 대상화의 위험성을 무릅쓰고서도 미디어 쪽에 적극적인 행보를 보이는 이유가 굿을 통해 민중의 한을 풀어주고 보다 신명나는 삶을 살도록 하기 위해서라고 할 수 있다. 자신의 몸에 신이 내려 만신이 되었지만 그녀의 관심은 늘 고통받는 이들을 향해 있었다. 특히 분단의 아픔을 누구보다도 뼈저리게 체험한 실향민으로서 그것이 야기한 고통을 달래고 그 한을 풀어내기 위한 굿판을 마다하지 않는다. 도라산에서의 통일굿, 파주 적군 묘에서의 진오귀굿이 바로 그것인데 통일굿 당시 '문 열어 달라'고 외치면서 철조망을 향해 달려간 이야기는 너무나 유명한 일화로 남아 있다. 이때 그녀의 몸에 김일성의 영혼이 들어와 '내가 죄가 많다', '통일을 위해 돕겠다'고 한 것은 사실 여부를 떠나 분단의 아픔과 통일에 대한 그녀의 염원을 잘 보여주고 있는 대목이라고 할 수 있다.

소설가 황석영이 등장해 자신의 소설 『손님』(2007)을 구상할 때 황해도 지방의 진오귀굿이 중요한 서사의 근간이 되었음을 고백한다. 그는 우리끼리 서로 적이 되어 3만여 명을 죽인 신천 학살사건을 서사적으로 형상화하는 데는 다큐멘터리적인 사실의 형식보다는 굿의 형식이 더 적합했노라고 말한다. 그것은 이 미증유의 사건을 해명하고 화해와 상생을 모색하는 데 사실적인 논리로 접근할 수 없는 깊은 한의 정서와 응어리진 감정을 그가 헤아린 결과라고 할 수 있다. 그가 김금화에게 통일굿을 요청한 것이라든지 『손님』의 서사를 황해도 진오귀굿의 형식으로 풀어낸 데에는 이러한 뜻이 담겨져 있는 것이다. 이 밖에도 연평해전이라든가 천안함 침몰과 같은 비극적인 사건을 굿의 형식으로 풀어내는 데에는 갈등과 대립보다는 화해와 상생을 바라는 그녀의 마음이 담겨 있다고 할 수 있다.

그러나 이러한 역사의 비극적인 사건에 대해 그녀가 궁극적으로 의도하고 있는 것이 한을 풀어내는 것에 있을까? 그녀가 벌이는 굿은 민중들의 한을 보듬고 어루만지면서 그것을 풀어내기 위한 의식으로 볼 수 있다. 하지만 여기에 그녀의 굿의 궁극적인 목적이 있다고는 할 수 없다. 만일 굿의 궁극적인 목적이 여기에 있다면 그것은 카타르시스적인 효과 그 이상도 그 이하도 아니다. 우리는 종종 굿은 물론 판소리나 민요 등 우리의 전통 양식들의 미학성을 한의 문제와 연관시켜 해명하곤 하는데 이 과정에서 쉽게 간과해 버리는 것이 있다. 그것은 한이 미학의 궁극적인 목적은 아니라는 사실이다. 굿과 판소리, 민요 등 우리의 전통 양식들의 궁극적인 목적은 한을 넘어 '신명'에 있다. 이 신명은 카타르시스와는 다른 것이다. 카타르시스는 비극을 통해 이루어지며, 이 경우 대립과 갈등이 이분법적인 양상으로 전개되다가 파국을 맞이하지만 굿, 탈춤, 판소리, 민요 등에 드러나는 신명은 어느 한쪽이 배제되거나 소외되는 것이 아니라 서로 어우러지면서 맺혔던 감정들이 흥의 차원으로 질적 변화를 일으키게 된다. 신명은 사람의 속에서 발흥하기 때문에 그것을 어르고 삭이고 하는 과정이 능동적일 수밖에 없다.

그런데 굿이나 탈춤, 판소리, 민요 등에서 한 맺힌 응어리를 어르고 삭이는 과정은 주로 열린 공간에서 행해짐으로써 그것이 죽임이 아니라 살림 혹은 생명의 속성을 지니게 되는 것이다. 이런 점에서 영화의 말미에 뱃전에서 벌어지는 굿판은 주목할 필요가 있다. 이 굿은 처음에는 김금화를 비롯해 만신들이 주도해서 이루어지지만 점차 판이 무르익으면서 청중들이 하나둘씩 판에 들어와 서로 어우러지게 된다. 만신과 청중 다시 말하면 배우와 관객의 경계가 해체되면서 신명나는 판이 벌어지는 것이다. 이때 굿판에 어우러진 청중들(뱃사람들)은 만신 못지않은 소리와 춤으로 흥을 불러일으키고 신명의 차원으로 질적 변화를 일으키는 멋진 존재들이라고 할 수 있다. 신명은 혼자보다는 여럿이 어우러질 때 극대화될 수 있는 그런 정서이다. 이런 점에서 굿이 신명을 불러일으킬 수 있는 형식으로 되어 있다는 것은 우연이 아니다.

〈만신〉은 드라마와 다큐멘터리의 상호 침투적 결합 그리고 무속화를 애니메이션 기법을 이용해 입체적으로 되살려내는 등 다양한 형식 실험을 통해 굿의 기대 지평을 확장했다고 볼 수 있다. 이것은 굿의 체험이 평면적이고 닫힌 차원에서 벗어나 입체적이고 열린 차원에서 이루어짐으로써 그것을 보다 직접적으로 느끼고 인지했다는 사실과 다르지 않다. 이 영화를 통한 굿의 체험은 그것이 단순한 한풀이라든가 카타르시스 같은 정서의 차원을 넘어 흥이나 신명 같은 정서의 차원으로의 질적 도약이 가능하다는 점에서 그 의의가 크다. 이것은 인간을 트라우마나 한의 세계에 가두어놓은 것이 아니라 그것을 넘어서는 신명과 같은 힘의 존재로 인식한다는 것을 의미한다. 고물이 된 죽은 쇠를 다시 산 쇠로 만드는 '쇠걸립'이 잘 말해주고 있듯이 죽음 속에서 삶의 지평을 길어 올리는 이 역설이 바로 굿의 묘미이자 〈만신〉의 묘미라고 할 수 있다. 인간의 삶의 궁극이 '모두가 어우러지는 신명나는 굿판과 같은 것'이라는 사실을 느끼고 자각하는 데 이 영화는 하나의 좋은 본보기가 될 것이다.

역사적 정신태를 넘어 넋으로

이청준의 『신화의 시대』

신화의 부활과 삶의 진경

이청준의 문학은 늘 진행형이다. 그의 문단 경력은 올해(2008)로 43년에 접어든다. 하지만 그의 이력을 단순한 시간 개념으로 이해해서는 안된다. 그의 43년은 남들과 다른 의미 층위를 가지기 때문이다. 우리 문인들 중에는 등단작이 곧 대표작인 경우도 있고, 또 초기작이 그의 문단이력의 중심을 차지하는 경우도 있다. 그리고 단지 작품 하나로 문학사에 이름을 올린 그런 작가도 있다. 이에 비하면 이청준은 어떤가?

그는 1965년 『사상계』에 「퇴원」으로 등단을 한다. 이 작품은 그렇게 주목을 받지 못한 것이 사실이다. 또한 세인의 주목을 받을만한 그런 뛰어난 작품성을 지니고 있다고도 볼 수 없다. 이 작품의 비중은 그의 등단작이라는 사실에 쏠려 있다고 할 수 있다. 이처럼 그의 등단은 요란하지도 또 화려하지도 않았다. 하지만 1970년대에 들어서면서 그는 『별을 보여드립니다』(1971), 『소문의 벽』(1972), 『떠도는 말들』(1973), 『당신들의 천국』(1976), 『잔인한 도시』(1978), 『살아 있는 늪』(1979) 등과 같은 문제작을 내놓는다. 그는 일약 1970년대를 대표하는 '지적이면서도 관념에 빠져들지 않으며, 현실 세계의 부조리와 불합리를 냉정하게 포착하여 그 자신의 독특한 소설적 구도 속에 담아 놓고 있는 작가'(권영민)로 부상하게 된다.

그의 소설 작업은 1980년대에 들어와서도 계속된다. 그는 『매잡이』(1980), 『낮은 데로 임하소서』(1981), 『비밀의 문』(1982), 『쓰여지지 않는 자서전』(1985), 『비화밀교』(1985), 『자유의 문』(1989) 등 현실의 부조리와 불합리에서 한 걸음 더 나아가 인간 존재의 본질적인 삶의 양태에 대한 탐구를 통해 그것의 비극적인 세계를 진지하게 드러낸다. 인간 존재와 그가 놓여 있는 세계에 대한 집요할 정도로 진지한 성찰은 그의 문학을 단순한 인간 존재의 외면을 넘어 내면에 이르는 깊이를 확보하고 있다는 평가까지 가능하게 하고 있다.

1990년대 이후에도 그의 소설 작업은 계속될 뿐만 아니라 좀 더 다양한 차원에서 이루어진다. 『흰옷』(1994)이나 『축제』(1995), 『목수의 집』(2000), 『인문주의자 무소작씨의 종생기』(2000) 등의 소설은 물론 13편의 동화가 수록된 산문집 『광대의 가출』(1993), 『수궁가』(2005) 등 판소리 동화 다섯 권과 『한국전래동화 1 · 2』(1997) 등 동화 작업을 수행하기에 이른다. 동화에 대한 관심은 여러 각도에서 조명이 가능하지만 이것 역시 소설 작업의 연장선상에서 이해할 수 있다. 1990년대에 와서 보다 직접적으로 드러나긴 했지만 그의 소설 저변에 면면히 흐르는 것은 한국적인 한의 세계와 그것의 승화이다. 1990년대에 들어와서 영화로 제작되어 화제가 된 「서편제」(1976)와 「소리의 빛」(1978) 그리고 『축제』(1996)가 보여주는 세계가 바로 그것이다. 「서편제」와 「소리의 빛」은 '남도 사람(1976~1981)' 연작 중 한 편으로 이 소설은 남도의 한의 미적 혹은 예술적 승화라는 의미가 강하게 투영되어 있다. 여기에서의 한은 순전히 한국적인 전통에 뿌리를 두고 있다. 『축제』는 이청준 문학의 원형을 간직한 어머니를 대상으로 한 소설이다. 여기에서는 한보다는 죽음을 통해 그것을 넘어서는 승화의 의미에 초점을 두고 있다.

그가 이처럼 한국적인 전통을 새삼스럽게 부각시키고 있는 이유는 무엇일까? 이 물음은 그의 문학 세계를 이해하는 데 중요한 단초가 될 수 있다. 1990년대 이전은 물론 이후에 이르기까지 그의 문학을 관통한 주요 테마는 역사와 현실의 부조리와 불합리에 대한 탐구라고 할 수 있다. 이 탐구는 상당히 지적인 차원에서 이루어져 왔으며, 그것은 기본적으로 이성이 통어하는 정신 세계이다. 역사와 현실 혹은 인간과 세계에 대한 이해가 정신의 차원에서만 드러날 수 없음은 물론이다. 정신은 투명하지만 그것은 세계를 보는 데 한계가 있다. 정신의 투명함은 욕망이 엉켜서 끈적거리는 저 무의식의 심층을 볼 수 없다. 하지만 정신의 투명함이 볼 수 없는 것이 저 무의식의 심층뿐일까?

거기에 한 가지 더 덧붙인다면 그런 헤매임 끝에서나마 근자 들어 어떤 어슴푸레한 길 표시 빛줄기를 만나게 된 탓도 있을 듯싶다. 나는 몇 년 전 지난 시절의 작품을 한 데 묶어내는 작업 중에 생각이 미친 일로, 지금까지 내 소설은 꿈(이념)과 힘의 질서가 지배하는 현실 세계와 그를 밑받침하는 역사적 정신태의 한계 안에 머물러 온 느낌이었다. 그 현실과 역사의 유전적 침전물로서의 태생적 정서가 담겨 있을 넋(종교성과 맞먹을 우리 신화와 신화적 서사)의 차원이 결여되어 보인 것이다. 내 소설이 여태껏 긴 세월 어둠 속 길을 헤매 온 것은 그렇듯 우리가 누구인지 본모습을 결정짓는 첫 번 요소라 할 우리 신화와 신화성에 소홀한 탓이 아니었던지 싶을 지경이다. 그리고 우리 민간 신화 거의가 우리 무속과 굿 문화의 원형을 이루어 이어져 왔음에 비추어, 근자 들어 내가 그 무속의 현세적 덕목(삶의 구언)을 주제로 한 졸작 소설 『신화를 삼킨 섬』을 쓴 것도 그런 뒤늦은 깨달음 때문이 아니었는지 싶다. 더욱이 그 무굿의 주된 기능이 원혼을 씻김[解寃]에 있음을 상기할 때(씻김굿은 대개 사자의 죽음과 저승행의 재연을 통해 사자의 원망을 위무하고 생자의 슬픔을 해소한다), 그간의 내 소설집 또한 어느 면 자신의 결핍과 상처를 채우고 위무하는 씻김과 치유의 한 과정이기도 했음에라.[1]

　자신의 소설 쓰기에 대한 고백의 형식으로 이루어진 글이다. 그의 고백은 반성적인 인식을 포함한다. 그의 반성적 인식은 자성에 가까우며, 그것이 궁극적으로 향하고 있는 것은 근원적이면서 본질적인 것이다. 그는 그것을 "현실과 역사의 유전적 침전물로서의 태생적 정서가 담겨 있을 넋의 차원"이라고 말한다. 이 넋은 "우리가 누구인지 본모습을 결정짓는 첫 번 요소"이며 그것은 신화와 신화성 속에 내재해 있다는 것이다. 그의 이러한 인식을 통해 알 수 있는 것은 정신의 투명함이 볼 수 없는 세계가 바로 넋 혹은 영혼의 세계라는 사실이다. 그는 이 넋

1　이청준, 「나는 왜, 어떻게 소설을 써 왔나」, 『본질과현상』, 2007.겨울, 224~225쪽.

을 종교성과 맞먹는 존재로 간주하고 있다.

자신의 소설 쓰기에서 결핍되어 있는 것이 넋이라는 것은 눈에 보이지 않는 삶의 진경을 체험하고 싶은 욕구를 드러낸 것인 동시에 현실 세계와 역사적 정신태를 초월한 어떤 절대적인 힘의 숭고함을 체험하고 싶은 욕구를 또한 드러낸 것이라고 할 수 있다. 신화의 세계란 우리가 침범할 수 없는 신성하고 숭고한 차원이라는 점에서 현실의 "꿈(이념)과 힘의 질서"와 그것을 "밑받침하는 역사적 정신태"가 도달할 수 없는 혹은 뚫고 들어갈 수 없는 신성하고 숭고한 금기의 세계인 것이다. 이런 점에서 신화는 현실의 바깥에 존재하는 세계처럼 보인다. 하지만 신화가 실질적으로 체현되기 위해서는 현실이라는 시공이 필요하다. 이것은 신화가 현실 안에 존재한다는 것을 의미한다.

넋의 발현태인 신화는 정신의 발현태인 소설보다 시간적으로 윗자리에 놓이며 그것은 인간을 넘어 신의 영역까지 확장된 서사의 의미를 반영한다. 소설은 근대적인 물질성과 정신을 기반으로 탄생한 장르이다. 이러한 근대적인 것은 신화를 배제하거나 억압한 상태에서 그 존재성을 획득하기에 이른다. 이에 따라 자연히 넋이라는 것도 근대적인 물질성과 정신의 영역에서 배제되어 존재할 수밖에 없었고, 그 결과 인간의 삶의 결핍과 상처를 치유해 줄 온전한 양식을 가질 수 없었던 것이다. 신화는 근대적인 구조가 생산하는 피로와 불안 그리고 공포로부터 벗어나게 한다. 그것은 신화가 근대적인 구조가 상실한 우주와 자연에 대한 구조를 드러내기 때문이다. 신화는 본래 우주와 자연으로부터 잉태된 것이다. 우주와 자연은 절대적으로 크기 때문에 공포와 불안을 야기하지만 그것은 오래 가지 않는다. 곧 안정을 회복하여 그것으로부터 어떤 숭고함을 강하게 느낀다. 숭고는 배제와 억압이 아닌 융화와 해방의 소통 구조를 드러낸다. 우리가 신화에 **빠져드는** 이유가 바로 여기에 있다.

씻김의 제의와 소설의 형식

이청준 소설의 신화 혹은 신화성에 대한 탐색은 어떤 맥락을 유지해 왔는가? 그는 자신의 소설에 대해 "꿈(이념)과 힘의 질서가 지배하는 현실 세계와 그를 밑받침하는 역사적 정신태의 한계 안에 머물러 온 느낌"이라고 말하고 있다. 이 말 속에는 신화 혹은 신화성의 결핍에 대한 반성적인 인식이 강하게 드러나 있다. 그의 소설이 보여준 지적이고 관념적인 경향도 이러한 역사적 정신태 안에서 서사 구도 자체가 결정되어 왔기 때문이다. 하지만 그의 이러한 반성적인 고백에도 불구하고 그의 소설의 큰 맥락에는 신화 혹은 신화성이 강하게 내재해 있는 것이 사실이다.

신화가 모더니즘적 세계관이 드러내는 피로를 넘어서는 어떤 속성을 드러낸다면, 그의 소설이 보여주는 정신의 균열에서 오는 환상이라든가 소문이나 말이 가지는 비非고정성과 혼란, 인간의 의지를 넘어서는 초자연성 그리고 서구의 이성적이고 합리적인 세계관으로는 해명할 수 없는 한국적인 한과 무속의 세계는 그의 소설이 신화와 긴밀하게 연결되어 있다는 것을 의미한다. 또한 그의 대표작으로 꼽히는 『당신들의 천국』(1976)에서 보여주는 헛되고 거짓된 욕망은 신화에 대한 현대적인 의미까지 포괄하고 있다. 그러나 그의 소설에 드러난 이러한 신화의 의미는 대부분 그가 의식하지 않은 상태에서 행해진 것이다. 본격적으로 여기에 대한 의식을 가진 상태에서의 창작은 『신화를 삼킨 섬』(2003)으로부터 비롯된다. 이 소설은 제주4·3사건을 형상화한 것이다. 4·3은 그 비극성과 현재성의 관점에서 주목받아 온 역사적인 사건이다. 작가 역시 이 점을 주목하고 있지만 정작 이 소설의 의미는 여기에 있기보다는 다른 데에 있다.

『신화를 삼킨 섬』의 의미는 작가의 역사에 대한 태도와 그것을 해석하는 방식에 있다고 할 수 있다. 4·3은 엄청난 역사의 비극성을 드러낸 사건이기 때문에 그것을 소설적으로 형상화한다는 것은 작가의 의무이자 원천적인 욕구의 표현이라고 할 수 있다. 하지만 역사는 사실 그대로를 재현하는 차원을 넘어 해석의 차원에서 새롭게 규정될 수 있는 것이다. 4·3이나 6·25 같은 미증유로 남아 있는 역사적 사건은 작가로 하여금 해석의 욕구를 자극한다. 이 과정에서 드러나는 방식은 크게 두 가지이다. 하나는 역사적인 사건을 이성적으로 접근하는 방식이고 다른 하나는 그와는 대조적으로 그것을 비이성적, 이를테면 샤먼이나 신화적으로 접근하는 방식이다. 『신화를 삼킨 섬』이 택한 방식은 후자이다. 문학사적으로 보면 윤흥길의 「장마」(1973)에 그 맥이 닿아 있는 접근 방식이다. 최인훈의 『광장』(1960)이 6·25전쟁의 발발 원인인 이념이나 이데올로기에 대해 비록 삼각연애 구도라는 형식을 빌리기는 했지만 이성의 투명한 논리로 접근한 것과는 달리 「장마」는 그것의 불가능성을 샤먼을 통해 해소해 보려고 한 것이다.

『신화를 삼킨 섬』에서 그가 강조한 것 역시 투명한 이성의 논리로 볼 수 없는 불투명한 세계라고 할 수 있다. 전쟁이 남긴 한과 같은 상처를 투명한 논리로 온전히 해소할 수 있다는 것은 이성 중심주의의 지독한 오만과 독선이라고 할 수 있다. 이런 점에서 볼 때 4·3에 의해 야기된 한과 상처는 어떤 제의적인 형식을 통해 회복될 수 있는 것이다. 그것은 전쟁의 상처가 육체나 정신을 넘어 혼(넋)의 차원까지 닿아 있기 때문이다. 제의란 혼을 달래는 의식을 말하는 것이며, 그것의 대표적인 예가 바로 '굿'이다. 이 소설에서는 '씻김굿'이 그 제의의 한 방식으로 드러난다. 씻김굿을 통해서 작가가 달래려고 한 것은 역사의 비극 속에서 원한을 품고 명멸해 간 민중의 넋이다. 역사란 어느 한 개인이나 국가의 이데올로기적인 권력에 의해 유지되는 것이 아니라 민중의 집단화된 무의식과 그것의 실현을 통해 이루어지는 것이다. 역사의 해석에 대한 이러한 시각은 서구의 모던한 논리로는 해명할 수 없는 한국적인 인식의 특수성이 내재해 있다고 할 수 있다.
　『신화를 삼킨 섬』의 이러한 인식은 『신화의 시대』(2006~2007)로 이어진다. 『신화의 시대』는 이제 겨우 1부가 끝났을 뿐이다. 앞으로 이 소설이 어떻게 전개될지는 알 수 없다. 다만 한 가지 분명한 것은 역사에 대한 해석을 역사의 정신태가 아닌 그것의 침전물인 신화의 차원에서 해석하고 있다는 사실이다. 1910년대에서 1930년대에 이르는 어두운 역사의 시간을 신화의 시대로 규정하고 그러한 관점에서 이야기를 전개하고 있다는 것은 그의 서사 흐름에서는 독특한 설정이라고 할 수 있다. 한 편의 서사가 신화의 구도를 드러내기 위해서 다른 무엇보다도 먼저 고려해야 할 것은 무엇일까? 신화가 신에 관한 이야기라면 그 '신'

에 대한 의미를 먼저 고려해야 하지 않을까? 하지만 소설의 배경은 신들이 살던 고대가 아니라 '지금, 여기'인 것이다. 이것은 소설이 신화의 구도를 지니기 위해서는 주어진 '지금, 여기'의 상황을 신화화해야 한다는 것을 의미한다. 어떻게 그것이 가능할까? 우선 이야기의 핵심 구성 요소인 인물, 사건, 배경을 신화에 맞게 새롭게 재창조하는 것이다.

그러나 이 세 요소들은 각기 분리되어 있는 것이 아니라 통합되어 있다. 이 소설에서 작가의 이러한 의도는 '태산'이라는 인물을 중심으로 이루어진다. 태산이라는 인물의 신화화는 여느 신화가 그렇듯이 출생담으로부터 시작된다. 태산의 출생은 범인들의 그것과는 차이가 있다. 태산은 선바위골로 흘러들어온 한 떠돌이 행려객의 소생이다. 그녀의 신상은 철저히 비밀에 가려져 있다. 그녀는 "제 이름인지 마을 이름인지 모를 자두리라는 소리만 되풀이하"[2]기 때문에 그냥 '자두리'로만 불린다. 그녀는 "요령 없는 일손 편집증"[3]에다 "저녁 잠자리를 한 곳에 정하고 지내지 못하는 버릇"[4]이 있다. 그녀의 잠자리 수수께끼는 마을 사람들의 입을 타고 흘러 다니면서 온갖 소문을 만들어내기에 이른다.

자두리와 관련된 소문은 점점 불어나 결국에는 헛구역질과 배부름이라는 하나의 사건으로 구체화된다. 그런데 이 사건이 드러내는 문제는 그녀의 배 속에서 자라는 씨앗이 누구의 것인지 모른다는 사실이다. 모를 수밖에 없는 것이 그녀의 몸을 건드린 남정네의 수가 여섯이기 때문이다. 사건의 일단은 이렇다. "선바위골 뒷산 너머로 이 지역 사람들

2   이청준, 『신화의 시대』, 『본질과현상』 2006. 겨울, 255쪽.
3   위의 책, 256쪽.
4   위의 책, 257쪽.

이 흔히 '큰산'이라 부르는 천관산天冠山"⁵이 있다. 봄가을 철만 들면 근동 지역 사람들은 이 산으로 스며들어 돌탑을 쌓곤 했는데 남정네 여섯이 산행을 한 것도 이 때문이다. 이들의 산행과 자두리의 사라짐이 겹쳐지고, 점차 자두리의 배가 불러오면서 산행에서의 일이 드러나게 된다. 그녀의 배부름과 씨앗에 대한 의혹이 소설의 전반부를 지배한다. 하지만 그 의혹은 그녀의 갑작스러운 실종으로 증폭되다가 제3장에 와서 외동 댁의 토설로 그 비밀이 밝혀진다.

자두리는 스스로 선바위골에서 사라진 것이 아니라 좌수 댁의 용의주도한 계획 아래 빼돌려진 것이다. 좌수 댁은 조카 며느리가 후사를 잇는 것에 실패하자 자두리를 조카 집에 숨긴 다음 마치 조카 며느리가 아이를 출산한 것처럼 꾸며 그 아이(태산)로 하여금 대를 잇게 한다.

이러한 일련의 과정이 태산의 출생담이다. 이 과정에서 우리가 주목해야 할 대목은 천관산의 산행과 탑 쌓기이다. 태산의 출생이 여섯 남정네와 자두리의 몸 섞음을 통해 이루어지지만 그것이 단순한 성폭행이라는 의미 차원을 넘어 어떤 신비스럽고 초자연적인 이야기를 담지하고 있다는 점은 그의 출생담이 신화의 차원과 닿아 있다는 것을 의미한다.

어느 시절 누가 무슨 뜻으로 시작한 일인지는 분명치 않지만, 사람들은 언제부턴지 그렇게 산속을 찾아들어 며칠씩 머무는 동안 산나물과 약초를 캐고 산과일을 따는 일 외에 산길 곳곳에 각기 자기 마을 이름의 크고 작은 돌탑을 하나씩 쌓고 돌아갔다. 그야 원래 이 산 이름이 탑산이었

---

5 위의 책, 267쪽.

고, 탑산사라는 절까지 있었던 사실을 상기하면 그 유래나 의미를 쉽게 떠올릴 수 있었다. 하지만 사람들 간엔 더러 맨 첫 번 돌탑이 세워진 때가 산정 봉수대의 불이 꺼지고 나라의 명운이 쇠락하면서부터였음을 기억하고 있는 걸 보면, 그리고 각기 모양과 크기가 제각각인 돌탑들이 해를 더할수록 경쟁하듯 늘어가는 것을 보면, 그것을 세우는 뜻이 그렇게 단순하지만은 않아 보였다. 헐벗은 산을 돌탑으로 다시 꾸미고 긴 세월 짓밟히고 스러져간 이 땅의 소명을 되일으켜 세우는 격이라 할까. 분명한 뜻이나 목적이 밝혀진 일은 없었지만, 그 탑들에는 그것을 세운 인근 고을 사람들의 말없는 공감과 모종의 간절한 기원이 깃들고 있음이 분명했다.[6]

여섯 남정네가 올라간 천관산은 "긴 세월 짓밟히고 스러져간 이 땅의 소명"과 "사람들의 말없는 공감과 모종의 간절한 기원이 깃든" 그런 신성한 곳이다. 이런 곳에서 여섯 남정네와 한 모자라는 여인이 몸을 섞었다는 것은 불경 그 자체이지만 이것을 액면 그대로 현실의 논리에 입각해 해석해서는 안 될 것이다. 이들의 몸 섞음에는 거역할 수 없는 운명으로서의 어떤 초자연적인 힘이 작용한 것으로 볼 수 있다. 작가의 의도 역시 여기에 있기 때문에 태산의 아버지가 누구인지 구체적으로 밝히지 않은 채 소문의 불투명함 속으로 그것을 던져놓고 있다. 태산은 "산행꾼 집 사람들은 물론", "동네 남정들 누구도 닮은 데가 한 구석도 없"[7]다. 시간의 흐름에 따른 망각도 이유가 되겠지만 사람들은 태산을 "갈데없는 큰산 자식" 혹은 "큰산 산신령이 점지해준 천관산 자식"

---

6   위의 책, 269쪽.
7   위의 책, 228쪽.

이라고 부른다.

태산 역시 처음에는 장굴 씨(양아버지)와 큰산 사이에서 헷갈려 하지만 "보통학교 입학식 날 큰산을 본 이후부터 장굴 씨 대신 천관산이 진짜 제 아비의 모습으로 자리 잡아버리기 시작한"[8]다. 태산이 천관산 자식이라는 이야기는 단순히 지나가는 말의 차원을 넘어 민중의 원망의 상징적 표현이라는 차원을 드러낸다고 할 수 있다. 마을 사람들에게 천관산은 단순한 산이 아니라 탑 쌓기의 행위가 보여주듯이 이들 사이의 공감과 간절한 기원이 깃든 신성한 산이다. 이런 점에서 볼 때 태산은 이들의 공감과 기원이 탄생시킨 상징적인 인물이라고 할 수 있다. 마치 아기장수가 제주 사람들의 공감과 기원을 상징하는 것처럼 태산 역시 그러한 것이다. 따라서 그는 보통 사람들과 다른 비범함을 지닐 수밖에 없다. 태산의 비범함은 다양한 차원에서 드러난다. 먼저 소유에 대한 개념에 있어서 사적 차원보다는 공적 차원의 논리를 우선시한다. 가령

태산은 언제부턴지 잡기장이며 연필 따위 다른 아이들의 학습용품에 네것 내것을 구별하는 일이 없다 했다. (…중략…) "넌 임마 다시 사면 되잖아. 느인 연필 한 자루도 못 사 가지고 다니는 쟤네보다 부자니께. 안 그래?" 일방적인 결정으로 상대 아이의 불평을 억눌러 버리곤 한다는 것이었다.[9]

---

8   위의 책, 240쪽.
9   위의 책, 242쪽.

혹은

> "우리 저 버린 이삭 배 하나씩 따먹자. 주인이 까치밥으로 남겨둔 거니께 우리가 따먹어도 아무도 상관 안할 거다."[10]

에 드러난 태산의 모습은 가진 자와 못 가진 자 사이의 계급적 차별을 넘어 평등을 지향하는 코뮌^{commune}주의적 이념이나 환상을 은연중 드러낸다. 그의 이러한 모습은 일제 시대와 해방을 거쳐 분단으로 이어지는 역사의 격랑 속에서 민족주의 내지 사회주의 혹은 공산주의 사상으로 발전할 가능성을 함축하고 있다고 할 수 있다. 가진 자와 못 가진 자의 대립과 갈등이 일제 시대의 경우에는 일본과 조선이라는 차원으로 이분화되면서 민족주의적인 색채를 강하게 드러냈다면, 해방 이후 분단의 시대에는 자본가와 프롤레타리아 차원으로 이분화되면서 사회주의적인 색채를 강하게 드러냈다고 할 수 있다.

태산의 이러한 모습은 그의 영웅주의적인 태도와 맞물리면서 더욱 예각화되기에 이른다. 그는 "어린애답지 않은 어엿한 말씨로, '아는 것이 힘이다', '사람은 배워야 사람답게 살 수 있다', '지금은 우물 안 개구리식의 케케묵은 동네 한문글방 공부만으로는 온전히 살아갈 수 없는 세상'이 되었다"[11] 식의 신식학교 취학 유세를 하고 다니기도 하고, "산길에 잘못 발을 삐어 절뚝거리는 아이를 작은 등과 어깨로 저 혼자 끝까지 부축해 데려온 일이 알려져 그 아이 집 사람들과 이웃을 감복시키

---

10 위의 책, 244쪽.
11 위의 책, 248쪽.

기도 한"[12]다. 또한 그는 공주 역을 맡은 아이가 웅덩이에 신발을 빠뜨리자 "제 붉은 곤룡포 자락으로 가슴에까지 차오른 흙탕물을 이리저리 휘젓고 다녀 그 여자 아이의 신발을 찾아준"[13]다.

태산의 이러한 당돌함은 아이의 의식과 행동 수준을 넘어서는 것이긴 해도 그것이 공포와 전율의 대상이라고 하기에는 순수함 같은 것이 존재한다고 할 수 있다. 하지만 다음의 예는 사정이 다르다. 그는 어린 나이에도 불구하고 제도화되고 인습화된 메커니즘을 이용해 자신의 권력을 행사하는 용의주도함을 보인다.

① 형식적이나마 한동안 모임의 규칙을 실천해 나가다 보니 좌장 격인 태산의 태도는 그게 아니었다. 태산은 회원들의 모든 일거일동을 규칙대로 따르기를 요구했고, 그를 어길 때는 곤장쇠 담당에게 가차없는 매질을 명령했다. 하루하루 모임 활동을 반성하고 각자 허물의 벌책 양을 정하는 것은 마을이 가까워지는 그 마장재 고갯마루에서였는데, 형벌의 경중이나 매질의 댓수를 정하는 데에 어떤 기준이 정해져 있는 것이 아니니 태산이 일방적으로 정하고 다른 아이들은 거기 따라 찬성의 박수를 쳐 보이는 식이었다. 거기다 댓 수가 몇 대로 정해지든 태산은 그 매질을 그저 시늉질로 끝내게 하지도 않았다.[14]

② 하지만 그것은 이장의 경솔한 언동이었다. 어떤 연유나 경로로 해선

---

12 위의 책, 248쪽.
13 위의 책, 250쪽.
14 위의 책, 256쪽.

지 태산은 이미 그 말뜻을 짐작할 수 있었음이 분명했다. 그가 잠시 침묵 끝에 이장 어른을 똑바로 쳐다보며 새 주문을 내놓았다.

"알았습니다. 그럼 제 아비 큰산 노릇을 해 주실 어른들을 말씀해 주십시오."

이장은 제 덫에 제가 걸려든 격이었다. 어둠 속에서 추궁하듯 세찬 눈빛을 쏘아오며 버티고 선 녀석 앞에 이장은 당황스럽고 후회가 되었지만 이제 와선 어떻게 발을 뺄 수가 없었다. (…중략…)

그러니 그것으로 태산은 이 날 밤 그 이장어른으로부터 옛 큰산 산행꾼들의 확실한 명단을 확보하게 되었고, 연이나 이날 밤 그의 행적은 다시 복배네로 순칠네로 삼식이네로, 한 집 빼놓지 않고 늦게까지 밀행을 이어간 것이었다.[15]

①에서의 태산은 형식이나 규칙을 공정하고 엄격하게 준수하는 판정관의 모습을 보이기도 하지만 정작 여기에서 전경화되고 있는 것은 독재자로서의 그의 모습이다. 그는 형식이나 규칙과 같은 메커니즘을 자신의 독재 권력을 유지하고 그것을 행사하는 데 이용하고 있다. 이것은 마치 민중을 위한다는 이유로 절대적인 평등과 같은 도저히 실현 불가능한 이상을 내세우는, 혹은 그것을 빌미로 자신의 독재 권력을 영구히 존속하려는 욕망을 강하게 드러내는 전형적인 독재 국가의 형상을 띠고 있다. 이렇게 되면 민중이 없는, 독재자 한 사람을 위해 민중이 존재하는 독재의 이념이나 이데올로기 과잉의 집단이 되는 것이다. 이런 집단에서의 독재자는 공포의 대상이거나 아니면 숭고한 대상으로

---

15 위의 책, 263쪽.

존재한다. 전자의 경우는 민중이 독재자의 독재를 인식하는 경우에 가능하며, 후자의 경우는 그것을 인식하지 못한 채 독재자의 욕망이 곧 민중 자신의 욕망이라고 착각하는 상상계 속에 갇혀 있을 때 가능하다. 상상계에서 민중은 행복할 수 있지만 그것은 어디까지나 거짓된 환상 속에서 가능한 것이다.

②에서의 태산의 모습은 이미 정치적인 논리를 몸에 익힌 그런 인물로 그려지고 있다. 이장 어른에게 자신의 출생 비밀을 정치적 협상 카드로 내밀어 그를 꼼짝 못하게 하는 태산의 태도는 영악함을 넘어 공포와 전율을 느끼게 한다. 순수한 사람은 절대로 그런 카드를 제시할 수 없다. 태산의 출생 비밀은 그에게 하나의 외상(트라우마trauma)이다. 만일 그가 순수한 사람이라면 오히려 비밀을 은폐하려고 할 것이다. 감히 그것을 자신의 입지를 위한 협상 카드로 제시하려고 하지 않을 것이다. 정치란 태산이 보여준 것처럼 자신의 권력이나 야망을 성취하기 위해서라면 그 어떤 것도 모두 이용 대상이 될 수 있다. 우리가 흔히 말하는 문제적인 인물이란 자신이 가진 결핍을 충족하기 위해 욕망으로 들끓는 그런 사람을 말하는 것이다. 태산이 바로 그런 인물이라고 할 수 있다.

태산이 얼마나 문제적인 인물인지 선바위골 어른들은 물론 그의 양아버지인 장굴 씨와 약산 댁도 알지 못한다. 그의 문제성을 인식한 사람은 다름 아닌 바로 작가 자신이다. 보통 소설에서 작가가 개입하는 경우는 텍스트를 통제하여 자신이 지향하는 이념이나 이데올로기를 상대 혹은 독자에게 주입하려는 계몽성을 강하게 드러낼 때이다. 하지만 작가가 개입하면 텍스트 자체가 경직될 수 있다. 바흐찐식으로 이야기하면 그것은 단성적인 소설이 되는 것이다. 태산을 이야기하면서 작가는 직접 텍스트에 개입한다. 태산에 대해 그는

> 장차 그 성품이 어떻게 자라고 변해갈지도 가늠할 수 없었고 가늠해 보려지도 않았다. 다시 말해 그 태산 속에 무엇이 자라고 있는지를 알거나 눈치 채지 못했다. 여기서 잠시만 미리 말하자면 이때쯤엔 그것이 장차 태산의 길지 않은 생애에 얼마나 많은 파란과 비극을 불러오게 될지를 짐작조차도 못한 것이었다.[16]

라고 말한다. 태산의 미래에 대한 작가의 두려움은 그가 얼마나 문제적 인물인지를 말해 준다고 할 수 있다. 그의 문제성은 곧 소설에서의 사건의 복잡성으로 이어지며, 그것이 다시 일제 시대와 해방 그리고 분단이라는 우리 근현대사의 가장 비극적인 시대와 만나면서 우리의 상상을 초월하는 새로운 서사에 대한 전망으로 이어진다. 태산의 신화 혹은 신화성이 그 안에 내포하고 있는 것이 바로 이것이라고 할 수 있다.

태산이 앞으로 몰고 올 파란과 비극은 그의 "성품이 어떻게 자라고 변해가"느냐에 따라 달라지겠지만 그렇다고 이것이 곧 개인적인 성품의 문제로 환원될 수 있다는 것을 말하는 것은 아니다. 이 대목에서 우리가 주목해야 할 것은 그가 신화적인 인물이라는 점이다. 그중에서도 그의 출생담 속에 드러난 아비가 누구인지 모르는 대목을 특히 주목해야 한다. 그의 소설이 보여주는 '아비 모름'은 '아비 없음'과는 다른 것이라고 할 수 있다. 비록 남정네 여섯 명 중 누가 아비인지는 모르지만

---

16 위의 책, 251쪽.

그중에 태산의 아비가 있는 것은 확실하다. 다만 그 존재가 분명하게 드러나 있지 않기 때문에 태산을 드러내 놓고 책임질 아비는 없는 것이다. 이렇게 아비가 아들을 보호하고 책임져야 함에도 불구하고 그렇게 못하기 때문에 아들(태산)이 스스로 신화적인 존재로 거듭난 것은 아닐까? 이 소설에서 태산의 신화성은 아비에 의해 불어넣어진 것도 또 만들어진 것도 아니다. 그것은 천관산에 의해 불어넣어지고 또 만들어진 것이다.

태산이 천관산 산신의 아들이라는 것은 민중의 원망이 만들어낸 일종의 메타포라고 할 수 있다. 그는 그러한 민중을 훨씬 능가하는 비범한 인물이지만 그의 비범성은 작가의 말처럼 엄청난 파란과 비극으로 귀결된다면 이것은 또 하나의 아기장수 설화의 비극적인 반복 아닌가? 어쩌면 아비 모름이라는 이야기 속에 이미 그의 이러한 비극이 은폐되어 있었는지도 모른다. 아비로부터 배제되거나 버림받은 아들의 운명은 그 자신이 다시 온전한 아비로 존재할 수 없다는 사실이다. 모방해야 할 아비가 부재한 상태에서 아들이 온전한 아비가 된다는 것은 불가능한 일이다. 모방해야 할 아비의 부재 속에서 아들은 아비가 되려고 하지만 그것은 언제나 크게 넘치거나 모자랄 수밖에 없는 것이다. 태산의 의식과 행동의 과도한 넘침과 모자람의 원인이 바로 여기에 있는 것이다.

태산에게 아비는 부정할 수도 또 긍정할 수도 없는 존재이다. 만일 그가 아비의 존재를 긍정하면 그는 아비의 부정함을 인정해야 하고, 또 그것을 부정하면 영원히 아비 없이 지내야 하기 때문이다. 태산의 아비에 대한 딜레마는 제대로 된 온전한 아비를 가지지 못한 채 살아온 비극적인 역사의 주인공인 민중의 모습을 반영하고 있다고 할 수 있다. 그래서 작가가 그리는 신화의 세계는 한 점 균열이 없는, 시공이 온통 진리로 충만한 그런 행복한 시대는 아니라고 할 수 있다. 오히려 그가 그리는 신화의 세계는 역사의 침전물로서의 온갖 과도한 욕망이 교차하고 재교차하는 어둡고 거친 실존의 장이라고 할 수 있다.

신화의 창조와 전망으로서의 신화

이청준은 우리 시대의 마지막 장인이다. 온몸으로 한 땀 한 땀 수를 놓듯 밀고 나가는 글쓰기는 이제 우리 문학에서는 더 이상 볼 수 없을 것이다. 지금 이 시대는 여전히 글쓰기에 대한 욕구는 강하지만 그것이 생산성을 담보하지 못한 채 순간적이고 감각적인 배설의 차원에 머물러 있는 것이 사실이다. 이것이 어디 작가의 탓으로만 돌릴 수 있는 문제인가? '지금, 여기'에서의 우리 문화의 지층이 가벼움과 천박함으로 이루어져 있기 때문에 글 자체에 목숨을 걸고 끊임없이 새로운 아우라를 창출해 내려는 의지를 가진 그런 진지한 문인은 나오지 않을 것이다.

이런 점에서 그가 신화의 문제를 들고 나온 것은 의미심장하다. 그가 들고 나온 신화의 문제는 그 자신의 글쓰기에 대한 반성적인 인식과 결핍을 채우기 위한 목적성만을 지니고 있는 것은 아니다. 어쩌면 그것은 근대 이후 우리의 리얼리즘이나 모더니즘 차원의 글쓰기가 추구해 온 이념 지향이나 파편성에 대한 반성을 거느리고 있다고 할 수 있다. 신화는 그의 말처럼 "현실과 역사의 유전적 침전물로서의 태생적 정서가 담겨 있을 넋의 차원"[17]과 연결되어 있다고 할 수 있다. 이것은 근현대사를 거치면서 우리가 상실한 민족적 아이덴티티와 여기에서 비롯된 외상을 재인식하여 새로운 서사를 구축하려는 의지에 대한 반영이라고 볼 수 있다.

우리 근현대사의 결핍과 상처는 우리 문학이 감당해야 할 문제이며, 그것에 대해 여러 차원에서 다양한 접근이 있어 왔다. 하지만 그 방식이 우리 식이 아니라 저쪽, 다시 말하면 가해자들의 문화나 역사에서 비롯된 방식이었던 것이다. 이로 인해 '결핍과 상처를 채우고 위무하는 진정한 차원의 씻김과 치유'[18]는 이루어지지 않았던 것이다. 근대문학이 문학으로서 존재성을 지닐 수 있었던 것은 그것이 근대 국가의 형성과 민족 공동체의 성립에 절대적인 기여를 했기 때문이다. 국민과 민족 구성원들을 하나로 묶어 상상 공동체를 형성하는 데 기여했기 때문에 문학은 그 존재 가치와 효용성을 유지할 수 있었던 것이다. 우리 근현대문학 역시 이러한 역할을 수행해 온 것이 사실이다. 하지만 상상 공동체를 이루는 데 중요한 토대가 되는 정서적인 차원, 특히 결핍과 상처를 위무하고 치유하는 데는 소홀했던 것이 사실이다. 이것은 문학을 통한 단순한 화해도 또한 억지 화해도 아닌 것이다. 그것은 우리의 삶의 일부인 지극히 자연스러운 그런 하나의 제의였던 것이다.

이렇게 우리 가까이 있으면서도 우리가 잃어버리고 있던 의식을 작가는 새롭게 찾아내려고 한 것이다. 이런 점에서 '우리는 아직 근대조

---

17 이청준, 「나는 왜, 어떻게 소설을 써 왔나」, 『본질과현상』, 2007.겨울, 224~225쪽.
18 위의 책, 225쪽.

차 제대로 인식하지 못했을 뿐만 아니라 그것을 온전히 구현하지도 못하고 있다'는 지적이 의례적으로 하는 네거티브한 말이 아니라는 사실을 제대로 인식해야 할 것이다. 더욱이 40년이라는 긴 문학적 궤적을 거쳐 그 연장선상에서 작가가 들고 나온 신화는 그의 역사와 현실에 대한 진지한 탐구 정신이 낳은 장인의 혼의 산물이라고 할 수 있다. 『신화의 시대』는 이제 겨우 1부가 끝났을 뿐이다. 앞으로 2부, 3부 혹은 그 이상 이어지면서 끊임없이 새로운 신화를 만들어갈 것이다. 특히 일제 말기와 해방 그리고 분단으로 이어지는 격동의 시기를 가로지르게 될 태산의 행보와 그의 파란만장하고 비극적인 삶이 어떻게 전개될지 몹시 기다려진다. 신화는 하나의 운명으로 주어지기 때문에 아름답기도 하지만 또한 그것은 혼신을 다해 만들어가야 하기 때문에 아름다운 것이기도 한 것이다.